Haruki Murakamiを読んでいるときに我々が読んでいる者たち

辛島デイヴィッド

みすず書房

目次

バーンバウム、村上春樹を発見する　1984–1988

村上春樹、アメリカへ——Haruki Murakami の英語圏進出を支えた名コンビ 1989–1990

新たな拠点、新たなチャレンジ　1991–1992

オールアメリカンな体制作りへ　1992–1994

『ねじまき鳥』、世界へ羽ばたく《breaks through》 1993–1998

バーンバウム、
村上春樹を発見する
1984–1988

1　ボヘミアンな翻訳家（?）ができるまで

アルフレッド・バーンバウムは、十年近く前に井の頭公園の近くに購入した家に、ミャンマー人の妻と二匹の猫と暮らしている。二階の十畳ほどのリビング・ダイニングは線路に面していて、踏切の警報機が数分に一度大きな窓の向こう側で点滅する。吉祥寺方面行の電車がたまに踏み切りの手前で停まると、車内から目を丸くして——個人宅というよりはおしゃれなカフェを思わせる——リビングを見上げる人たちにバーンバウムが手を振る。

一九七〇年代後半に大学を出てから、バーンバウムは主に翻訳、編集、ビデオ・アートなどの仕事をフリーランスで受けて生計を立ててきた。五十歳を過ぎて日本で家を買うことにしたとき、銀行でローンが組めず、蓄えで買える物件を探すほかなかった。シアトルのマンションを売却し、母からも少なくない金額を借り、何とか買うことができたのは、線路沿いの狭い土地に建つ築五十年近い一軒家。もともと建築に興味があり、「家事も料理もそれこそ翻訳も、とりあえず何でもこなす」自称「なんでも屋」のバーンバウムは、壁をつぶすのも、階段を入れるのも、天井を張り替えるのもほとんど自ら一人でやった。

リビングの棚の本は、「引っ越しを繰り返してきたし、読み終わったら基本的に人にゆずるので」翻訳家にしては多くない。ウィル・セルフの *The Book of Dave* や *Dr. Mukti*（「とてもいい作家。特にユーモアのセンスが素晴らしい」)、ゼイディー・スミス *NW*（「読んだかな?」)、トマス・ピンチョン *Bleeding Edge*（「もらいもの」)の他には、フリオ・コルタサルやホルヘ・ルイス・ボルヘスの小説のスペイン語の原書が並ぶ（「これらは何度も読んだ」)。

村上春樹の本は? そう尋ねると「今でも送られてくるので、最新刊はまだ届いていない気がするけど、探せばほとんど出てくるはず」とのこと。

本の代わりに棚に所狭しと並ぶのは版画。客員教授を務める神戸芸術工科大学の特殊プリンターで印刷し、巻物の形にしてある。壁には日本、アジア、南米などの旅先で集めた仮面がかかっている。今でも数ヵ月に一度は海外に出るが、これまで数年に一度、国内外で引っ越しを繰り返す「移り住み」の生活を送ってきたバーンバウムからすれば、ようやく一ヵ所に根を下ろした感がある。引っ越してすぐ植えた無花果の木も屋根まで達し、昨年は五キロの実をつけた。

日本文学研究の巨匠ドナルド・キーンは、二〇一一年三月十一日の震災をきっかけに、二〇一二年、九十歳目前で日本国籍を取得し、日本に骨を埋めるべく墓も準備した。バーンバウムは、なぜ日本に根を下ろすことにしたのだろうか。

「単純に住み慣れているから」

一九九八年に結婚してから(ミャンマーの首都ヤンゴンで開かれた披露宴には、村上もカメラを首から下げて参加した)しばらくは、冬はミャンマー、夏はシアトル、春と秋は日本、と季節ごとに住み分けていた。が、十数年前に、当時住んでいたミャンマーからビザが下りなくなり、「ある日突然、家に帰れなくなった」。母も一昨年亡くなり、アメリカに行く必要性も以前ほどない。

線路沿いのバーンバウムの自宅。現在も少しずつリフォーム中。

「日本に骨を埋めるとかの大そうな発想はないけど、結局、最も長く住んだのが日本。少なくともアメリカよりも、日本の方が異邦人だという感覚が薄い《I feel less of a stranger》。妻もアメリカより日本の方が住みやすいって言うし。完璧な場所なんてないし、ここなら仕事もある。ミャンマーに住んでいる時も仕事の大半は日本人相手だった。吉祥寺エリアも住むのは三度目で慣れ親しんでいる。できれば日本で家は買いたくなかったけどね。価値が下がるだけだから（笑）」[1]。

初めての日本

築五十八年の家が建てられたのは一九六〇年（昭和三十五年）。一九五五年にアメリカの首都で生まれたバーンバウムが、はじめて東京へ移り住んだのと同じ年でもある。

米国国立科学財団の職員であった父のヘンリー・バーンバウムが、東京で財団初の海外事務所設立を取り仕切るために家族を連れて来日した時、バーンバウムはまだ五歳[2]。初めて住んだのは文京区の駕籠町（現本駒込）だった。共同研究者がいた東大と日本アイソトープ協会に近いこともあり、父が選んだ。二階建ての家は広く、庭の一部が区立保存林に指定されていた。憶えている限り、近所に他に外国人は住んでいなかった[3]。

バーンバウムは、文京区の家から元麻布の西町インターナショナル・スクールの幼稚園に通った。家に居候していた大学生に連れられ、小学生の兄と電車を乗り継いで学校まで行く。茗荷谷で丸ノ内線に乗り、赤坂見附で銀座線に乗り換え、青山一丁目で降り、そこから学校のある元麻布二丁目まで三キロ近く歩いた。現在、西町インターナショナル・スクールのキャンパスは広尾駅から一キログらいの場所に位置しているが、当時は日比谷線の広尾駅が開業前。外苑西通りを上り、六本木通りを越え、麻布の住宅地に入っていった。高いビルはなく、路面電車が走り、炭鉱の匂いがしたのを記憶している。

学校では、基本的には英語だったが、日本人の家政婦や近所の子供とチャンバラごっこをしながら日本語を身につけた。テレビも見ていた記憶はあるが、番組は覚えていない。家で一人で絵を描いて過ごすことも少なくなかったが、二年後に日本を離れた時には「日本語もそこそこしゃべれた」。その後、しばらく日本語を使う機会はなかったが「脳のどっかにその響きが残っていた」[4]。

バーンバウムは言う。

「幼少期に日本語に触れていなければ、違う人間になっていたわけだから、村上春樹を訳すこともおそらくなかっただろう。大人になってから「勉強」した言語ではなく、ある程度自然に身に付いた言葉であることも翻訳をする上でプラスになったと思う。日本語に変なコンプレックスがなかったから、必要に応じて原文とうまく距離を取り、訳文に集中することができたからね」[5]

転勤族（日本→ハワイ→メキシコ・シティ）

バーンバウム家は、数年に一度、父ヘンリーの赴任先に移り住むいわゆる「転勤族」だった。東京の後は三年間アメリカに戻り、うち一年はハワイに住んだ。[6] 父は新設されたイースト・ウエスト・センターの運営・管理担当の副長官をつとめた。[7] 一九六〇年に米国議会の予算でハワイ大学マノア・キャンパス内に独立研究機関として設立された同センターは、共同研究等を通した「米国とアジア太平洋地域の関係・理解促進」を目的とし、ヘンリー・バーンバウムの任期中に、日本企業の寄付金（七万七千ドル）で敷地内に日本庭園も設けられた。[8]

ハワイ大学は当時からアジア研究の拠点であり、日本に関わる授業も一九二〇年から開設していた。日系人が州の総人口の三分の一を占めていたこともあり、大学図書館の日本語蔵書も豊かだった。同大学は、前述のドナルド・キーンが、一九四三年に海軍日本語学校の卒業生としてホノルルの言語事務所に配置されている間、初めて本格的に日本文学を学んだ場所でもある。[9] 村上春樹も、二〇〇六年九月からの一年と二〇一一年九月から二〇一四年五月にかけての三年半、ハワイ大学マノア校の東アジア言語／文学学部のライター・イン・レジデンスを務め、二〇一二年には大学から名誉博士号も授与されている。[10]

しかし、当時バーンバウムはまだ小学校の低学年で、日本語に触れる機会も限られていた。カイルアにある家から親の送迎で通ったホノルルのイオラニ校のクラスメイトの多くは、日本、中国、フィリピンをはじめとした様々な国の二世や三世だった。日系人の生徒とも「英語が共通言語だったので、日本語で話すという発想はなかった」。

バーンバウムは言う。

「日本で数年過ごしていたこともあって、他の人種——特にアジア人——に囲まれているのが自然だった。逆に白人だけの環境だと少し居心地が悪かったかな。ハワイでは、日本と違って家と学校を行き来するだけの比較的閉ざされた生活環境に置かれていたから、どこまで直接影響を受けたかはわからないけど、色々な英語——例えば、教室で使われる「正しい」英語とは別の現地の言葉との融合から生まれる豊かな英語——があることは感じていたと思う。「正しい英語」という発想には今でも違和感を覚えるな」[11]

メキシコでスペイン語とアートに浸かる

ハワイからアメリカ本土に戻った後、バーンバウム家は再び父の仕事の都合で、メキシコ・シティに移り住んだ。

日本語からはだいぶ遠ざかったが、代わりにスペイン語とアートにどっぷり浸かることができた。「ロベルト・ボラーニョの小説じゃないけど、みんな本当に道端で詩を引用してくるんだ。トウモロコシを売りつけてくる人が会話の中でさらっと詩を引用したりもする」[12]

メキシコ・シティでは、数々の作家、画家、その他のアーティストが「マッカーシー時代のアメリカから逃れて来た者も含め」同じ地域に暮らしていた。町でよく見かけたリカルド・マルティネス・デ・オヨスは、画家として国際的に名を上げていたが、同時にカルロス・フエンテスをはじめとするメキシコの名だたる作家や詩人たちの本にもイラストを提供していた。[13]

バーンバウムは言う。

「中学時代の十二、三歳の頃は絵を描くことに打ちこんでいて、ダリやシュールレアリズムに夢中だった。一家でメキシコ中を旅行して、その全体が雄大にして奇妙、素晴らしくも混沌とした夢を描いた巨大な一枚の絵のように感じられたものだった。アメリカ郊外の地味な凡庸さとはまったく対照的だった。日本に住んでいた高校時代も、夏休みのたびにメキシコに戻ってある建築家の「徒弟」をして過ごし――アートだけでは食べていけないと父親に説得されてね――よくメキシコシティを一人でぶらぶら散歩した（昔は今よりもずっと治安が良かったんだ）。僕が第三世界の無秩序や気骨や没論理に惹かれるのもその頃の体験があるからかもしれない。当時はメキシコにこそ本物の「文化」があると思っていて、それと比べてしまうと日本でさえつまらなく見えた。振り返ってみると自分のラテンアメリカに関する知識はひどく浅く表面的で、反抗したがりな十代特有の気取りに見合ったエネルギーの迸りを勝手にそこに見てとっていただけだったな。今思うとちょっと恥ずかしい」[14]

ちなみに、息子と同様に、バーンバウムの両親もメキシコを気に入り、メキシコ・シティから北西約二〇〇キロに位置するケレタロ州、テキスキアパンで老後を過ごすことになる。一九九二年の夏に村上が雑誌『マザー・ネイチャーズ』の取材（『辺境・近境』収録「メキシコ大旅行」）でメキシコを旅した際に、村上いわく「流暢なスペイン語を話す」バーンバウムも途中で合流しているが、その旅の後半に村上はバーンバウムの両親の自宅を訪れている。

「『世界の終りとハードボイルド・ワンダーランド』を読んでいた父が、ムラカミに音声消去の最新のテクノロジーについて説いていたのを憶えている。話は全く噛み合っていない感じだったけど（笑）」とバーンバウムは振り返る。[15]

のちにまた触れるが、この旅路で交わされた会話が、村上とバーンバウムとのパートナーシップ――そしてそれぞれのキャリア――のひとつのターニング・ポイントにもなる。

バーンバウム家。左から、アルフレッド、父ヘンリー、母ナンシー、兄ジョナ。

2　文学と美術のはざまで――大学で文学を学ぶ？

バーンバウムは、高校一年（アメリカのシステムでは高校二年の十年生）の時に日本に戻ることになった。日本語に再び浸かるチャンスだったが、通っていた調布のアメリカンスクールでは授業以外はほとんど美術室で過ごし、家で本を読むときは日本語のものはあえて避け、スペイン語の小説ばかり読んでいた。

バーンバウムはこの時期に「メキシコにトランスポーテーションするために」、メキシコのカルロス・フエンテスだけでなく、一九七〇年代から八〇年代にかけて世界中でラテン・アメリカ文学ブームの火付け役となったフリオ・コルタサル、マリオ・バルガス＝リョサ、ガブリエル・ガルシア＝マルケスらの作品もスペイン語の原作と英訳との両方で読むようになった。[16]

若き読者としてラテン・アメリカ文学に親しんだことは、後に翻訳する作家や作品の選択に影響したのだろうか。「それは正直わからない」と言うが、[17]しかし彼が英語圏への進出のきっかけを作った村上春樹と池澤夏樹のどちらも――少なくとも英語圏では――しばしばラテン・アメリカのマジック・リアリストたちと比較されてきたのは全くの偶然ではないだろう。[18]

バーンバウムは言う。

「小さい頃から「学校」という場と馬が合わず、いつも好き勝手にやっていた。もちろん、中産階級の白人である――つまり比較的恵まれていた――からこそ、周りに合わせず、「反抗」し続ける余裕があったんだろうけど」[19]

学校嫌いのバーンバウムだったが、「教育の重要性について両親に叩き込まれていたから、大学に進学しないという発想はなかった」。高校卒業後は、両親の意向もあり「本当に学びたかった美術は断念し、美術の次に興味があったラテン・アメリカ文学」を学ぶために、テキサス大学オースティン校に進んだ[20]。

一九四〇年にラテン・アメリカに特化したアメリカ初の研究所としてオースティン校に設立された「ラテン・アメリカ研究所」は、一九七〇年に新設された校舎に移ったばかりで、ラテン・アメリカ関係の蔵書も、米国議会図書館に次ぐ数を誇っていた。オースティンからメキシコの国境まで車で四、五時間の距離というのも魅力だった。ラテン・アメリカ文学の研究に取り組む環境は全て調っていた。

一九九四年に同大学に招かれ、五日間程の作家ツアーに参加した村上は、「町の中に綺麗《きれい》な川が流れていて、緑もずいぶん多く」「猫のやたらに多い」町で「心穏やかに余生を過ごすのも悪くないかな」[21]と思うほどオースティンを気に入るのだが、その二十年前に同じ町に大学一年生として住むことになったバーンバウムの反応は、その正反対だった。日本やメキシコなどの外国の町でも何とか居場所を見つけたバーンバウムだが、「一応母国」の州であるテキサスで「ひどいカルチャーショックを受けた」[22]。

バーンバウムは言う。

「オースティンは、テキサスの中では、リベラルのオアシスみたいな場所。テキサス出身のルームメートに会って一言目に「君はテキサスをきっと気に入るさ！」とバリバリのテキサス訛りで言われたんだけど、結局馴染めなかった。テキサスという場所だけではなくて、本当にやりたいスタジオ・アートへの未練も問題だったんだと思うけど」[23]

テキサス→カリフォルニア——日本文化に再び触れる

バーンバウムは、テキサスから逃れるために、南カリフォルニア大学（USC）に転校した。USCは、父のヘンリーが転職した（そして最終的には副学長までつとめることになる）場所でもあり、学費免除の特典もついてきた。転学を機に、専攻も東アジア学に変更した。

「日本に住んでいた時は、日本にいたくなくて、日本のものをできるだけ避けて暮らした。日本文学も読まなかった。でも、日本を離れると、日本が気になりはじめた。いつでも自分のいる場所から遠く離れたものに興味がいく。なので「移り住み」のたびに関心の対象が変わる。まあ、つまりは、常に自分自身から逃れようとしているということなんだろうけど」[24]

当時USCには日本文学を専門としている研究者はいなかった。そのため日本文学を正式に学ぶ機会はなかったが、東アジアセンターでアルバイトをしていたバーンバウムは、そこで勧められて読んだ泉鏡花や梶井基次郎の短編（「檸檬」「冬の蠅」「愛撫」など）を「暇つぶしで訳してみたりした」。そこには、ラテン・アメリカの作家たちの作品に魅せられたのと同じ「超現実的」で「視覚的に刺激的」な世界があった。「アウトサイダー的な視点」も印象的だった。

「自分自身、どこにいてもアウトサイダーだって意識があったから、その部分に惹かれたところもあると思う」[25]

後に村上春樹のタフツ大学での同僚（兼スカッシュ・パートナー）となるチャールズ・イノウエなどにより広く翻訳される泉鏡花も、バーンバウムがミャンマー語を学ぶために留学するロンドン大学東洋アフリカ研究所で同時期に日本文学を教えはじめたスティーブン・ドッドにより訳されることになる梶井基次郎も、当時はほとんど翻訳されていなかった。

「でも、どこかに掲載したり、出版しようという発想は全くなかった。そんなことができるなんて考えも及ばなかった」とバーンバウムは言う。[26]

カリフォルニア→日本──周囲とのズレ

一九七五年の秋、大学三年生のバーンバウムは、日本語ともう一度向き合うために──村上がその半年前に卒業したばかりの──早稲田大学に留学した。[27]

バーンバウムが早稲田に留学した一九七五年、世界は日本の経済に注目していた。ハーバード大学の社会学者エズラ・ヴォーゲルによる *Japan as Number One* (1979)（『ジャパン・アズ・ナンバーワン──アメリカへの教訓』〈一九八四〉）が刊行され、日本でベストセラーになり、アメリカの大学でも広く使われるようになるのはその数年後だが、バーンバウムいわく、留学生の多くは「日本にビジネスチャンスを見出していたMBAタイプだった」[28]。

そんな中「ビジネスに全く興味がなかった」バーンバウムは、のちにUSCの映画学部を卒業し映像監督になるキース・ホールマンや学生時代から舞踏家の土方巽のアスベスト館の活動にも参加していたベス・ニシハラなど、一握りのアート好きな友人と時間を過ごした。

当時は早稲田の留学生は少なく、キャンパスを歩いていると「必ずと言っていいほど誰かが話しかけてきて、英会話の練習の相手を頼んできた」[29]。「英語屋」として見られるのは、決して気分の良いことではなかったという[30]。

この感覚は、「物事を視覚的に捉える傾向が強く」、後に「ビデオ・アーティスト」としても活躍するバーンバウムが初めて撮った映像作品の内容にも表れている。授業の課題としてホールマンと撮った短編映画は、早稲田を舞台とした殺人ミステリー仕立ての作品。結末は、キャンパス内で倒れているのを発見された留学生の死因が「英会話の相手をひっきりなしに受けたことが原因の過労死だったことが判明する」というものだった[31]。

「とにかく不条理なユーモアに魅かれる[32]」というバーンバウムだが、このような作品を作ることにより、日本で自らに向けられる視線を自分なりに「消化」しようとしていたのかもしれない。いずれにせよ、この「アート／アーティスト」と「英語／英語屋」の狭間での葛藤は、その後も続くことになる。

日本⇅カリフォルニア――アカデミアとの距離

バーンバウムは、一九七六年の秋に、大学の四年目を終わらせ卒業するためにUSCに帰ったが、その一年後には文部省の奨学金を得て、再び東京に戻った。早稲田の大学院で一九七七年から一九七八年までの一年間日本美術史を学び、一年の留学期間終了後も大学院で研究を継続するために、大学院の試験を受けることにする。必死に日本語での受験勉強をした結果、早稲田の大学院に無事合格した。

入学したのは、一九七八年四月。ちょうど村上春樹が神宮球場で「僕にも小説が書けるかもしれない」という「啓示のような出来事」を経験し、デビュー作を書きはじめた頃である。[33] 村上春樹が台所のテーブルで『風の歌を聴け』となる小説を書きあぐねていた頃、その作品を数年後に翻訳することになるバーンバウムも壁にぶち当たっていた。大学院に入学できたは良いが、文部省の一年間だけの期限付き「留学生」(「つまりゲスト」)だった時には比較的自由にさせてくれた指導教員から、テーマを「奈良時代の彫刻かなんか本人が研究していた分野」に変えるように言われたのだ。

「教授からしたら、グループに属すならグループに尽くすのが当たり前のことだったんだろうけど、アメリカ的な個人主義的な観点からはちょっと想像できないことだった。僕の読みが甘かったと言われたらそれまでだけど」

アカデミアに「嫌気が差した」バーンバウムは、大学院を辞めることにした。その後も、ロンドン大学で修士号を取り、早稲田大学で文芸創作の授業を教えたりしているが、大学に腰を据えようと考えたことは一度もないという。[34] このアカデミア(とりわけ英語圏の「日本文学研究」)との適度な距離感が、村上春樹をはじめとする、まだ評価の定まっていない同時代作家をいち早く発掘する自由をもたらしたのだろう。なぜならアカデミアでは評価のある程度定まった——多くの場合故人の——作家を扱うのが主流だったからだ。

大学に残っていたら、翻訳をしていただろうか？

「学者になっていたら、あまりいい訳者になれなかったと思う。学者が良い作家《good writer》になるのはとても難しいから」[35]

肩をすくめながらそう言い、バーンバウムは台所のカウンターに飛び乗ってきた鼈甲柄の愛猫チャチャに向かって（なぜかドイツ語で）話しかけはじめる。

3 生活のために「翻訳家」になる

大学を辞めたバーンバウムはアメリカに戻り、友人の紹介でメリーランド州にあるアンティオーク・カレッジのコロンビアキャンパスで職に就いた。

ヴィジュアル・アーツ・センターでの仕事は、主に陶芸、習字、墨絵などを教えること。仕事に特に不満はなかった。だが、当時はどちらかというと教えるよりも、学び続けたいという気持ちがまだ強かった。「とにかく一ヵ所に止まるのが苦手」だというバーンバウムは、一年後には再び日本に戻り、当時結婚していた日本人女性と京都に移り住み、茶道を学ぶ傍ら「生活のために」翻訳を始めた。[36]

最初の翻訳の仕事は、京都の裏千家が発行している英文季刊誌『Chanoyu Quarterly（茶の湯）』の記事の英訳。外国の読者に茶道を紹介することを目的にしていたこの雑誌は、一九七〇年から一九九九年まで計八十八冊刊行された。創刊号には、千利休に関する小説（『本覺坊遺文』一九八一年発表）執筆のために裏千家で修業をしていた井上靖が「My Thoughts on Chanoyu」という文章を寄せている。茶道に関する記事の他に、日本文化に関わる本を扱う書評コーナーもあった。

茶道も学んでいたバーンバウムの名が「翻訳家」として初めて掲載されたのは、一九八一年に刊行された『Chanoyu Quarterly』No.29収録の近松茂矩《しげのり》『茶道古事談』の抜粋だった。

バーンバウムは言う。

「『Chanoyu Quarterly』の編集部は、misfits〔環境に上手く順応できない人〕の集まりだった。なので、misfitだった僕はとても上手くその環境に順応することができた[37]」

他の編集者には、後にウェザーヒル社の編集者になり、バーンバウムが訳した茶道の本も出すことになるチャールズ（チャック）・サントンもいた。また、同じ時期に一緒に英会話を教えていたジョン・アイナーセンは、後に『Kyoto Journal』を立ち上げ、村上春樹の英訳が本格的に英語圏で刊行される前年の一九八八年九月十日号に短編「カンガルー通信」のバーンバウム訳"The Kangaroo Communiqué"を掲載することになる。

京都→東京――村上作品に出会う

Misfitsの中に自分の居場所を見つけたバーンバウムだったが、京都での生活も徐々に窮屈に感じはじめた。茶道に対する情熱も冷めかけており、京都を離れることを決断した。

「今の京都は七〇年代、八〇年代とはだいぶ変ってきている。以前よりずっとアウトサイダーに対して開放的な土地柄になった。僕が一九八〇年頃にそこを去ったのは茶道に（そして京都の窮屈さが耐え難かった東京出身の元妻にも）幻滅していたから。僕が茶道に関心を持ったのはそれが他の文化芸術と結びついていて、日本の美意識の見本集のように見えたからだ。だけど現代の茶道は家元制度に代表されるように、あまりにも偽善でエリート主義で口やかましくて金にがめついということがわかり、僕は裏千家から抜け出すために京都を離れなければならなかった。作法や流派や資格なんて気にせず、自由に自分のお茶を点てられるなら素晴らしいんだけど、そうでないと息が詰まるからね[38]」

『Chanoyu Quarterly』の翻訳の仕事を離れ、再び東京に移り住んだバーンバウムは、ビデオ・アーティストとして活動しながら翻訳の仕事も続けた。『Chanoyu Quarterly』での仕事をきっかけに、バーンバウムは講談社インターナショナルからアートやインテリア関連の本（瀬木慎一著 *Yoshitoshi: The Splendid Decadent*、小泉和子著 *Traditional Japanese Furniture: A Definitive Guide* など）の翻訳の仕事を受けるようになっていた。

この時も「翻訳者とか翻訳家になるつもりはなかった」という。

「そもそも何かキャリアを持つという発想がなかった。様々な翻訳の仕事を手掛ける中で、どうせ翻訳をするなら文学の翻訳の方がやりがいがあるのではと思い始めただけのこと[39]」

訳すのに適した文学作品を探し始めていた頃に、友人の勧めでバーンバウムが初めて手に取ったのが、村上春樹の短編集『中国行きのスロウ・ボート』だった。[40] 一九八〇年四月から一九八二年十二月にかけて『海』『新潮』等の文芸誌や『BRUTUS』『宝島』等のカルチャー誌に掲載された七編がまとめられ、著者初の短編集として一九八三年の春に刊行されたばかりの新作で、安西水丸による洋梨のイラストを用いた表紙も印象的だった。

バーンバウムは、「別に運命的なものを感じるとかはなかったけど、それまで読んできた日本文学とは全く違うもの」のように感じたという。特に惹かれたのは、「日本文学に圧倒的に足りないと感じていたユーモア」だった。[41] 社会にうまく馴染めない misfit の主人公にも共感できた。[42]

腕を試したくなったバーンバウムは、机がわりの出窓に置かれたタイプライターに向かい、そのなかの一篇を訳しはじめた。[43]

4 すべては原稿の持ちこみから

一九八四年四月のある晴れた寒い朝、バーンバウムは護国寺駅で地下鉄を降り、講談社本社の前を通り、嫌な風を避けるように護国寺の雑居ビルに駆け込んだ。既に何度も訪れていたビルのエレベーターに乗り込み、講談社インターナショナル（以下、ＫＩ）の事務所がある階のボタンを押した。脇に抱えた鞄には「ニューヨーク炭鉱の悲劇」のサンプル訳が入っていた。

当時バーンバウムは、ＫＩからノンフィクションの翻訳の仕事を受けていた。打ち合わせもそのためだった。[44]

一九六三年に（当時の講談社社長の野間省一により）講談社の子会社として設立されたＫＩは、主に日本文化を英語で紹介する本を刊行する出版社だった。美術、工芸、武道、食、ビジネス等の分野の本が多く、日本語で書かれた本の英訳に加え、ドナルド・キーン、エドワード・サイデンステッカーなどの外国人研究者による自伝や解説本も刊行していた。

一九八〇年前半に刊行された本には、海外で日本関連の授業で今でも広く使われている土居健郎の『「甘え」の構造』（ジョン・ベスター訳）やフレデリック・Ｌ・ショットの *Manga! Manga!: The World of Japanese Comics* などもあった。

ＫＩは、これらのノンフィクションの他に、日本文学の英訳も刊行していた。当時、日本文学の英訳を（特に単著で）刊行する出版社が限られているなか、川端康成、谷崎潤一郎、三島由紀夫の「ビッグ・スリー」の作品を出していたクノップフ社（後に村上春樹のアメリカでの出版社となる）や、夏目漱石、芥川龍之介、太宰治等の作品を出していたチャールズ・イー・タトル出版と並び、ＫＩは（日本文学の英訳の世界で）それなりの存在感を示していた。

一九七〇年代には、夏目漱石『坊っちゃん』（アラン・ターニー訳）、川端康成『みづうみ』（月村麗子訳）、三島由紀夫『太陽と鉄』（ジョン・ベスター訳）、大江健三郎『万延元年のフットボール』（ジョン・ベスター訳）、志賀直哉『暗夜行路』（エドウィン・マクレラン訳）などを出し、一九八〇年代には、村上龍のデビュー作『限りなく透明に近いブルー』（ナンシー・アンドルーズ訳）や津島佑子『寵児』（ジェラルディン・ハーコート訳）などの作品をほぼ同時代的（日本語での刊行から五年以内）に英訳出版していた。

一九七六年と一九七九年にそれぞれ講談社が主催する群像新人文学賞を受賞し、小説家デビューしていた村上龍と村上春樹は「ダブル村上」と称されることもあり、一九八一年には対談集『ウォーク・ドント・ラン』（講談社）も出していた。バーンバウムは、「もう一人の村上」の英訳にも関心を示してもらえるのでは、と期待を抱いていた。[45]

ノンフィクション本に関する打ち合わせが終わると、バーンバウムは鞄から「ニューヨーク炭鉱の悲劇」のサンプル訳を取り出した。短編集『中国行きのスロウ・ボート』に収録されていた七編のなかからこの短編を選んだ理由は、「『中国行きのスロウ・ボート』や『午後の最後の芝生』より短くて、訳してみた作品の中で翻訳として最も納得がいくものだったから」。

原稿を編集者に渡したバーンバウムは、二年前に発表されたばかりの村上の初長編『羊をめぐる冒険』も翻訳したいと申し出た。[46]

『羊をめぐる冒険』は、一九八二年七月に『群像』（八月号）に一挙掲載され、その数ヵ月後に講談社から単行本として刊行されていた。村上は、この『羊をめぐる冒険』は「『主流文学』を追求する当時の『群像』編集部にはまったく気に入られず、ずいぶん冷遇された」としている。[47] 途中で編集者が変わり、「こんな長いもの持ってこられてもこまる」と言われ、「長いから、というんで載せてもらえるまで大変だった」とも回想している。[48] だが、最終的には、同作品は八月号に、異例とも言える一挙掲載され、数ヵ月後には単行本となり、そのまた二ヵ月後の十二月には同じ講談社主催の野間文芸新人賞まで受賞している。売上についても、村上によると当時「十五万部ぐらい」売れた[49]。傍から見れば、期待の新人による、華麗な「長編デビュー」というところだろう。

バーンバウムは、なぜ『羊をめぐる冒険』を訳したいと思ったのだろうか。

「『羊』が魅力的かつ挑戦的だったのは、それまでの［日本の］小説が極端なリアリズム（細部に拘泥しすぎて作品の持つ広い視野や深い洞察がぼやけてしまっている）と極端なファンタジー（ほとんどドタバタ漫画や馬鹿げたロボット・怪物ものの類）のどちらかでその中間がすっぽり抜け落ちていたなか、退屈な日常とファンタジーの両方を見事なバランスで切り取っていたところ。超現実的な出来事を、もっともらしくとまではいかなくても、可能性のあるものとして描いていた。その点が（当時は）素晴らしくユニークだったし、完璧に抑制がきいていながら同じくらい大胆に作為的な作品でもあった。他のどんな日本人作家とも全く似ておらず、むしろ圧倒的に英米の小説家に近かった——もちろんそのせいで日本の批評家に攻撃されもしたけど。あれは大江健三郎や安部公房や唐十郎や中上健次のような重々しくて陰気で七面倒くさいヴォイスに対する、真っ向からのアンチテーゼだった[50]。

なにしろ魅力的だったのはその「軽さ」。それから『羊』には作者が気負わずに書いている感じがあった。これは以降の作品からは失われてしまったけど。無論、どんなに新しいヴォイスだっていずれは過去の成功をただ繰り返すだけでなくそれを意識的に乗り越えようとしなければならないときが来るから、ヴォイスがだんだん「自然」でなくなっていくのも仕方がないことだ。

それでも『羊』に関しては無理をしている感じがまったくなかった。実験的でありつつも凝りすぎたしんどい文章ではなく、不条理だけどウケ狙いに走っていない。「超現実《シュール》」な部分にも魅かれた。とにかく僕は変なものが好きなんだ。それもすごく変なものではなく、一癖ある感じのものが。いくつもの土地や文化の中で育ってきた自分にとってはきっとその方が「リアル」なんだろう。どうしてもあるひとつの規準を疑いなく「正しい」と思うことができない。しばらく外から眺めれば何だって恣意的でおかしいものに見えてくるからね。ハルキがどういうふうにそうした斜に構えた視点にたどり着いたのかはわからないけど、生まれ故郷である京都とその因習的な社交習慣を嫌ったことはすこし関係しているのかもしれない。ただこれは今だからそう思えるのであって、当時は『羊』のように、ただの馬鹿馬鹿しさとは違う奇妙さを備えていた小説は皆無だった。よく言われるように、本当に面白い冗談というのはそれが冗談かどうか判断のつかないものなんだ[51]」

ノンフィクションを専門としていたバーンバウムの担当編集者は、『羊をめぐる冒険』の英訳の提案を受け、すぐに別の編集者を紹介してくれた。新たに紹介された編集者は「ニューヨーク炭鉱の悲劇」のサンプル訳を受け取り、検討するとバーンバウムに伝えた。

「はっきり覚えていないけど、ものすごく前向きな反応という感じではなかったと思う」とバーンバウムは言う。[52]

数週間後に事務所を再び訪れると、同じ編集者に『羊をめぐる冒険』は「長すぎてビジネス的に難しい」と言われ、代わりに村上の初期中編二作『風の歌を聴け』と『1973年のピンボール』

を手渡された。

バーンバウムは、「ビジネス的に難しい」という説明に疑問を感じながらも、渡された本を帰りの電車の中で読みはじめた。そして、家で二冊とも読み終えると、当時愛用していたＩＢＭセレクトリックタイプライターの前に座り、早速『１９７３年のピンボール』の翻訳に取り掛かった。[53]デビュー作の『風の歌を聴け』ではなく、続編の『１９７３年のピンボール』を選んだのは、後者の方が作品として優れていると感じたから。初めから二冊とも出す契約が交わされていれば、『風の歌を聴け』から翻訳していただろうが、当時は「二冊目があるかもはっきりしていなかった」。そのような状況下では、「少しでも良いと思う作品を選ぶのが自然」だったという。

「どっちを訳すか、そこまで深く考えたり悩んだりした覚えはない。でも、『ピンボール』のシュールな部分に惹かれたんだと思う。登場人物がピンボールマシーンと会話する場面とかは、僕のユーモアのセンスにどんぴしゃだったしね[54]」

5　英語学習者向けのシリーズからの刊行

バーンバウムは、数ヵ月で『１９７３年のピンボール』の訳を仕上げた。はじめての文芸作品の翻訳ということもあり、基本的には忠実に訳すことを心がけた。

「当時は、より良い訳をつくるために原作に手を加える、という発想はあまりなかった。まだ無名《nobody》だったし、誰か訳し方についてアドバイスしてくれる人がいたわけでもなかったから。直観に頼るしかなかった[55]」

KIに渡した翻訳原稿は、村上龍の『限りなく透明に近いブルー』のように単行本として刊行されるものだとバーンバウムは思っていた。だが、一九八五年の秋に（一九八五年九月十日付の契約書と共に）自宅に届いた見本は薄い文庫本だった。

「なんだこれは、話が違うじゃん、と思った。振り返ってみれば、僕がナイーブだったところもあるかもしれないけど[56]」

Pinball, 1973（以下、『ピンボール（英）』）は英語学習者向けの「講談社英語文庫（Kodansha English Library）」の一環として出版されていた。表紙には、原著の単行本と同じ佐々木マキのイラストが用いられ、巻末には（高校の英語教員による）日本語での文法解説が付いていた。原稿提出から刊行までの編集部とのやりとりは「最小限だった」とするバーンバウムが解説文を目にしたのは、見本が送られてきた時が初めてだった[57]。

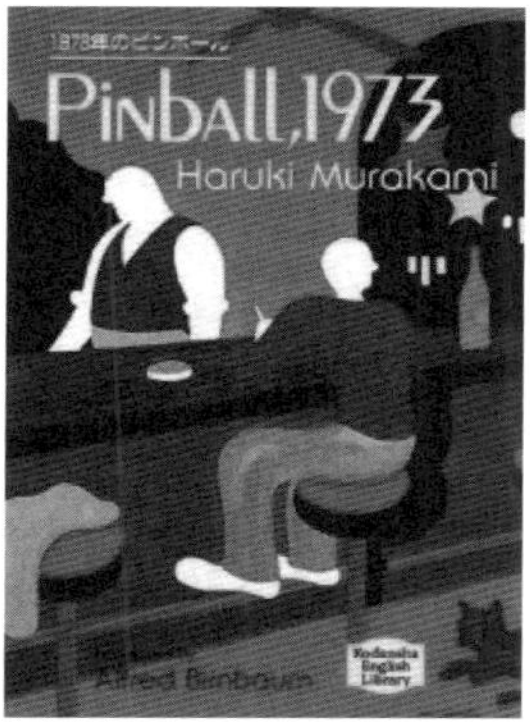

Pinball, 1973（Kodansha English Library, 1985）

講談社英語文庫は、日本在住の英語学習者に向けたシリーズ。同時期にこのシリーズで出版された他の日本の作品には、星新一の『ノックの音が』や一九八一年に刊行され八百万部を超える大ベストセラーとなった黒柳徹子の『窓ぎわのトットちゃん』などがあった。

KIの単行本は、英米の代理店などを通じて、英語圏でも流通される仕組みになっていた。文学作品の初版の最小部数は三〇〇〇部で、三島や谷崎などアメリカでも名の知られている作家の作品の場合は、初版六〇〇〇部でスタートすることもあった。[58] 一方、「講談社英語文庫シリーズ」の流通は、日本国内に限られていた。なので『ピンボール（英）』は、海外の書店に並ぶことはなかった。

KIの編集部が初めから村上作品の出版を「講談社英語文庫シリーズ」で検討していたとすると、『羊をめぐる冒険』を「長すぎる」と考えたのもわかる。単行本で『羊をめぐる冒険』は約四〇〇頁の長編なのに対して、『風の歌を聴け』と『1973年のピンボール』はそれぞれ二〇〇頁ほどの中編だ。英語圏では長い間、中編小説《ノベラ》は売れないとされてきた。だが、日本の英語学習者向けの刊行を考えていたのであれば、長編よりも中編の方がニーズがあるとの判断も理解できる。

『ピンボール（英）』の英文の編集を担当したのは、「講談社英語文庫」から「日本の美術工芸品、武道、文学作品から展覧会のカタログまで」様々な本を編集していたジュールズ・ヤング。一九六〇年代半ばに来日し、一九六九年から二十年ほどKIで編集者としてつとめた後、主に英文編集を請け負う会社を立ち上げた。[59] 十年ほど前からタイで暮らしており、翻訳も手がけている。訳書に人気漫画の『サザエさん』や『コボちゃん』などがある。

ヤングは、最初にバーンバウムが持ち込んだサンプル翻訳（「動物園が出てきたっけ？」）を読み、ユニークで興味深い作品だと思い、バーンバウムの英訳ではじめて『ピンボール（英）』を読んだときには「とても気に入った」という。[60]

英訳を編集するにあたり、ヤングは日本国内の読者層を特に意識はしなかった。編集中に疑問が生じた際には、日本語の解説文を担当していた編集者に相談した。同時に「アメリカや他の英語圏のマーケットで刊行される予定があれば、日本やその文化に馴染みのない読者のために情報を補足するなど、多少変えていた部分もあると思う」ともいう。[61]

タイトル *Pinball, 1973* にコンマを入れたのはヤングの提案だった、とバーンバウムは言う。[62] このタイトルは、同作が四半世紀後にテッド・グーセンの翻訳により新たに刊行された際にも、そのまま使われることになる。

ヤングは、当時を振り返りながら言う。

「タイトルのコンマには、物語の時代を強調する効果があったように思う。コンマがないと、何か少し物足りない感じがするかな[63]」

『ピンボール（英）』が「講談社英語文庫」から出版されたことについて「正直がっかりした」バーンバウムだったが、続いて依頼された『風の歌を聴け』の英訳も受けることにした。

「村上春樹という作家には引き続き関心があったし、いつか『羊をめぐる冒険』を訳す機会を得るためにはやるしかないという感じだった。梯子の一番下にいると、そんな色々と選択肢があるわけじゃないからね[64]」

日本の読者向けであることはあまり意識せずに訳したが、『１９７３年のピンボール』と同様に、基本的には原文に沿った訳を目指した。バーンバウムの訳は、再びヤングによる編集を経て、*Hear the Wind Sing*（以下、『歌（英）』）の題で、一九八七年二月に同シリーズから刊行された。『ピンボール（英）』と同様に、カバーの表紙には原著の佐々木マキのイラストが用いられ、巻末には英文解説が付けられた。

バーンバウムは、グラスにビールを注ぎ足しながら言う。

「翻訳について、ムラカミと直接やりとりしたことはほとんどなかったと思う。お互い、海外を移動していた時期も長かったし。アメリカで本が出始めた時には、たまに編集者経由で質問をしたりしたけど、英語文庫の時はやりとりは全くなかったと思う。国内での流通だったし、ムラカミ自身もそこまで英訳に関心はなかったんじゃないかな[65]」

この点について尋ねると、村上はレイモンド・チャンドラーの『大いなる眠り』のデザイン入りのマグカップから一口コーヒーを飲んでから言う。

「日本の国内市場向けの翻訳だから、特に難しいことは考えなかった。なんのために出すの？って聞いたら、日本の高校生が英語を勉強するために読むものだって言うから、色んな、変わった需要があるんだなと思ったくらいで。これで海外に進出しようとか、そういう気持ちはなかったですね。あの二冊は短いじゃない？　中編《ノベラ》ですね。僕はその頃にはもう、もっと大きい長編《ノベル》の方に気持ちがいってたから、その二つに関してはあんまり関心がなかったんですよね[66]」

この初期中編二作の英訳は、一九九〇年代以降に村上作品が英語圏で少しずつ読まれ始めてからも、作品が「未熟《immature》」だという著者本人の考えもあり[67]――二〇一五年八月にテッド・グーセンによる新訳が英米の出版社から刊行されるまで――三十年近くにわたり英語圏の読者には伏せられることになる。だが、『ピンボール（英）』のバーンバウム訳は日本国内のみの発売ではあったものの、村上作品が英語圏で刊行される前にアメリカやイギリスの編集者、エージェント、批評家などの出版のプロたちが英語で村上作品を読むための重要なサンプルとなる。

バーンバウムは（揚げたてのトルティーヤのチップスでアボカドのディップをたっぷりすくいながら）言う。

「講談社英語文庫の最初の二冊が当時どれだけ読まれていたのかは覚えていない。英語文庫の支払いは日本で主流の印税方式だったから、当時はある程度把握していたはずだけど。それなりに売れていたような気もするけど、個人的には「読まれている」という実感はなかったし、あまり読者をイメージすることができなかった[68]」

二〇一五年にテッド・グーセンによるこの二冊の新訳が刊行されたことについて尋ねると、村上は言う。

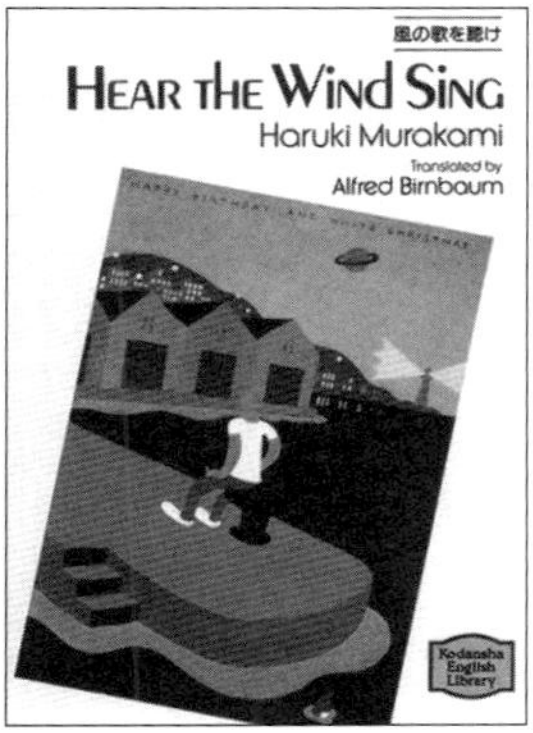

Hear the Wind Sing（Kodansha English Library, 1987）

「僕としては心境は変わらないし、どっちでもよかったんだけど、要望が多かったのね。別に出すのは構わないけど、今読むとそんなに面白くないんじゃないかという気がしたから、出さなかったんだけど、あまりにも要望が多いんで、じゃあ出していいよと。日本ではみんなクロノロジカルに読んできているけど、外国の場合は［刊行の順序が］無茶苦茶だからね。この二冊が出て、これが新刊だと思って買って読む人もいるわけじゃない？　そういう人が〝なんだこれ〟って思うだろうなという違和感もあったしね。もうひとつは、この最初の二冊は僕が学生の頃に好きだった、例えばカート・ヴォネガットとかリチャード・ブローティガンとか、そういうアメリカのあの時代の作家のスタイルを色んなところで借りて作っている部分があるんです。やっぱりそういうのは今になるとちょっと恥ずかしいというか、それはあるね。一九六〇年代後半のいわゆる「カウンター・カルチャー」みたいなのは、やっぱりどうしても年代が経つと力を失っていく。例えば、ジャン＝リュック・ゴダールの映画が今観ると退屈に見えちゃうのと同じで。僕が高校生の頃にゴダールの映画を観たときは、ほんとにビリビリ電気に痺れるみたいにシビレたんだけど、今観てもそういうのはもう戻ってこない。それはブローティガンに関しても、ヴォネガットに関しても、ある程度言えるんじゃないかと思う」[69]

6　きままな翻訳家？

村上作品の翻訳を始めた頃、バーンバウムは主にフリーランスで翻訳や編集の仕事を手掛けていた。小説の翻訳出版の実績もなく、出版業界におけるコネも限られていた。しかし、バーンバウムは自発的に「ニューヨーク炭鉱の悲劇」を訳し、出版されるという保証もないまま（契約書がないまま）『1973年のピンボール』を翻訳した。[70]

バーンバウムは、自ら率先して（ほとんど、あるいは全く支払いを受けずに）翻訳サンプルを作り、出版社や雑誌に持ち込むことも少なくなかった。文学作品の翻訳料は決して高くない。英国作家協会の推奨レートは（二〇一八年現在）千ワード九十五ポンド（原稿用紙一枚約三千円）だが、[71] 出版社が提示するレートはこれを大きく下回ることが多い。出版契約が結ばれた形での仕事でも、時給に換算すると最低賃金を下回ることもある。出版契約がない形での翻訳は、翻訳者がさらにリスクを負うことになる。これは（特につい最近までは）日本文学の翻訳者の大半が大学から給与や奨学金などの形で安定した収入を得ている研究者であった大きな理由のひとつだろう。

バーンバウムは村上の作品を訳し始めたとき定職についていなかった。数ヵ月かけてどうしてそんなことができたのだろうか。

バーンバウムは肩をすくめながら言う。

「単純に生活費を切り詰めるシンプルな生活を送っていたから」

大学院時代には、文部省からの奨学金が振り込まれるまでの最初の一ヵ月間、パン屋でただでもらえるパンの耳と、スーパーで数十円で買える納豆を毎日食べて一日の食費を二百円におさえていたというバーンバウムは「お金を使わないことが僕の仕事だ」と言う。[72]

このライフスタイルは今も変わらない。台所に並ぶ調理器具や食器も、ほとんど近所の朝市で数十円から数百円で揃えた。毎日の食材も、色々な店を回り、安くて美味しいものを見つけるのが楽しみだ。外食はほとんどしない。最近でも、英国の文芸フェスティバルに参加する際、主催者側で用意されたビジネス・クラスのチケットを「もったいないから」エコノミーに変更するよう依頼し、「逆にエコノミーをビジネスにしてほしいとか、ビジネスをファーストにしてほしいという依頼はいくらでもあるが、逆は初めて」と担当者を驚かせた。[73]

そんなシンプルなライフスタイルも、村上が二〇〇四年に英語圏屈指の文芸誌『パリス・レビュー』のインタビューでバーンバウムを「ボヘミアン」と評した理由のひとつかもしれない。

Alfred is a kind of bohemian; I don't know where he is right now. He's married to a woman from Myanmar, and she's an activist. Sometimes they get captured by the government. He's that kind of person. He's kind of free as a translator; he changes the prose sometimes. That's his style.[74]

アルフレッドはボヘミアン・タイプですね。彼が今どこにいるかも分からない。彼はミャンマー出身の女性と結婚しているんですが、彼女は活動家です。たまに二人で政府に捕まったりもしています。そういう人なんです。彼はわりにきままな翻訳をします。ときどき文章を作り替えたりもする。それが彼のスタイルなのです。

『パリス・レビュー』の"Writers at Work: Art of Fiction"は、五十年以上続く、英語圏の文学界で最高峰のインタビュー・シリーズ。インタビューの対象に選ばれることは、文学賞を受賞するのに匹敵する「名誉」である。

村上は、シリーズでインタビューを受けた一八二人目だが、過去にインタビューを受けた作家のラインナップの豪華さには驚かされる。例えば、シリーズが開始した五〇年代には、グレアム・グリーン、ラルフ・エリソン、ウィリアム・フォークナー、トルーマン・カポーティ、アーネスト・ヘミングウェイ、T・S・エリオット、六〇年代は、オルダス・ハクスリー、ヘンリー・ミラー、ジョン・スタインベックなどの英語圏を代表する作家たちもインタビューに臨んでいる。また、七〇年代以降には、村上がお手本としていたカート・ヴォネガット、ドナルド・バーセルミ、レイモンド・カーヴァー、ジョン・アーヴィング、グレース・ペリーなどもインタビューを受けている。非英語圏の作家（翻訳文学）も、フランス語圏（ジャン・コクトー、シモーヌ・ド・ボーヴォワール、ミラン・クンデラ等）とスペイン語圏（ホルヘ・ルイス・ボルヘス、ガブリエル・ガルシア＝マルケス、カルロス・フエンテス等）を中心に少しずつ増えてはいたが、村上は同シリーズでインタビューを受けた初の日本人（でおそらくアジア人）であった（三年後の二〇〇七年に大江健三郎も受けている）。

THE PARIS REVIEW, 170
（2004年夏号）

同インタビューの邦訳は、村上の国内外のインタビューをまとめた『夢を見るために毎朝僕は目覚めるのです』（文藝春秋、二〇一〇）にも「何かを人に呑み込ませようとするとき、あなたはとびっきり親切にならなくてはならない」という題で収録されている。

その際に、前述の部分は次のように訳されている。

> アルフレッドはボヘミアン・タイプですね。彼はわりにきままな翻訳をします。ときどき文章を作り替えたりもする。それが彼のスタイルなのです。

邦訳からは「彼が今どこにいるかも分からない。彼はミャンマー出身の女性と結婚しているんですが、彼女は活動家です。たまに二人で政府に捕まったりもしています。そういう人なんです」の部分が省かれている。

この点について、台所でつまみ用に銀杏を煎っているバーンバウムに尋ねると、次のような返事が返ってくる。

「削除された理由については知らない。でも、『パリス・レビュー』誌で最初にコメントを目にしたときは唖然とした。「パン屋再襲撃」の夫婦とこんがらがったのかもね。小説家にとって現実とフィクションの境界線は常にぼやけているからね」

ちなみに、「活動家ではないし、政府に捕まったことなんて一度もない」[75]という妻のティーとバーンバウムは、ミャンマー人作家 Nu Nu Yi の小説 *Smile as they Bow* を共訳している。二〇〇七年に（ブッカー賞と同じスポンサーを持つ）マン・アジア文学賞の最終候補にも選ばれたこの小説は、二〇〇八年にイギリスのハイペリオン社から刊行され、当時ミャンマー文学の英訳が限られていたこともあり、注目を集めた。

『パリス・レビュー』のインタビューでは、「ときどき文章を作り替えたり」「わりにきままな翻訳を」するバーンバウム（「その部分のコメントについては、まあ本当だから全く構わない」[76]とバーンバウムは言う）と対比される形で、（日本文学研究者で後に村上の主な英訳者の一人となる）ジェイ・ルービンが“a very meticulous, precise translator”（とても綿密で正確な翻訳家）として紹介されている。この「自由奔放で、自由に訳すバーンバウム」対「真面目で、忠実に訳すルービン」というイメージが他のインタビューや対談記事で広がっている感があるが、この意訳や超訳の度合いを単純に翻訳家の性格やスタイルとつなげて考えるのは、言うまでもなく安易だろう。

バーンバウムとルービン二人の例をとっても、掲載媒体や村上春樹の英語圏でのキャリアやそれぞれの訳者としてのキャリアのステージ、そしてそれに伴う編集者や出版社との「力関係」などの様々な要因により、翻訳における「意訳度」は大幅に変わってくる。

例えば、村上春樹の英語圏での評価が定まる前の一九九〇年代後半までにバーンバウムとルービンが訳した作品を客観的に見ると、どちらも（様々な事情があり）一般的な「翻訳」作業を超えた「編集」や「翻案」作業を要したものが多い。（村上のもう一人の英訳者の）フィリップ・ガブリエルの訳でも――のちに詳しく触れるバーンバウムの *Hard-Boiled Wonderland and the End of the World* やルービンの *The Wind-Up Bird Chronicle* ほどではないにしても――明らかな削除／短縮／順序の入れ替えが行われている。

村上も翻訳家が必要と考えた「改変」については大らかな方で、基本的には、訳者を信頼し、できるだけまかせるというスタンスを——この方針も英語圏での読者層が広がるにつれて徐々に変わることになるが——少なくとも英訳が出始めてからの十年強はとっていた。そして、この柔軟なスタンスは、後に英語圏で（村上の言葉を借りると）「最高のポジション」を得る上でとても重要になる。

7　他の活動の傍らで翻訳を続ける

『1973年のピンボール』に続いて、一九八七年二月には『風の歌を聴け』の英訳 *Hear the Wind Sing*（以下、『風（英）』）が講談社英語文庫シリーズから刊行された。

この頃、アーティストグループの「ダムタイプ」の活動に参加したり、ビデオ・アーティストとしても仕事をしていたバーンバウムは、東京で行われる国際的なビデオ・フェスティバルの準備で忙しくしていた。世界中から集まってきたビデオ作品を半年で何千時間分も観なくてはならなかった。[77] そんななか、KIから、一度見送られたはずの『羊をめぐる冒険』の英訳の依頼がきた。バーンバウムにはこの決断の理由は分からなかったが、そもそもこの作品を訳したかったからもちろん引き受け、同年十二月の締切に向けて[78]翻訳作業も並行して進めていった。

十一月中旬に無事フェスティバルが開催され、少し落ち着き始めた頃に『ノルウェイの森』が大ヒットする。緑と赤のクリスマスを思わせる装丁で九月に刊行されていた小説が、クリスマス商戦で火がつき、一九八八年一月の段階で上下巻累計八十万部、同年十二月には累計三五五万部を超える大ベストセラーとなったのは有名な話である。[79] 同作は、その後もロングセラーとなり、二〇〇九年の段階で、文庫本なども含め二巻合わせた売上累計は一千万部を超えた。世界的にも最も売れている村上作品である。[80]

バーンバウムはこの小説を、「あまりにも売れていて何か読む気になれなくて、すぐには手に取らなかった」。一九八八年に講談社から英訳の依頼を受けて読んでみたが、「僕が好きなユーモアや非リアリスティックな部分がなくて、ちょっとセンチメンタルな印象を受けた[81]」という。

それでも、翻訳の仕事は受けることにした。村上は長年の翻訳仲間の柴田元幸との対談の中で、バーンバウムの『ノルウェイの森』の訳について、「あれは生活のためだな」と冗談交じりで語っているが、[82] バーンバウム本人も翻訳したのは「生活のためという部分もあった[83]」という。

翻訳契約書には、講談社英語文庫とハードカバーやマスマーケット向けに刊行された際の両方の条件も組み込まれた。当時のKIのチームとしては、海外でのヒットを期待する部分もあったのかもしれない。当時KIの東京事務所に勤めており、後にKI-USA／KAで指揮をとることになる浅川港《みなと》は、「講談社グループのメンバーの念頭には、常に『ノルウェイの森』の傑出した商業的成功があった[84]」と言う。

バーンバウム自身は、海外での刊行を意識していたのだろうか。

「そこらへんは記憶があまり定かではないね。海外でも刊行されることを期待している面もあったかもね。印税が支払われる契約になっていたか覚えていないけど、そうだとしたら作品が好きでというよりは生活のために訳していたわけだから、きちんと宣伝されてより多く売れることを期待していたんじゃないかな」[85]

同時に、バーンバウムは、気に入った作品については金銭的な見返りとは関係なく翻訳をし、掲載・出版の場を模索した。同年の秋には、京都時代からの友人のジョン・アイナーセンが編集長をつとめる『Kyoto Journal』に短編「カンガルー通信」が掲載された（ちなみに、同作はほぼ同じタイミングで、後に村上作品の主な英訳者の一人となるフィリップ・ガブリエルの訳により、カリフォルニアを拠点とする文芸誌『ZYZZYVA』に掲載され、アメリカで発表された初の村上作品となった）。

日本→スペイン&ヨーロッパ――変わる世界を目の当たりにして

東京でのビデオ・フェスティバルの仕事を終えたバーンバウムは、活動の拠点をバルセロナに移した。新潮社が新しく立ち上げる予定のカルチャー誌の編集者（contributing editor）として、主にヨーロッパの企画を担当するためだ。スペイン語ができて、建築や美術好きのバーンバウムにとって、当時のバルセロナは魅力的な場所だった。バルセロナからヨーロッパ各国を旅し、「世界が変わるのを目の当たりにするのはとてもエキサイティングだった」。バーンバウムは、旅先から日本の編集部に次から次へと企画案を送った。

ミャンマーでパソコンに向かうバーンバウム

「でも、当時のヨーロッパと東京では温度差があって……つまり東京の編集部はヨーロッパで起きていることに興味がないようで……ほとんど採用されることはなかったね」[86]

一九八九年十二月に発行された『03：TOKYO Calling』創刊号はニューヨーク特集。表紙に『ドゥ・ザ・ライト・シング』で注目を集めていた映画監督のスパイク・リーが（バーンバウムがエージェント経由でアレンジし）起用された。後に村上の編集者にもなるゲイリー・フィスケットジョンと、日本でも高橋源一郎訳でベストセラーになった『ブライト・ライツ、ビッグ・シティ』の著者（三年後には村上とニューヨーク・タイムズ紙の企画で対談することになる）ジェイ・マキナニーへの共同インタビューも掲載された。

バーンバウムはキッチンカウンターに少し前のめりになりながら言う。

「日本人の視点の先にあるのは常にアメリカだった。特にニューヨークは、文化的ロールモデルみたいな位置付けだった。出版業界も、もちろん例外ではない。日本はこの「中毒《addiction》」からいつ解放されるんだろうと今でも思う。日本の大学や出版業界で「アメリカ文学者」が中心的存在であるのも、考えてみれば不思議なことだよね。逆は絶対あり得ない。アメリカの出版業界で日本文学研究者がメジャーな存在になるなんて聞いたことない」[87]

雑誌の仕事と並行して、バーンバウムは翻訳も進めていた。前述のとおり、バーンバウムは、『１９７３年のピンボール』と『風の歌を聴け』に続いて、ＫＩから『羊をめぐる冒険』と『ノルウェイの森』の英訳の依頼を受けていた。『羊をめぐる冒険』については、出発前に始めていた翻訳をヨーロッパ滞在中に終わらせ、原稿のコピーを日本に送った。

すると、しばらくしてから「ＫＩの聞き覚えのない名前の編集者から連絡が来た」。ＫＩで新しく働きはじめたばかりのエルマー・ルークは、バーンバウムに『羊をめぐる冒険』の編集を担当することになったと伝えた。[88] ふたりは、バーンバウムが日本に一時帰国する際に会う予定を立てた。そしてこのふたりの出会いをきっかけに、Haruki Murakamiをめぐる冒険は新たな展開を迎えることになる。

村上春樹、アメリカへ

Haruki Murakami の英語圏進出を支えた名コンビ

1989-1990

8　エンジンをスタートさせた編集者、エルマー・ルーク

講談社インターナショナルの熱意あふれた何人かの編集者たち、とりわけエルマー・リュークに感謝したい。このハワイ生まれの小柄な（しかしバイタリティーあふれる）中国系アメリカ人編集者が当初、僕の作品を熱意をこめてアメリカ・マーケットに売り込んでくれたのである。エルマーがまずエンジンをスタートしてくれたのだ。

（『象の消滅　短篇選集 1980-1991』の村上春樹によるまえがきから）

野球と文芸の町、クーパーズタウンにて

長年、東京とニューヨークに居を構え、ふたつの国を数ヵ月スパンで行き来する生活をしていたエルマー・ルークは、八年前に「下町の雰囲気とスカイライナーの利便性が魅力で長年住んだ」日暮里のマンションを引き払い、「寝室の窓から遠くに超ミニチュアサイズの自由の女神を眺めることができるのがチャームポイント」のマンハッタンのアパートもハリウッドの大物ディレクターに譲り、マンハッタンから車で約四時間の小さな町、ニューヨーク州クーパーズタウンに移り住んだ。

クーパーズタウンと言えば、アメリカ野球殿堂博物館が有名だが、『モヒカン族の最後』（『ラスト・オブ・モヒカン』として映画化）で知られる小説家ジェイムズ・フェニモア・クーパー（一七八

九―一八五二）の父が設立した町としても知られる。

ルークが、長年のパートナーであり二〇一三年に結婚したロバート・スワードとともに購入した家も、クーパーの祖先が所有していたもの。はなれ《library》の地下には、年代物のワインとともにクーパーの小説が多く残されていたという。

庭の菜園では、きゅうり、しそ、日本のかぼちゃなどを育てている。菜園の裏に建てたアトリエでは、数年前に明治学院大学を退職したスワードが染物や陶芸のワークショップを開き、家の二階にあるコンパクトな書斎では、ルークが「大切だと思える仕事だけ受けて」原稿と向き合う。そんな日々を過ごしている。[1]

書斎の本棚には、今まで編集してきた日本文学の英訳本がずらりと並ぶ。村上春樹の初期長編はもちろん、島田雅彦『夢使い』（*Dream Messenger*、フィリップ・ガブリエル訳）、川上弘美『真鶴』（*Manazuru*、マイケル・エメリック訳）、辻原登『ジャスミン』（*Jasmine*、ジュリエット・ウィンターズ・カーペンター訳）、井上ひさし『東京セブンローズ』（*Tokyo Seven Roses*、ジェフリー・ハンター訳）、松浦寿輝『巴』（*Triangle*、筆者訳）など。作家、訳者、作風、年代もさまざまだ。

一部の例外を除き、ルークが編集に携わったこれらの本には――出版社の社員時代のものはもちろん、フリーになってから編集したものも含めて――その名前は記載されていない。翻訳学では、しばしば translator「翻訳者」の invisibility「透明性」が問題視されるが、編集者に比べたら翻訳者はまだ目立つ存在だと言えるだろう。

クーパーズタウンのルークの家

ハワイ（THE ISLANDS）→イリノイ（THE MAINLAND）

ルークは、一九四八年に、ハワイ州のオアフ島で、中国系アメリカ人の両親の五番目の子供で長男として生まれた。ルークの両親は、どちらもハワイ生まれの二世と三世（母方が十九世紀の終りに、父方が二十世紀初頭に中国からハワイに移住していた）[2]。父は州政府で会計士を務め、母はルークが高校にあがるまで専業主婦として家族を支えた。ルークは、思春期には父と常に衝突していたという。

「同じ屋根の下に住んでいられないという感じだった。家を出てからは、関係は大分よくなったけど」[3]

高校まで地元で育ったルークは、大学進学のためにイリノイ州に移り住んで「初めてハワイは『島』であることを実感した」。

「どの大陸からも遠く離れたハワイでは、自らの歴史から――家族や中高、小学校でしたことでさえも――逃れられないから、もう住みたいとは思わない」と言う。

でも、場所を変えるだけで自分から逃れられるのだろうか。

「もちろん無理さ（笑）。完全に逃れるのはね。でも環境を変えることにより、過去の重荷を軽くし、自分の新しい部分を探求することは可能になる」[4]

一九六六年に入学したイリノイ大学では、巨大な寮に入れられた。約二千人の入居者のうち、アジア人はルークただひとり。多様な人種が共存するハワイから来たルークは軽いショックを受けた。

「自らの人種をより意識させられる経験だった」と言う。

「大学三年目からは友人とアパートを借りて暮らしていたので、そんなに孤独でもなかったし、自分が他人と全く違うという意識も薄れていた——実際は違っていたのかもしれないけど。ただ、できれば目立ちたくない、目立つにしても「アジア人の友人しかいないアジア人」とは見られたくないと思っていた。ずいぶん矛盾したアイデンティティの悩みだけどね、自分だって他のアジア人たちを個人や一人の学生ではなく「アジア人」と分類していたわけだから。僕自身がマジョリティーである白人に向けられていると想像していた眼差しを彼らに向けていたことになる」[5]

はじめは、医者になることを念頭に、医学部準備課程（Pre-med）に属していた。高校時代にハワイ医学協会主催のエッセイ・コンクールで賞を受賞し、その一環として病院で医者と時間を過ごしたのがきっかけだった。両親も息子が医者を目指していることを喜んだ。[6] が、「有機化学が苦手で」途中で断念し、専攻をアメリカ文学と修辞学に変えた。[7]

「文学はもともと得意な分野だったから」[8]

高校から学んでいたロシア語も続け、将来博士課程に進むことも念頭に、第二外国語として中国語（北京官話）も学んだ。ハワイで八年間、広東語の補習校に通っていたので、漢字が既に書けたのも中国語を選んだ理由のひとつだったという。

「時代——六〇年代、冷戦——を考えるとＣＩＡに適した人材だったね（笑）。もちろん近寄りもしなかったけど」[9]

学生運動にも積極的に関わり、首都でのデモにも何度か参加した。一九六九年に選抜徴兵制度の抽選で自らの誕生日が高い順位につけられる（＝徴兵される可能性が高いとわかる）と、断食して抗議した。

数回にわたり、バスでイリノイ大学からシカゴまで連れて行かれ、徴兵身体検査を受けさせられた。結果は、体重が足りなくて、すべて見事に不合格。ベトナム行きを免れた。

このような学生時代の経験は、後に知り合う同世代の村上（ルークが一九四八年、村上が四九年生まれ）との「共通の話題のひとつ」だったという。[10]

アメリカと東アジアの狭間で

無事に大学を卒業したルークは、再びアメリカの中西部に戻り、中国文学を学ぶためにミシガン大学の大学院に入学した。

「大学院は都市部にあって、そこは人種構成もだいぶ違っていた。もっと多様で、人ももっと洗練されていた。アジア系（アジア出身者とアジア系アメリカ人）もそこに混ざっていたけど、やっぱりどこか周りからは浮いていて、完全に同じ目で見られているわけじゃないという感覚があった」[11]

ミシガン大学では、『源氏物語』や川端康成、谷崎潤一郎などの作品の翻訳で知られ、一九六八年の川端のノーベル賞受賞に貢献したとされる日本文学研究者のエドワード・サイデンステッカーにも出会った。

「サイデンステッカーの訳文は見事だよね。訳文自体が極上の文学作品になっている。川端がノーベル賞を獲れたのも、それをサイデンステッカーと分かち合ったのも不思議はない。ミシガン大学にいた頃にはあまり付き合いはなかった。同じ東アジア言語文学部にはいたけど僕は院生助手として別の教授（中国文学）についていて、サイデンステッカーとは廊下ですれ違ったときに会釈するくらいだった。彼の名声とわずかに関わったのは、僕が昼休みに学部の電話番をしていたときで、全米図書協会から電話がかかってきたのだけどサイデンステッカーは席を外していたから、折り返し連絡してほしいという伝言を僕が承ったんだ。それがじつは彼の訳した川端の『山の音』が全米図書賞を受賞したという知らせだった。

サイデンステッカーときちんと知り合ったのは、東京に移りKＩで働き出して少し経ってからだ。最初は「ガード下」――有楽町の高架線の下のところだね――で焼鳥でもどうだいと言われた。八〇年代後半のことだから君は知らないかな、当時のガード下は今とはまったく違い、屋外にスツールと地面に低いテーブルが置いてあるような場所で、焼き鳥の煙だけでなく煙草の煙まで充満していた。その風景をサイデンステッカーはとても気に入っていたらしいという話を*Genji Days*をKＩが出版したときに彼と知り合った、編集者のスティーブン・ショーから聞いたことがある。じっさい、すごく良かったね。たしかこのときに例の電話を受けた話をしたはず。

うちの両親が亡くなる前は年に四回ほど、東京へ行く途中やニューヨークに帰る途中にホノルルに寄っていた。サイデンステッカーも当時は東京とホノルルを行ったり来たりしていて、ホノルルにアパートを持っていた（僕の友人たちが住んでいるのと同じアパートだった）。双方の滞在時期が重なることもあって、僕はよく彼を車で拾ってお気に入りのレストランで一緒にランチをした。記憶が確かなら、最初に飲むのはだいたいウォッカ・トニックだった。

サイデンステッカーは気難しい人だと聞かされていたけど、僕に対してはそんなことはなかった。自分の成し遂げてきた仕事についてはとうぜん誇りに思っていたけど、僕の見たかぎり栄光に溺れていたり他人に追従を求めたりするようなところはない。ただこれまでしてきたことに自信があって満足しているという感じ。なかなかの皮肉屋にもなれたし、声を上げて笑うこともあった。そしてプライベートについては秘密《プライベート》にしていた」[12]

仕切り直し

アカデミアでのキャリアを考えると、研究者の少ない「東アジア」の研究に進むのが賢い選択だったかもしれない。既に漢字が読めたこともアドバンテージだったはず。しかし、ルークは「アジアについて研究するアジア人」という枠に収まりたくなかった。「奨学金に釣られて始めた中国文学の研究に何年も没頭するほど情熱を傾けられない」と早めに見切りをつけ、地元のハワイに戻った。そして、清掃員として働きながら願書を準備し、ハワイ大学の大学院に入り直した。選んだ分野は「アメリカ研究」。

「まだ新しい分野で、その枠組みの中で比較的自由にやることが許されていたから。もちろん、アメリカという自分が生まれ育った国について、より深く知りたいという気持ちもあった」

本土から四千キロ離れたハワイで生まれ育ってもアメリカ人としてのアイデンティティは強いものなのだろうか。

「そうだね。非白人ということで、まわりからは本当のアメリカ人としては見られていなかった面もあるかと思うけど、個人的にはアメリカ人としてのアイデンティティは強かった。中国人であるという意識は全く無かったし、「ハワイ出身」ではあったけど、「ハワイ人《Hawaiian》」としてのアイデンティティは強くなかった」[13]

一九七三年に修士号を取得したルークは、翌年の一九七四年に日本に移り住む。当時結婚していた女性がイースト・ウエスト・センター（バーンバウムの父が副長官をつとめたことのあるのと同じ組織）の奨学金に合格したため、二人で一年間京都に住むことになったのだ。ルークの家族は、ルークの生まれる七年前に真珠湾攻撃を目の当りにしていた。ルークの父は第二次世界大戦では（既に三十代半ばだったため）戦場に駆り出されなかったが、その弟は兵役についていた。ルークの両親は、息子が日本に住むことについてどう考えていたのだろうか。

「医者になるという幻想を諦めた時点で、両親は僕の進路に口を挟まなくなった。僕がどこで何をしようと好きに選ばせてくれた。経済的にも自立できていたしね（大学三年になって研究室の仕事をするようになってからは学費も免除されたし、多少の給料ももらっていた）。用務員やスクールバスの運転手もやったし、奨学金もいくつか取れていた。それでもやっぱり東京に行くつもりだと伝えたときは親の反応が気になった――なにしろ日本と中国の間はとても複雑な歴史があったから。僕は日本が好きになるように育てられてはこなかったんだ。だけど両親は存外このことに肯定的で、逆に励まされたから驚いたよ。ある面ではこういった、時の流れに伴う態度の変化というのは世界の至る所で起こっていることなのかもしれない――悲惨な歴史があり、それから何十年か経って古い世代はもう同じ重荷を背負っていない。日本人と「ガイジン」の関係にもそうした世代による態度の変化は見られるよね。それから何年か後に両親はアジアを旅したんだけど、日本をとても気に入り、中国は時代遅れで香港は無秩序だと感じていた」[14]

ルークにとっては初めての日本。見た目がアジア人であるため、「誰もが日本語をしゃべれるだろうと思い込み、日本語で話しかけてきたのを億劫に感じたのを覚えている」。この「なぜしゃべれないのか」という雰囲気と、一年以内にはどうせアメリカに戻るという事実から、「日本語や日本文学とどこか距離を置いている自分がいた」という。

「単純に、当時は日本がここまで人生の大きな一部になるとは想像もしていなかったしね」

ルークは続ける。

「(日本に着いて間もなく別居することになった)当時の妻が自分の研究をしている間、僕はCDI(コミュニケーションデザイン研究所)というところでパートの仕事(もちろん英文校閲)をしていた。このシンクタンクの所長だった社会学者の加藤秀俊氏はハーバードやシカゴ大学で学んだ人で、そこで僕の師であるリュエル・デニーと知り合っている。そのリュエルが僕の京都行きを知り、「彼を使ってみたら」と加藤氏に薦めてくれたんだ。日本人的な義理からかもしれないけど加藤氏は快く迎え入れてくれ、僕は英語の発表原稿や出版論文の作成を手伝うことになった。

日本でスーザン(妻の名前)と離れて暮す準備はできていなかった。でも結婚が駄目になるときというのは一気に崩れるものなんだ。スーザンは外国人の女性とアパートをシェアしはじめ、僕の方も「アパート貸します」という広告を見てそれに応募した。その団地の部屋主の齋田《さいだ》さんという若手の神経医は会社員的な病院勤めだったからほぼ部屋にいることがない。しかも週末も待機医のバイトで金曜の朝に出かけて月曜の晩まで帰ってこない。だから僕はほとんどの時間を独りで過ごすことになった。きつかったな——週末になると人肌欲しさに、わざわざ河原町通りを歩いて肩のぶつかる人混みにまぎれた。だけど物事が破綻するときにはそういうことをくぐり抜けないといけない。その頃はしょっちゅう自分と対話していた。自身のことをもっとよく知ることができた[15]」

9　ニューヨーク出版界での悪戦苦闘

日本から帰国したルークは、一九七七年に博士課程のコースワークを終えた。当時の指導教官はリュエル・デニー。二十世紀アメリカ社会に関する名著『孤独な群衆』を社会学者のデイヴィッド・リースマンとネイサン・グレーザーと共に書いた詩人だ。博士論文の執筆のみを残したルークは、デニーから劇作家のウィリアム・アルフレッドを紹介された。そして、ハーバード大学でアルフレッドの指導のもとアメリカの現代作家ゴア・ヴィダルに関する論文を書き上げるため、イースト・ウエスト・センターから奨学金を受け、マサチューセッツ州に移り住んだ。

アルフレッドの指導を受けながらも、ルークは次第に博士論文の対象に選んだゴア・ヴィダルに対する関心が薄れていくのに気づいた。

「ヴィダルは、最初の頃は、同性愛について、皮肉交じりに、率直に、そして挑発的に書いていて、目を引く存在だった。歴史小説もどれも読ませるようなものばかりだったし、ノンフィクションも幅広い分野について、思慮深く書いていた。でも年を重ねるにつれて、作品の内容に飽き飽きさせられることが多かった。徐々に見えてきた独善的な部分や、最終的に明るみに出たセクシャリティーに対する保守性にもがっかりさせられた。残念で、ツマラナイ。今でもそう思う」[16]

最終的には、「自分はそもそも学者――特に教育者――には向いていない」と、博士論文に見切りをつけ、出版業界で編集者として働き始めた。

ルークは、ニューメキシコ州とペンシルバニア州で学術書の出版からキャリアをスタートさせた。

「あの頃アメリカで奨学金（学生ローン）を受けていたアジア人はまず出版業界に就職しようなんて考えなかった。最初の返済がとにかく大変だから医者とか弁護士とか科学者とか金融マンとかになっちゃうんだ。……でも僕は在学中、学費免除になる仕事をしたり、そのあと助手手当や研究助成金をもらったりしていたから奨学金には頼らずに済んだので、そういう差し迫った事情がなかった――あるいは世間知らずでそう思いこんでいただけかもしれないけど」[17]

もともと文芸に関心のあったルークは、数年後にはニューヨークへ移り、一般書や文芸書の編集に携わるようになる。

「ニューヨークは出版だけでなく、様々なアートの中心地だった。そして、何より「自由」を象徴する場所だった。人はそこで生きたいように生きることができた[18]。

編集者としては、欧米で認められるような本をつくりたいと思っていた――良質なフィクションやノンフィクションを出版すること、アジア系に偏っていないキャリアを築くことが夢だった。とにかく「アジア人の本を担当するアジア人編集者」――あの頃はたしか「東洋人」という言い方だったけど――とみなされたくないという強い思いがあった。当時の出版界は圧倒的な白人社会だった。とくにユダヤ系が強くて（今もそうかもしれない）、当時たくさん出ていたユダヤ系作家の本は良く売れた。アジア人作家の需要は黒人作家以下で、批評家の間で好評だった（中国系アメリカ人の）マキシーン・ホン・キングストンくらいしかいなくて、エイミ・タンの『ジョイ・ラック・クラブ』が一般読者に大ヒットするのはまだ先の話だった。

ともあれ、要するに僕は人種の型にはめられることのない編集者になりたかった――これはマイノリティーなら誰もが気にする点だと思う。

一方、当時の出版関係者にゲイの男性は大勢いた。女性の同性愛者についてはわからないけど、知り合いには何人かいた。出版界の男性の半分はゲイだと言われていたと思う。そこは映画業界やIT業界と似てなくもないかもしれない。今はどうなのか知らないけど。なので、その点ではマイノリティーであるという意識はなかった[19]」

質の高い文芸作品やノンフィクションを扱えるポジションを求めて、ルークは（ピナクル・ブックス→ワーナー・ブックス→アテネウム・パブリッシャーズと）転職を繰り返した。その過程で「フィクションもノンフィクションも、本当にくだらないペーパーバックも含めて、いろいろな本を担当した」[20]。

ピナクル・ブックス時代には、ドン・ペンドルトンによる人気アクション小説シリーズ *The Executioner*（邦題『マフィアへの挑戦』）などにも関わり、ワーナー・ブックスでは、ロングセラーとなる日本のビジネス・マナーの本などを手掛けた。（後に村上春樹の出版社となる）クノップフ社の創立者の息子であるパット・クノップフが家業から独立して設立したアテネウム・パブリッシャーズは、文芸作品に力を入れていた。しかし、そこでもルークが担当したのは、ローレンス・オリヴィエの伝記やランニングの本など。理想の作品からはほど遠かった[21]。

「正直、ニューヨークの出版界では、悪戦苦闘していた。アジア系の出版人なんてほとんどいなかったから。数えたかぎりで六人だったかな。僕らは一緒くたにされてこの業界に必要な感性と嗅覚を持っていないと決めつけられていたように思う。今は変わってきているけどね。ニューヨーク出版界の至るところ――営業、マーケティング、編集、宣伝、デジタル事業――にアジア人がいるから。時代は変わるもんだね。

当時は、黒人であれヒスパニックであれアジア人であれ、マイノリティーは目立ったし、同じ目では見てもらえなかった。期待されることが違う、偏見が違う、とにかく違うんだ。目立っちゃいけない、それか目立つなら何か優れたことで飛び抜けて目立つのでなきゃ駄目だと感じた[22]」

10　日本行きの切符

ニューヨークの出版界で地位を確立するのに苦労していたころ、日本への移住の可能性が持ち上がる。一九七〇年代半ばにサンフランシスコで（『ニューヨーク・レヴュー・オブ・ブックス』を通して）出会ったパートナーのスワードが[23]、明治学院大学に新設された国際学部で教えないかと誘われたのだ。

ルークは言う。

「日本に行くことについては、そんなに乗り気ではなかった。まあ行ってもいいかなというくらい。日本にいい思い出がなかった――妻に別れを切り出されたのも京都だった――というのもあるけれど、僕は編集者としては欧米に意識が向いていたから[24]」

「アジア関連の本を出す編集者」という枠にはめられることなく、西洋のマーケットで認められるような本を出していきたい[25]。そう考えていたルークからしたら、日本への移住は、扱える本――そして自分の可能性――をさらに狭めてしまうリスクがあった。そもそも、日本で編集の仕事を続けられるのかさえもわからなかった[26]。

しぶしぶ日本での仕事を探し始めたルークは、ＫＩが東京事務所で働く編集者を探しているという話を耳にし、とりあえず応募してみることにした。

ルークの面接をアレンジしたのは、講談社のニューヨークの現地責任者をつとめていた白井哲《てつ》[27]。

白井は、村上がエッセイ「海外へ出て行く。新しいフロンティア」（『職業としての小説家』に所収）で、講談社アメリカの「社長」［白井本人よれば正確には「Executive Vice President／現地責任者」］で、「日本式ならるさいことはあまり言わず、アメリカ人スタッフにできるだけ自由に活動させてくれるタイプの人」と紹介している人物でもある。もともとは講談社の「営業畑の人間」。二週間で三十万部[28]、三ヵ月で百万部[29]売れた村上龍の『限りなく透明に近いブルー』の営業にも携わった。社内の留学制度を活用し、ワシントンDCの大学でマーケティングを学んだのち、一九八三年に講談社のニューヨーク現地責任者に就き、一九九一年の秋までニューヨークに勤務した。[30]

KIは、アメリカ市場へのさらなる本格参入を模索するにあたり、東京本社の編集部門の責任者を任せられる人材を探していた。当時、KIの東京事務所には、既にアメリカやイギリス出身の優れた編集者が数名いた。しかし、現地採用のこれらの編集者たちには、英語圏の出版界で働いた経験がなかった。白井いわく、当時のKIの責任者の森孝喜が「アメリカで本を売るためには、アメリカで本を売った経験のある人材が必要」だと考え、人材の確保に乗り出した。[31]ニューヨークで適材探しを任された白井は、出版業界を専門とする人材仲介会社に要望を出した。書類審査などを経て、有望な候補が三、四人残った。そのうちの一人がルークだった。

白井は、当時のルークの印象について、次のように振り返る。

「まだ編集者としてキャリアは確立されていなかったけれど、当時からすごいエネルギーに溢れていて、とにかく日本で働きたいという情熱と自分が貢献できるという自信が伝わってきた」[32]

講談社のニューヨークの事務所――ユニオン・スクウェア付近の新しい事務所に移る前のグラン

エルマー・ルーク。来日直後、東京都内で。

ド・セントラル近くの仮オフィス――で、東京事務所から出張した森が面接を行った。[33] 面接で、KIが米国に本格的に参入するために編集部門を取り仕切る人材を探していると聞かされたルークは、これなら自分の可能性を試せるかもしれないと思い、前向きな気持ちで帰路に着いた。

ルークは、すっかりKIで働くつもりでいた。しかし、他に面接を受けた人物の中には、ルークよりも出版界で長くキャリアを積んできたベテラン編集者がいた。ルークより六つ年上のレズリー・ポケルは、コロンビア大学卒業後、大手出版社のセント・マーティンズ・プレスとダブルデイで編集者として働き、担当作家からも厚い信頼を得ていた。東京事務所の「エディトリアル・ディレクター」の職にはポケルが就くことが決まり、ルークのところには「他の人に決まったとのとても丁寧な手紙が届いた」。[34]

少し気を落としたルークだったが、しばらくしてKIから再び連絡が来た。新しく雇われたエディトリアル・ディレクターの下で編集者として働いてみないか、との誘いだった。提示された条件も、それまでのニューヨークの出版社と比べても文句なく良かった。[35] ルークは、スワードとも相談した上で、KIの編集者のポジションを受けることにした。

ルークは言う。

「結果的には、管理職ではなく、一編集者として雇われたのは幸運だったと思う。マネージメントや会議に時間を取られずに編集作業に専念できたからね。レズリーは会議三昧で本当に大変そうだったから」[36]

11 ルーク、ムラカミと出会う

来日したルークとスワードは、（加藤秀俊の紹介でルークが京都時代に出会った）仏文学者の多田道太郎夫妻と鎌倉で一軒家を借りて同居することになった。明治学院大学の国際学部の設立に携わり、一九八八年に京都大学を定年退職後、自らも同学部で教授の職に就いた多田は、スワードをアメリカの大学から引き抜くようにして同学部に招いた中心人物でもあった。

ルークは言う。

「鎌倉の家は、谷奥の高台に建つ大きな物件で、広い庭がついていて、海の方に面した眺めはなかなか見晴しがよかった。長らく空き屋になっていた古い屋敷だったが元々は資産家の建てたものらしく、茶室に加えて小さいながら女中部屋まである。断熱性が低かったり（冬は凍えた）、やや建てつけが悪かったり、いくらなんでも自然が豊かすぎたり（ムカデ、シロアリ、夏は畳にノミ、靴にはそれまで見たこともないようなモジャモジャの緑カビが生えた）という嫌いはあったけどね。でもそれを踏まえても人を招くにはうってつけの豪邸だった[37]」

鎌倉から護国寺のKI事務所までは電車で片道二時間弱。ルークはほぼ毎朝遅刻した。が、そのぶん夜は遅くまで残ることも少なくなかった。

「毎日ちゃんとスーツも着て行ったしね。一応、恰好だけはサラリーマンをやっていた。周りにある程度合わせること。当時はまだそれが結構大切だった」

五年後に退職した際に、「最終日に総務部の女性に遅刻しなかった日が書かれた手書きのメモを手渡されたのを今でも覚えてる」[38]とルークは笑いながら言う。

「それまで自分の人生でマジョリティーだったことは一度もなかった（ハワイは完全に多人種社会だったから）のが、日本に来てから急にその一員としてパスするようになる。おかげでじろじろ見られたり無礼な態度をとられたり、ということは免れたものの、それはそれでまた違う形でマイノリティーの疎外感を味わうことになった。……ひょっとしたら――あくまで「ひょっとしたら」だけど――ハルキやヨーコも似たような気持ち（もちろんまったく同じではないだろうが）を抱いていて、その疎外感が僕と彼らを結びつけたという面もあるかもしれない」[39]

ポケルが、新しい編集部長として、ルークに最初に与えた大きな仕事が『羊をめぐる冒険』の英訳の編集だった。

ルークは言う。

「新入りがどこまでできるか試して見ようという考えもあったんじゃないかな」[40]

当時ＫＩの東京事務所のエグゼクティブ・ヴァイス・プレジデントだった浅井港は、記憶が不確かだとしながらも、村上春樹の「ポップさ」を共有できる編集者としてルークが選ばれたはずだったと言う。[41] 一方、当時既に二十年近くＫＩで編集をしていたスティーブン・ショーは、それまで英訳された村上作品を読んで気に入らなかったためルークに編集の仕事を「回した」のだと記憶している。[42]「ムラカミの初期作品はあまりにも動きがないというか、レコードプレイヤーの針が静かなジャズのＬＰの同じ溝をずっと回転しているような印象を受けた」とショーはいう。[43]

いずれにせよ、担当に抜擢されたルークが「ハルキ・ムラカミ」の名を耳にするのは初めてではなかった。一九八〇年代前半にモントリオールで出会った評論家の加藤典洋に東京で再会した際に、「村上作品の評判を聞かされていた」[44]。

加藤は当時のことを次のように振り返る。

「エルマーが、今度ＫＩでエディターをする。ついては、現代の若い日本人小説家のうち有望な作家を教えてくれ、と会いに来ました。

安部公房、三島由紀夫、大江健三郎以後の若手の小説家として、十名のリストを用意しました。優先順位一位、もっとも有望なのが、村上春樹、次が、高橋源一郎でした。この二人について、だいぶ詳しく説明をしました。残りには、村上龍、中上健次、古井由吉、倉橋由美子などが入っていたと思いますが、翻訳しても広く受けいれられるとはちょっと思われないので、一番手としては、この二人だ、という感じでした」

加藤は、八三年に『羊をめぐる冒険』、八七年に『世界の終りとハードボイルド・ワンダーランド』について、それぞれ長い論考を発表しており[45]、この二作と高橋源一郎の『さようなら、ギャングたち』は「アメリカで」「絶対受ける」と思っていたという。

「ですから、『羊をめぐる冒険』、『世界の終りとハードボイルド・ワンダーランド』は、翻訳すべき作品だ、と言ったと思います。一方、『ノルウェイの森』は、センチメンタルすぎて、日本以外では受けいれられないのではないか、と思っていました。それは、判断として間違っていましたが、実際にジェイ・ルービン訳があれほど受けいれられるのを見るまで、日本語としてはとても面白い小説だが、アジアならまだしも、ヨーロッパではどうか、と懐疑的でした」[46]

加藤から村上作品について詳しく聞いていたルークだが、当時は日本語が全く読めなかったため、村上の作品を最初に読んだのは、KIの事務所で『羊をめぐる冒険』のバーンバウム訳の第一稿を手渡された時だった。訳文を読んで「ジェイ・マキナニーの隙のない《pitch-perfect》散文がよぎった」というルークは、「これはアメリカの読者にも響くはずだ」[47]と確信した。

「社会のメインストリームから外れながらも、完全に孤立しているわけでもなく、どちらかというと少し離れたところから覗き込んでいるような視点と、ウイットとアイロニーに満ちたヴォイスが魅力的だった」とルークは言う。[48]

「主人公の「僕」と自分を重ねて読んでいた部分もあった。非マッチョで、孤独な（別れを経験したばかりの）独り者が自己（再）発見の旅に出るという物語はハルキの爆発的な人気のベースにあると思うけど、そこに共感した部分も間違いなくあるね！（略）

物語も素晴らしかった。むしろスリリングと言った方がいいかな――一筋の展開、脱線、女の子の耳、「羊男」、右翼団体、「鼠」、そしてあの結末。それまで僕がどんな文学作品でもまったく出会ったことのなかったものだ。しかもそれが日本の小説だっていうんだから、これはもう大声をあげたくなるような事件だった」[49]

12 『羊』をアメリカへ

ルークとポケルが来日した時には、『羊をめぐる冒険』を――『1973年のピンボール』や『風の歌を聴け』と同様に――「講談社英語文庫シリーズ」の一環として刊行する準備が進んでいた。だが、海外でも十分通用する、とのルークらの確信を受け、すぐにアメリカでの本格的な刊行に向けての準備が進められた。

アメリカ市場へ向けて村上作品を出版する構想が持ち上がったのは、日本経済がバブルの絶頂期にあり、KIとしてもアメリカの出版市場への本格参入を目指していた時期。一九八八年に、マンハッタンの中心地に建築雑誌でも特集されるような立派な新事務所を構えたばかりでもあった。とはいえ、『羊をめぐる冒険』の英訳を資金的に本格的にバックアップし出版する決断は、単に作品のアメリカ市場での成功の可能性に期待してのことだけではないことが推測できる。

前述のとおり、『羊をめぐる冒険』は、バーンバウムがその数年前（一九八四年）に翻訳したいと同社に提案し、刊行が見送られた作品であった。しかし、その数年の間に、村上春樹をめぐる状況は大きく変化していた。日本では村上はデビュー時から「純文学作家」の中では「売れる作家」だった（一九八六年七月十四日に日本経済新聞に掲載された、日本の文芸の現状を扱った記事は、「今、純文学は村上春樹などの一部の作家を除いて小説が売れない」という一行からはじまっている）[50]。だが、単行本で四百万部以上を売り上げた一九八七年の『ノルウェイの森』の大ヒットは、村上の地位をさらに「国民的大ベストセラー作家」へと押し上げていた。この『ノルウェイの森』の大ヒットは、村上を文壇からさらに孤立させる面もあったが、同時にHaruki Murakamiの海外進出を大きく後押しすることにもなる。

当時、村上は英語圏では無名のルーキー。丸一年かけて英訳を編集し、多額の宣伝費をかけて、それを売上のみで回収するのはあまり期待できない状況だった。それでもKIが『羊をめぐる冒険』の「英語圏での刊行に積極的に投資」できたのは、親会社の講談社が村上のヒット小説『ノルウェイの森』の版元であったことが大きいと、ルークをはじめとする当時のKIのスタッフは言う。東京の講談社本社から村上のアメリカでのプレゼンスを高めるための特別予算もついていた。[51] 講談社からすれば、既に出版された本で莫大な収入をもたらし、今後刊行する本でさらなる収入をもたらす可能性のあるスター作家と良好な関係を保つための「投資」だと考えたら、安いものだったろう。

そこには、作家が出版社一社と独占契約を結ぶのが慣例の英米の出版業界と違い、作家が同時に複数の出版社と仕事をする日本のシステムも関係していただろう。村上は、講談社の文芸誌『群像』でデビューし、一九八八年の段階では単行本六冊のうち五冊を講談社から出していた。しかし、既に様々な文芸誌と仕事をし、一九八五年には新潮社の純文学書き下ろしシリーズの一環として『世界の終りとハードボイルド・ワンダーランド』を出していた村上は、新潮社をはじめとする他社の編集者ともそれなりの信頼関係を築いていたはずである（実際、一九九〇年代半ば以降は、基本的には講談社と新潮社から交互に単行本が刊行されるようになり、そのなかでも主要な長編の多

講談社インターナショナル USA／講談社アメリカのユニオン・スクエア近くのオフィス

くは〔『ねじまき鳥クロニクル』『海辺のカフカ』『1Q84』『騎士団長殺し』〕新潮社から出ている)。そのような状況下で、英語圏への進出を望む村上の活動をサポートすることは、ベストセラー作家を自社に引き留めるのには有効な手段だと考えられたはずである。

ルークは言う。

「講談社は、スター作家を喜ばせるためなら、喜んで身銭を切ったよ」[52]

『ノルウェイの森』の英訳が英語圏で刊行されたのは二〇〇〇年。なので『ノルウェイの森』は、作品レベルでは、村上の英語圏での初期の成功に直接的な影響は与えていない。しかし、日本で講談社に利益をもたらす力を村上に与え、『羊をめぐる冒険』の英語圏での本格的展開を後押ししたという意味では、『ノルウェイの森』のヒットは、村上の初期の英語圏進出の成功に大きく貢献したと言えるだろう。同時に、またのちに触れるが、「『ノルウェイの森』現象」は、村上の英語圏(特にアメリカの文芸界)でのステップ・アップにも大きく寄与することになる。

13 同時代的でアメリカ的な『羊』作り

ルークが『羊(英)』の編集をはじめた頃、バーンバウムは引き続きバルセロナを拠点にヨーロッパを旅していた。
二人が初めて会ったのは、バーンバウムが一時帰国した時だった。
「アルフレッドは友人のマンションに泊まっていて、そこで会うことになった。とても礼儀正しくて、お茶とお饅頭のようなものも出してくれた」とルークは振り返る。[53]
「初めて会った時のことは記憶にない」としていたバーンバウムも、マンションの話を聞き、「思い出した。たしかデザイナーの友人が表参道に持っていた事務所兼住居だった。でも、お饅頭まで出した覚えはないな」と眉間にしわを寄せる。[54]
二人は、バーンバウムが訳し終えていた原稿をもとに編集作業を進めた。バーンバウムとルークは、『羊（英）』の編集に「思う存分」時間をかけることができた。
「考えてみればみるほど、とても恵まれた環境だった」とルークは言う。
『ハルキ・ムラカミと言葉の音楽』（新潮社）のなかでジェイ・ルービンは、ルークが「国際的な読者層に対して『羊をめぐる冒険』の魅力を訴える」べくバーンバウムと編集を行ったと書いているが、より厳密に言えば、二人は「アメリカの（特にニューヨークの）読者を念頭において編集した」と言う。[55]
『羊（英）』の訳は、日本の「新人作家」のアメリカ市場への進出を後押しするという命題のもとに生み出された。そして、ジェイ・ルービンや青山南なども指摘しているように、そのためにバーンバウムとルークは「日付をはじめ、一九七〇年代と結びつくもの」を本文や章や節のタイトルから削除し「作品をもっと現代的に」することを選択した。『１９７３年のピンボール』の英訳が国内向けに刊行された際には、前述のようにタイトルで一九七〇年代が強調されたわけだが、『羊』の英訳では全く逆の戦略が取られたことになる。

たとえば、章のタイトルから日付が削除されている。

第一章「１９７０／11／25」はA Preludeに、第二章「１９７８／７月」はJuly, Eight Years Laterに、そして第三章「１９７８／９月」はSeptember, Two Months Laterとなっている。同じように、第五章一節「鼠の最初の手紙一九七七年十二月二十一日の消印」はThe Rat's First Letter（Postmarked December 21st, One Year Ago）に、二節「二番めの鼠の手紙 消印は一九七八年五月?日」はThe Rat's Second Letter（Postmarked May, This Year）と訳されている。

ルークは言う。

「第一章については、英語圏では読めない村上の初期作品の筋に触れていたので、日付を削るだけでなく個人的には省きたかった。たしか当時ローマに住んでいたハルキにその旨の手紙を書いたんだけど、残したいとの返事が来た。そこで、打開案としてPreludeという題にした」[56]

西暦は、英訳の本文でも削除されている。

冒頭部の「僕がはじめて彼女に会ったのは一九六九年の秋、僕は二十歳で彼女は十七歳だった」はI met her in autumn nine years ago, when I was twenty and she was seventeen.、第一章の章末「一九七八年七月彼女は二十六で死んだ。」もJuly, eight years later, she was dead at twenty-six. と訳されている。

加えて、小説の時代背景上重要と思われる西暦も省略されている。

英訳の第一章のある段落は次のように始まる。

I still remember that eerie afternoon. The twenty-fifth of November.

そして日本語原文はこうだ。

一九七〇年十一月二十五日のあの奇妙な午後を、僕は今でもはっきりと覚えている。

この日付は、三島由紀夫が割腹自殺をしたことで知られる日だ。続くページには三島へのわずかな言及があるが、そこは英訳でもそのまま三島の名は残されている。

It was two in the afternoon, and Yukio Mishima's picture kept flashing on the lounge TV. The volume control was broken so we could hardly make out what was being said, but it didn't matter to us one way or the other.

しかし、青山南も指摘しているように[57]、「一九七〇年」という西暦が省かれることにより、小説の舞台背景が少なからず失われてしまう。たとえ西暦が残されていたとしても、「三島事件」への言及には気づかない西洋の読者も少なくないだろう。だが、西暦や日付がなければ、「三島事件」

と結びつけることはさらに難しくなる。

英訳にはさらに細かな修正が加えられてもいる。第六章八節(Chapter 24)のタイトルは、原文では「いわしの誕生」で、文字通りに訳せばThe Birth of Sardineとなるが、英訳はOne for the Kipperとなっている。「いわし」(英訳は“Kipper”〈にしん〉)は、主人公が猫を「いわし同様に扱」っているからという理由でリムジンの運転手が名づけた主人公のペットの猫の名前だ。ルービンはこの翻訳について、「小説は一九七八年に設定されているから、八〇年以降のレーガン政権中に流行語となった、[レーガンが出演した]映画の有名な台詞“Make it one for the Gipper”を思わせる言葉は含むべきではない」と指摘しているが、このレーガン政権をさりげなく揶揄するタイトルは、ニューヨークの出版人をはじめとしたリベラルな読者の心をくすぐっただろうことは想像に難くない。

なぜバーンバウムとルークは、こうした変更が必要だと感じたのか。一番の理由は、アメリカの出版関係者や読者が「同時代」の作家・作品を求めていたと感じていたからだとルークは言う。

「当時の日本は(今の韓国・中国と同じで)世界という舞台に「一歩踏み出してきた」というよりむしろ「躍り上がってきた」という感じだった。それにポスト三島/安部/谷崎/川端という点から言うと、前世代とはまったく違う新世代の日本人作家たちを紹介あるいは包摂した試みは文学界にほとんど見られなかった。だから西洋の人々はそれを一口食べたとたん(ここは「飲んだとたん」の方が良いかな)、たちまち渇きに襲われた」[58]

この「同時代」への関心は、のちに英訳が刊行された際にプロモーションのためにニューヨークを訪れた村上も感じとる部分である。ニューヨーク滞在中に『AERA』誌の取材で「出版関係者とも会ったようですが、どんな点に興味を示しましたか」と聞かれ、村上は次のように答えている。

彼らは日本の今の若者がなにを考え、どう生きているかを知りたがっていた。アメリカではそういった知識がゼロなんですね。谷崎潤一郎《たにざきじゅんいちろう》や川端康成《かわばたやすなり》らは米国でも読まれているけど、日本はここ二十五年から三十年の間に生活スタイルがすっかり変わっている。なのに、英語に翻訳されているのはそれ以前の作品で、これらの小説からは時代の息吹《いぶき》が感じ取れない。それだけが価値ではないとはいえ、同時代がもっと翻訳されてもいいと思います。[59]

英語での出版が準備されていた一九八九年、日本語での出版から七年が経ち、小説の舞台となっている時代からは二十年近い隔たりがあった。『羊をめぐる冒険』の英訳のアップデートは、日本企業の海外での躍進により（良くも悪くも）日本が注目を集めていた時代に、このタイムラグを埋め、それと同時に、日本文学の英訳の黄金期であった一九六〇年代から七〇年代を象徴する川端、谷崎、三島のいわゆる「ビッグ・スリー」との差別化も図り、日本文学の研究者やファンだけでなく、ニューヨークの出版人や、いわゆる「一般読者」にまで読者層を広げようとする試みだった。

ルーク家の猫リリウオカラニ

最新の電子書籍版では、第一章のタイトルで「一九七〇年十一月二十五日」という日付が「Part One November 25, 1970」と「復元」されているが、編集し直すとしたら、ルークだったら西暦を戻すだろうか。

「今は知名度を含めて、当時とは状況が全く違うからね。きちんと読み返してみないと何とも言えないけれど、今なら残すかもね[60]」

一方、バーンバウムとルークが西暦を省いていることについて意見を尋ねると、村上は「そうだったっけ?[61]」と意に介していない様子だった。

14 NYと連携し、広報戦略を立てる

競争の激しいアメリカの出版業界で、小さな出版社の新刊が注目を集めるのは容易ではない。①「ほぼ無名の新人」の、②「外国人」による、③「翻訳作品」となればなおさらである。

ルークは、村上を「ポスト・ビッグ・スリー(川端、谷崎、三島)」の日本からの「唯一無二《original》の新たなヴォイス《new voice》」と位置づけるべく、ニューヨークに事務所を構える講談社インターナショナルUSA(以下、KI-USA)と連携し、綿密に広報戦略を立てた。

KI-USAは、のちに社名を講談社アメリカ（以下、KA）に変更し、編集・出版機能も持つようになるが、当時は主に現地の営業・広報部隊として機能していた。同時に、現地責任者だった白井は、当時から「日本の伝統分野を絵葉書的な本で出して行くだけではなく、同時代の作品を打ち出して行きたいという気持ちが強かった」という。

「そのために、様々な方面から人材を集めたんです。『羊をめぐる冒険』の英訳出版は、チームのメンバーがそれぞれ自分たちの実力を試せる機会でもあった」[62]

ビジネス・マネージャーのステファニー・リーヴァイは、チェイス・マンハッタン銀行から移籍してきた人物。リーヴァイは、父親の仕事の関係で一九六〇年代に（七歳から十三歳まで）七年間東京に住み、大学時代にも国際基督教大学に一年間留学しており、日本語が堪能だった。夫のジョナサン・リーヴァイは、一九七九年にビル・ビュフォードと共に文芸誌『グランタ』を立て直した人物で、当時同誌のアメリカでの編集責任者をつとめていた。一九九八年に開かれた現地の文芸イベントで村上とともに舞台にあがり、村上が日本語で朗読した自作の英訳を隣で朗読したりもした。

「このリーヴァイ夫妻のネットワークは、KI／KAの活動にも大きなメリットをもたらした」と白井はいう。

チームの中でも中心的役割を担ったマーケティング・ディレクターのジリアン・ジョリスは、KI-USAに引き抜かれる前は、名門のサイモン&シュースターやフリー・プレスでマーケティングを担当していた。村上のエッセイ「イーストハンプトン――作家たちの聖地」（『辺境・近境』所収）で、ハンプトンに別荘を持つ「出版社の広報担当者であるジリアン」として登場し、ハンプトンでジョン・アーヴィングが住んでいた家が売りに出ていることが話題にあがると「どう、ムラカミさん買ったら」と笑って勧めている人物である。

広報担当は、台湾出身のアン・チェン。十二歳の時にアメリカに移住し、プリンストンとスタンフォード大学で英文学と文芸創作を学んだ後、出版業界で働き始めた。KIに移籍する前は、主に教育関連の書籍を出していた大手マグローヒルで広報を担当していた。退社後には、カリフォルニア大学バークレー校で比較文学の博士号を取得し、今はプリンストン大学で英文学の教授をしている。

チェンは自らのキャリアを次のように振り返る。

「当初は学者になるつもりはなかった。でも、高校でも大学でも詩を書いていたから、とにかく何か書く仕事をしたいのはわかっていた。講談社［インターナショナル］に勤めて、村上春樹を含め数多くの優れた文学作品に携わったことで、自分は大学院に戻るべきだと感じはじめた。論じてみたい作品がいくつかあって、そのためにはもっと知識と経験を蓄える必要があったから」[63]

同じアジア系で、アメリカ社会でキャリアを築くのに苦労したルークは言う。

「中学生で移住してきて、プリンストンの英文学の教授になるなんて、見事な出世物語だよね。彼女は優秀だったけど、当時は学問の道へ進み、それを極めるなんて全く想像していなかった。素晴らしいよ」[64]

西洋向けのタイトル

マーケティングとパブリシティーについては、ニューヨークのジョリスとチェンと東京のポケルとルークが密に協力する形で行われた。

アメリカへの本格的参入を目指すにあたり、まず刊行時期を一年間延期することが決められた。ブック・クラブへの販売、ペーパーバック権の販売、カバーや広告用の引用文の確保などを考えると、完璧に編集された翻訳原稿ができてから刊行まで九ヵ月は必要だと考えられたからだ。

編集された翻訳原稿は、一九八九年一月に完成し、題名も「西洋の読者にアピールするもの」への変更が議論された。直訳に近い *An Adventure Surrounding Sheep* やジョン・スタインベックの中編小説 *Of Mice and Men*（邦題『二十日鼠と男たち』）を思わせる *Of Sheep and Men* など様々な案が検討されたが、最終的にはバーンバウム案の *A Wild Sheep Chase* が採用された。[65]

バーンバウムは言う。

「*Of Sheep and Men* も僕の案だったけど、あれは半分冗談で最終的に採用されるとは思っていなかった。*A Wild Sheep Chase* は、言うまでもなく、「当てのない追及」を意味する慣用句の a wild goose chase にかけた案で、個人的には物語の特徴をそれなりにうまく摑んでいると思うんだよね。誰もそんなことは言ってくれないけど」[66]

A Wild Sheep Chase のアドバンス・リーディング・コピー

当時、ジャズ・ピアニストとしても活躍していた（現在、早稲田大学教授で日本文学にも精通している）マイク・

モラスキーは、ちょうどこの頃に丸ノ内線の車内で日頃から仲良くしていたバーンバウムに遭遇している。バーンバウムは、大きなパソコン――バーンバウムいわく「重さが七キロほどあり、全くポータブルではなかったマッキントッシュ・ポータブル」――を担いでいた。なぜパソコンを持ち歩いているのかモラスキーが尋ねると（それは当時まだ珍しい光景だった）、村上春樹の『羊をめぐる冒険』を訳しているからだとバーンバウムは答えた。そして、こう付け加えたという。

「小説のタイトルは、*A Wild Sheep Chase* に変えることにしたんだ。原作のタイトルよりよっぽどいいと思わないかい！」[67]

15　前代未聞の広報費

『羊（英）』の刊行には、約四万六千ドルの広報費が費やされた。

この予算は、書店や書評者向けの「手の込んだ《elaborate》」見本やプロモーションハガキの制作／送付、『ニューヨーク・タイムズ』日曜版の「ブックレビュー」への広告掲載、通常版のニューヨーク・タイムズ紙への複数の広告掲載、『サンフランシスコ・クロニクル』紙での他の出版社との共同《coop》広告などに使われた。[68]

書評者向けの見本には、空と草原をバックに巨大な羊の頭部が浮かんでいる最終版のカバーの表紙が使われた。カバーは、名古屋を拠点に活動し、国際的にも活躍していた岡本滋夫がデザインした。デザインを依頼した経緯については、当時のアート・ディレクターの片倉茂男も担当編集のルークも記憶が定かでないと言うが、岡本は一九八五年に講談社から刊行され、一九八八年に文庫化された村上の短編集『回転木馬のデッドヒート』のカバーのデザインも担当していた。

村上もカバーのデザインには関与せず、「エルマーに任せっぱなし」だったと言う。

「僕は、日本で出すときは「ブック・デザインについて」ものすごく要望をいっぱい出します。これはこうしてくれとかすごく細かく、字のスタイルまで全部注文をつける。でもアメリカにいるときは任せる。というのは、デザインというのはマーケットの気持ちとつながってるものだし、僕はその外国のマーケットのことはわからないからね、正直言って。ただ、ひとつ注文をつけるのは、〝オリエンタルなものだけはやめてくれ〟と。みんな最初のうちはすぐオリエンタルなものにしたがるんですよね。それだけはちょっとやめてほしい」[69]

表紙には、目立つ形でTranslated by Alfred Birnbaumと翻訳家の名前が入れられた。

ルークは言う。

「翻訳家の仕事をしっかり認知させるために名前を表紙に入れるのがＫＩのポリシーだった。たしかスティーブン［・ショー］が始めたんじゃないかな」[70]

そのショーは言う。

「翻訳家の名前を表紙に入れたのは考えがあってのことだ。そうするのが望ましいのは第一に、ドストエフスキーを訳したコンスタンス・ガーネットのように、ヨーロッパには過去に一度か二度、翻訳家が目立つ扱いをされた先例があったから。第二に、訳者への言及がいっさいないと、まるでその翻訳が無原罪の宿りで誕生したみたいで読者が困惑するからだ」[71]

確実に読者を捕まえるには、ブック・クラブとの連携も重要だった。ブック・クラブへの販売は、通常かなりの割引で行われるが、それでもブック・クラブに「選ばれる」ことは大きなプラスになる。大手のブック・クラブのリストに含まれれば、いっぺんに（少なくとも）数千部売れ、読書好きに確実に本が届くだけでなく、作品と作家のさらなるプロモーション材料にもなるからだ。

ルークは言う。

「ブック・クラブの存在は大きかった。そうしたクラブは郊外で人気が高く、本屋の繁盛している都市部――そういう時代があったんだ――には少なかったけど、一定数の読者を抱え込んでいて、「クラブなら自分が読みたい（またはそう思うべき）本を選んでくれる」という会員からの信頼も厚かった。だからクラブに取り上げられるということはその本の魅力や売れ行きの指標になったし、本屋やチェーン書店のバイヤー［発注担当スタッフ］もそうした動きには敏感だった。とりわけ本がクラブの推薦図書になったりすれば、とびっきり脚光を浴びるというだけでなく、会員のところに自動的に（拒否した場合を除いて）本が送り届けられるということでもあった。ブック・クラブは出版社から本を前渡しで受け取るようになっていて、推薦図書になった場合それが百万冊に達することだってありえた（『羊』ではそうならなかったけど）。最近はブック・クラブもネット通販に取って代わられつつあるけどね」[72]

『ニューヨーク・タイムズ』に掲載された*A Wild Sheep Chase*の広告

一九八九年の春には、ニューヨークを訪れた東京事務所のポケルと、ニューヨーク事務所のジョリスが、会員制のブック・クラブ「ブック・オブ・ザ・マンス・クラブ」と「リテラリー・ギルド」の関係者と会い、『羊（英）』を売り込んだ。[73]

後にヴァイス・プレジデントをつとめたアメリカのグランド・セントラル社では、その博識から「ザ・プロフェッサー」のあだ名で親しまれ、手振りをつけながら熱心に物事を説明するので知られていたポケルのプレゼンテーションが功を奏してか、「リテラリー・ギルド」が『羊（英）』をブック・クラブの選書に含めることを決定した。ブック・クラブによる選定に翻訳文学が入ることは珍しく、このブック・クラブへの選定は、米国に日本文学を受け入れる体制ができつつある一例として当時日本の主要紙でも報じられた。[74]

読者と本をつなげるコピー

講談社のチームは、コピーひとつ作るのにも気を配った。

自らも詩を文芸誌などに発表しており、いずれは編集者になるつもりで出版業界に足を踏み入れたチェンも、広報担当の仕事の大きな魅力はプレス・リリース、カタログ、カバーなどのコピーをはじめ、編集者よりも実際ものを書く機会が多かったことだったという。[75]

KIのチームは、広告のコピーはもちろん、本や見本の袖に掲載されるいわゆる「フラップ・コピー」をつくる上でも言葉を厳選した。「フラップ・コピーは、潜在的読者と本をつなげる役割だけでなく、書評家たちの本の理解を手助けするものにもなるから重要なんだ」とルークは言う。[76]

『羊（英）』のフラップ・コピーでは、①その「ヴォイス」の「オリジナリティー」と「新しさ」（a voice the likes of which no Western reader of Japanese fiction will have encountered before「日本文学を読んできた欧米の読者がこれまで出くわしたことのないようなヴォイス」）、②作品の「同時代性」（The time is now. The setting is Japan — minus the kimono and the impenetrable mystique of an exotic, distant culture.「時は今。舞台は日本——ただし着物や遥か遠く離れたエキゾチックな文化の理解を越えた神秘性はそこにない」）、そして③『羊（英）』が「欧米デビュー」であること（Haruki Murakami's dazzling debut in the West「村上春樹の華やかな欧米デビュー作」）などが強調された。[77]

結果、コピーの言葉が「まるで評者が自ら思いついた表現であるかのようにほとんどそのまま書評で使われることもしばしばだった」とルークは言う。[78]

本がアメリカで出たタイミングでニューヨーク・タイムズ紙の（十一月五日の）日曜版「ブック・レビュー」に出稿された大きな広告のコピーでも同様の方針が取られた。

コピーで『羊（英）』を「The American Debut of Japan's Premier Contemporary Writer「日本随一の同時代作家のアメリカデビュー作」と位置づけ、事前に配布した見本への反応から“Marvelously engaging”「素晴らしく引き付けられ」“gripping plot”「心を掴まれるプロット」“comic”「ユーモラス」、“fresh, brave”「新鮮で勇敢」などの言葉をピックアップし、太字にして引用した。このように「新しさ／同時代性」に加え、「エンターテインメント／物語性」も強調することにより、「ビッグ・スリー」をはじめとするそれまでの日本文学とのさらなる差別化も目指した。

ニューヨーク・タイムズ紙については、この日曜版の大きな広告の他にも、数週間にわたり通常版に週二回小さめの広告を掲載した。それなりの広告費が費やされたことも、同作の書評が同紙に二度（一九八九年十月二一と十二月二日に）掲載されたことと全くの無関係ではないだろう。

16 人のつながりを辿って

宣伝のための豪華な見本（Advance Reading Copy）の制作や新聞広告の掲載など、コストのかかる広告／広報活動が一定の効果をもたらしたことを考えると、当時の日本のバブル景気（一九八九年末の日経平均株価は史上最高値の３８９１５円87銭）とＫＩの資金力が村上の海外での成功を後押ししたことは間違いないだろう。

ルークは言う。

「確かにこれが五年、十年後だったら、あそこまで資金と労力をつぎ込む環境があったかはわからない[79]」

広報担当のチェンも、豊富な資金源が可能にする豪華な本作りがＫＩで働く魅力だったという。

「かなり個性的な出版社で、とても働きがいがあった。単に売れるか売れないかだけでなく、出す本の質にとことんこだわる社風だった。日本の講談社本社がバックアップしてくれていたおかげで、たとえば図書館向けに一冊三百ドルもする豪華な美術書を出すといった魅力的な企画も通った」

だが、広告費を積めば必ず成功するという世界でもない。KIのような、比較的新しく小さな出版社は、伝統ある大手に比べて、どうしても人脈やプレステージの面で劣る。当時まだアメリカでの実績が限られていたKIは、それなりの経済資本（資金力）は有していたものの、象徴資本や社会関係資本（いわゆるプレステージや人脈）は限られていた。日本社会で「村上春樹」の名前が持ついわゆる「ネーム・バリュー」も、アメリカではほとんど換算不能だった。しかも、象徴資本や社会関係資本は、すぐに得られるものではない。蓄積には時間がかかる。この課題を乗り越えるには、アメリカ市場で既にネットワークやネーム・バリューのある個人や組織の力を「借りる」しかなかった。

広報担当としてのチェンの大きな役割は、書評家たちに評を書いてもらうこと。チェン自身、『羊（英）』を読んで、その「ユニークなヴォイス」に魅力を感じていた。

「斬新だと思った。超現実とアイロニーと感傷が入り混じっていて、笑えるところがあるかと思えば胸を打つところもあるし」[80]

パブリシティー担当としての課題は、いかにして評者たちにこの魅力を伝え、「無名の外国の作家」に関心を持ってもらうかだった。

「まずアメリカ中の新聞や雑誌の書評担当者に働きかけた。書評家というのは本が大好きな人たちだから、会って話すのは楽しい。私は絶対に本を「売り込もう」とはしなかった。ただ選んだ本について、なるべく丁寧に詳しく話をするだけ。きっといちばん効果があったのは、書評家に本を手渡して彼ら自身に作品を体験してもらったことだと思う。だから直接書評家と会うことが大事。彼らの元にはいつも本が殺到してるから、ただ郵便で本を送りつけても駄目」[81]

担当編集者のルークも、東京とニューヨークを行き来するなかで、パブリシティーに一役買った。KIに入社し、『羊（英）』の担当となった当時、ルークは四十歳。短くない大学院生活後に選んだ道ということもあり、二十代前半から二十年近く大手出版社で実績を積み重ねてきた（例えば後に村上の担当編集者になるゲイリー・フィスケットジョンのような）ベテラン編集者のような人脈や影響力はなかった。しかし、ニューヨークと東京で一緒に仕事をした仲間は少なくなく、「いわゆる文芸フィールドで誰が重要人物であるか——特にどの組織／媒体／個人がゲートキーパー的役割を担っていたか——は充分に心得ていた」[82]という。

ルークは、まず近場からゲートキーパーへのアクセスを図った。東京では「当時はとても活気のある場所だった」日本外国特派員協会で英語圏のジャーナリストに村上作品の魅力と可能性を説いて回った。[83] 一九八四年から一九八九年にかけてニューヨーク・タイムズ東京支局長を務めたスーザン・チラ、そしてチラの夫であり *Japan: In the Land of the Brokenhearted* など日本についての本を執筆していたマイケル・シャピロも多くのジャーナリスト仲間を紹介してくれた。結果、『羊（英）』の刊行前に『ノルウェイの森』を日本での「近年の日本の出版業界における最大の衝撃」として取り上げるAP通信社の記事が各紙に掲載された。

メディアへのアクセスに関しては「ロバート・ホワイティングも本当に色々とサポートしてくれ

KI-USAの事務所で『羊（英）』のカバーをめぐっての会議。左から、ジリアン・ジョリス、アン・チェン、白井哲。

た」とルークは言う。[84] 日本の野球や闇社会を題材とした著書で知られるホワイティングは、一九八九年の夏に刊行した日本のプロ野球を扱った自身二作目の *You Gotta Have Wa*（邦題『和をもって日本となす』角川書店、一九九四年）で注目を集めていた。同作は、「ブック・オブ・ザ・マンス・クラブ」の選定図書にも選ばれ、その年のピューリッツァー賞にもノミネートされた。

ルークは、同じ鎌倉に住んでいたホワイティングに頼まれ、刊行前の *You Gotta Have Wa* の原稿を読み、感想を伝えていた（本の謝辞のページにはルークの名も含まれている）。また、九一年に講談社アメリカから刊行されるホワイティングと読売ジャイアンツのウェイン・クロマティーの共著 *Slugging it Out in Japan: An American Major Leaguer in the Tokyo Outfield*（邦題『さらばサムライ野球』講談社、一九九一年）の編集者をつとめることも決まっており、当時から親しくしていた。[85]

ホワイティングは言う。

「エルマーはとてもいい編集者だった。[『さらばサムライ野球』で]インタビューで録音したクロマティーの言葉をそのまま使ったんだけど、原稿が単調になってしまった。エルマーにそう指摘されて、最初からすべて書き直すことになった。クロマティーの口調をもっと読者に易しい——部分的にはそれを創造しながら——ものにするために。エルマーのおかげで、最終的には上手くいったよ。あとは、私はクロマティーをインタビューしている途中で仲たがいしてしまったんだけど、エルマーが変わりに最後のインタビューを行って、人種差別に関する率直な議論を交わしてくれた。これは本にとってプラスだった」[86]

ホワイティングは、一九八九年の六月に、*You Gotta Have Wa* のプロモーション活動のためにアメリカに三週間滞在し、「二週間半で三十五回」インタビューを受けていた。[87] 自らの著書が『ニューヨーク・タイムズ』、『シカゴ・トリビューン』、『ロサンゼルス・タイムズ』など多くの主要紙に大きく取り上げられるという経験をしたばかりのホワイティングは、「その経験や人脈を惜しみなく共有してくれた」とルークは言う。[88]

ホワイティングは言う。

「*A Wild Sheep Chase* については、細かいことは記憶にない。エルマーがムラカミについてとても熱心だったのは覚えているけど。ここまで［村上が］ビッグになるとは想像もしていなかったよ」[89]

そしてまた、ホワイティングのエージェントは、ICM（International Creative Management）のアマンダ（通称ビンキー）・アーバンだった。後にふれるが、アメリカの作家にとって、エージェントの存在は大きい。

ホワイティングは言う。

「ビンキーは、*You Gotta Have Wa* のペーパーバック版の権利から担当してくれることになり、*Tokyo Underworld* や *The Meaning of Ichiro* でとても好条件の契約をとりつけることにより私のキャリアに貢献してくれた。ICMは特に *Tokyo Underworld* の映画化権に関するドリーム・ワークス、ワーナーブラザーズ、HBO、アマゾンなどとの交渉で頼りになった。ビンキーは、今まで会ってきた多くの人の中でも最も頭の切れる一人だ」

「［ICMのおかげで］ニューヨークの出版界ではとてもいい人脈を持っていた」というホワイティ

ングは次のようにつけ足す。

「当時エルマーとはとても親しくしていてよくビールやワイン片手に時間を共にした。ニューヨークの出版界やプロモーションに関する情報や経験をエルマーと共有したのもその頃［*Slugging it out* などを書いていた時］だと思う。エルマーにビンキーを紹介したのも私かもしれない」[90]

このルークとビンキー・アーバンとのつながりも、後に村上のキャリアにとって重要になる。

17 注目度を上げるためのペーパーバック権オークション

ペーパーバック権を――ハードカバー版が出る前から――売り込むのも重要な広報手段だった。ペーパーバック権が（特に高値で）売れれば、作品に対する期待も高まり、ハードカバーの売り上げにも前向きに影響してくるからだ。

見本ができる前から、『羊（英）』の原稿、表紙、そしてクリスチャン・サイエンス・モニター紙（一九八九年三月三〇日付号）のインタビュー記事がパッケージ化され、数十社のエディトリアル・ディレクターや編集者に送られた。[91]

オークションは二段階で行われた。まずハードカバー刊行の半年前の五月に最低価格《floor》を決めるプロセスが踏まれた。この段階での最高値が最終的なオークションの最低価格になる。この最初の段階で高値をつけた出版社は、最終的なオークションで、落札価格に一〇%上乗せすることにより権利を取得することができる。五月の最初のオークションでは、最低価格が五万ドルに決まり、この金額は見本をはじめとする業界関係者向けの広報資料にも掲載された。そして、ハードカバー版の販売直後の十一月に二回目のオークションが開かれ、ペーパーバックの権利がニュー・アメリカン・ライブラリー（プルーム・ブックス）に――講談社インターナショナルが同作にかけた広報費を超える――五万五千ドルで売られた。[92]

この時のプルーム・ブックスの担当者ケヴィン・ムルロイは、ナショナル・ジオグラフィック・ブックス出版の編集長などを経て、現在は自ら出版社 Potomac Global Media を運営している。

「エルマーとはピナクル・ブックスで同僚でね。その後、エルマーは講談社に移り、私はニュー・アメリカン・ライブラリー（NAL）に移ったんだけど、NALは傘下に幾つかの出版ブランド《imprint》を持っていて、その内のひとつがプルームだった。そして、NALはペンギン・グループに買収され、ペンギンUSA――今はペンギン・ランダムハウス――の一部となった。講談社にいたエルマーが村上の作品について教えてくれて、我々は *A Wild Sheep Chase* のペーパーバック権を取得した。プルームは、読者に新しく、多様な声を届けることを目指すインプリントだった。はじめに *A Wild Sheep Chase* を読んだとき、これはほとんどのアメリカ人読者がそれまで読んできた日本の作品とは全く違う、ヒップで、同時代的で、ジャンル横断的な小説だと思った。それで、きっと読者も気に入ってくれるだろうと[93]」

ルークは言う。

「他の業界同様、出版界でも個人的な人脈は重要だ。でも僕らが当時親しかった（今もね）からといって、ケヴィンがそういう個人的好意で買ってくれたんだとは思わない。たしかにあの本のことを彼に教えたのは僕だったけど、最終的に判断を下したのは彼自身だ。たまたまケヴィンがアジアに関心があって、そこにまちがいなく面白い物語を紡ぐ日本人作家がいた[94]」

プルーム・ブックスのペーパーバック版は、ＫＩのハードカバー版のカバーの表紙デザインがほぼそのまま使われる形で、一九九〇年に刊行されることになる。ムルロイは、カバーのデザインに関する記憶は少し曖昧だという。

「書評が好評だったハードカバー版と我々のペーパーバック版との間にビジュアル的なつながりをつくりたかったのかもしれないけど、同時に当時はハードカバーのカバーのデザインをペーパーバック版で使うことは珍しいことではなかった。それに *A Wild Sheep Chase* のハードカバー版の表紙は、クールで人目を引くデザインだったからね[95]」

ともあれ、大手ペンギン社のインプリントで、（三年後の一九九三年にはノーベル文学賞を受賞することになる）トニ・モリソンなどのペーパーバック版の出版社からの刊行は、ＫＩのチームだけでなく、アメリカの出版社からの刊行を見据えはじめていただろう村上にも励みになったに違いない。

18 ニューヨークでの著者プロモーション

『羊（英）』のアメリカでの刊行を受けて、村上春樹自身も陽子夫人と渡米した。
ルークと白井は、車で空港まで村上夫妻を迎えに行った。税関を通過し、出てきた村上にすぐに手渡したのは、当日の『ニューヨーク・タイムズ』。書評が掲載されたページに捲られていた。[96]
"Young and Slangy Mix Of the U.S. and Japan"「若くてスラングに満ちたアメリカと日本のハイブリッド」と題された村上の顔写真入りの大きな書評には"A best-selling novelist makes his American debut with a quest story"「ベストセラー作家が冒険物語でアメリカデビューを果たす」というコピーが付けられていた。
「もちろん前から仕込んではいたことなんだけど、さすがにタイミングの良さには驚いた」と白井は言う。
ルークと白井は、村上夫妻を滞在先のスタンホープ・ホテルまで連れて行った。[97]
中心街のミッドタウンや事務所のあるユニオン・スクエア付近ではなく、アッパー・イースト・サイドのホテルを選んだのは、ランニングをする村上にとっては、セントラル・パークに近いホテルが良いだろうとの配慮から。[98]
村上は、十年後に雑誌に掲載したエッセイで、セントラル・パークへのこだわりについて次のように記している。

地域的に言えば、ほんとはもっと下の、書店や中古レコード屋が集まっているヴィレッジかソーホーあたりの方が好みにはあっているんだけど、朝のセントラル・パークを走る魅力にはどうしても勝てなくて、ついついアップタウン方面に宿をとってしまうことになる。もしニューヨークにセントラル・パークがなかったら、そんなにあの街には行かないだろうという気さえするくらいだ。[99]

そのセントラル・パークに近いブティック・ホテルの中でもスタンホープにしたのは、村上が尊敬するジョン・アーヴィングの小説の舞台にもなっていたからだ。[100]

村上は、一九八四年に国防省の招きでアメリカを訪れた際に、セントラル・パークを一緒に走りながらアーヴィングをインタビューしており、その二年後にはアーヴィングの処女作『熊を放つ』の邦訳を刊行している。『ホテル・ニューハンプシャー』は訳してこそないものの、一九八〇年代半ばに「フィッツジェラルド巡礼」に出た際の経験を綴ったエッセイで――フィッツジェラルドの墓石にも彫られている『グレート・ギャッツビー』の最終行が出てくる小説として――同作品を紹介している。[101]

インタビューから豪華な刊行イベントまで?

村上は、ニューヨークでのプロモーション活動に十一日間を費やした。

Books of The Times

Young and Slangy Mix Of the U.S. and Japan

By HERBERT MITGANG

"A Wild Sheep Chase" by Haruki Murakami is a bold new advance in a category of international fiction that could be called the trans-Pacific novel. Youthful, slangy, political and allegorical, Mr. Murakami is a writer who seems to be aware of every current American novel and popular song. Yet with its urban setting, yuppie characters and subtle feeling of mystery, even menace, his novel is clearly rooted in modern Japan.

This isn't the traditional fiction of Kobo Abe ("The Woman in the Dunes"), Yukio Mishima ("The Sailor Who Fell From Grace With the Sea") or Japan's only Nobel laureate in literature, Yasunari Kawabata

A best-selling novelist makes his American debut with a quest story.

("Snow Country"). Mr. Murakami's style and imagination are closer to that of Kurt Vonnegut, Raymond Carver and John Irving. In fact, the 40-year-old author, one of the most popular novelists in Japan, has translated the works of several American writers, including Irving and Carver. His outlook is international; he now lives in Rome.

There isn't a kimono to be found in "A Wild Sheep Chase." Its main characters, men and women, wear Levis. They are the children of prosperity, less interested in what Toyota or Sony have wrought than in having a good time while searching in jazz bars for self-identity.

They take comfort in drinking, chain-smoking and casual sex. Listening to their conversation, they could be right at home on the Berkeley campus in the 1960's. It may help that the novel is racily translated from the Japanese by Alfred Birnbaum, an American who grew up in Tokyo and who studied at the University of California.

The unnamed, newly divorced 30-year-old protagonist of "A Wild Sheep Chase" has moved on, somewhat haphazardly, from college life into advertising and public relations. He and a partner turn out corporate newsletters and display the proper degree of contempt for their clients — and themselves.

In describing a right-wing magnate simply named the Boss, who has cornered the advertising business in Tokyo and extended his power into national politics, the protagonist's partner could pass for an ad man sounding off at the end of the day on Madison Avenue or Fleet Street:

"To hold down advertising is to have nearly the entire publishing and broadcasting industries under your thumb. There's not a branch of publishing or broadcasting that doesn't depend in some way on advertising. It'd be like an aquarium without water. Why, 95 percent of the information that reaches you has already been preselected and paid for."

Their own cynical newsletters, he continues, contribute to corporate concealment: "Every company's got a secret it doesn't want exploded right in the middle of the annual shareholders' meeting. In most cases, they'll listen to the word handed down. In sum, the Boss sits squarely on top of a trilateral power base of politicians, information services and the stock market."

•

But Mr. Murakami isn't simply taking a swipe at big business here. As part of his developing plot, he is setting up the characters of his young people and distancing them from the godfatherly Boss and his sleazy lieutenant, who has a degree from Stanford University. As a former war criminal who has escaped trial, possibly with the collusion of the American occupation leadership, the Boss seeks something more than to sit on top of a domineering communications empire. Dying, he wants to gain the spiritual power of a legendary foreign

A Wild Sheep Chase

By Haruki Murakami

Translated by Alfred Birnbaum. 299 pages. Kodansha International. $18.95.

sheep with a star on its back — the only one of its kind in all of Japan — that dwells somewhere in the lonely mountainous snow country.

On the surface, "A Wild Sheep Chase" is just that: a mystery story with a long chase. A photograph of the wild sheep has appeared accidentally in a newsletter; like Dashiell Hammett's Maltese falcon, the singular sheep is pursued by clashing interests. Is the sheep a symbol of something beyond the reach of an ordinary man, a devilish temptation? Does this wild sheep represent heroic morality or a Nietzschean superpower? Nietzsche is mentioned in the novel; so is the obsessive quest for Moby-Dick. The answer, if any, is left to the reader's perception.

•

Along the chase route, we meet interesting characters. One is called the Sheep Professor, another the Rat, a rather nice fellow despite his name. The most appealing is the protagonist's girlfriend, who is plain-looking except for one feature that arouses him — and reveals the author's offbeat sense of humor and style. Here is how she is described, with echoes of the hard-boiled California school of detection:

"She was 21, with an attractive slender body and a pair of the most bewitching, perfectly formed ears. She was a part-time proofreader for a small publishing house, a commercial model specializing in ear shots and a call girl in a discreet intimate-friends-only club. Which of the three she considered her main occupation, I had no idea. Neither did she."

What makes "A Wild Sheep Chase" so appealing is the author's ability to strike common chords between the modern Japanese and American middle classes, especially the younger generation, and to do so in stylish, swinging language. Mr. Murakami's novel is a welcome debut by a talented writer who should be discovered by readers on this end of the Pacific.

Minneapolis Museum Director to Retire

Martin Friedman, director of the Walker Art Center in Minneapolis for 28 years and a prominent figure in the international art world, will retire in November 1990, soon after his 65th birthday.

Mr. Friedman joined the Walker

As director, Mr. Friedman oversaw the extensive development of the museum's art program and the transformation of its physical space from a modest building to a capacious exhibition facility that includes a seven-and-a-half-acre sculpture garden.

1989年10月21日に『ニューヨーク・タイムズ』に掲載された、ハーバート・ミットガングによる *A Wild Sheep Chase* の書評ほとんどのインタビューは、ＫＩの新しい事務所で行われた。事務所の壁には、岡本滋夫が手掛けた『羊（英）』のカバーの大きなポスターが飾られていた。

チェンは言う。

「あの本の仕事で最も鮮明に記憶しているのは、ミッドタウンの目を見張るガラス張りの事務所で、白井さんが毎週入口に飾るために注文していた生け花の隣に飾るために発注した、巨大でつやつやしたカバー――あの見事なピーコック・ブルーの背景に羊が浮いていた表紙――のポスター。いろいろ細かいアレンジが必要で大変だったんだけど、１・５メートル近くあったポスターがついに壁にかけられた時には、思わず息をのむような素晴らしさで、偉大な作品を記念するのにこの上ないものだと思った[102]」

国内では当時から既にメディア露出を抑えていた村上だが、この時は日本のメディアの取材も受け、自作の英訳計画について「長編三作『世界の終りとハードボイルド・ワンダーランド』、『ノルウェイの森』、『ダンス・ダンス・ダンス』を年一冊のペースで」、その他にも「短編も雑誌などで発表していきたい」との意気込みを表している。[103]

個別のインタビューの他に、プロモーション活動の一環としてたしか旧ヘルムスリー・パレス（現ロッテ・ニューヨーク・パレス）で刊行記念イベントも開かれたはずだとチェンは言う。

「白井さんにも確認してほしいんだけど、寿司職人が七人並んでいて、注文を受けて最高に新鮮な寿司を握っていた記憶がある。素晴らしいイベントだったわ」

白井は、ヘルムスリー・パレスでのイベントは記憶にないが、自分が参加しなかっただけかもしれないという。[104] また、当時のビジネス・マネージャーだったリーヴァイは、「ヘルムスリー・パレスで大きなイベントがあったのは覚えてるけど、『羊』のためだったかは覚えていない」とする。[105] ルークに尋ねると、次のような返事が返ってくる。

「まさか！ 本当だったらすごいね。ヘルムスリー・パレスは当時とくべつな場所だったから。ジリアンに聞けたらベストなんだけど、彼女は残念ながら若くして亡くなってしまったからね。「七人の寿司職人」って、なんか日本映画のパロディーみたいだね」[106]

リーヴァイ夫妻のマンションでこじんまりしたパーティーも開かれた。参加者は、講談社の関係者の他に、コロンビア大学の研究者、数名の作家と、リーヴァイいわく「当時、アメリカの出版業界で村上の名を唯一知っていた二人、文芸エージェントのアンドリュー・ワイリーと〔後にクノップフで村上の担当編集者になる〕ゲイリー・フィスケットジョン」だった。夫のジョナサンのエージェントをしていたワイリーは、当時から「村上と代理人契約を結ぶことを切望していた」とリーヴァイは言う。

これらのインタビューやイベントの合間に、書店巡りも企画された。村上が訪れた書店の多くで、『羊（英）』は目立つ形で展示されていた。KIが用意した大型のポスターを掲げている店もあった。村上は、これらの書店で販売用に本にサインしたが、当時は（後にニューヨークやロンドンで催されるような）大掛かりなイベントは行われなかった（村上が国内外ではじめて公開イベントに臨んだのは、一九九二年一月にペン・アメリカ・センター主催で行われ〔同年九月に『ニューヨーク・タイムズ』に掲載され〕たジェイ・マキナニーとの公開対談である）。

マンハッタンの南の「ザ・ヴィレッジ」地区にある（パティ・スミスをはじめとする有名人が今も御用達の）スリー・ライブズでは、ルークは村上をオーナーに紹介したが、二〇一一年に『1Q84』の英語版が刊行された際に同じ書店が（新しいオーナーたちのもとで）ミッドナイト・オープニング［刊行日に特別に店を真夜中に開けて販売を開始するイベント］を開催しているのを見て、「二十数年でここまで事態は変わるものだと改めて実感した」という。[107]

村上は十一日間のプロモーションの後もアメリカにしばらく残り、当時の感想を『遠い太鼓』（講談社、一九九〇年六月刊行）の最終章で簡単に綴っている。

僕はイタリアから帰ってきて、それからすぐにアメリカに発った。そして一ヵ月半ほどそこに滞在した。出版のプロモートのためだ。ニューヨークに行ったのは久しぶりだったけれど、特に違和感は感じなかった。まあそういうところだろうと予測できる通りのところだった。もちろんニューヨークなんかに住みたいとは思わない。でも反応のストレートなぶん、かえって東京よりは違和感を感じずにすんだという部分もあった。

「とくにニューヨークでは反響が大きかったので驚いたのを記憶している」と言う村上に当時の写真入りの記事を見せると、「ずいぶん若いね」と懐しそうに笑う。[108]

19 日本からの「新しい声」を歓迎するアメリカの評者たち

広告、見本の配布、そして個人的な人脈を通しての「営業」の成果もあり、多くの書評が主要紙に掲載された。

ルークは言う。

「あるタイプの作家、つまり純文学の書き手にとって、書評はとても大きな意味を持っていた。ムラカミの場合も書評が鍵を握るだろうと思ったし、実際それは決定的だった。この頃はまだ今のように多種多様な作家が出てきていなかったから。大勢の読者にとって、これまでになかったような作品や作家に関する書評は大切な役割を担うことになった。八〇年代後半から九〇年代前半は現在のように情報源が山ほどある時代じゃなかった。本を紹介するメディアとなればその数はさらに限られていて、そのぶん個々の密度が高く影響も大きかった」[109]

村上夫妻がニューヨークに到着した当日に掲載された前述の『ニューヨーク・タイムズ』の書評の執筆者はハーバート・ミットガング。一九二〇年ニューヨーク生まれで、第二次世界大戦中に『スターズ・アンド・ストライプス』紙の編集者をつとめた[110]ミットガングは、戦後すぐにニューヨーク・タイムズ紙にコピー・エディター兼レビュー欄担当として入社した大ベテラン書評家である。[111]

前年の一九八八年には、フォークナー、ヘミングウェイ、カポーティなどアメリカを代表する作家に関するFBIのメモをまとめた『危険な書類——アメリカの偉大な作家たちに対する秘密の戦争を暴く』を刊行し注目を集めていたミットガングは、数ヵ月前にロバート・ホワイティングの『和をもって日本となす』の評も書いていた。[112] 講談社のメンバーは、どのようにして大ベテラン書評家に村上のデビュー作を売り込んだのだろうか。

チェンは言う。

「コツは美味しいランチをご馳走すること!……というのは冗談だけど、さっきも言ったように書評家はみんな熱心に本を読む人たちだから、たいていは自然に好意を抱くことができる。ハーバート・ミットガングみたいに聡明で鋭くて優れた批評センスを持った相手と話すのは、ちっとも苦じゃないどころか楽しい。私たちはランチをしながら村上の作品について喋った。読書クラブ、それか大学のゼミみたいな感じでね」[113]

ミットガングは書評で「これは安部公房(『砂の女』)や三島由紀夫(『午後の曳航』)、日本の唯一のノーベル賞作家の川端康成(『雪国』)に見られる伝統的なフィクションではない」と編集部の狙い通り過去の日本の作家と村上を明確に差別化した。[114] そして、その「スタイルや想像力はカート・ヴォネガット、レイモンド・カーヴァー、ジョン・アーヴィングらの方に近い」とし、『羊をめぐる冒険』の魅力を、現代の日本とアメリカ両方の中産階級――特に若者――に共通する部分を「スタイリッシュで軽快な」言葉で表現していることだと評した。[115]「村上氏の小説は才能ある作家による歓迎されるべきデビュー作で、この著者は太平洋のこちら側の読者にも発見されるべきだ」と結ばれたこの前向きな評を受け、読売新聞は「米紙ニューヨーク・タイムズ、村上春樹氏を絶賛」と

Just the Myths, Ma'am

A WILD SHEEP CHASE
By Haruki Murakami.
Translated by Alfred Birnbaum.
299 pp. New York: Kodansha International. $18.95.

By Ann Arensberg

SOMETIMES I think America's most enduring contribution to literature is the hard-boiled detective story. Created by Raymond Chandler, elaborated by Ross Macdonald and perpetuated by successors like Robert Parker, the genre reinvents itself from generation to generation in the United States, always wearing the traditional trappings. Europeans, Latin Americans, and now the Japanese writer Haruki Murakami are more attracted to the metaphysical aspect of the category, making use of its depiction of humanity's existential predicament and paying less attention to rapidly paced plot and violent death.

Although he is not a professional detective but an amateur who has a case dropped in his lap, the unnamed narrator of "A Wild Sheep Chase" has some of the traits of a younger, cooler Philip Marlowe. A heavy smoker and a steady drinker who records every drink and every cigarette he takes, he has a barely furnished apartment, an almost empty refrigerator and minimal connections with the human race. Better anesthetized than Marlowe (whose bleeding heart usually shows through), Mr. Murakami's protagonist has developed a talent for numbing his feelings. "Most people," he muses, "they're trying to escape from boredom, but I'm trying to get into the thick of boredom."

There is plenty to numb himself against: a failed marriage; a job turning out meaningless fluff for an advertising agency; the realities of present-day Japan — overcrowded, overdeveloped, its traditions and its natural landscape disappearing. His own hometown is unrecognizable: all but 50 yards of oceanfront have been occupied by "gravestone rows of tall buildings." He is just shy of 30, too young to give up on everything, too smart to have anything but contempt for ambitions and illusions. Like his hard-boiled predecessors, he learns to stare meaninglessness in the face, raising the pursuit of boredom to a high art. "I've memorized," he tells us, "all the murderers' names in every Ellery Queen mystery ever written."

What is the opposite of boredom? Adventure. Life is the enemy of stasis; as long as the heart keeps on pumping, life keeps on tossing out challenges, even to the tough guy, waving visions of hope and purpose under his nose. Adventure waylays Mr. Murakami's narrator, sending him first a young woman with beautiful, paranormally endowed ears and then the sinister, black-suited lieutenant of a dying right-wing boss, who threatens him into accepting a case.

• • •

What is this case? To find a sheep with a chestnut-colored star on its back, a sheep that holds the key to the survival of the boss and his empire. Forty-odd years before, this anomalous sheep had mysteriously implanted itself in the boss's brain and taken over his will. "This all has got to be, patently, the most unbelievable, the most ridiculous story I have ever heard," protests the narrator. From here on in, reader and narrator enter the country of myth and fairy tale. The detective on a case has turned into a hero on a quest.

The hard-boiled detective is the dark side of the classical hero. The detective remains imprisoned in the underworld. He can rescue others, but he cannot save himself. The hero goes down into the underworld (his own depths or their mythic counterpart) and makes his way painfully back to the surface, armed with new knowledge. Mr. Murakami's narrator takes to the hero's role like a duck to water. He bounds forward on greased skids at first, with the aid of the sort of magical helpers dear to myth: unlimited cash from the lieutenant; his girlfriend's psychic powers; the fortuitous discovery of the Sheep Professor, an old man who has kept detailed records of the nation's now moribund sheep-raising industry. Pointed toward the island of Hokkaido, as much of a wilderness as still exists in Japan, he undergoes the hero's mandatory ordeals: traversing a passageway between a crumbling mountain and a knife-edged cliff; enduring a hermit's solitude and a dangerous fever; receiving visitations from the dead. Through the offices of a spirit guide, the mystery of the sheep is penetrated. The sheep represents the will to power over change, time and death, an inhuman power that dehumanizes infinitely.

But the hero's return to the world is as painful as his descent. On the way back, he realizes that his former self was a poor man's version of the boss. Instead of gaining power over life by trying to control it, he had tried to control life by refusing to live it. Henceforward, his task is to become fully alive and to accept suffering — in other words, to sit on that last 50 yards of shoreline and be able to weep.

What is Haruki Murakami's special magic? How does he keep us involved in this wild sheep chase, all the way to the bitter end? Without question, he has help from Alfred Birnbaum, who seems more like his spiritual twin than merely his translator. Reading primitive and ancient myths in the late 1980's can seem like an artificial exercise, even with Joseph Campbell's much popularized reminders that they hold the clue to our salvation both as individuals and as a species. We knit our brows striving to identify with Shiva or with the Navajo Spider Woman. But in Haruki Murakami's tale we are on our own despoiled modern turf (a turf as international as it is locally Japanese), hearing our own irreverent colloquial language, the Esperanto of the postatomic generation.

Now living in Rome, Mr. Murakami is the author of six novels, three of which have been runaway best sellers in Japan. With "A Wild Sheep Chase" he is making his debut in America, and his work is bound to find an audience here. Haruki Murakami is a mythmaker for the millennium, a wiseacre wise man. □

Ann Arensberg is the author of the novels "Sister Wolf" and "Group Sex."

82 December 3, 1989

1989年12月3日に『ニューヨーク・タイムズ』に掲載されたアン・アレンズバーグによる *A Wild Sheep Chase* の書評

題した記事を掲載した。[116]

他の書評にも、ミットガングの評と似たような特徴がうかがえる。ワシントン・ポスト紙に書評を寄せた（小説家／ジャーナリストの）アラン・ライアンは、「川端や谷崎の洗練された詩情、三島の壮大でありながら鮮明に描かれたヴィジョン、もしくは安部公房の暗いフォーマリティーに魅せられた読者は、村上の作品を読んだら衝撃を受けるだろう」とし、四十歳の村上は「自国の歴史や伝統よりも広い世界に目を向けている日本の若者、インテリ、起業家たちの新しい国際的なヴォイスを代表している」と、ミットガング同様に村上をビッグ・スリー（フォー）と差別化し、その国際性を強調するところから評を始めている。そして、村上がフィッツジェラルド、ポール・ソロー、カーヴァー、アーヴィングなどの小説を訳しているという事実には何の驚きも感じないとし、「消え去る古い世界と新たなまだ開発中の世界のはざまに囚われた普通の日本人の心理」を表している村上の魅力をアメリカの読者も発見するに違いないと予想している。[117]

ルークは言う。

「ハルキはヴォイスだけでなく、いわば新しい「世界観」も同時にもたらした。そして、後の世代に影響を与えた彼のヴォイス（僕が念頭に置いているのは小川洋子だけど、ミエコ［川上未映子］だってそうかもしれない）は、典型的な意味で日本的ではなかったけど、それは紛れもなく――当時まだ多くの人には未知の場所だった――日本から生まれ出てきたものであり、そこには西洋の新しい読者にも従来の読者にもアピールする堅実さ、そして特異性があった。

ハルキは新しくて瑞々しいヴォイスの持ち主であると同時に明らかに、他の作家と違っていた。

それはハルキがずっと育んできた感覚でもあった。彼は紛うことなく日本人だけど、同時に別の何かでもあった（もっと大きなもの？　日本という枠に留まらない存在？）。アプローチしやすい形で世俗的《worldly》かつ厭世的《world-weary》だった[118]」

最も厳しい書評は、アメリカ在住の日本人小説家、米谷ふみこがロサンゼルス・タイムズ紙に寄せたものだろう。一九八六年に『過越しの祭』で（選考委員のひとり吉行淳之介に「人間が書けている」と言わせる筆力で）芥川賞を受賞していた米谷だが、この作品は、その英訳が出る前から、アメリカで注目を集めていた。その内容が反ユダヤ的であるか否かについて、ニューヨーク・タイムズ紙上などで論争が繰り広げられ[119]、米谷も名の知れた作家である夫のジョシュ・グリーンフェルドと共に『ロサンゼルス・タイムズ』のインタビューに応じたりしていた[120]。

当時、アメリカで——良くも悪くも——それなりに注目されていた存在だった米谷の "Help! His Best Friend Is Turning Into a Sheep!"（「助けてくれ！　親友が羊に変身している！」）と題された評で、村上作品は「現代日本人作家の作品よりもレイモンド・カーヴァーの黒人版かリサイクルされたレイモンド・チャンドラー」のようなものだと批判され、村上の日本の読者も「羊のようにサラリーマンや主婦として日本社会のベルトコンベヤーに乗りながらも、自分は「ヒップでおおらかで」、「洗練されていて教養があり」、「そして何より西洋的」であるという自己イメージを保ちたい人だ」と一括りにされている[121]。

日本国内で「批評的に叩かれた」ことが外国で作品が通用するか試したいという思いを強めたとしている村上がこの書評を当時目にしていたら、日本の文壇がここまで chase してきたか！　とため息をつき、小説の主人公のように「やれやれ」――もしくは英訳でgreat――とつぶやいたのではないかと想像してしまう。

ちなみに、米谷の辛口な書評も、バーンバウムの翻訳については、「アルフレッド・バーンバウムの素晴らしい翻訳が村上の文章を完璧に捉えていないわけではない」と評価をしている。書評で翻訳について触れられることが少なかった当時、その言葉の新鮮さからか、バーンバウムとルークの訳を取り上げる評は他にも少なくなかった。

なかには「アルフレッド・バーンバウムの翻訳は、その不思議な構文、洒落を使った章の題名、口語的なアメリカ英語とイギリス英語と少なくとも一度のボストン英語がまざり常に耳に障る」（ワシントン・ポスト紙）とその多彩なスタイルを批判する評もあったが、その大半が「東京で育ち、カリフォルニア大学で学んだアルフレッド・バーンバウムにより、生き生きと翻訳されている」や「[村上]が、単なる翻訳家というよりは精神的双子のようなアルフレッド・バーンバウムに助けられている部分も間違いなくあるだろう」）（ニューヨーク・タイムズ紙）と訳文を好意的に受け止めたのは、より良い訳を目指して長時間を費やしたバーンバウムとルークにとっては、達成感と同時に安堵を覚えさせるものだった。

バーンバウムは言う。

「[前向きな評の多さには]驚いたね。でも、どちらかというと、僕を「音痴」だと批判したひとつの酷評のことの方が記憶に残っているけど。『羊』の好評が僕にとってのつかの間の名声になるだろうと当時友人に言われたけど、確かにそうだったかもね[122]」

アメリカのデビュー作の書評でありながら、村上の長期的な成功を予測するかのような評もあった。ニューヨーカー誌に掲載された長い書評で、ブラッド・レイトハウザーは「アメリカで日本人作家が積極的に読まれてから長い年月が過ぎた」こともあり、『羊をめぐる冒険』の英語での刊行は、作品の「多くの長所に値する以上」の「イベント」であると指摘し、同時に「村上春樹がアメリカで積極的に読まれる次の日本人作家になる「運命」かもしれない」と書いている。[123] 後に村上の出版社となるクノップフ社から小説五冊、詩集五冊を含む計十三冊の本を刊行しているレイトハウザーは、現在はジョンズ・ホプキンズ大学の文芸創作大学院のディレクターをつとめている。大学卒業後、一九八〇年代前半に京都に数年住んだレイトハウザーは、四半世紀ほど日本から遠ざかっていたが、二〇一七年の春には久しぶりに来日し、京都や沖島を訪れた。

「村上があらゆる点で幅広い成功を収めたことにはそれほど驚かなかったね。当初から彼はまちがいなく日本文学に新しいものをもたらしたと思っていたから。彼の書くものには独特の「軽さ」がある。でも、それは真面目ではないという意味ではけっしてない。最近日本に旅行したこともあって、むかし慣れ親しんだ作家（川端や谷崎）の本を久方ぶりに読み返しているんだけど、西洋人の目から見て日本文学は別の意味でも「軽い」とみなされがちだと思う――「まばら」というかね。川端は確実にここに当てはまる。そして僕にとってこの「まばらさ」は日本文学の大きな魅力のひとつだ。でもいま言っているのはもっと違う形の軽さ――もっと茶目っ気があってリリカルで明るい感じの軽さのことだ。

自分が好きな作家はこの軽さを備えていることが多い。そのうちのひとり、イタロ・カルヴィーノはエッセイの中で僕よりずっとわかりやすく軽さと重さの対比を論じている。生きていたら彼もきっと村上を賞賛しただろうな[124]」

20 アメリカから世界へ

『羊（英）』のＫＩハードカバー版は、読書クラブへまとめて（割引で）販売された三〇〇〇部の他に八五〇〇部が売れた[125]。

翻訳文学の英語圏「デビュー作」としては、特にＫＩでは「初版三〇〇〇～五〇〇〇部」が「普通」とされていた現状を考えると、一万部越えは充分立派な数字だろう。しかし、発表部数初版二五〇〇〇部（プラス刊行前の三〇〇〇部増刷[126]）でスタートし、プロモーションにもかなりの資金や労力をつぎ込んだことを考えると、当時の出版社サイドの感覚としては「数字的にはもうひと伸び[127]」という感もあったとルークは言う。

しかし、このハードカバーの実売数よりも、部数を伸ばそうと行われた様々な広報／営業活動の結果、多くの主要媒体に（全体的に見れば好意的な）書評が掲載されたこと――つまり一定の批評的成功《critical success》が得られたこと――が、村上作品は英語圏で通用するという確信を強め、その後のさらなる成功への道筋を示した。『羊（英）』は、ベストセラーにこそならなかったものの、バーンバウムやルークの狙い通り、ニューヨークを中心とするアメリカの文芸界にHaruki Murakamiの名と次作への期待を植え付けることに成功したのだ。

村上は当時を次のように振り返る。

「出してみたら、やっぱり配本《ディストリビューション》はけっこうキツかったし、そんなに売れなかったんだけど、批評的にはすごくよかった。ずいぶん色んなところが取り上げてくれて。『ニューヨーカー』に長いレヴューが載って、それはすごく嬉しかったね。『ニューヨーカー』というのは僕にとっては、もう無茶苦茶すごいものだったし。だから、そんなに売れなくても批評的にすごく注目されたというのは、出発点としてはよかったんじゃないかと僕は思ってた[128]」

国際的な文芸市場のハブであるニューヨークでの成功は、村上作品が、それまでの東アジア圏だけでなく、ヨーロッパ諸国などにも出て行く道も開いた。アメリカでの刊行からわずか一ヵ月後には、イギリス、フランス、ドイツ、オランダ、スペイン（スペイン語）、イタリアに権利が売れ、イスラエル、ロシア、スウェーデンやカタラン語（スペイン）の出版社からも関心が寄せられていた。当時、村上は東京のエージェント（日本著作権輸出センター）とも契約をしていたが、欧米の権利については、その多くをKIのスタッフが新たに開拓／仲介した。[129]

ペーパーバック権や海外版権が売れた事実は、村上が「全国的・国際的にも期待されている作家」であるというイメージを強めるために、すぐにメディアを通して広められた。

『羊（英）』の刊行から数ヵ月後の一九八九年十二月二五日——クリスマス当日——には、ワシントン・ポスト紙が村上のインタビュー記事を掲載した。聞き手は、一九八七年から一九九〇年までワシントン・ポスト紙の東京特派員をつとめ、[130]現在（二〇一八年）は同紙の社説面の編集責任者であるフレッド・ハイアット。著者の写真入りで掲載されたこの（新聞にしては）長いインタビューの中で、ハイアットは「ユーモアと哀愁に満ちた、生き生きとした、ミステリーとファンタジーのハイブリッドである著者の三作品目『羊をめぐる冒険』は最近英訳され、ワシントン・ポスト、ニューヨーク・タイムズ、ニューヨーカーなどで称賛された。ペーパーバック版やスペイン語、イタリア語、フランス語、ドイツ語、オランダ語の翻訳も出る予定だ」と、英語でのハードカバーの刊行に続き、ペーパーバック版や他の外国語版が出る予定であることも強調し、村上が海外の一般読者層へも「ブレイクスルー」する三島や川端以来の作家になるかもしれないと予測している。[131]

しかし、実際は、『羊をめぐる冒険』で「ブレイクスルー」が成し遂げられたとは言い難い。版権が売られた先々の国での反応も比較的静かなものだった。

『羊（英）』のイギリスでの出版権を取得したのは、老舗のハミッシュ・ハミルトン。『羊（英）』のイギリス版の担当編集者で、現在は大手文芸エージェンシーのエイトケン・アレクサンダー・アソシエイツを率いるクレア・アレクサンダーは、当時を次のように振り返る。

「ハミッシュ・ハミルトンが一九八六年にペンギン・グループの傘下に入った時、わたしは役員をしていました。買収から少ししてからペンギン社に編集責任者として異動しましたが、ハミッシュ・ハミルトンで小説のハードカバー権を買い取る役目も引き続き担っていました。それで、講談社から *A Wild Sheep Chase* の出版権を買ったんです」[132]

村上作品についてどのように知ったかの記憶は不確かだという。
「ずいぶん前のことなので読んだきっかけは覚えていません。講談社の方から勧められたんだったか、それとも『パブリッシャーズ・ウィークリー』で褒めている書評を読んだからか……そちらも本を読む前だったか後だったか記憶が曖昧です。その書評を読んで問い合わせたのかもしれません。ともあれ作品を読んでそのエネルギー、ウィット、独創性に惹かれました。語りのヴォイスがチャンドラーに奇怪な日本的感性を混ぜた素敵な感じで——ちなみに当時ハミッシュ・ハミルトンはチャンドラーも出版していました——伝統的スタイルに新しい風を吹きこんでいると感じました」[133]
アレクサンダーを魅了した作品だったことは確かだが、イギリスでの売れ行きはいまいちだったと言う。

「私の記憶だとイギリス市場での売れ行きはあまり芳しくありませんでした。ただ、二作目（『世界の終りとハードボイルド・ワンダーランド』）もハミッシュ・ハミルトンが出せることになりましたし、それにもちろんここから彼の国際的キャリアが軌道に乗り、のちにベストセラー作家になるわけです」[134]
イギリスでの売り上げや評判については、当時ハ

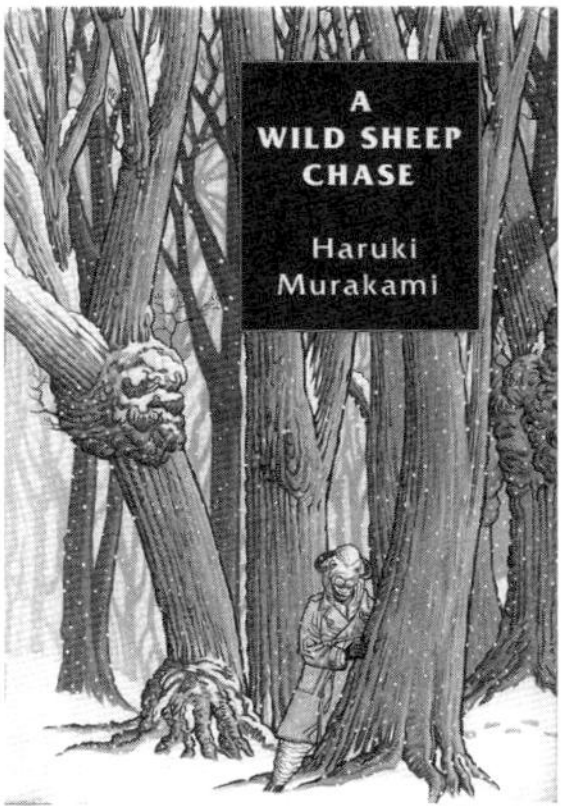

A Wild Sheep Chase
（英 Hamish Hamilton, 1990）

ミッシュ・ハミルトンのトップをつとめていた（現プロファイル・ブックスの責任者）アンドリュー・フランクリンの記憶も似たようなものである。

「［ハミッシュ・ハミルトンから出した村上の本については］特段売れなかったという事実以外、具体的な記憶は残念ながらない。いわゆる「静か」な本だった。出版社としては、作家に長期的な投資をした（のちに違う出版社に移ることにはなるわけだが）。でも、何も特別なことは起きなかった。個性的で魅力的な表紙で出版したが、書評も売り上げも限られていた。村上がその後、最も人気と影響力があり、重要な現代日本人作家になると思わせるものは、当時は全くなかった。我々は、おもしろく、風変りで、オリジナルで、楽しめる作品だから出版することにした。もの凄いベストセラーになるなんて考えは全くなかったよ」[135]

一九八九年は、カズオ・イシグロが『日の名残り』でブッカー賞を受賞した年でもある。「イギリスで何度も会っている」というイシグロについて尋ねると、村上は「イシグロの作品はずっと読んでいて、最初から彼の書くものはとても好きだった」という。

「イシグロと僕は仲良いと思うし、お互いにお互いの作品のことも好きだと思う。イシグロで一番すごいと思うのは、一作ごとにスタイルを変えるところ。そういうところは僕と全然ちがう。僕は自分のスタイルを少しずつ変えて発展させていくタイプで、彼は一作ごとに新しい世界を見つけて、自分なりに作り変えていくタイプ。でも、僕とイシグロの共通点は、ものすごくスタイルにこだわることだと思うね」[136]

『羊』が英訳で出た当時、二人をつなげることは検討されたのだろうか。アレクサンダーは言う。

「そこまで頭が回れば良かったのですが。当時その二人を結びつけるような企画はなかったと記憶しています。でも、今から思えば、日本的感性と西洋的語り口の組み合わせというのはあの時代の流れだったのかもしれません。一方はアメリカ的な一人称犯罪小説の語りを採用して、他方は第二次世界大戦前夜の名家をとてもイギリス的な一人称で書いていたわけです[137]」

もう一方で、ルークは当時を次のように振り返る。

「『羊』の時はなかったけど、二冊目を出した時は、出版社の広報担当経由でイシグロにアプローチしたのを覚えている。残念ながら前向きな返事はもらえなかったけど。当時はまだハルキも無名だったし関心を持ってもらえなかったんじゃないかな。それも数年後には変わるわけだけど[138]」

21 『ニューヨーカー』掲載作家になる

『羊（英）』に対するアメリカでの反響は、「村上作品は英語圏でも通用する」との実感をもたらした。この実感は、『羊（英）』が刊行された翌年に、村上の短編が『ニューヨーカー』に掲載されたことによりさらに強まる。

ニューヨーカー誌は、トルーマン・カポーティ、J・D・サリンジャー、レイモンド・カーヴァーなど、村上が邦訳している作家の多くがホームグラウンドとしていた雑誌だ。アメリカにおける短編小説の発表の場としては、ひとつの「頂点」として機能しており、村上自身その影響力の大きさを次のように強調している。

> 「ニューヨーカー」という雑誌の持つプレスティッジと影響力は、日本の雑誌からはちょっと想像できないくらい強力なものです。アメリカでは日本で小説を百万部売ったとか、「なんとか賞」をとったとか言っても「へえ」で終わりますが、「ニューヨーカー」に作品がいくつか掲載されたというだけで、人々の対応ががらりと変わってきます。[139]

村上の作品がその『ニューヨーカー』に初めて載ったのは、『羊（英）』の刊行から一年後の一九九〇年の秋。「TVピープル」のバーンバウム訳（"TV People"）が九月十日号に掲載された。日本では「TVピープルの逆襲」という題で雑誌『Par AVION』の一九八九年六月号に掲載され、約半年後の一九九〇年一月に「TVピープル」の改題で短編集『TVピープル』に収録された短編小説である。日本（語）での発表から一年あまりのタイムリーな英訳の掲載だったが、村上は「TVピープル」の『ニューヨーカー』掲載の知らせを受けた時の心境について「『月面を歩く』のと同じくらいすごいこと」であり、「どんな文学賞をもらうよりも嬉しかった」と述べている。

『細雪』ファンのミスタ・ゴットリーブ

『ニューヨーカー』で村上を「発見」したのは、当時の編集長のロバート・ゴットリーブ。この「伝説的編集者」について、村上は「旅行のお供、人生の伴侶《はんりょ》」と題したエッセイで次のように評している。

> 僕が昔『ニューヨーカー』のある編集者のオフィスを訪れたとき、机のうしろの本棚に谷崎潤一郎の『細雪』の英訳本が半ダースくらい並べてあるのが目についた。僕は彼に「どうして同じ本がそんなに何冊もあるんですか？」と質問してみた。「ここを訪れるみんなに、その質問をさせるためだよ」、彼はにっこり笑って言った。「そうすれば、それがどんなに素晴らしい本かを説明することができる。そして興味を持った人には、一冊プレゼントすることができる。君も欲しい？」
> けっこうです、と僕は笑って言った。日本語のを一冊うちに持っているから。「ああそうか、君は日本人だったな」[140]

"TV People" が掲載された『ニューヨーカー』（1990 年 9 月 10 日号）

このエピソードは、右のエッセイの約十年後の二〇〇五年に刊行された『象の消滅　短篇選集 1980-1991』のまえがきでも（今度は名前入りで）再び語られている。

当時の『ニューヨーカー』の文芸部門のヘッドはロバート・ゴットリーブ（略）『ニューヨーカー』の彼のオフィスを訪ねたとき、その部屋の本棚に谷崎潤一郎の『細雪』の英訳本“The Makioka Sisters”が三冊置いてあるのが目についた。それで僕は「ミスタ・ゴットリーブ、どうして同じ本を三冊もここにおいているのですか？」と質問してみた。すると彼は笑って、「君と同じ質問をする人がたくさんいるからだよ」と言った。「そのたびに僕はこの小説の素晴らしさを説いて、一冊進呈することができるわけだ[141]」

（文芸部門のヘッドではなく、雑誌全体の編集長だった）ゴットリーブ自身に尋ねると、この少なくとも三十年以上前の村上との「最初でおそらく最後の」面会については覚えているものの、『細雪』に関してのやりとりは記憶にないという。しかし、最も敬愛する日本の作家は今でも谷崎潤一郎で、『細雪』の虜だったことは間違いないから、オフィスに数冊置いてあったとしてもおかしくない」と振り返る。[142]

そのゴットリーブは、『ニューヨーカー』に「TVピープル」を掲載する前年にも、村上作品を誌面で取り上げていた。『羊（英）』を「とても気に入り《absolutely loved it》」、前述のブラッド・レイトハウザーによる「村上春樹がアメリカで積極的に読まれる次の日本人作家になる「運命」かもしれない」と予測する書評を依頼していた。[143]

村上は言う。

「ロバート・ゴットリーブが『ワイルド・シープ』をすごく気に入ってくれて、僕を個人的に贔屓にしてくれて、それはすごく嬉しかった」[144]

村上作品のどこに惹かれたのかと尋ねると、ゴットリーブは、「うまく説明できないけど、とにかく村上作品は、オリジナルであり、エネルギーに満ちていて、とても同時代的であると感じた」[145]と言う。

そして、同時代的であったことは、大きな魅力だったと。

「今となれば同時代的な日本の作品は溢れているけど、当時は同時代的なものがほとんどなくて、日本がとにかくホット、ホット、ホットな時代だったからね」[146]

『ニューヨーカー』は、村上の小説を「英語圏デビュー」当時から誌面で取り上げていたことになるが、それよりも以前――つまりアメリカで出版される前――から村上作品はゴットリーブの眼にとまっていた。

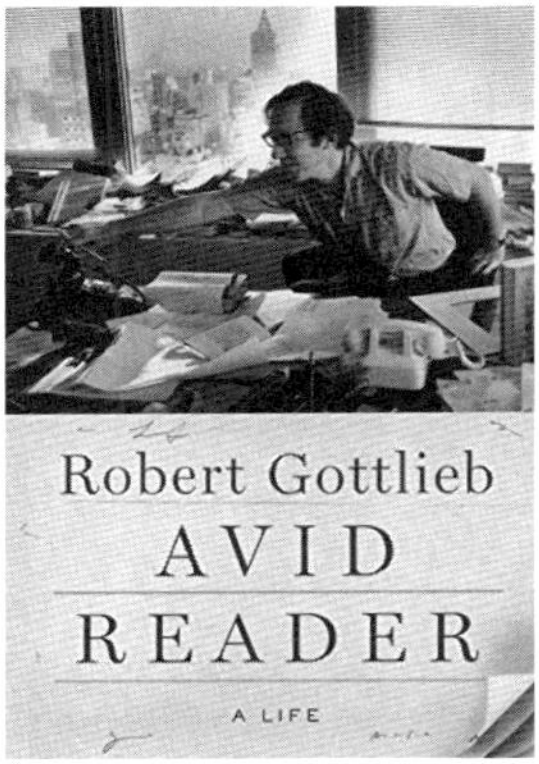

Robert Gottlieb, *Avid Reader*〈熱心な読者〉(Farrar Straus & Giroux, 2016)

ゴットリーブは、日本文学研究者のドナルド・キーンの誘いで、一九八〇年代半ばから出身校のコロンビア大学の日本文学翻訳コンクールの審査員をつとめていた。[147]ドナルド・キーン日本文化センターが運営する「日米友好基金日本文学翻訳賞」の候補作に、『1973年のピンボール』のバーンバウム訳が含まれていたのだ。そして、ゴットリーブいわく、受賞こそしなかったが、この「ワイルド」で「クレイジー」な作品は「(審査員)全員の関心を引いた」[148]。

雑誌の編集長は「生き神」?

ゴットリーブは、一九八七年二月から五年半『ニューヨーカー』の編集長を務めたが、その最後の二年間に村上の短編を四本掲載した。年二本の掲載は、ニューヨーカーではかなりハイペースだと言えるだろう。最初の二編「TVピープル」と「ねじまき鳥と火曜日の女たち」(一九九〇年十一月二六日号掲載)はバーンバウム訳、続く「象の消滅」(一九九一年十一月十八日号掲載)と「眠り」(一九九二年三月三〇日号掲載)はルービン訳で掲載された。

ゴットリーブは、「雑誌の編集長は「生き神」であり」、特に『ニューヨーカー』のようなトップレベルの雑誌については、作品の掲載を望む作家は「ウィリアム・ショーンであれ、私であれ、ティナ・ブラウンであれ、デイヴィッド・レムニックであれ、編集長を喜ばせる必要がある」と述べている[149]。この『ニューヨーカー』における編集長の権限を考えると、ゴットリーブが村上の作品を気に入り、編集部内で作家Haruki Murakamiの「発見者」となったこと(ゴットリーブは、自伝で『ニューヨーカー』時代に自らが「発掘」した小説家を三名挙げているが、そのうちの一人が村上である)[150]は、村上の『ニューヨーカー』でのキャリアを軌道に乗せる上でプラスに働いたことは想像に難くない。また、翻訳文学をあまり掲載せず、「トレンディーだと思われることを嫌った」[151]前任のウィリアム・ショーンや、文芸に対する関心が低かった後任のティナ・ブラウンの編集長時代に、アメリカでは当時ほぼ無名の新人作家であった村上の作品が同じような形で『ニューヨーカー』にピックアップされ掲載されたかはわからない。

「TVピープル」掲載の経緯

村上春樹の『ニューヨーカー』デビューを後押ししたのも、アルフレッド・バーンバウムとエルマー・ルークのコンビである。「TVピープル」の英訳は、『ニューヨーカー』掲載の翌年に、バーンバウム監修でKIから刊行された *Monkey Brain Sushi: New Tastes in Japanese Fiction*（『モンキーブレインすし――現代ニッポン短編小説集』）にも冒頭作品として収録されている。島田雅彦や山田詠美など、後にKIが――ルークの編集で――英訳を刊行することになる作家をはじめ、十一名の作品が収録されたこのアンソロジーには『ニューヨーカー』での「初出」が次のとおり掲載されている。

Grateful acknowledgement is made to The New Yorker, where the story "TV People" first appeared

「TVピープル」の『ニューヨーカー』掲載が一九九〇年九月で、『モンキーブレインすし』の刊行が一九九一年五月。「初出」が『ニューヨーカー』であることは間違いない。だが、『ニューヨーカー』に掲載された「TVピープル」の英訳は、もともと『モンキーブレインすし』に収録することを念頭に、バーンバウムとルークにより準備されていたものである。

その『モンキーブレインすし』の準備中にタイミングよくゴットリーブが来日した。講談社が新しく立ち上げた野間文芸翻訳賞の選考委員を――ドナルド・キーンや大江健三郎らと共に――つとめるためだ。ゴットリーブは、今では「受賞作さえ覚えていない」というが、「明らかに海外からのゲストである我々［ドナルド・キーンとゴットリーブ］の意見を尊重する雰囲気があり、大きな責任を感じた」[152]と当時を振り返る。

第一回となるその年の野間文芸翻訳賞は、ＫＩから三島由紀夫の短編集を出したジョン・ベスターが受賞した。ゴットリーブは、Appropriate Voice「適したヴォイス」と題した選評で、ベスター訳を次のように評価している。

質を異にする作品のそれぞれに対してふさわしい表現を発見するとともに、読者に対して翻訳者の存在を感知させないという力わざを発揮し、工夫のあともまったく見せずにいることが、まさしくジョン・ベスター氏の手柄でしょう。

また、自伝では選考委員会の印象的な出来事として、夕食会の後のレストランのエピソードを披露している。

選考会の晩の一番のハイライトは夕食会の直後。我々はそれぞれ別のリムジンに乗るように促されたが、レストランのオーナーはお辞儀で送り出す際、一人一人に餞別をくれた――クリスチャン・ディオールの黒靴下を。なぜ靴下？　我々西洋人には一生分からないだろう。[153]

ルークは、このような講談社のおもてなしを受けていたゴットリーブとの時間を押さえていた。来日中に二人だけで会う時間をつくり、本と著者のプロモーションを考え、ゴットリーブに「TVピープル」を売り込んだ。『モンキーブレインすし』に掲載予定の作品からもう一編、高橋源一郎の「クリストファー・コロンブスのアメリカ大陸発見」も同時に勧めるか悩んだが、一作に絞った方が記憶に残ると考え、「一押し」の作家・作品として村上の「TVピープル」のバーンバウム訳を手渡しという。[154]その結果、二ヵ月後の同年九月の『ニューヨーカー』掲載が決まった。つまり、バーンバウム&ルークコンビと「野間文芸翻訳賞」や『モンキーブレインすし』などの企画あっての、ゴットリーブ／ニューヨーカー誌による村上のタイムリーな「発見」ということになる。

ルークは言う。

「自分が編集した作品が『ニューヨーカー』に載るというのは個人的にはとても嬉しいことだった。僕がそれを書いたのではないにせよ、その一語一語に取り組んで逐一検討して悩み抜いてはいたからね。それに通常なら雑誌の編集者からの質問に答えるのはアルフレッドの仕事だけど、彼があちこち旅行していて電話でもファクスでも捕まりにくかったから、代わりに僕がその役割を引き受けた。裏方でありながら同時に表舞台にも立つことができた[155]」

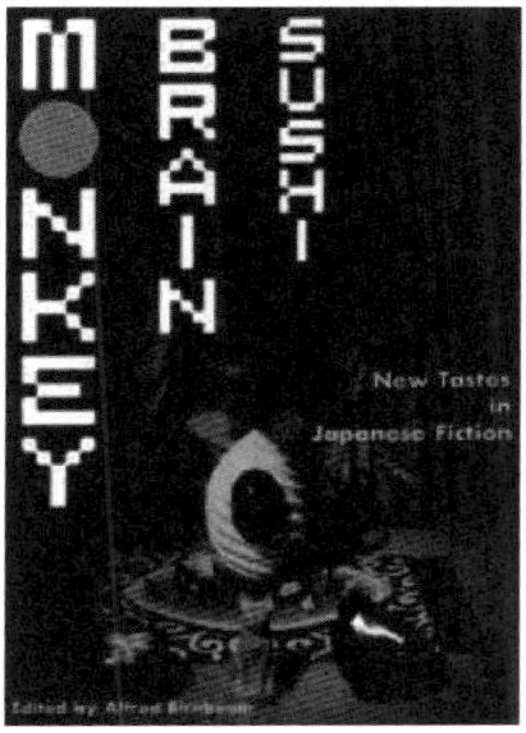

Monkey Brain Sushi〈モンキーブレインすし〉
（Kodansha International, 1991）

一方、村上は当時を次のように振り返る。

「結局エルマーが、どんどんどんどん僕のものをやろうという流れを作ったわけで、だからそういう面では、僕はどうせうまくいかないだろうと、わりと懐疑的だったたんですよね。でも、彼が『ニューヨーカー』に短編をいくつか売り込んでくれて、その辺から僕も〝あれっ〟て思い出して、これはちょっといけるんじゃないかと思うことができた。エルマーのそういう売り込みがなければ、あの『ニューヨーカー』に載るのは難しかったんじゃないかな。そういう面では、彼にはとても感謝してる[156]」

ちなみに、後日談になるが、『モンキーブレインすし』の見本が一九九一年の春に完成すると、ルークは一冊ゴットリーブに送った。四月十日付で届いた礼状で、ゴットリーブは、自身が『ノルウェイの森』を［英語文庫で］読んで気に入った数少ない読者の一人であると誇らしげに語り、村上の次作を楽しみにしているとつけ足している。[157]

22　ねじまき鳥と担当編集の女性たち

村上春樹が『ニューヨーカー』の定番メンバーになるにあたり、九〇年代に雑誌の編集長を務めたゴットリーブとティナ・ブラウン、そして一九九七年以降フィクション・文芸担当の編集長をつとめたビル・ビュフォードの村上作品への理解が重要であったことは言うまでもない。しかし、『ニューヨーカー』で村上春樹の存在を定着させ、揺るぎないものにしたのは二人の女性担当編集者、リンダ・アッシャーとデボラ・トリーズマンである。

一九九〇年から九七年にかけて村上作品を担当したリンダ・アッシャーは、『ニューヨーカー』で三人の編集長（一九八七年一月までウィリアム・ショーン、一九九二年八月までゴットリーブ、退職する一九九八年までティナ・ブラウン）の下でフィクションを担当したベテラン編集者だった。

コネティカット州生まれのアッシャーは、大学卒業後の一九五四年にニューヨークに移り住み、タイム誌とライフ誌などで編集の仕事をしていた。一九八〇年に当時ニューヨーカー誌の編集長だったウィリアム・ショーンの紹介で、編集者八人で構成されていたフィクション部門に加わり、一九九八年に翻訳業に集中するために退職するまで、約十八年間勤めた。[158]

村上は、アッシャーについて「担当編集者のリンダ・アッシャーは何かと連絡をくれて一緒に食事をしたり、コミュニケーションをとってくれていました。そういうことって大事なんです[159]」とも述べている。

マンハッタンのアッパーイーストサイドに住むアッシャーに、村上が日本でインタビューや本のまえがきなどでアッシャーの貢献について触れていることを告げると、驚きを示しながらも、村上のことを「作家である前にひとりの友人だと考えている」と嬉しそうに言う。そして、（筆者の皿に残された）皮付きのフライドポテトを指の先でつまみ、口に入れる。[160]

村上と一緒に食事をしたレストランや交わした会話については記憶が不確かだが、村上夫妻とソーホーの蕎麦屋に行ったことは覚えているという。

「あの頃ニューヨークではソバが流行っていたから。それとは別の機会に私と彼で55番街の市立音楽演劇センターへ、グレイス・ペイリー〔村上が翻訳を三冊手がけている〕の講演を聞きに行ったこともあった。ペイリーの肉声がああもイディッシュの抑揚に満ちているなんて驚きだった。そしてあのトーンやリズムをハルキはどこまで感じ取り、どこまで彼女の作品の翻訳に写し取ろうと試みたんだろうと考えた……あの場で彼とそういった話はほとんどしなかったと思うけど。地域特有の慣用句やトーン、方言の聞こえ方や移民の言葉の歴史というようなことは、もちろんすべての文芸翻訳者にとって大きな問題だから」[161]

この朗読会の記憶をたずねると、村上は「行った、行った」と嬉しそうに言う。

「僕、リンダの話すこともよく理解できないんだけど、グレイス・ペイリーの話すことも全然理解できない（笑）。ほんとにね、聞いててもわかんないんだよね、なに言ってるか。早口でペラペラペラペラペラペラペラしゃべるし、言い方も、なんか変な言い方するし（笑）。とくにジューイッシュの女の人、とくにあの年代の人は、ちょっと不思議なしゃべり方をしますよね」[162]

アッシャー自身、編集者であると同時に翻訳家でもある。大学時代にパリで一年間過ごしたのが、フランス文学や他の海外文学に目覚めるきっかけとなった。[163] ミラン・クンデラの小説（『緩やかさ』、『無知』等）をはじめ、数多くのフランス語の作品を（三十から三十五冊）英訳し、[164] 最近は翻訳賞の審査委員などもつとめている。[165]

自ら翻訳にたずさわっていることもあり、アッシャーは『ニューヨーカー』編集者時代に、当時外国（語）の作品に対する関心が低かった雑誌に「翻訳文学」を掲載することに「特別な意義を見出していた」と言う。[166] 日本語の他にも、イタリア語、ハンガリー語、セルボクロアチア語、イタリア語などの言語で書かれた作品の英訳を作家や翻訳家と協力しながら「英文の読者を念頭に編集した」。[167]

そのアッシャーが、自らのイニシアティブで初めて『ニューヨーカー』に掲載した村上作品は「ねじまき鳥と火曜日の女たち」である。この作品は「TVピープル」の約二ヵ月後に掲載されたが、掲載に向けての準備や交渉は、「TVピープル」掲載前から進められていたと（交渉相手だった）ルークは言う。[168]

『ニューヨーカー』は、編集や校閲のスタンダードが高いことで知られる。「事実確認」の厳格さは特に有名だが、同時に『ニューヨーカー』の編集は、「読みやすさ」や「わかりやすさ」も重視する。創設者のハロルド・ロスの方針で、一般記事だけでなく、文芸作品についても、「最初から最後まで読者が理解できる内容」であることが求められてきた。この方針に頭を抱える小説家も少なくなく、ウラジミール・ナボコフが「これらのばかげた、腹立たしい変更を認めることはできない」と抗議したことがあるほどである。[169]

ロスの後継者たちもこの編集方針を引き継ぎ、今では『ニューヨーカー』で特別な立場にある村上の作品にも容赦なく編集の手が入り、部分的に省かれたり、文章の順序が入れ替えられたりする。一九九〇年十一月に掲載された「ねじまき鳥と火曜日の女たち」もその一例である。

創設者のロスも、二代目編集長を（一九八七年まで）つとめたウィリアム・ショーンも、性的な表現の掲載を（それが記事であれ、広告であれ）拒んだことで知られていた。[170] 一九九〇年の段階では、ショーンは既に引退していたが、セックス描写に慎重な編集文化は残っていた（この文化は、一九九二年にティナ・ブラウンが編集長に就任して以降は大きく変わることになる）。「ねじまき鳥と火曜日の女たち」には、詳細な（テレホン）セックス・シーンが出てくる。ニューヨーカー誌と掲載の交渉に携わったルークは言う。

「正直、アルフレッドの英訳を最初に読んだとき、これは掲載を断られるのではないかと思った」

結果的には、同作品は無事掲載された。しかし、テレホン・セックスの場面は、かなり短く刈り込まれている。村上いわく、アッシャーに「ここはもっと穏やかな表現にしてほしい」と書き直しを頼まれたのだという。[171]

「あの頃の『ニューヨーカー』にはタブーがいくつかあって、それでもうそれは諦めなきゃしようがないって言われて、もういいですよって感じでどんどん削っていった。本に入れる時には元に戻そうよ、ということで[172]」

当時ヨーロッパに拠点を置いていたバーンバウムは言う。

「あの号は今でも持っているけど、そんな面倒な作業ややりとりをした記憶がないから、基本的にはエルマーがリンダとうまくハンドリングしてくれたんだと思う[173]」

そのルークは言う。

『ニューヨーカー』では、ファクスでのやりとりをした後に、電話で著者と最終的な擦り合わせをする文化があった。アルフレッドは確か旅行中で、当時は今のように簡単に連絡が取れる時代ではなかったので、アルフレッドと相談した結果、僕が作家／翻訳家の代理をつとめることになった。

　リンダが鎌倉の家に電話をかけてきて、二人で原稿の最終稿を詰めたのを憶えている。編集に関する細かい問題ではなく、出版に関わるもっと大きな問題については——例えばテレホン・セックスの場面や登場人物の名前（ニューヨーカーは本名でないことを確認したがった）——確かハルキに相談して、解決法を見つけて、最終的にはリンダと二人で原稿をファイナライズした[174]」

この点について村上は次のように振り返る。

「リンダのことは、僕は人間的に好きだったから、リンダだったらもう任せておけばいいだろうと、全部おまかせ。この人だったら悪いようにはしないだろうと。だから、ロバート・ゴットリーブが上にいて、リンダ・アッシャーがいて、という態勢はすごく気持ちが楽な感じがあった[175]」

性描写については、おそらくpubicやvaginaなどの単語を避けるために、数年後に単行本に収録された際には「My pubic hair is still wet」と訳されている「陰毛がまだ濡れてるのよ」という台詞は、『ニューヨーカー』掲載版では「My hair down there is still wet」に、単行本で「her vagina warm and moistened」と訳されている「ヴァギナをあたたかく湿らせているのだ」は「and she's warming up.」に変えられた。また、単行本版では訳し出されている「その下の方もずっとあたたかいのよ。まるであたためたバター・クリームみたいにね。すごくあたたかいの。本当よ。」は、ニューヨーカー版では削除され、「唇を撫でて。ゆっくりとよ。そして開くの。ゆっくりとね。指の腹でゆっくりと撫でるの。そう、すごくゆっくりとよ。そしてもう片方の手で左の乳房をいじって。下の方からやさしく撫でてあげて、乳首をそっとつまむの。それを何度もくりかえして。わたしがいきそうになるまでね」という女性の具体的な指示についても「C'mon, now think about stroking me. Slowly. Your hands are so nice…oh, yes.”」というコンパクトな訳にまとめられている。

当時のゲラを見ると、訳文が徐々に変化して行く過程がうかがえる。例えば、（テレホン）セックス・シーンでは、九月十九日のゲラで、「I didn't towel it dry. So it's still wet. Warm and oh so wet」の三行目が「And warm…」に変更され、十一月の上旬にやりとりされた掲載直前のゲラでは、「C'mon, now think about touching me.」が「C'mon, now think about stroking me」に変えられている。

ゲラには、他にも興味深いやりとりが残されている。例えば、原文の「べつにアレン・ギンズバーグみたいな詩を書けっているわけじゃないし、適当にやればそれでいいんだから」は、「They're not expecting you to write like T.S. Eliot. Just whatever you can come up with.」と訳されているが、九月十九日のゲラには、「アレン・ギンズバーグ」が「T.S. Eliot」に変るまでのやりとりが残されている。まずアッシャーにより「アレン・ギンズバーグ」を「Shakespeare」に変更することが提案され、それをA.B.（アルフレッド・バーンバウム）がさらに変更することを――つまりShakespeare は代替案として適切でないと――提案し、そのバーンバウムの提案を受け、ルークが（ミュージカルの『キャッツ』の大ヒットもありアメリカでも誰でも知っている大物詩人だという理由で）[176]「How about T.S. Eliot?」と記している。また、ルークの字で「Author doesn't mind change」と著者も変更を了承済みである旨のメモも残されている。

その他に「大学の先生でよくＴＶに出ている鈴木さん」は、英訳では「Mr. Kinoshita」に変えられているが、これは有名な科学番組のホストにデイヴィッド・スズキという人物がいるため避けた方が良いのではとのアッシャーの意見を受け、ルークが「Kinoshita?」と提案した結果である。

作品の冒頭二行目の変更もなかなか興味深い。「スパゲティーはゆであがる寸前で、僕はＦＭラジオにあわせてロッシーニの『泥棒かささぎ』の序曲を口笛で吹いていた」は、最終的に「Another moment and the spaghetti will be done, and there I am whistling the Overture to Rossini's "La Gazza Ladra" along with Tokyo's best FM station」と「Tokyo」が追加される形で訳されている。これは作品の舞台を冒頭から明確にするという『ニューヨーカー』の編集方針に基づいており、例えば「納屋を焼く」の書き出しでも同じ方針がとられ、「彼女とは知りあいの結婚パーティーで顔を合わせ、仲良くなった」が「I met her at a friend's wedding reception here in Tokyo, and we got to know each other.」と訳されている（ちなみに、単行本収録の訳文にはどちらも「Tokyo」は含まれていない）。「The Windup Bird and Tuesday's Women」のゲラでは、この「Tokyo」が入れられるまでの様々なやりとりが残されている。まず九月十九日付のゲラでバーンバウムの「along with the FM radio」という訳をアッシャーが「along with FM Tokyo Radio」に修正し、そこにルークが「FM Tokyo」は基本的にはクラシックを流さない、とコメントしている。その結果提案された「along with a Tokyo classical music station」という訳が、十一月上旬のゲラでアッシャーによりさらに「along with Tokyo's best FM station」という原文にある「ＦＭラジオ」を復元する案に変更され、これをルークが（十一月八日付のファックスで）「ＯＫ」と承諾し、最終版が確定した。このように、ルークとアッシャーを中心に、二人の編集者と翻訳家、そして時には著者がコミュニケーションをとりながら訳文が完成していったのがわかる。

このようにして、村上が英語圏デビューをして間もない一九九〇年に、ニューヨーカーの読者は（幾分かセンサーシップがかかったバージョンではあるものの）、後に村上を「世界で最も有名な日本人作家へと変貌」させることとなる『ねじまき鳥クロニクル』の原点である作品に触れていたことになる。

ちなみに、『ニューヨーカー』が提案した変更点や書き換えの依頼を承諾しなかったがために掲載を見送られ、その後一切コミュニケーションが途切れた日本人作家もいる。村上は、雑誌掲載時の変更については、「本にするときに戻せばいいわけだから[177]」おおむね承諾すると述べているが、この比較的柔軟なスタンスが『ニューヨーカー』との関係づくりにおいて重要だったことも想像に難くない。

ルークは言う。

「あの時点で、提案された変更点を頑なに拒んでいたら、掲載が見送られていたのはもちろん、その後いろいろと積極的に声がかからなかった可能性も十分考えられると思う[178]」

アッシャーは、一九九一年の秋には来日し、ルークとスワードの鎌倉の家も訪れている。東京では博物館を回り、銭湯に浸かり、下町の焼き鳥屋で夕食を楽しんだアッシャーは、帰国後ルークに『ニューヨーカー』の十一月十八日号に掲載された「象の消滅」のルービン訳のコピーを送り、手紙の中で「アルフレッド・バーンバウムが訳したものをはじめ」日本の「おもしろいフィクション」を送るように促した。[179] 一九九一年の秋から一九九二年の秋には、さらに村上の短編がジェイ・ルービン訳（"Sleep" 一九九二年三月三〇日号）とフィリップ・ガブリエル訳（"Barn Burning" 一九九二年十一月二日号）で掲載され、アッシャーにより編集された。ちなみに、「象の消滅」と「納屋を焼く」については、冒頭部分に物語の舞台を明確に「東京」と位置付けるための細かな加筆が行われ、逆に結末ではそれぞれ一段落（「納屋を焼く」では最終段落、「象の消滅」では最後から二段落目）省かれている。

村上は、「僕はアメリカ市場では『ニューヨーカー』に育ててもらったようなものかもしれません」[180]と述べているが、『ニューヨーカー』が、作品を多少編集させられたとしても、力を借りる価値のある存在であることを理解していたのだろう。

村上は言う。

「『ニューヨーカー』に出るとすごい数の読者がいるし、原稿料もすごく高いし、もうしょうがないよね（笑）。［日本の文芸誌で編集者が同じような提案をしてきたら］もちろん、なるほどと思うところは直しますけど、原則的にはノーですよね。『ニューヨーカー』の場合だけじゃなく、外国のマーケットでは、やっぱりそこのルールに合わせなければどうしようもないと思う。それについて批判する人はいるんです、〝『ニューヨーカー』だから好きに手を入れさせるんだろう〟とか。うん、その通りだよね（笑）。[181] ただし前にも言ったけど、本にするときには元に戻します」

新たな拠点、新たなチャレンジ

1991-1992

Translated and adapted by Alfred Birnbaum with the participation of the author.

The translator wishes to acknowledge the assistance of editor Elmer Luke.

Originally published in Japanese under the title
Sekai no owari to hādo-boirudo wandārando
by Shinchosha Ltd.

Distributed in the United States by Kodansha America, Inc.,
114 Fifth Avenue, New York, NY 10011.
Published by Kodansha International Ltd.,
1-17-14 Otowa, Bunkyo-ku, Tokyo 112, and
Kodansha America, Inc.

Printed in the United States of America.

First edition, 1991.
91 92 93 10 9 8 7 6 5 4 3 2 1

23 プリンストンを新拠点に

『ニューヨーカー』に短編が初めて掲載された一九九〇年の秋、村上にプリンストン大学から「ビジティング・スカラー」として一年間滞在しないかとのオファーがくる。[1]

村上は、その経緯をエッセイ集『やがて哀しき外国語』(講談社、一九九四年)の冒頭で、次のように記している。

僕はあるアメリカ人に会ったときに、何年か前にプリンストンを訪れた話をして、できることならああいう静かなところで誰にも邪魔されずにのんびりと小説を書きたいものだねというようなことを世間話みたいに言った。すると彼が「それでは」ということでプリンストン大学関係者と会って、さっさと具体的に話をまとめてくれたのである。「おい、プリンストンが君を招いてくれるそうだ。住む家も決まっている。荷物をまとめて来年の一月の終わりまでにそこに行ってくれ」。なにしろ話が早いというのがアメリカのいいところである。[2]

ここでの「あるアメリカ人」はエルマー・ルークで、「プリンストン大学関係者」は、当時プリンストン大学の教授(今は名誉教授)で日本史研究家のマーティン・コルカットを指す。

今後アメリカの市場でさらなる読者の開拓を目指す上で、アメリカで生活をすることは村上にプラスになるはず。そう考えたルークは、当時プリンストンの東アジアプログラムのディレクターをつとめていたコルカットに手紙を書き、村上の長期滞在の可能性について問い合わせた。それまで面識のなかった二人だったが、コルカットが来日した際に新宿通り沿いの喫茶店で会い、具体的に話を詰めることになった[3]。

コルカットは、当時を次のように振り返る。

「エルマー・ルークが連絡してきた時、そしてその後に東京で会った時、私は既にハルキの仕事の幾つかには触れていた。とても才能のある伸び盛り《up-and-coming》な作家であり、プリンストンの教員や学生——特に日本語や比較文学を専攻する大学院生——にとって大変魅力的なビジティング・フェローになるだろうと思った。いずれにせよ、故リチャード・オカダら日本文学を専門としていた何人かの同僚に相談したところ、誰もが提案にとても前向きだった。大学院生たちの反応も熱心なものだった[4]」

村上はプリンストンからの招へいを受けるか悩んだ。何せ、村上夫婦は「その年の初めに三年間にわたるヨーロッパ滞在をやっと終えて日本に戻ってきたばかりだった」。だが、「プリンストンに住むせっかくのチャンスを逃したくはな［い］」と「またあたふたと荷物をまとめてアメリカに行く準備を始めた[5]」。

村上夫妻、プリンストンに到着する

数ヵ月後の一九九一年二月初旬には、村上夫妻はプリンストン大学の教員用住宅の前にいた。『やがて哀しき外国語』で「飲み仲間」と紹介され、数年後にプリンストンで行われる村上と河合隼雄の対談[6]の司会もつとめるホセア・平田（当時、日本文学の助教授）は、村上との出会いについて、大学の東アジア図書館が発行するジャーナルに寄せたエッセイの冒頭で次のように振り返っている。

一九九一年二月上旬のある晩、僕ははじめてハルキ（彼のファーストネーム）と会った。洒落たカフェで待ち合わせというのではなく（そもそもプリンストンには洒落たカフェというものが存在しない）、たまたま彼の正面に着地した、という具合だ。辺りはすでに暗かった。地面は濡れて滑りやすくなっていた。空港まで迎えに行ってくれた者が僕のアパートのドアをノックした。僕は表に飛び出していって、足を滑らせて転び、そして起き上がると目の前に彼がいた。暗いなか、彼は厚着した羊のように見えた——小柄でおとなしそうながら、中身がぎっしり詰まっている印象を与える。僕はそのとき、なぜ彼の小説『羊をめぐる冒険』にあの謎めいた羊が出てきたのかが完全に理解できた。彼の長年のつれあい（ハルキはエッセイ中でよく自分の妻のことをそう呼んでいる）であるヨーコは、黒いスーツ姿でハルキの優雅な影のように脇に立っていて、長い黒髪を周囲の暗闇にふわりと垂らし、さっそく洗濯室はどこかと訊いてきた。[7]

村上と打ち解けるのには少し時間がかかった、と平田は言う。
「はじめはちょっと気まずい感じだったね。彼はあまりしゃべらなかったから」

それでは、どのようにして親しくなったのだろうか。

「近くに住んでいたからね。あとは、ビール。そうだね、やっぱ大量のビールだね。僕たちはプリンストンの若手教職員向けの住宅地に住んでいた。村上夫妻はそこのタウンハウスのひとつを割り当てられた。いつも一緒にパーティーに行ったり夕食を食べたりしていたよ。うちの息子が産まれたとき、僕が病院から帰宅するとハルキがやって来た。上等なウイスキーを持参してね。二人ともそうとう酔っ払ったな！　彼の短編「蜂蜜パイ」にもちょうどそんな場面が出てくる」[8]

初めて読んだ村上作品については、平田の記憶は少しあやふやだ。

「八〇年代初めに御茶ノ水の古本屋で『ワンダーランド』の単行本を買ったことははっきり覚えている。でもそれとは別に『風の歌を聴け』を読んで、自分と同世代の作家が僕たちの経験を僕たちの言葉で書いていることに興奮した記憶もある。いつ頃だったかは思い出せないけど。

［村上作品で惹かれたのは］第一に、僕自身の経験してきた文化との近さだね。六〇年代の日本でビートルズを聴いて育つ、といったような。それから他人には真似できない、読者を引き込む語り口。想像力に対する徹底的コミットメント。ユーモア。すごく独創的で（どこか時代に逆らうような）倫理的思考、などなど」[9]

そう語る平田は、村上がプリンストンに来た年から大学四年生向けの授業で村上の短編を教材として使いはじめた。[10]おそらくルービンなどと並び、村上の作品をアメリカの大学でシラバスに組み込んだ最初の研究者である。

冬のプリンストン大学

また、一年後には、村上の短編を訳していたルービンや（ヨーク大学の）テッド・グーセンとともに「おそらくアメリカで村上に関するはじめての学会のイベント」となるパネル・ディスカッションを、首都ワシントンDCで開かれたアジア研究学会（AAS）の年次会で行っている。[11] AASの年次会のような大規模な学会では、様々なイベントが同時並行で開催され、参加者が少ないこともある。しかし、村上に関するパネルには、部屋いっぱいに人が集まった。当時村上の短編の翻訳をカナダやイギリスの文芸誌に発表していたグーセンも、このパネルがアメリカの学会における村上春樹をめぐるひとつのターニング・ポイントになったと指摘する。[12]

ルークは言う。

「ホセアのエッセイ兼インタビューは、媒体としてはそんなに大勢が読むものではなかったけど、内容的には素晴らしかった。プリンストンに遊びに行った時にみんなで楽しい時間を過ごしたのを憶えている。ハルキの作品を学生や同僚に紹介してくれたのも編集者としてはありがたかった」[13]

プリンストンに到着して間もない二月六日に、村上はルークにプリンストンに無事到着したことを報告するファクスを送った。

そのなかで村上は、プリンストンにいることの喜びを表すと同時に、準備された住居が「アパート」ではなく「家」であったことに驚きを示したという。村上夫妻の滞在用に用意されたのは教員用の宿舎で、これをルークは事前にapartmentと表現していたようだが、着いてみたら宿舎が日本で言うところの「アパート」や「マンション」ではなく、「一軒家」であること——想像していたより環境が恵まれていたこと——への感銘を表したのだろう。[14]

プリンストン在住期間の後半に雑誌『本』に連載したエッセイ（のちに『やがて哀しき外国語』に収録）には、プリンストンでの生活についての様々な苦労話も綴られているが、滞在の機会をアレンジしたルークのもとには、ランニングをするのに最高の場所《perfect place》であり、夫婦ともにプリンストンでの新しい生活を楽しんでいる、との前向きな報告が届いたという。[15]

村上は、最初の一年は、ほとんどどこにも行かず、この「家」にこもり、『国境の南、太陽の西』と『ねじまき鳥クロニクル』に「細胞分裂」する長編小説の執筆に専念することになる。

村上は、この頃から既に、書いた作品が日本以外でも読まれる可能性については念頭にあったと言う。

「どんどんこれから外国に出ていくことになるだろうという気持ちはあった」

しかし、それが書くものに影響することはなかったと言う。

「というのは、やっぱり小説って書き始めると、つもりとか、そういうのはどっかに消えちゃって、ただもう書いてるだけになってるから」[16]

そして、村上は徐々にこのプリンストンの「家」から様々な場所に足を延ばし、積極的にアメリカでの自らの居場所を開拓していくことになる。

ルークは言う。

「アメリカの文芸界は、主に二つの場から構成されている。ひとつはニューヨークを中心とした出版界、もうひとつが全国に広がる大学。ハルキは、プリンストンからニューヨークと大学の両方に足を運んだ。プリンストンは、アメリカのアカデミアの中心であり、出版業界の中心であるニューヨークにも近かったから、結果的にはアメリカでのキャリアを形成していくためには最高の場所だったと思う[17]」

村上自身も「アメリカに行ったのが大きかった」という。

「あの頃はまだ日本にバブルの残りがあって、すごいお金も持っていて、ジャパン・バッシングもあった頃で。でも、文化的アウトプットはほとんどなかったんですよね。で、これはちょっといけないんじゃないかという、ある種の焦りというのか、切迫感みたいなのがあった。だから、僕の本も日本に住んでいるときは海外で売れなくたっていいじゃないか、べつに日本で本売って生活してるんだからと思っていたんだけど、外国に暮らしてみると、やはりなんとか外に出て行かないとどうしようもないという気持ちがすごく強くなってきた。だからこそ、エージェントを見つけたり出版社を見つけたりというふうに動き始めたんだと思う[18]」

24 さらに工夫を加えた英語圏デビュー二作目

村上がプリンストンの「家」にこもって小説を書き進めている間にも、村上の英語圏第二作の刊行に向けての入念な準備が行われていた。

『羊（英）』が書評などで評価されたことに励まされたのは著者だけではなかった。バーンバウムとルークも、村上作品に対する評価に手応えを覚えていた。二作目では、さらに村上の評価と認知度を上げたいと考えていた。

英語圏デビュー二作目としては、『世界の終りとハードボイルド・ワンダーランド』が選ばれた。二作目としては（一九八七年から八八年にかけて日本国内でどちらも大ベストセラーとなっていた）『ノルウェイの森』や『ダンス・ダンス・ダンス』も考えられただろう。『ノルウェイの森』については、日本での刊行から一年以内に、国内外での刊行を見据える形で、KIとバーンバウムの間で翻訳契約が結ばれ、[19]『羊（英）』が刊行された一九八九年秋には、英訳の第一稿も既に完成していた。[20]そして、『ノルウェイの森』のバーンバウム訳は、ジュールズ・ヤングによる編集作業を経て、同年の十一月に*Norwegian Wood*の題で、講談社英語文庫の一環として刊行された。国内の英語学習者向けに作られたこの英訳は、二ヵ月で十万部、約一年で十四万部のベストセラーとなった。[21]

英語圏での刊行も検討されており、一九八九年三月に『クリスチャン・サイエンス・モニター』紙が「講談社インターナショナルは*A Wild Sheep Chase*を今秋刊行し*Norwegian Wood*を来年出す予定だ」[22]と英語圏の読者に向けて発表し、翌年一月には日本経済新聞が「同書英語版のハードカバーの単行本は、KIが、夏にも米で発売する」と報道している。[23]しかし、最終的には、『ノルウェイの森』の英語圏での刊行は見送られた。アメリカの読者——特にニューヨークの文芸サークル——には理解しにくいだろうと編集部が判断したからだ。特にルークは、まだ村上のアメリカでの知名度が低い――読者との信頼関係のできていない――このタイミングでの刊行に「明確に反対した」という。

ルークは言う。

「『ノルウェイの森』の恋愛は「若すぎる」というか、うぶすぎると思ったんだ――もっと早い段階から世間擦れして遊び飽きている「経験豊富」な欧米の読者から見るとね。それといくつかの性的な場面は、正直、読んで痛々しく感じた。僕は編集者として読者がどう思うかをがんばって感知しようとするんだけど、それで「これはうまく行かない」と判断した。あまりにも日本的すぎる、これでは輸出《トランスポート》も翻訳《トランスレート》もできない、と。正直に言うと読者が逃げてしまうだろうとさえ考えた。ヨーコは『ノルウェイの森』を気に入っていたけれど「わかった。あなたは無理に気に入ろうとする必要はないし、気に入らなかったら無理に出版しなくてもいい」と言ってくれた。でも出版したがっているということは察しがついたし、事実のちのちビンキーかゲイリー（あるいは二人とも）を説得して『ノルウェイの森』を出版し、しかも大成功を収めたんだ！　この小説をとても好きになった目の肥えた若い読者たち（まさに敬遠されるんじゃないかと僕が考えていた層だ）がいて、それは売上にも表れた。ヨーコは僕にはわからなかった何かを嗅ぎとっていたんだ。何年かしてヨーコに会ったときに『ノルウェイの森』の話になり、そのことを二人して笑ったね」[24]

この点について村上は次のように振り返る。

「エルマーは『ノルウェイの森』はアメリカではそんなに売れないよとずっと言ってたんだよ。

でもね、今から見てみると、世界中で圧倒的に『ノルウェイの森』が売れているんですよね。だからエルマーの推測は外れたんですよ（笑）。
でも『ノルウェイの森』は僕の作品の系列の中では、ちょっと違う作品なんです。リアリスティックな物語だし。僕の書いてきた長編小説のメインストリームは『ねじまき鳥クロニクル』なんです。僕はやっぱり『ねじまき鳥クロニクル』を出したからこそ、『ノルウェイの森』という小説もある意味理解されたんじゃないかと思う。こういうものも書くんだけど、こういうものも書くんだという、そういうポジションみたいなのが明確になったと思うんです。先に『ノルウェイの森』を出してたら、〝あ、この作家はこういうものを書く作家なんだな〟と思われてたかもしれない」[25]

『世界の終りとハードボイルド・ワンダーランド』（新潮社、1985年）

『羊（英）』の成功を受け、英語圏二作目にその続編にあたる『ダンス・ダンス・ダンス』を持ってくる手も考えられた。一九八八年十月に発表された『ダンス・ダンス・ダンス』は、『羊（英）』の著者プロフィールでも次のように紹介されている。

『ダンス・ダンス・ダンス』は『羊をめぐる冒険』の続編ともいえる彼の最新作であり、一九九八年に出版された後九ヵ月で百万部以上売れた。

しかし、一九八八年の秋――つまり、日本でちょうど『ダンス・ダンス・ダンス』が出た頃――には、KIとバーンバウムは既に『世界の終りとハードボイルド・ワンダーランド』（以下、『ワンダーランド（英）』）の翻訳契約を交わしていた。締切は一九八九年の秋。[26]『羊（英）』の刊行と同じタイミングに設定されていた。

英語圏では、新刊を一、二年に一度ほどのペースで刊行するのが理想とされていた。村上自身も『羊（英）』のプロモーション活動でニューヨークを訪れた際に、メディアにたいして「米国の出版事情からは年一冊が理想のペース（略）長編三作『ワンダーランド』『ノルウェイの森』『ダンス・ダンス・ダンス』を年一冊のペースで出版したい」との意向を示していた。[27]特に「新人作家」の場合は、その名を定着させるためにタイムリーに二作目を発表することが重要だと考えられた。そのためにも、一作目が刊行される前から、二、三作目の翻訳作業が既に開始されていたのだ。

KIに長年つとめた森安真知子は、当時はそもそもKIが同時代の作家の作品を二作立て続けに出すこと自体が異例だったと言う。川端、谷崎、三島の（米クノップフ社から作品が刊行されることにより知名度が上がり、確実に売れた）ビッグ・スリー以外は、基本的には「一人の作家につき一冊」という暗黙の了解があった。だが、ポケルとルークが入社してから方針が変わり――好景気も味方して――同じ作家でも二作品出せるようになったという。[28]

『羊（英）』のプロモーションや『ワンダーランド（英）』の翻訳・編集作業など、村上の英語圏での活動は、色々なことが折り重なるように進んでいた。『ダンス・ダンス・ダンス』の英訳についても、バーンバウムとの契約は（『ワンダーランド（英）』が刊行された同じ月の）一九九一年九月に、一九九二年四月三〇日締切という比較的短い納期で交わされている。[29]このスケジュールからも、K

Iが村上の英語圏での出版にコミットし、当時から二、三作先まで考えて出版計画を立てていたことがわかる。

英語圏で出版される作品のセレクションや順序については、訳者とKI編集部の意向によるところが大きかった。村上は、一九九一年九月に『ワンダーランド（英）』のプロモーションの一環として受けた、業界誌『パブリシャーズ・ウィークリー』のインタビューで、「［英語圏で出す本は］基本的には講談社が決めている」とし、「私の意見も聞きますが、彼らの判断は正しいと考えています」と付け足している。[30]

バーンバウムとルークは『世界の終りとハードボイルド・ワンダーランド』に『羊をめぐる冒険』を越える可能性を感じていた。

自らの人生でも「ひとつのドアを開くと日本にいて、次のドアを開くとメキシコにいる、そんな経験を繰り返してきた」バーンバウムは、村上作品における「往来可能なパラレルワールドというコンセプト」に魅かれていた。

「これほどたくさんの異なる場所や文化で暮らしてきた自分がひとつ強く感じることがあるとすれば、それは生まれの偶然性で、どこにも行き着かないドアがある村上の世界に共感した。『ワンダーランド』は、そのパラレルワールドのコンセプトを突き詰めた作品であり、そこが魅力だった。今でも最も好きな村上作品だ」[31]

ルークも、作品のコンセプトの壮大さに惹かれたという。また、同作は、ルークに村上春樹の存在を最初に紹介し、その後も最良の助言者となった加藤典洋も高く評価している作品だった。

ルークは言う。

「『ハードボイルド・ワンダーランド』はハルキ作品の幅広さを示す格好の例で、『羊』とは主題も物語も形式もまったく違っていたので、「本は熱いうちに売れ」とでも言おうか、そうすればきっと彼の文学領域が拡大して読書層も厚くなるだろうと思えたんだ。『羊』でついたファンはそれで逃げたりしない、『ダンス・ダンス・ダンス』が出るまで待ってもらえるさ、と[32]」

しかし、ルークは、期待と同時に危機感も覚えていた。

「アメリカの出版業界は甘くない。二冊目の長編が評価されなければ、三冊目は出せないかもしれない。そんな思いで訳作りに臨んだよ[33]」

25 「ハードボイルド・ワンダーランド」と「世界の終り」の共同「ヴォイス」作り

バーンバウムとルークは、『ワンダーランド（英）』の翻訳・編集に没頭した。

「僕らはこの二冊の翻訳と編集に、村上が執筆にかけた以上の時間を費やした可能性もあるね」とバーンバウムは冗談めかして言う。

『羊をめぐる冒険』では、バーンバウムによる全訳があるところから編集作業がスタートした。バーンバウムの英訳原稿をルークが——バーンバウムとやりとりをしながら——編集した。この『羊〈英〉』の編集作業は、国内用に刊行された「最初の二冊（『ピンボール〈英〉』と『歌〈英〉』）とは比べ物にならないほど綿密《rigourous》なものだった」とバーンバウムは言う。[34]『ワンダーランド〈英〉』の編集では、このコラボレーションの度合いはさらに深まった。英語圏第二作となるこの作品での共同作業は、全訳ができあがる前から始まった。バーンバウムが訳したところから原稿をルークの鎌倉の自宅に持ち込み、二人で精査した。[35]印刷した原稿を手書きで編集する場合もあれば、その場で変更点を（バーンバウムがルークの鎌倉の家まで運んだ）パソコンに直接打ちこむこともあった。[36]週五日、五、六時間、膝を突き合わせ、一行一行、声に出しながら読み進めた時期もあった。[37]

翻訳の初期段階から翻訳者と編集者がこれほど密なやりとりをするのは稀だろう。比較的近いのは、アルゼンチンの小説家ホルヘ・ルイス・ボルヘスと英訳者のノーマン・トーマス・ディ・ジョヴァンニの協力関係かもしれない。ボルヘスとジョヴァンニは、ボルヘスの事務所であった国会図書館の図書館長室の机で向かい合い、アメリカの読者に受け入れられる訳作りに取り組んだ。その密なコラボレーションから生まれた英訳は『ニューヨーカー』に作品だけでなくボルヘスの長い自伝的紹介文《profile》が掲載されるという結果に結びつき、[38]ボルヘスの名を英語圏に広めるのに大きく寄与したのは有名な話である。村上作品の英訳では、このようなコラボレーションが、作家と訳者ではなく、訳者と編集者の間で行われていたことになる。

カリフォルニア大学ロサンゼルス校で日本文学を教え、数多くの現代日本文学作品の英訳を手掛けてきたマイケル・エメリックは、長編小説を翻訳する際、最初の一割を訳すのに残りの九割と同じくらいの時間がかかるという。[39]

作家のゼイディー・スミスも小説の執筆過程について似たようなことを述べている。五六〇ページに及ぶデビュー作 *White Teeth*（邦題『ホワイト・ティース』）から四五〇ページを超す最新作 *Swing Time* まで、長い小説を五冊執筆しているスミスにとっては「最初の二十ページ」が重要で、「全体像やヴォイスにこだわりにこだわって生み出す」時間なのだという。そして最初の二十ページを何度も何度も書き直してようやく本の「トーン」が決まったら、残りの部分は「猛烈な勢いで進む」という。[40]

エメリックもスミスも、最初に時間がかかるのは正しい「ヴォイス」や「トーン」を築くためだとしている。翻訳の場合、基本的には、原文のヴォイスに耳を傾け、訳文のヴォイスを作り上げるのは翻訳者である。編集者は、その訳文のヴォイスに向き合い、必要に応じて訳者のヴォイスのチューニング作業を手伝う。『羊（英）』でルークにより行われたのもこのような作業だ。だが、『ワンダーランド（英）』では、語り手（たち）のヴォイスを固めていく段階から翻訳者と編集者が協力している。これは極めて珍しい例と言えるだろう。

バーンバウムは言う。

「『世界の終りとハードボイルド・ワンダーランド』には、様々なレイヤーで多種多様なヴォイスが存在する。細かいレベルでは、老博士、ピンクの女の子、図書館員、門番、大佐、大男とちびのペアなどの登場人物のヴォイスはもちろん、何より「世界の終り」と「ハードボイルド・ワンダーランド」のそれぞれの語り手のヴォイスを納得のいくものにするまでは相当時間がかかった。この過程でのエルマーの力は特に大きかったよ[41]」

日本語のオリジナル版では、交互に進行する章に別々の一人称——「ハードボイルド・ワンダーランド」の章には「私」が、「世界の終り」の章には「僕」——があてられて区別されているが、英語の一人称には"I"しかないため、「普通」に訳すとこの「私」と「僕」の違いが失われてしまう。そこでバーンバウムとルークは交互に進む章を時制で区別することにした。「ハードボイルド・ワンダーランド」の章は過去形で語り、より幻想的な「世界の終り」の章は現在形で語ることにした。バーンバウム訳に辛口なコメントをすることもあるジェイ・ルービンも、この手法については、「英語の現在形ならば時を超越する性質も付与されるから、原作における過去形による一般的な語りに較べても、ふさわしいものと言えるかもしれない[42]」と讃えている。

ルークの鎌倉の家で『ワンダーランド（英）』を訳すバーンバウム。

26 ギリギリのスケジュールで進む編集作業

当初、『ワンダーランド（英）』の刊行は、一九九一年の春を予定していたが、[43] 編集作業に想像以上に時間がかかったこともあり、刊行時期は一九九一年秋に先送りされた。それでも、編集作業は、引き続きギリギリのスケジュールで進んだ。

刊行の半年前の一九九一年三月十八日に村上に宛てたファクスで、ルークは次のように記している。

『ワンダーランド』の訳稿は順調に進んでいる——かなり時間はかかっているけど。僕とアルフレッドは毎日五、六時間翻訳に取り組んで、言葉・トーン・ヴォイスをひとつひとつ検討していっている。とにかく多種多様な登場人物がいるし、「世界の終り」パートの無時間性と「ハードボイルド」パートの現代性もうまく出すのが難しい。慎重にやらないと。それでも僕らは二人とも、徐々に形になってきている翻訳にすごく満足している。

同じ手紙でルークは翻訳に関する質問もしている。

いくつか質問——主人公と腹ぺこの図書館員が現実世界の図書館で読んだ、バートランド・クーパーの『動物たちの考古学』というのはボルヘスの『幻獣辞典』みたいな本なのかい？　もしそうなら君はそれをどこで入手した？　もし君の創作なら（そうじゃないかと睨んでいるけど）ステキだね！（ボルヘスの方もだけど、許諾を取る必要があるから一応の確認。）それと「★シンテトケラス★ cyntetokerus ★」（スペル自信なし）と「★クラニオケラス★ curaniokerus ★」（同じく）も創作？　それならそれで問題ない、というかむしろ素晴らしいことだけど、念のため。

これらの質問に対して、村上から『動物たちの考古学』は想像上の本であるため、どこにも断る必要はないこと、シンテトケラスとクラニオケラスはきっと実在したはずだが、細かいことは忘れてしまったから、どういうふうに扱おうと構わない、との返事が来たという。[44]

手持ちの資料で「シンテトケラス」と「クラニオケラス」のどちらも見つけられなかったバーンバウムとルークは、著者に自由にして良いと言われたのを受けて「シンテトケラス」をcyntetokerus（正確には Synthetoceras）、クラニオケラスは curaniokerus（正確には Cranioceras）と訳した。[45]

この訳は最新版でも、そのまま次のような形で出てくる。

The cyntetokerus is a smallish horse cum deer with a horn on either temple and a long Y-shaped prong at the end of its nose. The curanokerus is slightly rounder in the face, and sprouts two deer-like antlers from its crown and an additional horn that curves up and out in back. Grotesque creatures on the whole.[46]

バーンバウムは言う。

「当時はインターネットみたいな便利なツールも今みたいに発展していなかったから仕方がないよね。まあ、いいんじゃないかな。普通に読んでこの間違いに気づく読者はほとんどいないだろうし。ここでは、これらが実存した生き物か否かはさほど重要じゃないと思うけど[47]」

この手紙の二週間後の三月二九日のファクスでルークは、『ワンダーランド（英）』のアメリカとイギリスでのプロモーションのスケジュールを確認すると同時に、次のように記している。

アルフレッドと二人でこの小説に取り組めば取り組むほど、これはきっと成功を収めるという確信がますます強くなっていくよ。これで作業ペースさえ上げられたら言うことないんだが、いいものは時間がかかるからね《but good things take time》。[48]

そのさらに二ヵ月後の五月十日（刊行の四ヵ月前）には、ルークは再び訳の進捗状況を報告している。

こちらはてんやわんやの状況……でもそろそろ出口の光が見えてきそうだ。『ハードボイルド・ワンダーランド』の一番の難所は切り抜けて、その次の段階——また頭から執拗に一語ずつ見直す作業に入っている。ぜひいい本にしたいね。[49]

ドメドメな翻訳はダメですか？

バーンバウムとルークは、どちらも「言葉の音楽性」を重要視していた。しかし、言うまでもなく、二人の言葉のテイストは、完全に一致していたわけではない。生まれ育った場所も、読んできた作家も、聴いてきた音楽も、触れてきた言語／言葉も（さまざまな英語を含め）違った。

ルークは、ハワイに育ち、主に中西部で大学生活を送った。アメリカのさまざまな都市——ハワイ、中西部、ニューイングランド——で過ごしてきたが、四十歳でＫＩの仕事のため日本へ移り住むまで、アメリカを離れて暮らしたのは、大学卒業後に京都に住んだ一年のみだった。また、長年『ニューヨーカー』を愛読していたルークは、ナサニエル・ウェスト、アン・ビーティ、レイモンド・カーヴァーらの文章に惹かれ、そうした作家たちを読むことで、「言葉のある種の簡潔さ」や「複雑なアイディアをシンプルに表現する作家たち」を好むようになっていた。[50]

一方、バーンバウムは、数年おきに国を移り住み、さまざまな言語に囲まれて暮らしてきた。家や学校では英語を話すものの、三年サイクルで非英語圏で暮らすことが多かった。文学はスペイン語圏の作品を好み、詩や映像の世界にも大きな影響を受けていた。

そんなバーンバウムは、村上の作品を「今に生きるもの」にしようと躍起になっていたルークから、自身が翻訳した文章について——特に言葉遊びなどを入れた時には——「もう誰もこんな言い方はしない！」とよく指摘されたという。[51]

『羊（英）』の時と同様に——特に「ハードボイルド・ワンダーランド」の章で——二人は「現代的」な訳文を目指した。だが、意図的に「もう誰も使わないような」フレーズを忍ばせた例もある。主人公が一角獣について調べている場面の次の文章では、未知の頭骨を手にした教授の奮闘が描かれている。

ペロフ教授——というのがその教授の名前なんだけど——は何人かの助手と大学院生をつれてウクライナに出向き、かつて若い大尉の部隊が塹壕を掘ったあたりを一ヵ月かけて実地調査したの。残念ながらそれと同じ頭骨を掘りあてることはできなかったけれど。

この部分は次のように訳されている。

Professor Petrov—for that was his name—summoned several assistants and graduate students, and the team departed for the Ukraine on a one-month dig at the site of the young lieutenant's trenches. Unfortunately, they failed to find any similar skull.

英訳の"for that was his name"は、民話などでしばしば目にする古めかしいフレーズだ。ダグラス・アダムズは、有名な『銀河ヒッチハイク・ガイド』シリーズ（の一九八〇年に刊行された第二作

『宇宙の果てのレストラン』）の中で新たな登場人物を紹介する際、コミカルな印象を与えるためにこのフレーズを用いている。

Trin Tragula — for that was his name — was a dreamer, a thinker, a speculative philosopher or, as his wife would have it, an idiot.[52]

トリン・トラギュラ（というのがその男の名であった）は夢想家だった。思索家にして思弁哲学者だった。あるいは、妻に言わせればただの馬鹿だった。

『ワンダーランド（英）』で用いられているこのフレーズにもユーモアがある。しかし、そこにあるのは、『銀河ヒッチハイク・ガイド』のようなわかりやすい笑いではない。その面白さが伝わるのはごく一部の人間——具体的にはバーンバウム一家——だけだったはずだ。というのも、このフレーズは、バーンバウムが少年の頃に父ヘンリーが書いていた（未刊に終わる）小説の書き出しの文章に対するいわゆる「テクスト横断的」な言及だったからだ。

名の知れた詩人であったヘンリー・バーンバウムは、小説を書こうとしていた。息子のアルフレッドは、父親の小説を読むことは許されなかった。しかし、家に遊びに来ていた父親の友人がその小説の冒頭を声に出して読み出し、この for that was his name というフレーズについて次のように叫んで父親をからかっていたのを鮮明に覚えているという。

「もう誰もこんな言い方しないって！」[53]

バーンバウムは言う。

「あのフレーズを忍び込ませられたのはとても良かったね。考えて見れば、文学的なプロジェクトを受け続けた背景には、父に見せるものがほしいという気持ちがあったように思う。実際、訳したものは全て読んでいたし。翻訳について特に感想を述べたりはしなかったけど、一度「少なくともお前の方が私より広く読まれているのは確かだな」と言ったのが今でも印象に残っているよ」[54]

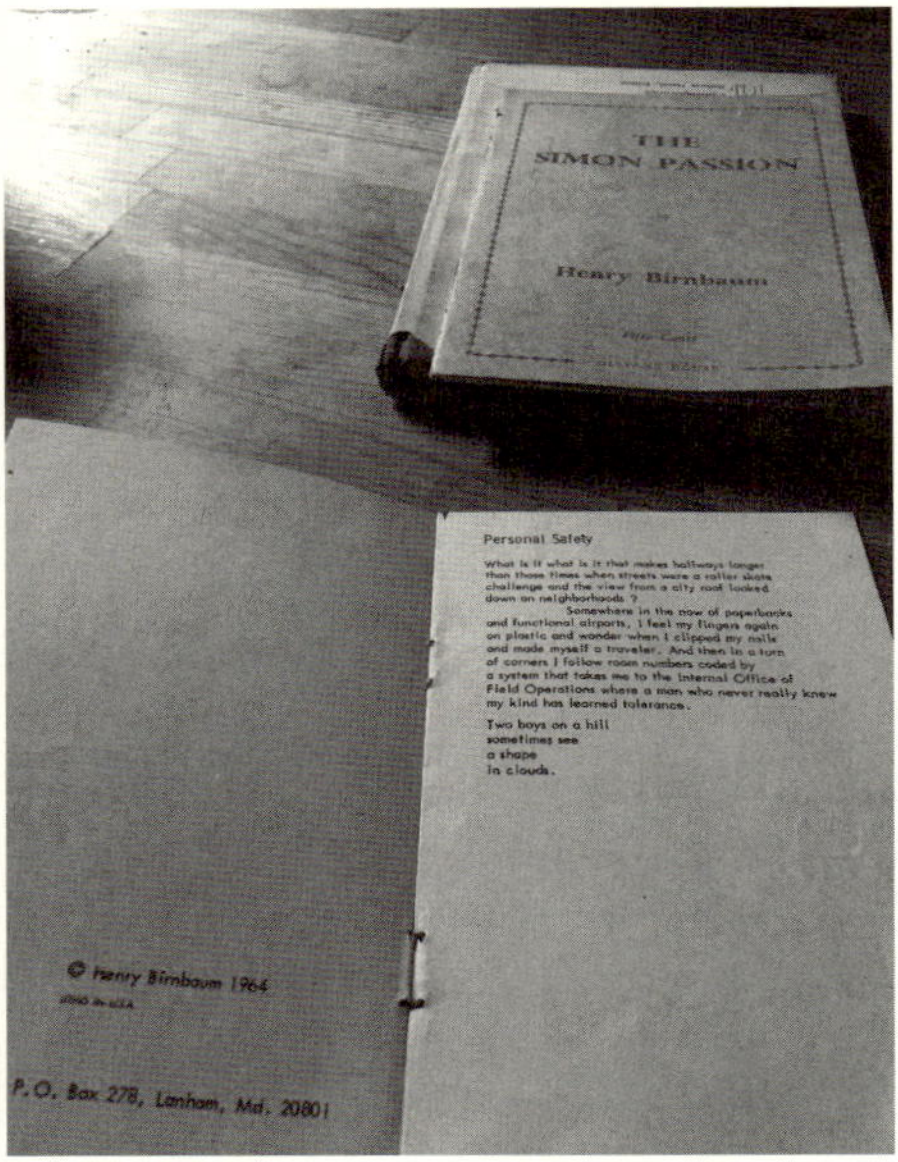

ヘンリー・バーンバウムによる詩集

27 ピンクの女の子らの消滅

既に紹介したように、『羊（英）』では、ニューヨークの出版界を念頭に「同時代的」で「アメリカ風」な訳がつくられた。英語圏二冊目の『ワンダーランド（英）』では、英語圏の読者により広く受け入れられる作品を目指し、さらに大幅に編集の手が加えられた。

のちにこれは『ねじまき鳥クロニクル』の英訳が刊行される際にも問題になるが、『世界の終りとハードボイルド・ワンダーランド』は長い小説だった。日本語の原作では、上下巻合わせて約千ページ。前作の『羊をめぐる冒険』のおおよそ二倍もある。ルークの感覚では、当時理想とされていた長編の長さは、英文で三〇〇から四〇〇ページ。五〇〇ページを超えると読者の手が伸びにくくなる。[55] バーンバウムとルークは、章の構成はそのままにしながらも、ほとんどの章を「主要なプロットに不可欠ではない部分は削る形で[56]短縮した」。

最終的に英訳は、ちょうど四〇〇ページに収まった。

ルークは言う。

「目標としていたページ数があったわけではない。いいものをつくろうとしたら結果的にいい感じに四〇〇ページになった[57]」

バーンバウムは言う。

「原文と比べたことはないので厳密にはわからないけど、かなり細かく削っていったから、最終的には百ページ分ぐらいは削られているんじゃないかな？　少なくても感覚的にはそれぐらい削った気がする」[58]

村上は、『世界の終りとハードボイルド・ワンダーランド』を書く前に、『街と、その不確かな壁』という作品を発表している。自ら「失敗作」と位置付けているこの作品と同じ題材に再チャレンジする際に、村上は『街と、その不確かな壁』の世界に近い「世界の終り」に「ハードボイルド・ワンダーランド」の世界を付け足した。この点について、村上は次のように述べている。

何か違うものをくっつけてツイン・ターボで行くしかないと思ったんですね。もう一ついうと、徹底的に違うものを持ってこなくちゃいけないですね。静かな固定されたものに対して、少々騒がしい動的なものを出していかなきゃいけない。そして僕はチャンドラーのものが好きだったし、ハードボイルドのラインでやっていこう、ということになった。そしてものすごく変な人をいっぱい出してこよう、理不尽なものをどんどん出してこようと思ったんです。それが一種の動力になって、あとは静かな話も一緒に持って行けるだろう。そこまで思うと、あとは簡単でもないけど、それは絶対に方法としては間違ってないと思ったんです。（略）「インディ・ジョーンズ」的な、次から次へどうなるかという、小説を読み進ませるための動力なんです。そうしないと「壁」の話は進まないんです。それは理不尽であって、もうリアリティがないほうがいいんですよね。そして「ハードボイルド・ワンダーランド」のほうに加速がついてくると、壁の中の話のほうもその加速に乗っちゃうんですよね。そうすると人が読むんです。[59]

村上は、作品にドライブ感を与え、読み進めやすくするために探偵／冒険小説の要素を付け加えたわけだが、この（全体の七割を占める）「ハードボイルド・ワンダーランド」の各章は長く、著者が「どんどん理不尽なものを出していこう」と意識しただけあって、脱線や余談も少なくない。展開が遅いと、手にとってもらえても、最後まで読んでもらえないかもしれない。そう考えたバーンバウムとルークは、物語のテンポを上げるため、特に「ハードボイルド・ワンダーランド」の章を大幅に短縮した。数ページ単位で省かれている部分も少なくない。ピンクの服を着た女性にまつわる描写は特に大胆に編集されている。

バーンバウムは言う。

「正直、あのピンクの女の子の描き方は、少し大げさすぎると思った。小説の中でも明らかに突出していた。あのまま訳していたら、果たして読者が読み進めてくれたかどうか。アメリカ人は短気だからね[60]」

四ページにわたって彼女が自分のピンクの自転車について歌うシーンや、その「ピンクの女の子」を青山の深夜営業のスーパーで待つ場面で「私」が店内のポスターについて延々と語る部分などもほぼ完全に省かれている。

アメリカのタフツ大学でこの本を（英訳で）授業で用いているホセア・平田は、「ピンクの女の子が性的にアグレッシブになる部分は基本的に削除されている。出版社が彼女の年齢を心配したのかもしれない」と指摘する。この点についてルークは次のように振り返る。

「よく覚えていないけど、年齢が問題だったとは思えない。ピンクの女の子が十二歳とかだったら別だけど」[61]

また、村上は、日本では独特な比喩を用いる作家としても知られているが、『ワンダーランド（英）』では、何十もの比喩が省かれている。

この点について、ルークは言う。

「翻訳や編集作業を進めている際に、常に「これは必要か」という問いをアルフレッドにぶつけるようにしていた。比喩の翻訳は、うまくいく場合と、うまくいかない場合が明確に分かれるように思う。これは必ずしも、訳し易い、訳し難いだけの単純な問題ではない。個人的には、ぶっ飛んだ、訳し難い比喩も好きな方だと思う。逆に、中途半端に思えたものは省いたように記憶している。比喩は文章に強弱を与えるが、同時に多すぎると、語りの流れを切断してしまう。最終的には、その場その場での編集判断なので細かいことは覚えていないけど、使うなら比喩は効果的でなくてはならないと思うんだ」[62]

村上の作品の英訳で比喩が省かれることは、他の訳者による訳――とくに村上が特徴的な比喩を多用していた前期から中期にかけての作品――でも珍しくない。英訳で省かれたり、かなり極端に意訳されたりした比喩を、村上が後に――英訳の影響を受けてか否かは明らかではないが――日本語版で書き直している例もある。

しかし、ここまで多くの比喩が省かれているのは、『世界の終りとハードボイルド・ワンダーランド』だけである。これは、無駄の少ない、洗練された文章を好む「どちらかと言うとミニマリスト」であるというルークのテイストによるところが大きい。同時に、村上を「文学的な作家」として位置づけるために、「遊び」の要素（「既に作中で十分含まれているので」）を抑えている部分もあるだろう。

例えば、原作の「ペニスとヴァギナは、これは合わせて一組なの。ロールパンとソーセージみたいにね」という図書館員の台詞は、conversely, the penis and vagina form a pair と、比喩が省かれる形で訳されている。

バーンバウムは言う。

「この比喩は吉本を見て育った世代へのサービスで入れられたとしか思えない。そのまま英訳すると、比喩として新鮮さがないだけでなく、単純に幼稚な印象を与えてしまうと思う。こういう比喩を多用すると、作品や作家のセンスまで問われかねない。なので慎重にならざるを得なかった[63]」

一方、「世界の終り」では、「ひどく静かな話」の独特な世界感や時間感覚を強調するために、やはり「物語上不可欠でない余談」（例えば、図書館員との会話の一部）からコーヒーを飲むなどの動作まで細かくカットされた[64]。

これらの省略について、ルークは次のように説明する。

「『ハードボイルド・ワンダーランド（英）』は、アメリカでは、外国人作家による英語圏デビュー二作目だった。アメリカの読者はただでさえ、翻訳物を読まない傾向があり、読みにくい作品は途中で断念してしまう。ほぼ無名の作家であれば、なおさらだ。あの段階で、アメリカの読者が「私」の長々とした観察や、特に物語を進行させない――「私」や「ピンクの女の子」や「僕」と「図書館員」などの――会話文などに付き合ってくれるとは思えなかった。少なくとも英語圏では、編集者が文章の入れ替えや省略を提案することは決して珍しくない。もちろん、その提案を最終的に受け入れるか否かは著者の判断だが。我々は、『ワンダーランド（英）』をもともと英語で書かれていた作品であるかのように編集したんだ」

もちろん、このような大幅な短縮に異議を唱える者もいる。二〇一四年に英語版も参考にしながら、『世界の終りとハードボイルド・ワンダーランド』を原文からデンマーク語に訳したメッテ・ホルムもその一人だ。レイモンド・チャンドラーの『ロング・グッドバイ』のあとがきで村上が「この小説の中にでてくる……金髪女の描写が僕は昔から好きだ。マーロウが頭の中で世間の様々な金髪女の特徴を列挙していくところ。それほど優れた描写でもないし、全体から見れば浮き上がった部分、なくてもいい部分でもある。というかむしろない方が、小説全体からすればすっきりするくらいかもしれない。気の利いた編集者なら「チャンドラーさん、ここは不要だし、ちょっとしつこいから思い切って削りましょう」と忠告するところだろう。しかし何度も重ねて読んでいると、最初は「余計なところだな」と思っていたこの部分が不思議に愛おしくなってくるのだ。」と書いている部分を引きながら、村上はチャンドラーに倣い、長い描写を入れることにより、作中の時の流れを意図的に遅くしているのだとし、訳文からこれらの描写を省くことは小説の「ペース」に影響すると批判している。[65]

ちなみに、村上はチャンドラー作品の中の脱線や余談について、二〇一七年の柴田元幸との対談で次のようにも語っている。

チャンドラーは名文家だと思うんですけど、小説の中に悪文ブロックがあって、わざと嫌がらせしているとしか思えないブロックが出てくる（笑）。部屋の描写とか、もうなんなんだこれはというほどしつこく、わけのわからない描写が続きます。それを抜けるとさーっと流れるんですけど（中略）僕は英語で読むときは、そういうブロックはいちいち読んでいられないから流し読みします。

村上は、同じ対談で、自ら翻訳するときは、このような「悪文」も読み込むものの、繰り返しの多さなどは困らされるとし、編集者が確認していないのだろうかとも問うている。

この点について尋ねると、村上は言う。

「僕は一字も削りたくないとか、そういうタイプの人間ではないし、僕の書く「物語」とは、流れの中でその小説として成り立っているものなので、あまりスタティックに考えない。その流れが損なわれなければ、〝ここの部分外しちゃっても別にいいんじゃないか〟というのが僕の基本的な方針です。もちろん、オリジナルに忠実なのが一番なんだけど、物語がしっかりしてれば大丈夫っていう。

はっきり言って、すごく不完全な人間が書いている不完全な小説だから、何が完全かというのはさ、定義次第じゃない？　たとえば、ベートーベンのシンフォニーでも、繰り返しがあっても、ここ長すぎると思って指揮者がこの繰り返しなしで行くということはありえるわけで、それに近いかもしれない。ある程度、その国の出版社の裁量があるのは、しようがないんじゃないかと思う（略）ただアルフレッドは、もう最初から、真面目な翻訳家というよりは、紹介者みたいな感じなのかな、どっちかと言えばね。だから、自分が紹介したいようなかたちにもっていく人なんですね。そのぶん彼の翻訳のファンも多いわけだけど。ただ作者にしてみると、ちょっとここやりすぎじゃないの？ってところはある。（略）［エルマーも］アメリカ人の編集者だから、日本人の編集者とはメンタリティーが違うんですよね。アメリカ人のエディターというのは、ほんとにエディティングが好きだから。どんどん削ってこれをこっちに回してあっちに回してとか、そういうことが大好き。アメリカ人の編集者としてはごく当り前のことだと思うんだけど、僕にしてみれば、やっぱり〝あれ？〟って思うことは何度もあったよね。（略）ホセア［・平田］にこの前会ったら、いま僕の『世界の終り』［の英訳］を使ってクラスを教えているんだけど、原文と違うんですごくやりにくいんだと。で、とくに最後の方は、筋まで違ってきちゃってるから、これなんとかしてほしいって言ってて、そうだね、これなんとかしなくちゃねっていう話はしてたんだけどね（笑）[66]」

この点については、バーンバウムは次のように指摘する。

「前も言ったけど、アメリカの読者は、日本の読者ほど辛抱強くない。実際、あれだけカットしたのに、それでも全体的にダブついていると批判する評もあったし。今は状況は変わって、どんなに長くても村上の本なら読むという読者は大勢いると思うけど[67]」

村上は、川上未映子による二〇一七年のインタビューで、書き手と読み手の間の信頼関係の重要性を指摘し、読者との間で「信用取引」が成立しているため、読者がついてきてくれるという主旨のことを語っている。[68]『世界の終りとハードボイルド・ワンダーランド』のデンマーク語訳が出たのは二〇一四年。原作が刊行されてから約三十年後のことである。この頃には、村上は既に国際的な人気作家であり、デンマークのみならず世界各国で、村上と読者の間にその「信用取引」が成立していた。しかし、一九九一年の段階では、少なくとも英語圏では、村上と読者の間でこのような信頼関係は存在しなかった。そして、その後も、英語圏では、少なくとも世紀の変わり目までは（訳者や出版社が変わっても）、長めの長編は（フィクションもノンフィクションも）、そのほとんどが大胆に短縮された形で出版されることになる。

いずれにせよ、大胆に編集された『世界の終りとハードボイルド・ワンダーランド』の英訳のゲラは、出版前に村上にも渡されたが、ルークいわく「大した修正はなかった[69]」。

刊行時には、translated and adapted by Alfred Birnbaum with the participation of the author という（「著者参加の下、アルフレッド・バーンバウムにより翻訳・翻案された」）断り文が、目立たない形で一行入れられた。また、その下には、バーンバウムの意向で、The translator wishes to acknowledge the assistance of editor Elmer Luke「翻訳者は、編集者エルマー・ルークの助力に感謝している」と記された。

今、訳し直すとしたら、省いた部分は戻すだろうか。バーンバウムは言う。

「難しいところだけれど、プロット上で何か明確な機能を担っていなければ、どちらかと言うと今でも省くかな[70]」

英訳の著作権（translation copyright）は村上が保持しており、『世界の終りとハードボイルド・ワンダーランド』については、ジェイ・ルービンもテッド・グーセンも訳してみたいと言っているが、他の訳者がいわゆる「完訳」をつくることについてはどう思うのだろうか。

菜園で夕食のサラダ用のきゅうりを何本か選びながらルークは言う。

「特に異論はないかな。やってみたいという人がいれば、やってみるといいと思う。自分たちは、当時の状況下、ベストを尽くしたという自負があるから。二つのバージョンがあり、それを読者が比べられるのも悪くないと思うけど」[71]

28　タイトルをめぐる議論再び

題名の翻訳にも一工夫加えられた。

『世界の終りとハードボイルド・ワンダーランド』という題は、もともと日本でも出版社に不評だった。一九九一年四月に刊行された『村上春樹ブック「文學界」4月臨時増刊号』に掲載されたインタビューで、村上は次のように語っている。

〔出版社から〕『世界の終り』だけにならないかという申し入れが何度かあった。どうしてかはわからないけれど、たぶんその方が純文学的だったのだろう。しかしこの作品は二つの話がパラレルに流れているところがミソであって、『世界の終り』だけではまったくタイトルとしての意味を持たないわけだから、これはお断りした。

同インタビューで村上は、英語版のタイトルに関するエピソードも披露している。

この作品が英語に翻訳されたとき（この原稿を書いている時点ではまだ出版されていない）には、そちらの出版社からこのタイトルは『ハードボイルド・ワンダーランド』だけにならないかというまったく逆の申し入れがあった。これももちろん同じ理由でお断りした。[72]

英訳の暫定のタイトルは、直訳に近い *End of the World and Hard-Boiled Wonderland* だった。翻訳契約書にも、ローマ字で sekai no owari to haadoboirudo wandaarando とタイプされた下に、手書きでそのように書き込まれている。[73]

KIの編集部は、なぜ *Hard-Boiled Wonderland* というタイトルを提案したのだろうか。ルークは言う。

「そうだね、確かそんな提案もしたね（笑）。End of the World はコンセプトとしてもタイトルとしてもありふれていたので、埋もれてしまう恐れがあると思ったんだ[74]」

例えば、のちに村上が邦訳することになるポール・セローの一九八〇年刊の短編集 *The World's End and Other Stories*（村上訳では『世界の果て』と and Other Stories の部分が落とされている）もその一例だ。

一方で、「『ハードボイルド・ワンダーランド』という言葉は、どこか不思議で新鮮な響きがあった」。それで、Hard-Boiled Wonderland というタイトルを提案した。[75] が、前述のとおり、この案は村上に却下された。そこで、打開案として「世界の終り」と「ハードボイルド・ワンダーランド」の順序を入れ替え、*Hard-Boiled Wonderland and the End of the World* というタイトルを提案した。ルークは言う。

「Hard-Boiled Wonderland を頭に持ってくることにより、タイトルに新しさを与えながら、両方の世界を題に含みたいとの著者の意向にもこたえることができた。今でも魅力的なタイトルだと思う。Hard-Boiled Wonderland ってタイトルを目にしたら、これは何だろうって気になるよね、絶対[76]」

一方、バーンバウムは言う。

「個人的には、「ハードボイルド・ワンダーランド」のどこかぎこちなく、ださかわいいタイトルを今でも少し恥ずかしく思う。でも、僕が提案した、ヴォネガットの影響を示唆する『The End of the World / The Way It Goes』は、エルマーに即却下されたよ[77]」

『風の歌を聴け』と『1973年のピンボール』は、どちらもヴォネガットの影響を受けて書かれた作品であることは村上自身も認めており、アメリカで『羊（英）』が出た時にはヴォネガットの影響がうかがえるとした評者もいたが、バーンバウムは『世界の終りとハードボイルド・ワンダーランド』も、ヴォネガットの影響が色濃く感じられる作品だという。

「〔ムラカミとヴォネガットが〕際立って似ている点は、おもにその書き方――簡潔で鋭い文、さりげないウィット、決め文句の反復、そして全体的なコンセプト――パラレル・ワールド、平凡で不運な主人公、完全な悪役の不在（ヴォネガットの有名な格言をすこし言い換えるなら、誰もが運命や奇妙な出来事の犠牲者だ）――だと思う。とくに共鳴しあっている二作品を挙げるとすれば『スローターハウス5』（1969）と『世界の終り』（1985）かな。どちらも脳の損傷がきっかけとなって主人公が時の流れを超越したもうひとつの世界を幻視し、ビリー・ピルグリムも名もなき「探偵」もけっきょくその世界に屈服する。もちろん『世界の終り』の幻想世界にいる私、そして私から切り離された片割れである影のことはふわふわした抒情的なトーンで描かれていて（僕とエルマーは現在時制を用いることでそれを際立たせた）、一方のピルグリムは様々な登場人物と出会うなかで現実的シニシズムを保ちつづけるわけだけど、デタッチメントの感覚は両作品に共通している――彼らはただの傍観者で、不条理な事件の連鎖に対して積極的に行動するタイプじゃない（もちろんこれは日本によくある受動態的、「済んでしまったこと」的世界観の反映でもある）。意識的に一部を模倣したということはないにせよ、

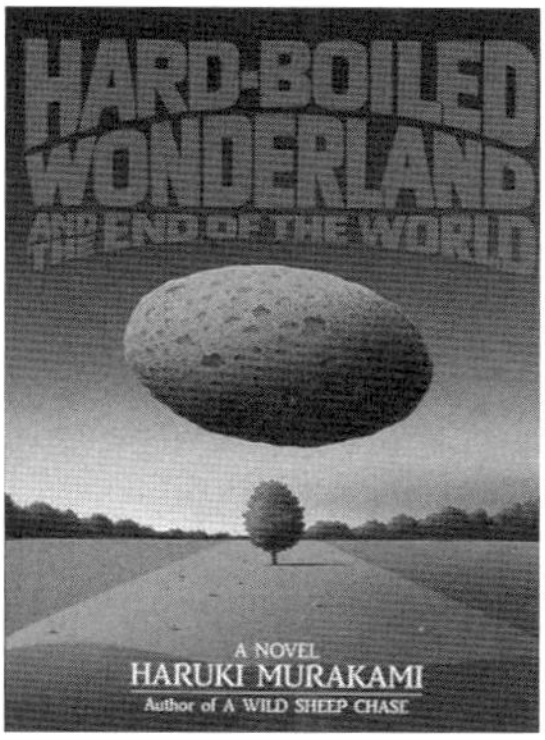

Hard-Boiled Wonderland and the End of the World（米 Kodansha International, 1991）
カバーデザイン：岡本滋夫

まちがいなくムラカミは一九八〇年以前に『スローターハウス』を読んでいるだろう」[78]

『羊』とつながるブックデザイン

『羊（英）』の時と同様、『ワンダーランド（英）』のアメリカ版のカバーには岡本滋夫によるデザインが用いられた。

『羊（英）』のカバーでは、空と草原を背景に、中央に羊の頭が浮いているイラストが好評だった。『ワンダーランド（英）』の表紙では、二つの作品の世界感がつながるように、似たようなバックに巨大な岩石が宙に浮いているデザインが用いられた。背景の空の色には、作品で繰り返し出てくる「ピンク」が使われ、ルークお気に入りのHard-Boiled Wonderlandが（and the End of the Worldより一回り大きい）目立つフォントで入れられている。タイトルフォントをデザインした、当時KIのアート・ディレクターを務めていた片倉茂男は、カバーの表紙をデザインする際には「タイトルはいつも大きくはっきりみせるよう心がけていた」という。[79]

評者などに配る宣伝用の見本《Advance Reading Copy》については、『羊（英）』の時のように豪華なカラー版は作らなかったが、単色の表紙にこの印象的なタイポグラフィーを用いたタイトルが印字された。

ルークは言う。

「タイポグラフィーや文字組もとても重要だった。日本と欧米で考え方が違うので、アメリカの読者の目にかなうものにすることが重要だった。せっかく良い訳を作っても、レイアウトが悪いと全てが台なしになってしまうから。最終的には外側も内側もとても綺麗な本ができたと思う」[80]

29 イギリスも含めた著者プロモーション

英語圏二冊目の『ワンダーランド（英）』では、イギリスでのプロモーションにも力が入れられた。刊行日まで半年を切った一九九一年三月下旬に、ルークは村上宛てのファクスで、マーケティング担当のジリアン・ジョリスがニューヨークでのプロモーションを九月上旬に二週間予定していると伝え、次のように付け足している。

どうやらハミッシュ・ハミルトンはその頃に君をロンドンへ呼びたがっているらしい。どのくらいの期間かはわからないけど。
そうなると君に時間を取らせてしまうことになるが、九月には米英両方で『ハードボイルド・ワンダーランド』が発売されるし、この時期のプロモーションはとても重要なんだ。知ってのとおり、イギリスでは同時期にV&A博物館やら色んな立派な場所で大々的にジャパン・フェスティバルが開催されるしね。[81]

既に当時の編集者たちのコメントで紹介しているように、『羊（英）』のイギリスでの売上は芳しくなかった。二冊目の『ワンダーランド（英）』は、「（英語圏）デビュー作」のような話題性もなく、さらなる苦戦が予想された。そのためにも、著者自身によるプロモーションが重要だと考えられた。

スケジュール的にも、無理はないとの判断があったものと思われる。『羊（英）』の刊行時には、村上は――イタリアから帰国したばかりにもかかわらず――東京からニューヨークに飛ぶ必要があった。しかし、今回は既にアメリカ――しかもイギリスに近い東海岸――に住んでいた。東海岸からロンドンに飛んでも、飛行時間は日本から東海岸へ飛ぶのの半分ほど。同時期に、イギリスで「ジャパン・フェスティバル１９９１」の開催が予定されていたのも好機だった。

村上は、イギリスでのプロモーション活動を承諾し、ロンドンやエジンバラで現地メディアによる取材などに応じた。フェスティバル期間中は、JAPAN FESTIVAL 1991と書かれた特注の帯が巻かれた『ワンダーランド（英）』が書店に並んだ。

ルークは英国のツアーの記憶は不確かだという。

「イギリスのプロモーションのことは正直あまり細かく覚えていないんだ。記憶の片隅に追いやったのかな（笑）。でも、メディアのインタビューが中心だったと思う。ハルキも当時はまだ英語でイベントをやる自信はなかったはず。今は、もちろん違うけど。書店用に本をサインしたりはしただろうけど、サイン会もなかったんじゃないかな。ハルキはシャイだったから。なぜかエジンバラで『炎のランナー』に出てきた、とても雰囲気が良くて、食事も美味しいレストランで新聞や雑誌の記者たちとの素晴らしいランチがあったのだけは鮮明に覚えているんだけど（笑）[82]」

一方、村上は、ＫＩ－ＵＳＡ主導のプロモーション活動について、次のように振り返る。

「『ダンス・ダンス・ダンス』と『世界の終り』と『ワイルド・シープ・チェイス』が出た当時のＫＩはブロードウェイにある、すごく雰囲気のいいオフィスで、野間千香子さんという、［講談社前社長の〕野間〔佐和子〕さんのお嬢さんがいて、アメリカ人のスタッフが何人かいて、その雰囲気は僕はすごく好きだった。〔ニューヨークの事務所に〕行くとみんなでワイワイ話しして、すごく正直に話して、アイデアを出し合って。日本の会社はそうはいかないからね。で、エルマーがいて、白井さんというボスがいて、『世界の終り』を出した時は、僕も一緒にそこにいて。あれは『ダンス・ダンス・ダンス』のときだったかな、Tシャツ作ろうとか。一緒にプロモーションとかワーワーやってたんですよ。その頃は、みんなすごく和気藹々と楽しくやって、本は売れないけどしようがない、って感じでやってた[83]」

多くの好評とひとつの酷評

これらのプロモーション活動の甲斐もあってか、再びさまざまなメディアに書評が掲載された。ワシントン・ポストのブルース・スターリングは、「Down a High-Tech Rabbit Hole」と題した評で、「おそらく村上が日本の大きな文学賞を獲った勝因にもなったこの小説のいちばんの魅力は、その一風変わったスタンスにある。ここでは急進主義への幻滅、鋭利な知性、意地悪な諷刺、そして現実を超えたものへの誠実さといったものが強烈に混じり合っている。村上は「世代を代表するヴォイス」と評されることも多いが、もしそうならそれはトマス・ピンチョンやドン・デリーロと同じ世代だろう」と、前年に『ヴァインランド』を発表したピンチョンや『マオ2』の刊行で注目を集めていたデリーロを引き合いに出し、「日本では社会現象になった村上は、視野が広く、大きなリスクを恐れない世界レベルの作家だ。優れた翻訳家でもあり、これまでにフィッツジェラルド、カーヴァー、アーヴィング、セローを日本の読者のために訳している。太平洋のこちら側にいる我々も、村上本人に同等の注目を向けていいだろう」と作品だけでなく著者のポテンシャルを高く評価した。[84]

スターリングの書評では、村上が日本で「社会現象」であることやフィッツジェラルド、カーヴァーをはじめとしたアメリカ人作家の訳者であることが言及されている――つまり、編集部が『羊（英）』の刊行時に（プロフィールなどで）用意し、書評で広められたイメージが、ここでも反復されている――のも注目に値するだろう。

同時に、スターリングは、新しい日本の文学の紹介者として、訳者のバーンバウムにも期待を寄せている。前年に刊行された短編集『モンキーブレインすし』についても触れながら、次のように書いている。

村上作品の翻訳者は「パスポート上はアメリカ人」で、「日本の新しい小説」の仲介役を一手に引き受けてきた。『モンキーブレインすし』というぴったりの題がついた彼の最新アンソロジーを読めば、村上の出身国にはまだ大勢控えていることがわかる。スラングだらけで鮮烈、辛辣で政治的、メディア漬けで常時早送りのこれら「新しい小説」の書き手たちは、川端や谷崎や三島がもう過去のものだということを世界に決然と示そうとしている。チャンスさえあれば彼らはすぐにその証拠を見せてくれるだろう。[85]

ルークも担当編集者として同行したプロモーションツアーの影響もあってか、米国に少し遅れる形で英国で出た書評も好意的なものが目立つ。

北東アジア特派員のピーター・マギルが村上に会いにプリンストンを訪れて書いたプロフィール記事が十月に英『オブザーバー』紙に“Dreams of high skies and unicorn skulls”の題で掲載され[86]、当時（カズオ・イシグロやポール・オースターなどの小説も出している）フェーバー&フェーバー社の編集者だったジュリアン・ルースによる三千ワード近い網羅的な評がロンドン・レビュー・オブ・ブックス紙に掲載された[87]。

二十数年フェーバー&フェーバーで勤めたのち、最近イェール大学出版会に移ったルースだが、どのような経緯で『ワンダーランド（英）』の評を書くことになったのだろうか。

「あの時点でそれなりの数の日本の本の書評を書いていた。僕がその方面に関心を持っていることをみんな知っていたからね。そこからはぜんぶ自然の成り行きで、競合相手なんて一人もいなかったから、この分野の大家とみなされていた、短い天下だったけど。

『ニュー・ステーツマン』誌に『羊をめぐる冒険』の評を書いたけど、あの本はイギリスでカルト的と言ってもいい人気を得たから村上は注目されていた。彼は様々な面で国際市場に最適の日本人作家だった。とくに登場時というか、初期に翻訳された数冊は見事に海外向きのものが選ばれていた。エキゾチックで野心的だけど読者を戸惑わせるほどじゃなく、いろんなジャンルや形式を自由に取り入れているところはポール・オースターやマジック・リアリズム小説のファンなら馴染み深いものだった[88]」

村上も『ワンダーランド（英）』の反応については、「批評的には良かった」と記憶している。[89] しかし、『羊（英）』の際に好意的な評を二回掲載した（影響力も大きいとされる）『ニューヨーク・タイムズ』紙の書評は厳しいものだった。

作家のポール・ウェストによる“Stealing Dreams From Unicorns”「一角獣から夢を奪う」と題された書評は、皮肉にも『ワンダーランド（英）』の唯一の広告と同じ日に『ニューヨーク・タイムズ』日曜版に掲載された。

『ワンダーランド（英）』の広告予算は、『羊（英）』の時よりも抑えられていた。『羊（英）』の一九八九年のハードカバー版に続く九〇年のペーパーバック版の刊行やニューヨーカー誌などへの短編掲載による評判や口コミ、書評のインパクトなどに期待し、基本的にはニューヨーク・タイムズ紙日曜版のブックレビューの広告一本にとどめられた。

その“WHAT CAN YOU SAY? FANTASTIC? FOUR STARS? SENSATIONAL.”というコピーが大きく入った（約三分の一面の）広告の数ページ後に、ウェストによる（二分の一面の）書評が掲載された。

ウェストは、評を「村上春樹の日本での文学賞受賞やアメリカでの短編の雑誌掲載のニュースを受け、読者は彼の新しい長編小説も、一九八九年に著者の英語圏で刊行された多くの本の一作目であった*A Wild Sheep Chase* のようにスラングが多く使われた活気ある作品であることを期待するかもしれない。しかし読者はがっかりするだろう」とはじめ、登場人物や文章がありきたりで、不必要な繰り返しが多いなどと作品を痛烈に批判した。[90]

村上夫妻との英国ツアーから帰国したルークは、二人に宛てた最初の手紙で、ウェストの評について次のようにフォローを入れている。

KI-USAからこれまで出た『ハードボイルド・ワンダーランド』の書評が送られてきていると思う。『ニューヨーク・タイムズ』のやつ（僕はまだあれに怒っている。書いた奴がちゃんと本を読んだとは思えない）を除けば大好評ばかりだったよ（僕はハルキと違って書評にはぜんぶ目を通しているからね）。

さらに口コミでも評判は広まっているらしい。これはもちろんとてもいいニュースだ。参考になるかもしれないので、こちらに届いたばかりの手紙を二通同封します。片方はウィスコンシン大学がある町に住む「普通の」読者かららしく、もう一通はミシガン大学がある町の本屋からだ。ちなみにこのどちらも一流の大学で、町には大きな読者コミュニティーがある――というわけで僕にはとても励みになった。本を出すたびにいつもこういう反響があるわけではないからね。[91]

The Hard-Boiled Wonderland and the End of the World
（英 Hamish Hamilton, 1991）

『ワンダーランド（英）』は、今でも英語圏で高く評価されている村上作品のひとつである。ジェイ・ルービンが初めて魅了させられた作品でもあり、[92]近年は『ねじまき鳥クロニクル』などと並び、村上の代表作として書評やインタビュー記事などで紹介されることも多い。しかし、一九九一年に初めてKIからハードカバーで刊行された際の売り上げは、約五〇〇〇部と伸び悩んだ。アメリカにおける翻訳文学のハードカバーでの販売部数としては、五〇〇〇部はそれなりの数字だが、前作の半分以下である。「たしかに売れ行きはいまひとつだったね」とルークは言う。

『羊（英）』も『ワンダーランド（英）』も後にペーパーバックでロングセラーになる。しかし、一九九〇年代前半当時は、ある意味弱小球団の期待の新人のような存在であった村上は、「二冊目の壁」にぶち当たり、苦戦した。それは「それなりに話題になったものの、全体的にいえば「カルト的」なところに留まって、やはり売れ行きにはもうひとつ結びつかなかった[93]」と当時を回想する村上に、KIから本を出してアメリカで本格的に成功することの「現実的な限界」を実感させるものだった。[94]

村上は言う。

「やっぱり講談社から出してる限りグローバルにはなれないだろうなって気がすごくしたね。はっきり言って、僕はもっと少しずつ伸びていくのかと思ってたから、そうじゃなくて頭打ちになっているということにたいして、焦りは感じたし、これじゃダメだなと思った。エルマーも講談社で出している限り、ディストリビューションではねつけられるから難しいということを言ってたしね[95]」

訳者のバーンバウムも、当時の村上の心情は理解できると言う。

「実際、本の流通に関しては、KIは決して強いとは言えなかったからね。そう感じるのも仕方がないよね。それに当時はもう周りに色々とアドバイスしてくれる人もいたはずだし。他の方法を模索しないわけにはいかなかったんじゃないかな[96]」

オールアメリカンな体制作りへ

1992-1994

30　新たな出版社を求めて

アメリカで単行本が刊行されることが決まった当初から、村上は即に現地の出版社からの刊行も意識していたようである。

講談社のニューヨーク現地責任者をつとめていた白井は言う。

「*A Wild Sheep Chase* のプロモーションでニューヨーク入りした村上さんは、「日本では、日本で今までお世話になった出版社は大切にしたい。でも、アメリカではアメリカでベストの形を取りたい」という趣旨のことをはじめに私に言いました。当時そのようなことを言う日本の作家は他にいませんでした。普通は、本が出るだけでみんな喜んでいたので[1]」。

村上は言う。

「講談社インターナショナルは、やっぱり日本の出版社で、そこがアメリカのマーケットで本を売るのは、ものすごく難しいだろうなと思ってた。（略）本当だったら、もちろんアメリカの出版社から出したかったんだけど、とてもその当時はそういうことは考えられなかった[2]」

『ワンダーランド（英）』で経験した「二冊目の壁」は、村上のアメリカの出版社への移籍の意向をさらに強めた。

「ある程度の地歩《ファンデーション》は固めたという感じはあった。でもやっぱりブレイクスルーしないとどうしようもない、という気持ちはあった」[3]。

村上は、前述のエッセイ「海外へ出て行く。新しいフロンティア」で、次のように書いている。

アメリカで作家として成功しようと思ったら、アメリカのエージェントと契約し、アメリカの大手出版社から本をださないことには、まずむずかしいよ」と仕事で知りあった何人かのアメリカ人から忠告されました。また言われるまでもなく、たしかにそのとおりだろうなと自分でも感じていました。[4]

逆に「今のままでそれなりに順調に行っているんだから、あえて体制を変えることはないんじゃないか」とか「自分一人でやっても、どうせうまくいきませんよ。アメリカ市場はそんなに甘くないから」と忠告する人もいた。だが、村上は「アメリカという広大なマーケットで、一人の「新人作家」として、自分の実力を率直に、正面から試してみたいという気持ち」が強く[5]、「自分の足を使ってエージェントと、新しい出版社捜しをすることにし［た］」[6]。

前述のエッセイや二〇一〇年の『考える人』でのロングインタビューでの発言は、村上が全て一人でこれらの作業を進めたかのような印象を与えるが、二〇一七年の川上未映子とのインタビューでは、村上は「自分が動き回って何かをしたというよりは、周りの人が助けてくれたみたいなところが多かった」とも語っている[7]。

この点について村上は次のように付け足す。

「僕は最初からそういうのをストラテジーとしてもってやってたんじゃなくて、エルマーとか、いろんな人に助けられて、気がついたらそうなってたということなんです。だから、野心のようなものがあったわけじゃないんだけど、結局一番いいポジションに自分がいた。だからすごくラッキーだったと思う」[8]

この点について尋ねるとルークは言う。

「そうだね。ハルキが特別野心的だったり、戦略的だったとは思わない。少なくとも当時は、彼はただ単に小説を書いていたかったんだと思う。どちらかと言うと、野心を――ハルキの分まで――燃やしていたのは僕の方だと思う。そして、もちろんヨーコも重要な動力《force》だった」[9]

アメリカで新たな出版社を探すことに決めた村上にとって、プリンストンに住んでいたことは好都合だった。プリンストンから出版社や出版関係者が集中しているマンハッタンまで電車でも車でも二時間かからない。日帰りでも気軽に行き来できる距離だ。また、村上はプリンストン大学に所属していたとはいえ、立場的にはかなり自由だった。二年半の在籍期間のうち、最後の一年は「ビジティング・レクチャラー」[10]として（後に『若い読者のための短編小説案内』にまとめられる）日本文学の講義をひとつ持つことになるが、それも教室に拘束されるのは週一、二回のこと。村上は、主だった出版社を「あちこちとあたってみた」[11]。そして、プリンス

Yukio Mishima, *Spring Snow*
〈雪国〉（英 Vintage, 2013）
カバーデザイン：清水裕子

トン大学の共通の知人の紹介で、当時ランダムハウス社（現ペンギン・ランダムハウス社）のクノップフのトップをつとめるサニ・メータにも会えることになった。

インド独立直後に外交官の息子として生まれ、プラハ、ニューヨーク、ジュネーブなど様々な町に移り住みながら育ったメータは、もともとはイギリスの出版業界で活躍していた。[12] ケンブリッジ大学を卒業後、ロンドンの小さな出版社ルパート・ハート・デイヴィスで働きはじめ、パラディン・ブックスの設立やパン・ブックスのエディトリアル・ディレクターを経て、一九八七年にクノップフのトップに抜擢された。[13]

パン・ブックスで多くのヒット作を出し、フランクフルト・ブックフェアなどへの参加を通して国際的に人脈も広かったメータをクノップフに引き抜いたのは、先述のロバート・ゴットリーブである。同じアドバンス・パブリケーションズ傘下のニューヨーカー誌の編集長に抜擢されたゴットリーブは、自らの後任として「サニ・メータしかいない」と指名したのだ。[14] 以後、メータはクノップフを三十年近く率いている。

メータが村上と初めて会ったのは、クノップフのトップに就いて五年ほどの時。一九一五年に設立されて以来、クノップフのトップをつとめたのは他に二人だけだった。設立から一九六八年までは創設者のアルフレッド・クノップフ、一九六八年から一九八七年まではロバート・ゴットリーブが組織を率いていた。クノップフは五十年以上、ゴットリーブも二十年近くトップをつとめたことになる。そう考えると、五年というのは、まだ職歴が比較的浅い時期だったと言えるだろう。

村上は言う。

「その時には、もう日本で『ノルウェイの森』が大ベストセラーになっていたから、向こうも知ってるわけですよね。だから、それが名刺代りというか、それですごい興味を持ってたんだと思う。それがなければね、会ってくんないっすよ、なかなか」[15]

二人はメータの自宅で会い、メータ行きつけのインド料理店で食事をした。

村上は言う。

「サニ・メータは、インド系のイギリス人で、アメリカに来て仕事をしているわけで、多文化的なある種の深さというか、その奥がなかなかちょっと見えにくいというところはあるし、会うたびにミステリアスな人。すごくジェントルで、知的で、いい人なんだけど、不思議なところがちょっとある」[16]。

そんな「半ば生きた伝説みたいな出版業界の大物と差し向かいだから」料理の味もほとんど覚えていないほど緊張していた村上だったが、「食事をしながらいろんな話をし、コースが終わってデザートが出てくる頃になって、『どう、うち（クノップフ）で本を出さないか』ということになった」[17]。

プリンストン大学滞在のアレンジについて、「なにしろ話が早いというのがアメリカのいいところである」[18]と語っている村上だが、このクノップフからのオファーのスピード感にも感銘を受けたのではないだろうか。

メータとの出会いのタイミングも良かった。なぜなら当時クノップフは絶好調で、メータにも余裕があったからだ。

メディア露出を避ける傾向にあるメータだが、一九九〇年に『ニューヨーク・タイムズ』のインタビューを受けた際に、次のように紹介されている。

ランダムハウス激動期だった昨年、一人の男の運勢が上昇しつづけた。いまやアメリカ最大の商業出版社を実質的に舵取りしているのは彼だという声さえある。この男こそサニ・メータ――ランダムハウスの一部門であるアルフレッド・クノップフの代表だ。[19]

一九九〇年に入ってからクノップフは、ジョン・アップダイクの『さようならウサギ』、ガブリエル・ガルシア＝マルケスの『迷宮の将軍』、マイケル・クライトンの『ジュラシック・パーク』などベストセラーを立て続けに出しており、ランダムハウス社全体の約一〇％の売り上げを記録していた。

しかし、その十八ヵ月前は状況が違った。メータが職を追われるかもしれないとの噂もあったほどだ。

メータは同じインタビューで次のように振り返る。

私は本来そんなに神経質な人間ではないけれど、正直言って当時は腹を立てていた。（略）自分のいる位置がわからなくなってくるんだ。ランダムハウスが巨大すぎて。たとえばなぜこのように物事を進めているのか訊ねてもなかなか答えが返ってこなかったりね。[20]

最初の数年は苦戦を強いられたメータだが、移行期をなんとか乗り切り、一九九〇年には、当時アメリカではほぼ無名だったカズオ・イシグロを招き、書店イベントなどを通じて『日の名残り』を大ヒットさせた。[21] つまり、村上と出会った時点で、メータは既に村上と似た境遇の作家――アメリカでまださほど名の知れていない日本との縁の深い作家――を成功させた実績を持っていたことになる。このように成功続きで波に乗っていたことも、初対面の席で村上にいきなり出版のオファーをできたことと全くの無関係ではないだろう。

クノップフからのオファーは「嬉しい」出来事だったと村上は振り返る。

「スタートラインに立ったという感じがひとつしたのと、もうひとつ大事なことは、自分の出版の世界的なハブみたいなものをニューヨークに置くことができたというのは、すごく大きかった。なんのかんの言っても、今の世界の出版文化はニューヨークを中心に動いてるんですよね。結局みんな、例えばハンガリーとか、ブルガリアとか、インドネシアとか、まずだいたい英語で読んで、出版するかどうか考える。だからニューヨークのエージェントとニューヨークの出版社で最初に出すというのは、とても大きな意味をもってるわけです。もちろん日本で最初に出すわけだけど、世界のマーケットにディストリビュートすることに関しては、ニューヨークがハブになる。で、その非常に強力なハブを得ることができたのは、僕にとってすごく大きかったですね[22]」

クノップフからのオファーについて知らされたルークは、それを歓迎したと言う。

「とても優秀な人たちにたすきを託している、ハルキにとってクノップフはベストの場所だという気持ちが強かった。あそこまで素晴らしい組み合わせ《フィット》となるとは想像していなかったけど。サニー・メータは、マクシーン・ホーン・キングストンの協力なサポーターでもあり、様々な境界線を越えた出版活動をすることで知られていたからね。同時に、少しうらやましくも思ったよ――一緒について行けたらどんなにいいのにってね！」[23]

31 小説家にとって最高の出版社「アルフレッド・クノップフ」

そもそも、村上が小説家にとって「最高の出版社のひとつ」と評し、[24]ノーベル文学賞受賞者のトニ・モリソンが「世界最高の編集者、世界最高の編集長、世界最高のデザイン部と出会えた場」[25]だとする「クノップフ」は、どのような組織なのだろうか。

二〇一八年現在、クノップフは、大手メディア・グループの独ベルテルスマン社と英ピアソン社が保有する「ペンギン・ランダムハウス社」のインプリント（出版ブランド）である。ペンギン・ランダムハウス社は、約二五〇のインプリントから構成されている巨大出版社だが、「クノップフ」は、長年クノップフがハードカバーで出した本のペーパーバック版を出してきた「ヴィンテージ・ブックス」など九つのインプリントとともに「クノップフ・ダブルデイ・グループ」内に位置付けられている。メータは、クノップフの編集長であると同時に、年間約五五〇冊刊行するこの[26]「クノップフ・ダブルデイ・グループ」の会長もつとめる。[27]

クノップフは、もともとは一九一五年にアルフレッド・クノップフと妻のブランシェによって設立された。ロシアやヨーロッパの作家たちの作品を翻訳することから事業を始め、一九二九年にはノーベル文学賞を受賞したトーマス・マンを英訳でいち早く出版したことでも知られる。翻訳書に加え、アメリカの名だたる作家たちの作品の出版もすぐに開始し、一九六〇年にランダムハウス社に買収されるまで独立系の出版社として良書を出版し続けた。一九八〇年にランダムハウスが、アドバンス・パブリケーションに買収され、一九九八年にはドイツの大手メディア企業ベルテルスマンにさらに買収され、[28]二〇一三年にランダムハウスとペンギン社（英ピアソン社保有）が合併され、現在の形がある。[29]

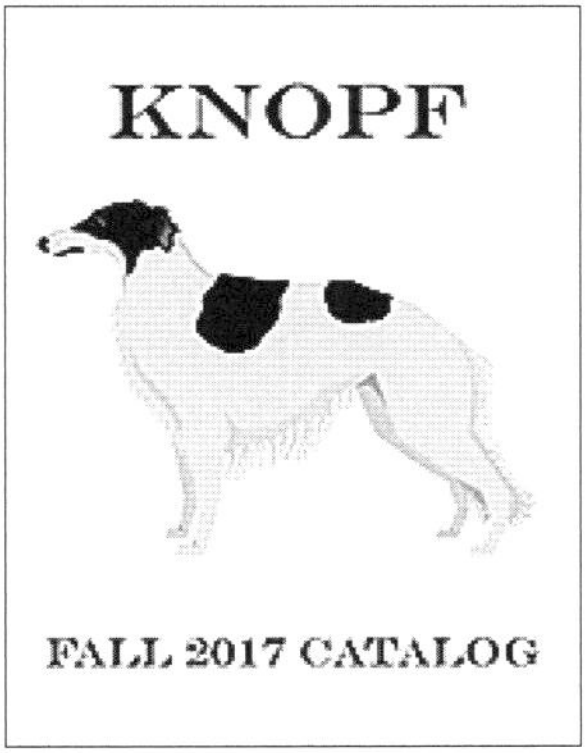

クノップフ社 2017 年秋のカタログ

クノップフは、トニ・モリスン、アリス・マンロー、カズオ・イシグロ、V・S・ナイポールなど、英語圏のトップクラスの作家だけでなく、オルハン・パムク、ガブリエル・ガルシア＝マルケス、ウラジーミル・ナボコフなどの世界的に名高い非英語圏の作家の作品も数多く出版している。クノップフの作家たちの主要文学賞受賞数は、（二〇一五年の百周年の時点で）ノーベル文学賞二十八回、ピューリッツァー賞六十二回、全米図書賞七十八回、全米批評家協会賞四十三回と群を抜いている。[30] ジャーナリストのジョー・ヘイガンが指摘するように、現在ペンギン・ランダムハウスの出版グループには「古臭いハイブロウな雰囲気のクノップフからマスマーケットを相手にした商業主義のバンタム・デルまで」その大きな企業組織内に数々のインプリントを抱えているが、そのなかで（クノップフで働く）「クノップフラー」は「いまでも伝統の炎を守る番人、企業という白い波の嵐に下ろすセピア色の碇」というイメージが強い。[31]

ハロルド・ストラウスの遺産《レガシー》

クノップフは、日本人作家の英訳出版の歴史も長い。長年、川端、三島、谷崎のいわゆる「ビッグ・スリー」や国際的に評価の高い安部公房らの作品も出版してきた。クノップフの日本作家の作品は、初めのうちは特別な「プログラム」に沿って出版された。このクノップフの「プログラム」について研究しているラリー・ウォーカーが指摘しているように、一九五五年から一九七七年にかけて、合計十人／三十三冊（短編選集を入れると二十六人／三十四冊）が出版され、[32] これらの英訳の多くをもとにして、他のヨーロッパ言語への翻訳がなされた。

戦後に日本の「ビッグ・スリー」の作品を出版したこの「クノップフ・プログラム」を取り仕切っていたのがハロルド・ストラウスである。ハーバード大学卒業後に、一九三九年にクノップフへ入社し、一九四二年から一九六六年まで編集主任をつとめた。陸軍語学学校で日本語を学び、第二次世界大戦直後に占領下の出版監視のため日本に赴任した経験もあったストラウスは、三島、川端、谷崎の「ビッグ・スリー」の独占出版権を取得し、各作家の作品をそれぞれ少なくとも三年に一冊は英訳して出版することを約束した。[33]一九七一年には、日本文学を海外の読者に普及した功績が讃えられ菊池寛賞も受賞している。[34]ちなみに、同賞はストラウスがクノップフの「プログラム」で翻訳家として度々起用したドナルド・キーンとエドワード・サイデンステッカーの二人にも（それぞれ一九六二年と一九七七年に）贈られている。[35]

のちに『ニューヨーカー』の編集長として村上作品を掲載することになるロバート・ゴットリーブが一九六八年にクノップフの編集長に就いてからも、ストラウスは編集顧問として日本文学の出版に（亡くなる一九七五年の前年まで）関わり続けた。[36]ハロルド・ストラウスの遺産は、現代日本文学の名作群のリストという形で今でもペンギン・ランダムハウス社のなかで燦然と輝いている。川端、谷崎、三島、そして安部らの作品は、ストラウスの数々の後継者たちの努力により、想像力に富んだカバーデザインやキャンペーンによって絶えず新たな息吹がもたらされ、新たな読者を獲得し続けている。村上の英語圏での刊行に携わってきたメンバーの中にも、ゴットリーブやゲイリー・フィスケットジョンをはじめ、このクノップフから刊行された三島や谷崎の作品を通して、日本文学に関心を持ち始めた者も少なくない。

自らもクノップフが出してきた訳で最初の日本文学に親しんだルークは、ストラウスが日本に行って、日本そしてその文学と恋に落ちなければ、今日英語圏の日本文学の景色は少なからず違っていただろうという。

「ストラウスでなければ、いずれは誰かが日本文学を西欧に紹介しただろう。でも、ストラウスの文学のテイストや日本に対する関心は明確だったし、それが作品選びにも明らかに出ている」[37]

32　エージェントを「選択」する

クノップフからの出版のオファーは、村上のエージェント捜しにも拍車をかけた。[38]『羊（英）』などの成功を受け、アメリカのエージェントたちも村上に注目をしはじめていた。

一九九〇年代にＫＩの東京とニューヨーク両方の事務所に勤め、講談社アメリカではエグゼクティブ・ヴァイス・プレジデントもつとめた浅川港は、自著『ＮＹ《ニューヨーク》ブックピープル物語――ベストセラーたちと私の４０００日』で次のように回想している。

一九九〇年代のごく初めに、村上春樹氏の英訳が初めて出たが、当時村上氏がまだこうしたエージェントと契約していないことが分かると、何社かの有力エージェントからコンタクトがあった。その中で直接来社してぜひ村上氏にわが社を推薦してほしいといってきたのは、アンドリュー・ワイリーという大物だった。この、もとライターのやり手エージェントは、高額の契約金を引き出すことで知られ、日の出の勢いといった感じだった。まだエージェントに振りまわされるのは村上氏にとって気の毒だという判断を白井氏として、特にご本人に推薦はしなかったが、こうしたエージェントがニューヨークには何百社とある。[39]

一九九一年に村上が渡米した後も、エージェントからのアプローチは続いた。アメリカの文芸市場におけるエージェントの重要性を理解していた村上は、当初――それまである意味エージェントのような働きもしていた――ルークに正式にエージェントをつとめてほしいと依頼した。だが、ルークは「ハルキのためなら、できることはなんでもやりたいと言う気持ちはある。でも自分はエージェントではない。必要な経験も人脈もない」と断り、エージェント捜しのサポートに回ったという。[40]

サニ・メータから食事の席でオファーがあってからも、クノップフからの単行本出版が進むのに少し時間がかかった。村上に依頼され、ルークは一九九二年四月二四日に（事務所ではなく鎌倉から移り住んだ）広尾の自宅から、当時メータのアシスタントをつとめていたジェシカ・グリーンに短いファクスを出している。

ジェシカ様
花粉症がひどくなってきたことからすると、どうやらこちらもすっかり春になったようです。やや間が空いたので念のためご連絡。けっして催促ではありませんが、万事順調に進んでいますでしょうか？　不明な点があれば上記の番号までファクス下さい。
それではお元気で。
エルマー・ルークより[41]

当時は、村上がクノップフから単行本の刊行を検討していることをルーク以外のＫＩのスタッフは知らなかった。二週間後の五月七日には、上司のレズリー・ボッケルから「MURAKAMI RUMORS」と題されたファクスがルークの元に届いた。書面の中でボッケルは、サニ・メータがクノップフの編集会議で村上の本を出す考えのあることを発表し、同時に村上がエージェントと面接しているらしいとし、翌週にはKAのスタッフが村上と会う予定なので、その際に詳細が判明するだろうと（どこか噂を楽しんでいるかのような軽やかなトーンで）書いている。その二週間後の五月十九日にルークは村上夫妻に宛てた手紙で次のように書いている。

昨日君と電話したあと、ジェシカ・グリーンと連絡が取れていない。昨日も言ったようにどれも些細な用件で、あくまで形式的な確認事項にすぎないけれど、かといってないがしろにできない。明日僕がアメリカに発つ前に捕まらなかった場合は契約書をニューヨークまで持参して、むこうで直接やり取りするつもり。

とりあえず今はこんなところかな。君たちと再会できることを楽しみにしている。あれから君のエージェントの件についても色々考えてみたので、その件についてももっと詳しい相談ができればと思う。直に会って話す方が気持ちが良いし楽ちんだからね！[42]

クノップフとの契約締結が近づくにつれて、エージェントの必要性がより切実な課題となっていた。ルークは、アメリカの出版業界ではエージェントが不可欠だという。

「エージェントは汚れ仕事を一手に引き受けてくれる。そのおかげで、作家は手を汚さずにきれいな指でパソコンを打つことができる。汚れ仕事というのは、君の書いたものになにがしかの価値があるとあちこちの出版社様を説得して作品を売りつけたり、なるべく良い契約条件を引き出したり、あと何と言っても印税を回収して経理をしたりだね。もちろん本が売れつづけるかぎり一定の歩合を取られることになるけど、それだけの価値はある。しかもこのあいだずっと君の友人、よき相談相手、チアリーダー、理想の母（または父）、せっつき役で居続け、あるときは矢面、あるときは殿《しんがり》に立って君を守ってくれるんだ[43]」

村上は、ニューヨークで数名のエージェントと面接した。[44]

「エルマーにも相談したけど、なかなか見つからなかった。三、四人面接したかな[45]」

ワイリーのように、日本語でのコミュニケーションは取れないが現地での影響力の強い候補もいれば、エージェントとしての経験は浅いものの、バイリンガルでコミュニケーション能力の高い候補もいた。ルークは、エージェントに関しては、コミュニケーションの取りやすさよりも、現地でのネットワークを重視するべきだと助言した。[46]

そのなかで、最有力候補の一人として浮上したのが、大手エージェンシーICMのアマンダ（ビンキー）・アーバンだった。

主に雑誌などでのキャリアを経て、一九八〇年にタレント・エージェンシーのICM社に入社したアーバンは、[47]当時から業界では知らない人はいないトップ・エージェントだった。トニ・モリスンをはじめ、後に村上の担当編集者となるゲイリー・フィスケットジョンがクノップフで編集を担当したジェイ・マキナニーやリチャード・フォード、『羊（英）』のプロモーションで一役買ったロバート・ホワイティング、そしてレイモンド・カーヴァーなど、名だたる作家たちの代理人を務めていた。一九八八年には、同社の取締役副社長および文芸部門の副部長に昇任し、[48] 一九九〇年の『エンターテイメント・ウィークリー』誌が選ぶ「最も影響力のあるエンターテイメント界の一〇一人」に、スパイク・リー、オプラ・ウィンフリー、マイケル・ダグラスらと肩を並べて選出されていた。[49]

そのアーバンがルークに連絡を取り、村上との面談のアレンジを依頼してきたのだ。

ルークは次のように振り返る。

「彼女はとても穏やかに、全く押しつけがましさがない形でアプローチをしてきた。ぐいぐい来るタイプのアンドリュー・ワイリー——なかにはそこが良いという人もいるけど——とは対照的で、僕がハルキへの道筋だった。ロシアン・ティー・ルームで朝食を共にすることになって、彼女は僕に店の名物（ブリヌイ）を勧めてきたんだけど（言うとおりにした）、ふいに一言断って席を立つと、たまたま店に入ってきたマイク・ニコルズに自己紹介をした（まったくの初対面なのに）」[50]

一九九二年の季節が春から夏へと変わる頃、ニューヨーク中心街のレストランでのランチがセッティングされた。ルークの記憶では、参加者は、村上、ルーク、アーバンの他に、詩人（でレイモンド・カーヴァーの未亡人）のテス・ギャラガー、そして小説家のトバイアス・ウルフとジェイ・マキナニー。アーバンが、たまたまニューヨークを訪れる予定でいたギャラガーを誘うと言い、他に誘うべき人はいないか尋ねてきたので、ルークは「『羊（英）』の英訳を編集する際に参考にした

『ブライト・ライツ、ビッグ・シティ』の著者ジェイ・マキナニー」と「近著の『ボーイズ・ライフ』が素晴らしかったトバイアス・ウルフ」の二人を提案した。三人ともアーバンが（当時）代理人をつとめる書き手で、レイモンド・カーヴァーの仲間でもあり、シラキューズ大学で学んだり教えたりしていた。

ルークは言う。

「ランチでは、ハルキは普段どおりだった。彼が日本の外にいるときの普段どおり、ということだけど。感じが良く、控えめながら魅力的で、ちょっとシャイだけど堂々としていて、ウィットがある。自分がその場にいられること、それからとくにテスに会えたことを喜んでいたみたいだ。テスとはレイの存命中から面識があったし、亡くなってからも連絡は取り合っていたらしい。たしかこのときトバイアス・ウルフはまだハルキの小説は読んでいなかったかな？　今は読んでいるけど。僕は僕でもちろん嬉しかったし、この場の主役で引っぱりだこのムラカミと関わりがあることを誇らしくも感じていた」[51]

（ウルフ本人に尋ねると、村上の作品は何作か読んでおり、気に入っていると言う。この時のランチに関する記憶は明確ではないが、別の機会に「コーヒーを飲みながら、通訳を介して村上とカーヴァーの作品の素晴らしさについて語り合った」のを覚えているという。[52] 村上も、「エルマーが紹介してくれたんだけど、食事は二人で［ユニオン・スクエアのレストランで］したという記憶があるな」[53]と振り返る。）

ルークは、村上がアーバンと契約できればベストだと考えていたという。

「ピンキーと組めば、彼女はきっと彼をしっかりサポートしてくれるだろう、と感じていた。有能でプロとしての腕は疑いようがなく、業界の人脈もすごく広い。だからハルキが彼女と組んでくれれば、彼の才能に報いることができると思ったんだ[54]」

ランチの後も、他のエージェント候補との間で村上は悩んでいたとルークは言う。それまで外国の作家を担当したことはなかったアーバンは、村上に「英語で読めない作品は自分は扱えない」と明確に伝えていた[55]。また、村上は「ＩＣＭのような大きな会社だと、僕の存在なんて埋もれてしまうのではないか」と危惧していた。「大きな会社が相手だと、売り上げが悪いとすぐに切り捨てられる、というような話も耳にしていたからだ[56]」。

ルークは言う。

「ピンキーほど「ビッグ」ではないものの、（サニ・メータが推薦してくれた人も含めて）業界で一目置かれている候補者もいた。でも、個人的には、ハルキには「ビッグ」なエージェントがふさわしいと感じていた。（略）ずいぶん悩んでいたハルキにこうアドバイスした記憶がある——結婚と同じだよ。別れたくなったらいつだって離婚できるさ[57]」

33 カーヴァー・ギャングに正式に加わる

一九九二年六月十日に、前の月に村上夫妻に会うためプリンストンを訪れていたルークは、手紙で次のように書いている。

さて、このファクスから明らかなとおり、僕は無事に帰国してまた仕事の日々。日本は相変わらずの日本。プリンストンで会えて本当に嬉しかった。君たち二人とも元気そうで何より。そしてステキなパーティーに招いてくれてありがとう。ホセアやミミにも出会えたし、いつもとまったく違う土地で鈴木さんと会えたのも愉快な経験だった。あとプールを使うときにハルキ・ムラカミになりすます機会をくれたことにも感謝。

あまりゆっくりできなかったのが残念だ。あと毎回言っているけど、ふだんこんなに離れていることも。このままずっとこうなのかね?

ビンキーとの打ち合せがどんな具合だったかはぜひ聞かせてほしい。もちろんその件で僕にできることがあればいつでも何でも言ってくれ。[58]

その六日後の六月十六日に、ルークのところにアーバンからファクスが届いた。そこには'Murakami is officially on board'「ムラカミは正式にチームに加わりました。」と書かれていた。ルークは、同日中に、アーバンを選んだのは素晴らしい決断だった、と村上にファクスで伝えた。[59]なぜ村上は最終的にアーバンを選んだのだろうか。

ルークは言う。

「ハルキの判断については、たぶん「縁」みたいなものを重視したんじゃないかな。ビンキーがレイ・カーヴァーやギャラガーのエージェントだったことが決め手になったんだろう。言うまでもなく、ビンキーの実績は申し分なかった。当時すでに彼女は一流の作家たちを大勢担当していた[60]」

村上に「どちらも村上と仕事をすることを切望していた」ゲイリー・フィスケットジョンとアンドリュー・ワイリーを紹介したのはおそらく自分であるというジョナサン・リーヴァイも「最終的にムラカミがビンキーを選んだのは、彼女がレイモンド・カーヴァーのエージェントだったからだと思う[61]」と言う。

二〇一七年のインタビューで（アーバンが代理人をつとめるもう一人の日本人作家）川上未映子に「いろんなエージェントに会った中で、ビンキーがいいなと思ったのには何か理由がありましたか」と質問され、村上は次のように答えている。

なんでだろうね。とても話がてきぱきしていたというようなこともあるけど、レイモンド・カーヴァーのエージェントをしてたからというのが大きかったかもしれない。いわゆる「カーヴァー・ギャング」の一員というか、そういう面で最初からすごく親しみが持てた。[62]

それでは、逆にアーバンはなぜ村上の代理人をつとめたいと考えたのか。アーバン自身は、クライアントに関するインタビューは受けない方針だが、（アーバンだけでなく、クノップフのサニ・メータやゲイリー・フィスケットジョンら）ニューヨークの「超トップクラス」の出版人たちが自分に関心を示した理由については村上が自ら分析している。

まず、二〇一〇年の『考える人』のロングインタビューでは、理由を二点あげている。

理由はたぶんふたつあるんです。ひとつは『ノルウェイの森』が日本で百万部以上売れていたということ。これはアメリカの出版界にもニュースとして伝わっていて、彼らも『ノルウェイの森』の作家ということで興味を持っていたらしいんです。（略）

もうひとつは、僕がレイモンド・カーヴァーの翻訳をやっていたということです。サニ・メータもピンキー（アマンダ・アーバンの愛称）もまさにレイモンド・カーヴァーの担当をしていた人たちです。（略）

彼らは言うならばレイモンド・カーヴァー・ギャング、「カーヴァー組」なんです。いまはだんだんと結束がゆるやかになってきたところがあるけれど、その頃はまだ絆がかなり強かった。（略）

結果的にだけど、『ノルウェイの森』とレイモンド・カーヴァーの翻訳の仕事が、僕のアメリカでの名刺代わりになったわけです。[63]

五年後の二〇一五年に発表された自伝的エッセイ集『職業としての小説家』に収録された「海外へ出て行く。新しいフロンティア」では、理由がもう一点足され、三点あげられている。

> 思うに、この三人が僕に興味を持った理由は三つあるみたいです。ひとつは僕がレイモンド・カーヴァーの翻訳者であり、彼の作品を日本に紹介した人間であったということです。この三人はそのままレイモンド・カーヴァーのエージェントであり、出版社代表であり、担当編集者でした。
> （略）
> 二つ目は僕が『ノルウェイの森』を日本で二百万部（セット）近く売っていたことが、アメリカでも話題になっていたことです。（略）『ノルウェイの森』がいわば挨拶《あいさつ》の名刺がわりみたいになっていたわけです。
> 三つ目は僕がアメリカで作品を徐々に発表し始め、それがそこそこ話題になっており、ニューカマーとしての「将来性」を買われたこと。とくに「ニューヨーカー」誌が僕を高く評価してくれたことは、影響が大きかったと思います。[64]

三点とも村上に対する「関心」を高める上で重要な要因だったことは間違いない。しかし、「関心」だけで、ニューヨークの「超トップクラス」の出版人たちが簡単に長期的なコミットメントに踏み切るものでもないだろう。最終的には、村上が「ニューカマーとしての「将来性」を買われた」のは、ＫＩから出された二冊、そして『ニューヨーカー』などの雑誌に掲載された一握りの短編――つまりそれまで英語圏で出された作品自体――が評価されたからだろう。

バーンバウムは言う。

「当時、英語圏で出ていた作品は限られていたわけだけど、逆にそれが良かった面もあると思う。アメリカで読める作品は、長編も短編も、どれも村上の特徴が良く出ていたし、自分で言うのもなんだけど訳も洗練されていた。

同時に、村上の受け身で内向的な主人公は、当時アメリカ人がある意味敵視していた日本企業とは全く逆のイメージを提示していた。「顔のない国、日本」に、村上が――時には文字通り――「顔を与えた」という側面もあると思う。書評などで顔写真が何度も大きく掲載されたのも偶然ではないと思う。当時のアメリカは日本の新たな顔になれる作家を求めていた。とはいえ、いくら『ノルウェイの森』やレイモンド・カーヴァーを通して関心を持ってもらえても、英訳で読める作品が『1973年のピンボール』と『ノルウェイの森』だけだったら、その関心も続かなかったんじゃないかな[65]」

KIから刊行された二冊の長編はもちろん、（村上自身指摘しているように）『ニューヨーカー』などの雑誌に掲載された短編の存在も大きかっただろう。当時、雑誌掲載されていた「TVピープル」、「ねじまき鳥と火曜日の女たち」、「パン屋再襲撃」、「象の消滅」などの短編は、どれもカーヴァーの影響を感じさせる作品である。また、アーバンがエージェントについてから最初に『ニューヨーカー』に掲載された「納屋を焼く」の英訳（"Barn Burning"、フィリップ・ガブリエル訳）も、のちにゲイリー・フィスケットジョンが短篇集を編纂する際に、「パン屋再襲撃」と並んで最も「カーヴァー文学を彷彿とさせる」と評した作品である。[66]

当時はレイモンド・カーヴァーの死からまだ数年しか経っておらず、村上も指摘しているように、「カーヴァー組」の結束力は特に強いものがあった。サム・ハルパートがカーヴァーの家族や知人たちを尋ね歩いてまとめたインタビュー集 *Raymond Carver: An Oral Biography*（村上による邦訳の題は『私たちがレイモンド・カーヴァーについて語ること』）が刊行されたのがその数年後の一九九五年である。カーヴァー組の中心メンバーからしたら、村上の作品を通じて、カーヴァーの分身と再会したかのような錯覚さえ覚えたかもしれない。

村上も「カーヴァーの存在は大きくて、レイの導きというほどではないにせよ、ある種の因縁というか、コネクションみたいなものだった[67]」という。

34 クノップフでの新たな編集者との出会い

一九九二年の夏、ビンキー・アーバンと契約したことにより、村上は「カーヴァー・ギャング」の仲間入りを果たし、アメリカの文芸界でもより中心的なポジションを確保した。エージェントが決まると、クノップフから刊行する本の準備も急いで進められた。クノップフでの担当編集者には、ゲイリー・フィスケットジョンが選ばれた。

フィスケットジョンは、長年レイモンド・カーヴァーの担当編集者をつとめた「カーヴァー・ギャング」の中心人物。カーヴァーと親しい関係にあったジェイ・マキナニー、トバイアス・ウルフ、リチャード・フォードなどの作品も担当していた。わずか三十歳の若さで、ランダムハウスで「ヴィンテージ・コンテンポラリーズ」というシリーズを立ち上げ、いわゆる大型ペーパーバックを世に広めたことでも知られる。[68] 一九八〇年代には「ブラット・パック」［マキナニー、ブレット・イーストン・エリス、タマ・ジャノウィッツら一九八〇年代に注目を浴びたアメリカ東海岸の新進作家たち］の作家たちとの付き合いによって知名度を上げたが、「カーヴァー・ギャング」や「ブラット・パック」以外にも、アンドレ・デビュース、コーマック・マッカーシー、ジュリアン・バーンズなど、名だたる作家を担当してきた。[69]

フィスケットジョンは、アトランティック・マンスリー・プレスで数年間（一九八六—九〇）エディトリアル・ディレクターをつとめた後、ランダムハウスへ復帰し、それ以降サニ・メータ率いるクノップフにつとめているが、「編集するのには都会の大企業のオフィスよりも田舎の方が向いている」と、過去二十年近く、年の半分をニューヨークで、もう半分をテネシー州で過ごしている。[71] テネシーのキャビンの二階の窓際の書斎では猫を膝に乗せ、緑のペンを手に日々原稿と向き合う。

村上自身は、そんなフィスケットジョンを次のように評している。

オレゴン出身で、ニューヨークの出版業界にいる人には珍しく、とてものんびりした話し方をする。せかせかしたところがない。人柄も温かい。服装はだいたいカジュアルで、世の中にたてつくように、いまだに確固たるヘビー・スモーカーであり続けている。どちらかといえばクールで貴族的なメータさんとは好対照である。しかし小説出版にかけては鋭い眼識を有し、ほどよく頑固であり、しかもあたらしい作品に対しては意欲的である。[72]

そんなフィスケットジョンの村上作品との出会いは、一九八〇年代半ばから後半にかけて。村上の存在を教えてくれたのが日本人の友人だったか、レイモンド・カーヴァーだったかは記憶が定かではないという。

「何らかの形でハルキの最初期の作品の英訳が手に入ったんだ。日本の英語学習者向けに出たものだ。たしか八〇年代前半に日本人の友人からもらったのかな。薄めの本二冊だったと思うが、大昔のことなので『風の歌を聴け』と『ピンボール』だったかちょっと自信がない。記憶はおぼろげだけど、まだその本は持っていると思う」[73]

フィスケットジョンが入手したのは、講談社英語文庫の一環としてはじめに刊行された『ピンボール（英）』（1985）と『歌（英）』（1987）でおそらく間違いないだろう。『ノルウェイの森（英）』や『羊（英）』も講談社英語文庫版として刊行されているが、一九八九年以降のことであり、そもそもこれら二冊は長年（ペンギン）ランダムハウスからペーパーバックで出ているので、これらの作品であればフィスケットジョンの記憶に残っているはずである。フィスケットジョンが記憶しているとおり、二冊いっぺんに入手していたのだとしたら、村上作品を初めて読んだのは――八〇年代前半ではなく——八七年以降ということになる。

村上作品との出会いについては、訳者のルービンとガブリエルとの鼎談で、フィスケットジョンは次のようにも述べている。

彼の作品に関心を持つようになる大元のきっかけは、ウィリアムズ大学にいた数年間、初心者ながら日本の文学・文化に強く惹かれたことだ。ピーター・フロスト教授のとても魅力的な指導のおかげでね。いわゆる「ビッグ・スリー」（谷崎潤一郎、川端康成、三島由紀夫）の作品を苦労して読み進めていくなかでおのずと心を奪われた三島由紀夫をテーマに、半年かけてとても長い論文を書いた。そんなふうにして七〇年代半ばに下地ができていたからはじめてムラカミの作品に出会ったとき、彼はまちがいなくその偉大な作家たちの系譜を継ぐ存在だと直感したよ。今もその考えは変わらない。（略）

やがて、たしか『羊をめぐる冒険』が出る直前だったと思うけど、ハルキ本人に会う機会があった。レイの作品についてたくさん話をしたあと、僕は自分が彼の小説にも感服していること、今度出る長編も楽しみにしていることを伝えた。ハルキは「それとその直後に出る本には自分としては不満があるけど、さらに次のやつはいいものにできるかもしれない」と答えた。[74]

この村上との出会いの詳しいタイミングについて再度尋ねると、フィスケットジョンは不確かな記憶をたぐり寄せる。

「具体的な日付は覚えていないけど、僕が『アトランティック・マンスリー・プレス』に移った一九八六年以降だったはず。僕とレイ・カーヴァーとハルキでランチをしたことがあるからね。その頃二人はとても親しくしていて、おまけにハルキはレイの日本語訳者だった」[75]

カーヴァーが闘病のために来日のキャンセルを余儀なくされたのが一九八七年秋で、亡くなったのが一九八八年八月。『歌（英）』が刊行されたのが一九八七年二月であることを考慮すると、フィスケットジョンの記憶が正しければ、八七年のどこかということになる。

しかし、村上はカーヴァーとは一度（しかも二時間ほど）しか会っていないはずである。村上がカーヴァーをインタビューしたのは一九八四年で、場所はカーヴァーのポートアンジェレスの自宅だ。当時は（アトランティック・マンスリーに移る前で）、ヴィンテージの編集者としてカーヴァーの本を出していたフィスケットジョンだが、タイミングがどうも合わない。この点について村上に尋ねると、笑みを浮かべて「それはない」という。[76] 再びフィスケットジョンに尋ねると、次のような返事が来る。

「僕は「ハルキとレイとランチをすることができた」幸運な日のことを鮮明に覚えている。気持ちのいい春の日、グリニッチの通りにある南向きのレストランだった。ハルキがＫＩと組んでいた頃で、たぶん『羊』と『ハードボイルド・ワンダーランド』を出すことは決まっていたもののまだ実際に出版される前だった。僕が彼の初期二作の、日本人英語学習者向けのあまり良くない翻訳を読んでいたこと、他の作品も訳されたらぜひ読んでみたいと言ったことにハルキは驚き、喜んでくれた。そ

ゲイリー・フィスケットジョン、愛猫カールと原稿に向かう。
テネシー州のキャビンの書斎で。

れから「レイとハルキ」二人の仲の良さも記憶に残っている。というわけで、ハルキがもうこの件をすっかり忘れてしまったか、あるいはいかにもムラカミ小説っぽく僕がこのエピソードを頭の中で作りあげてしまったかのどちらかだ」[77]

ともあれ、フィスケットジョンは村上の担当編集者になった経緯については、前述の鼎談で次のように語っている。

> 一九八六年から『アトランティック・マンスリー・プレス』を率いていて、当時からもちろんハルキの本を出版できたらいいなとは思っていたけど、当時彼はＫＩと組んでいたから（僕は作家の引き抜きはやらないんだ）、自分はあくまでサポーター役に留まるというか、「知り合いに素晴らしい小説家がいる」とことあるごとに喧伝するだけで十分満足していた。一九九〇年に僕がクノップフに移ったすこしあとにハルキもやってきて、彼のことを買っている僕が担当編集になるのがいちばん理に適っていた。とまあ、そんなところだ。

『羊（英）』や『ワンダーランド（英）』は、ニューヨークの出版人／読者を明確に意識して翻訳／編集された作品だが、日本国内の読者（具体的には英語学習者）向けにつくられた『ピンボール（英）』や『歌（英）』も、フィスケットジョンや（既に触れた通り）ゴットリーブなどの編集者たちの目に留まり、ニューヨークの文芸業界内に「村上ファン」を作るのに寄与していたことは興味深い。

バーンバウムは言う。

「明らかに日本の英語学習者用に作られた本だったから、国外で読んでいる人がいるなんて想像もしなかった。なぜ海外の編集者たちがわざわざあの二冊を読もうと思ったのか、僕には今でもさっぱりわからないよ[78]」

35 英語圏で初の短編集を編む

新体制の下、まず決めなくてはならなかったのは、クノップフからどの作品を出すかだった。この作品選びについて、村上は二〇一〇年の『考える人』のインタビューで、次のように振り返っている。

クノップフ社もビンキーも本当は最初に長編をだしたかったんだけど、KIとの契約があった関係で、そのときはそれができなかった。[79]

当時、村上にはクノップフからすぐに出せる適当な長編がなかった。『ダンス・ダンス・ダンス』

は、既にKIからの刊行が決まっていた。『ノルウェイの森』については、前述のとおり、国内で講談社英語文庫による英訳がベストセラーになっており、アメリカでの刊行は決まっていなかったものの、少なくとも契約上では、その可能性も含まれていた。数ヵ月後（一九九二年十月）には『国境の南、太陽の西』が書き下ろしで刊行される予定ではあったが、村上はこの作品をクノップフからのデビュー作には適していないと考えていた。

村上は言う。

「『国境の南』と『ねじまき鳥』をほとんど同時に書いてたんですよね。で、僕は『ねじまき鳥』がメインだと思っていたから、そちらを出したいという気持ちが強かった。『国境の南』はそれの副産物みたいなものだったから、その後で出したいなというふうに思ってたんですよ、たしか[80]」

適当な長編小説がないなか、クノップフでは短編集からスタートすることが決まった。プリンストンの村上夫妻を訪ねていたルークは、日本に戻ってから（六月十日に）二人に宛てたファクスで、前述のとおりエージェントの選定に関する進捗状況を尋ねると同時に、クノップフから刊行予定の短編集について次のように記している。

> こちらは自分の生活と、机に散乱している原稿をなんとか整理しようと奮闘しているところだ。ジェイとアルフレッドが訳してくれたものをもう一度最初から読み直して、感想を君に伝えるよ。収録作品の候補をいつまでにクノップフに伝えなきゃいけないっていう具体的な締切はある？[81]

村上は翌月の七月には、『マザー・ネイチャーズ』誌の取材で、一ヵ月にわたるメキシコ旅行を控えていた。[82] バーンバウムも現地で村上と合流する予定でいた。そのため、二人の出発前にできるだけ作業を進めておく必要があった。クノップフに提案する作品選びは「大急ぎで行われた」とルークは振り返る。

「まず作品の選別に取りかかった。期日が迫っていたからハルキ、ヨーコと、そしてアルフレッドらとひっきりなしにやりとりした。僕はすべてに目を通して、アルフレッドの翻訳を中心に校閲をして、一九九二年七月二日に最初の候補リストをハルキに送った」[83]

ちなみに、村上は、クノップフから出した最初の短編集に収められた作品のいくつかは、「翻訳されたときに少しばかり手を入れた」と述べている。特に「「中国行きのスロウ・ボート」についていえば、かなり手を入れた」としている。

村上は次のように続ける。

この小説は僕が生まれて初めて書いた短編小説だったので、書き方がよく分からず、あとになって読み直してみると、不満の残る箇所がいくつかあった。二度にわたって書き直したので、この作品にはヴァージョンが三つある。僕の記憶は例によってかなりあやふやだが、アメリカ版の翻訳テキストとして使ったのは、たしか二つ目のヴァージョンではなかったかと思う。[84]

一九九二年九月十八日には、ルークは村上宛ての手紙で、再度編集した「中国行きのスロウ・ボート」のバーンバウム訳をフィスケットジョンに送ったことを報告している。

月曜日に「中国行きのスロウ・ボート」の訳稿（アルフレッドと僕でちょっと修正を加えたもの）をゲイリーにファックスした。アルフレッドがニューヨークで彼と打ち合わせしたときに見せると約束していたんだ。ハルキ、僕はこの話がますます好きになったよ。それに最初のバージョンからさらに力のある作品になっていると思う。（略）小説の締めくくりが痛切でハッとさせられる。良い文も多い。「僕は東京の街を見ながら、中国のことを思う」。そして最後の一文がもう本っ当に素晴らしい（引用なんかしたら台無しだからしないでおくけど）[85]。

ルークは原文を細かく読み込む日本語力はない。つまり、“A Slow Boat to China”は英訳でも、（少なくとも）二つのバージョンが存在したことになる。既にバーンバウムが「オリジナル版」をベースに作っていた訳が存在し、クノップフで短編集を編むのに際して更新したのである。

バーンバウムは言う。

「短編集『中国行きのスロウ・ボート』に収録された短編は、表題作も含めてほとんど『ピンボール』を訳す前後に訳していた。「中国行きのスロウ・ボート」と「午後の最後の芝生」がクノップフの短編集に収録され、「カンガルー通信」はその前に既に『Kyoto Journal』に掲載され、「ニューヨーク炭鉱の悲劇」はのちに他の訳［フィリップ・ガブリエル訳］で『ニューヨーカー』に掲載された。「シドニーのグリーン・ストリート」は未だにどこにも掲載されていない。あれは「羊男」が出てくるなかなかおもしろい作品だと思うんだけど、確か著者も含めてみんな英語で出すことについて消極的だったはず。あまりシリアスな作品とは言えないから、彼の英語圏でのイメージとはいまいちマッチしないのかもしれない[86]」

ルークがファクスを送った翌日の九月十九日に、村上から返事が届く。手紙には、前日にニューヨークのクノップフのオフィスでアーバンとフィスケットジョンの二人に会い、フィスケットジョンから収録作品の最終版を渡され、作品の収録順も決めたと書かれていたという。そして、収録作品について、ルーク、バーンバウム、フィスケットジョンそれぞれに好みがあるので、どのような形を取っても、ひとつかふたつ不満は残るだろうが、個人的には納得している、と。[87]

ルークは言う。

「個人的には、当時は英語圏で短編集を出すのは少し時期尚早なのではないか――もう少し短編がたまってから厳選しても良いのではないか――と思う気持ちもあった。でも、結果的にはそれなりの本ができたと思う。何より本人が納得していて、クノップフから本が出せたことは、ハルキにとって本当に喜ばしいことだった[88]」

36　個人的な取捨選択？

フィスケットジョンが編纂した村上の短編集には、最終的には十七編が収録された。一九九三年の時点で村上は、日本国内では短編集を六冊出していた。クノップフの短編集に収録された作品の短編集別の内訳は次のとおりである。

『中国行きのスロウ・ボート』（一九八三）三作（「中国行きのスロウ・ボート」「カンガルー通信」「午後の最後の芝生」）
『カンガルー日和』（一九八三）一作（「四月のある晴れた朝に100パーセントの女の子に出会うことについて」）
『螢・納屋を焼く・その他の短編』（一九八四）三作（「納屋を焼く」「踊る小人」「三つのドイツ幻想」）
『回転木馬のデッド・ヒート』（一九八五）一作（「レーダーホーゼン」）
『パン屋再襲撃』（一九八六）五作（「パン屋再襲撃」「象の消滅」「ファミリー・アフェア」「ローマ帝国の崩壊・一八八一年のインディアン蜂起・ヒットラーのポーランド侵入・そして強風世界」「ねじまき鳥と火曜日の女たち」）
『TVピープル』（一九九〇）二作（「TVピープル」「眠り」）

これら十五作品に加えて、のちに『レキシントンの幽霊』（一九九六）に収録される二作（「緑色の獣」「沈黙」）がそれぞれ『村上春樹ブック「文學界」一九九一年四月臨時増刊』と『村上春樹全作品 1979～1989』第5巻から選ばれた。

クノップフの短編集には、一九八〇年から一九九一年までに発表された作品が収録されているわけだが、そのなかでも一九八〇年代半ばに刊行された『パン屋再襲撃』（六作中五作）と『螢・納屋を焼く・その他の短編』（五作中三作）の二つの作品集と処女短編集の『中国行きのスロウ・ボート』（七作中三作）が核を占めているのがわかる。『カンガルー日和』と『回転木馬のデッド・ヒート』からは、それぞれ一作のみの選出となったのはさほど不思議ではない。もともと、伊勢丹の会員誌『トレフル』と講談社の文芸PR誌『IN★POCKET』に連載されたこれらの少し特殊で小ぶりな連作短編は、アメリカで主流の短編のフォーマットとあまり相性がよくなかったのだろう。『回転木馬のデッド・ヒート』に収録された作品は、その後英訳が発表された作品も少なくないが、『カンガルー日和』収録作品については、今でも未訳（正確には英訳で未発表）のものが多い。

クノップフの短編集に収録された作品は、文芸誌（もしくはその増刊号）に発表されたものが、十七編中八編と約半分を占めている。当時、国内で発表されていた村上の短編のうち文芸誌に掲載されたものが全体の約四分の一だったことを考えると、（偶然か否か）文芸誌向けに書かれた作品の採用率が比較的高かったことになる。ちなみに、文芸誌に発表された作品のうち五編が『新潮』初出であることを考えると、十数年後にクノップフによる短編集の日本語版が「逆輸入」された際に新潮社から刊行されたのもある意味ふさわしかったと言えるかもしれない。
村上は、短編集の日本語版の序文で、収録された作品について次のように語っている。

あくまで彼が一人で取捨選択をした。だからこの選択にはゲイリー・フィスケットジョンという、一人の文芸編集者の好みが（あるいは偏見が）色濃く出ている。1992年の段階で、もし日本の文芸編集者が僕のベスト短編小説を選んでいたとしたら、これとはずいぶん違ったラインナップになっていたに違いない。[89]

最終的に作品を選択し、編集をしたのは、フィスケットジョンであることは間違いない。しかし、この短編集の成立の背景には、旧（講談社）体制から新（クノップフ）体制へ移行するなかで、村上を応援する一握りのプロフェッショナルによる見事な連係プレーがあったことも明らかである。言うまでもなく、日本語の原作を読めないフィスケットジョンによるセレクションは、村上、ルーク、バーンバウム、ルービンの四人によって提案されたもののなかから行われている。そのような意味では、バーンバウムとルービンによる「選択」に左右されている部分も少なくないわけだが、二人が訳した作品にはそれぞれの訳者の好みも色濃く出ている。最終的に収録された十七編のうち、九編がアルフレッド・バーンバウム訳、八編がジェイ・ルービン訳である。既に他の訳者によって訳された作品（「納屋を焼く」フィリップ・ガブリエル訳、「四月のある晴れた朝に100パーセントの女の子に出会うことについて」ケヴィン・フラナガン／タモツ・オミ訳など）についても——おそらく訳文のヴォイスにある程度統一性を持たせるために――バーンバウムとルービンにより新訳が作られた。

バーンバウムは言う。

「ちょうど短編集が準備されていた頃にムラカミの青山のマンションでジェイ〔・ルービン〕と収録する短編について立ち話をしたんだけど、二人が翻訳した、もしくは翻訳したいと思っていた作品が全くかぶらなかったことを憶えている。僕らは作品の好みが、良くも悪くも、全く違うんだ。これは、たぶん長編も同じ。唯一、好きな作品でかぶるのは『世界の終りとハードボイルド・ワンダーランド』ぐらいじゃないかな[90]」

作品に対する訳者の思い入れや、その後の英語圏での評判を考えると、一九九三年時点で収録されていてもおかしくなかったのは、（ルービンが論文まで書いている）[91]「貧乏な叔母さんの話」、（バーンバウムが最初に訳した）「ニューヨーク炭鉱の悲劇」、（英語圏で二冊目の短編選集の表題作となる）「めくらやなぎと眠る女」、（英語圏の著者や編集者の間でもベスト短編として挙げられることが少なくない）「トニー滝谷」あたりだろうか。

バーンバウムは言う。

「収録されなかった作品については、特に残念に思うとかはなかった。だいぶ前に訳していたものも多かったし。作品とそれなりの距離感があった。「トニー滝谷」に関しては、英語圏でも女性に人気の作品みたいだから、女性の編集者だったら選んでたかもね[92]」

また、フィスケットジョンが最終的に選んだ十七作品中十二作はルークが七月の段階で推薦していた作品だった[93]。ルークの提案がどれほど影響をもたらしたか定かではないが、少なくとも二人のアメリカ人編集者の好みが比較的近かったことがわかる。

収録作品の中で、ルークの推薦リストに含まれていなかったのは、「カンガルー通信」、「四月のある晴れた朝に100パーセントの女の子に出会うことについて」、「ローマ帝国の崩壊・一八八一年のインディアン蜂起・ヒットラーのポーランド侵入・そして強風世界」、「ファミリー・アフェア」と「窓」の五編。最後の二編については、収録されるべきではないという意見だった、とルークは言う。[94]

逆にルークのリストに含まれていて収録されなかった作品は四編。強く推したのは、「トニー滝谷」と「ニューヨーク炭鉱の悲劇」(いずれもバーンバウム訳)。この二編は、のちにどちらもニューヨーカー誌に掲載され、フィスケットジョンが二〇〇六年に編纂する二冊目の短編選集 *Blind Willow, Sleeping Woman* に収録されることになる。その他に(「軽すぎるかも?」などのメモとともに)候補に上げたのは、「とんがり焼の盛衰」(バーンバウム訳)と「青が消える」(ルービン訳)。[95]前者は英語圏で未だ未発表、後者はもともと初出がセビリア万博の新聞別冊で、英語版が日本語版よりも先に出ているが、英語圏では未だに単行本未収録である。

英訳では半数以上の十編が、『ニューヨーカー』、『グランタ』、『プレイボーイ』など六誌に初めに掲載されたものだった。なかでも『ニューヨーカー』に掲載された作品が多く、それまでに同誌に掲載されていた五編全てが収録された。のちに書評が出た時には、その事実——つまり『ニューヨーカー』の「お墨付き」の短編であること——をわざわざ指摘するものもあった。[96]

個人的に入れたかった作品で含まれなかったものはなかったか尋ねると、村上は「特に思い浮かばない」という。「アメリカの雑誌に売れたものを中心に集めたから、自然にこうなっちゃったという感じですね、僕が選んだというよりは」

逆に個人的には気が進まない作品で含まれたものはあるという。

「『午後の最後の芝生』。これは僕は好きじゃないから、僕が〝こんなの入れたくない〟って言うと、ゲイリーは〝俺はこれが好きだ〟って言って。おもしろいよね」[97]

作品の収録順については、フィスケットジョン主導で決められた。冒頭作品には、「ねじまき鳥と火曜日の女たち」が選ばれた。この短編は、英訳版が一九九〇年十一月に『ニューヨーカー』に掲載され、村上が当時ちょうど長編『ねじまき鳥クロニクル』に拡張していた作品でもある。村上は、一九九二年九月時点で、既にこの小説の第一部を書き終え、『新潮』での連載をはじめていた。エージェントのアーバンにも「ねじまき鳥と火曜日の女たち」を拡張した長編を書いていることを伝え「それはいい」と言われていた。[98] フィスケットジョンは、次にクノップフから刊行する予定の長編を見据えて「ねじまき鳥と火曜日の女たち」を冒頭に持ってきたのだろうか。尋ねてみると「執筆中の長編のことを聞いていた覚えはないけど、ひょっとしたら薄々感じていたのかもしれないね」という。だが、何よりも、短編集全体の「トーンやフィーリング」をつくることを念頭に「ねじまき鳥と火曜日の女たち」を冒頭に添えたという。[99]

短編集のタイトルは、巻末に置いた短編「象の消滅」の英訳 “The Elephant Vanishes” を用いた。挙げられた幾つかの案の中から題を決める作業は難しくなかったという。「当時著者を全く知らない読者も惹きつけることができるであろうこと」、そしてその「シンプルさと不可解さ」が村上作品を正確に捉えていることから、ベストのタイトルだとフィスケットジョンは確信した。[100] ルークは、タイトルを知らされた時の自らの反応はいまいちよく覚えていないものの、おそらく「納得」だったのではないかという。

「今、目次に目を通しても、他に短編集のタイトルになるような作品名は“Kangaroo Communiqué”とあともしかしたら“Sleep”ぐらいで、どちらも魅力や不可思議さや奇妙さのあらゆる点で“The Elephant Vanishes”に明らかに劣る。なので、自分がタイトルを選ぶ立場にいても、同じタイトルをつけていたかもね。もちろん全くの推測にしかすぎないけど。いいタイトルだと思うよ[101]」

原稿の細かい修正は出版の数ヵ月前まで続いた。刊行三ヵ月前の一九九二年十二月七日に、ルービンはフィスケットジョン宛てにファクスで「ハッピー・パール・ハーバー・デイ。『象』の初校をありがとう。申し訳ないが最近やっと目を通す時間が取れたところです。それも自分が翻訳した部分だけ（いくつか例外はあり、そうした箇所には＊印をつけています）。この本はきっと素晴らしいものになるでしょう」と書き、二ページ（約六十点）ほどの修正点を添えた。[102] また、その一ヵ月後の一九九三年一月三日には、「あけましておめでとう。パール・ハーバー・デイに送った手紙は無事に届いていますか？（私は休日にしか手紙を書かないのです。）修正案の長いリストをつけたものです。／少しはゲラを読み進める余裕もでき、新たにいくつか怪しい箇所を見つけました。そちらで把握済みのものもあるかもしれませんが」と追加で（バーンバウム訳の部分も含めて）八ヵ所の修正を提案している。[103]

ルービンがフィスケットジョンに二通目のファクスを送った三週間後には、『象（英）』のゲラの最新版を受け取ったルークが、村上にファクスを出している。

ハルキへ、

先日は会えて嬉しかったよ。それからご馳走様。こういう機会があるとふだん遠くにいることがつくづく残念に思えるね。年二回よりもっと一緒に飲んだり食べたりできればいいんだけど（まあ、僕らの間の距離を思えばこの頻度でも上出来かもしれない）。アメリカで色々なことが上手く行っているようで本当に安心した――プリンストンの件だけでなく、ビンキーとクノップフの件も。たぶん上手くいくだろうとは思っていたけど、ここまで何もかも希望どおりに運ぶとまでは予想していなかったし、他の偉業はともかくまさか君が大学院でゼミを教えることになるとはね！タイヘン《Taihen》、ケド《Kedo》とても素敵なことだと思うよ。

暇が作れなくてまだ『象の消滅』の短編全部はしっかり読めていない。目を通せたのは「レーダーホーゼン」（読み返したときも声に出して笑ってしまった）。（これは今度『ハーパーズ・マガジン』に載るんだってね。おめでとう、あれも素晴らしい雑誌だ）、それから「スロー・ボウト」、「沈黙」、「踊る小人」。ねえハルキ、僕はこれらが本当に優れた作品だと掛け値なしに感じているよ。他の作品、とくに僕が初めて読むもの（たとえばジェイ訳の「100%の女の子」）についてはもっと時間をかけて読んでから感想を伝えるよ。今はちょうど『ダンス3』をなんとか締切予定日に間に合わせようと奮闘しているところで、スケジュールがやや厳しいんだ。ゴメンナサイ《Gomenasai》。

ただし一点だけ。僕としては、この本に翻訳者二人の名前を入れること、それと誰がどの短編を訳したか記すことはとても重要だと思っている。もちろん君が指摘したとおりこれはまだゲラなので、クノップフがあとから修正してくれる可能性はある。それでも万が一ゲイリー・フィスケットジョンが見過ごしてしまうということもありえるので、君の方から念押ししてもらえると有難い。本刷まであまり時間がないのでなるべくなら早いうちに。せっついてしまって申し訳ないけど訳者の貢献をきちんと明記するのは大事なことだ。翻訳者でもある君にはきっとわかってもらえると思うけど。

（略）

ともあれ、君がプリンストンに無事帰れて時差ボケにも苦しんでいませんように。一九九三年は君にとって目まぐるしい年になりそうだけど、ガンバッテネ《gambattene》。君の健康と幸運、それから鶏が朝しっかり鳴いてくれることを祈っている。もちろんこちらにできることがあれば何でも言ってほしい。ヨーコにもヨロシク《yoroshiku》。[104]

37 チップ・キッドによる初の村上ジャケット

The Elephant Vanishes（以下、『象（英）』）のカバーデザインは、チップ・キッドにまかされた。村上はこのチップ・キッドとの出会いも重要だったという。

クノップフの社員であり、おそらく世界で最も名の知れたブックデザイナーであるキッドは、子供の頃から大の日本好き。特に漫画やアニメをはじめとした日本のポップカルチャーに詳しい。クノップフの事務所にも、日本への旅行で集めた様々なアイテム（玩具、漫画、マッチ箱など）が溢れている。そのキッドが、村上のブックデザインの担当者に選ばれたのは、「自然な成り行きだった」という。[105]

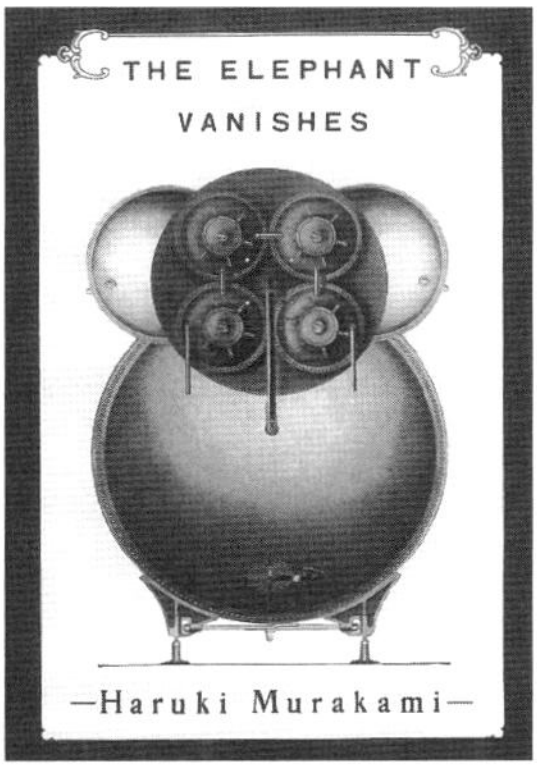

The Elephant Vanishes〈象の消滅〉（Knopf, 1993）

キッドは、四半世紀にわたり、クノップフからハードカバーで出されたすべての村上作品のデザインを担当している。マンハッタンのアッパー・イースト・サイドのアパートメントは、自らがデザインした本や表紙のポスターが博物館のように展示され、ほとんどチップ・キッド・ミュージアム化しているが、そのリビングの本棚には、過去に担当した村上の本が——デザインの元となった模型（ねじまき式の小鳥の玩具など）らと共に——表紙が見えるように並べてある。マンハッタンの夜景が一望できる広めのバルコニーでは、村上のためにホームパーティーを開いたこともある。だが、社内で『象（英）』のデザインの担当者に指名されるまでは（誰かに*A Wild Sheep Chase* を勧められた記憶はあるが）村上作品を読んだことはなかったという。

「今も昔も仕事で関わる本以外を読む余裕はほとんどない。僕は読むのがとても遅いんだ。でもそのぶん丁寧に読むし、そういうところはこの仕事で役に立っているよ」

キッドは、『象（英）』を読んで、すぐにその世界に魅了されたという。

「さらっと現実を超えていくところが良かった。物語中ではすごく不思議なことが起こるんだけど、それを余分な感情を挟まず冷静・率直に語っているから、形式と内容の間に見事なコントラストが生まれている」

作品集を読み終えた段階で、村上の他の作品についての知識が限られたなか、どのようにデザインを構想したのだろうか。

「僕はいつも作品の文章[illegible]と言っているんだ。事実そうだしね。ただデザイナーは、その文章の「光学的フィルター」にならないといけない。「視覚的翻訳者」と言い換えてもいい。

短編集のカバーをデザインするときは、表題作があるならその一編に注目する。当たり前だろうと思われるかもしれないけど、ともかくこの本の場合はまず象のことを考えた。そうしないっていうのはちょっとありえないかな。

たしかに最初に立てた問いは「実際の象を出さずに象を示すにはどうするか？」だった。その二

チップ・キッド。ニューヨークのクノップフの事務所で。

年前に『ジュラシック・パーク』のカバーを作ったときの、「恐竜を馬鹿正直に出さないで恐竜を表現するには？」というのとほとんど一緒だね。答えはご覧の通り。工場用温水器の画像で作ったコラージュだ。ドイツの古いカタログから引っぱってきた。この何年か前にフリーマーケットで見つけて、そのうち使えるかもしれないと思って買っておいたんだ。インターネットなんてなかった時代だからね。じゃあ、どうすればそういう答えに辿りつくのか？　それは自分でもわからない、直観としか言いようがない。デザインを考えるっていうのはそういうものなんだ[106]」

キッドによる印象的なカバーをはじめてみた時、村上は「デヴィッド・リンチの『エレファント・マン』の随所に出てくる陰鬱《いんうつ》な機械」を想起させるそのデザインの「斬新さに軽いショックを受けた」と語っている[107]。

キッドは、四半世紀後にこのカバーを振り返り思うことがあると言う。

「いま二十五年後の観点からあらためてこのデザインを見返して、日本的な要素がまったく見当たらないことに気づいたよ。それはよく考えたらすごく妙なことだし、ひょっとしたらミスリーディングなのかもしれない。でもそんなことを言ったらこれ以降にデザインしたハルキ作品のカバーだって露骨に日本的にはしていないし、ついでにそれぞれ似通ってもいない。そして今のところそれでみんな満足してくれているようだ[108]」

ルークは、単行本を最初に手にした時のことを憶えていると言う。

「初めに見たときは、正直「なぜカバーに鼠？」と一瞬戸惑ったけど、まあ自分の責任じゃないし、クノップフは豊富な経験をもとにこのデザインをするのだからとすぐに気を取り直した。アートワークとしてはとても興味深いし、ＫＩの本とは見た目やつくりが全く違うなという印象を受けた[109]」

英語圏におけるキッドのデザインのインパクトについて尋ねると、ルークは次のように語る。

「その後チップのカバーはムラカミ・ブランドの重要な一部となる。チップにデザインをまかせて、自由にやらせたサニも素晴らしかったね[110]」

38 「冬の時代」に支えとなった書評と仲間たち

チップ・キッドによる独創的なカバーに包まれた『象（英）』は、一九九三年三月に出版された。前作の『ワンダーランド（英）』から一年半という村上にとって理想的なタイミングでの刊行だった。翻訳、編集、デザイン、プロモーションなど、全ての分野でトップクラスのクノップフの人材の力が結集されて世に送り出された『象（英）』だったが、村上いわく売れ行きは芳しくなかった。

ゲイリーもメータも「アメリカのマーケットでは、よほど名前が通った作家じゃないと、短編集はまず売れない。だからあまり期待しないように」と出版前から予言していたのだが、たしかに

『ニューヨーク・タイムズ』に出稿された*The Elephant Vanishes*の広告

ハードカバーの実売数は予想どおり（というか）寂しいものだった。93年にプリンストン大学の生協でサイン会をやったときには、たった15冊しか売れなかったことを記憶している。このへんが僕にとっての、アメリカ・マーケットでのいわば「冬の時代」だった。[111]

この売り上げに関する印象は、村上とフィスケットジョンとの間で多少違いがあるようだ。フィスケットジョンは、ルービンとガブリエルとのメール鼎談で、「『象の消滅』の売り上げと書評は、名の知れていないアメリカ人作家によるほとんどの作品集を上回った」と述べており、さらに二〇一四年にNHKのラジオ番組でインタビューを受けた際には、その売り上げが「一万から一万二千部ぐらい」だったのではないかと（厳密に調べた数字ではなさそうだが）振り返っている。[112]

村上は「実売数」としているので、「発行部数」と「実売数」との間にギャップがあった可能性もある。しかし、それよりもむしろ、そもそも二人の期待値にギャップがあったのだろう。日本では何十万から何百万部という本の売り上げを経験してきた村上と、あくまでアメリカでは実績の限られている作家の初の短編集を出しているという認識でいたフィスケットジョンとの間では、同じ数字でも見えかたが違ったのかもしれない。この点について尋ねると村上は言う。

「僕は日本で本を出せば十万は売ってたから、正直言って一万は少ないなと思った。ただ、アメリカでは短編集は売れないというのは話には聞いていたから、まあ、しようがない、とにかく長編で勝負するしかない、というふうに思ってましたね。これは最初の挨拶がわりみたいなものだと。ある時点で、日本での収入より海外の収入の方が高くなるのだけど、そこまで行くのが結構大変だった」[113]

ベストセラー・ページに掲載される？

『象（英）』は、ベストセラーにはならなかったものの、『ニューヨーク・タイムズ』のベストセラーのページには掲載された。ベストセラー・リストが掲載されるページの下隅に“And Bear in Mind”という編集部のお勧め作品が数冊あげられるセクションがある。『象（英）』はこのセクションでピックアップされ、「日本という国を精神麻痺に陥った土地として描き出す物語の数々。たびたび奇怪な出来事が起こるが、それがとてもあっさりと書かれている」と紹介された。[114]

April 4, 1993
THE NEW YORK TIMES BOOK REVIEW
Best Sellers

Fiction
1 THE CLIENT, by John Grisham.
2 THE BRIDGES OF MADISON COUNTY, by Robert James Waller.
3 THE TALISMANS OF SHANNARA, by Terry Brooks.
4 AMERICAN STAR, by Jackie Collins.
5 NOVEMBER OF THE HEART, by LaVyrle Spencer.
6* THE DEVIL'S HEART, by Carmen Carter.
7 EINSTEIN'S DREAMS, by Alan Lightman.
8 DEGREE OF GUILT, by Richard North Patterson.
9* ALONG CAME A SPIDER, by James Patterson.
10 THE CHILDREN OF MEN, by P. D. James.
11 ALL THE PRETTY HORSES, by Cormac McCarthy.
12 GRIFFIN & SABINE, by Nick Bantock.
13* TO GREEN ANGEL TOWER, by Tad Williams.
14 McNALLY'S RISK, by Lawrence Sanders.
15 WAITING TO EXHALE, by Terry McMillan.

And Bear in Mind
(Editors' choices of other recent books of particular interest)
THE LAST PANDA, by George B. Schaller.
BALKAN GHOSTS: A Journey Through History, by Robert D. Kaplan.
PROOFS: And Three Parables, by George Steiner.
POOR THINGS, by Alasdair Gray.
BUFFALO SOLDIERS, by Robert O'Connor.
THE ELEPHANT VANISHES: Stories, by Haruki Murakami.
FUZZY LOGIC, by Daniel McNeill and Paul Freiberger.

Nonfiction
1 HEALING AND THE MIND, by Bill Moyers.
2 WOMEN WHO RUN WITH THE WOLVES, by Clarissa Pinkola Estés.
3 THE WAY THINGS OUGHT TO BE, by Rush H. Limbaugh 3d.
4 BANKRUPTCY 1995, by Harry E. Figgie Jr. with Gerald J. Swanson.
5 OFFICIAL AND CONFIDENTIAL, by Anthony Summers.
6 THE SILENT PASSAGE, by Gail Sheehy.
7 PREPARING FOR THE TWENTY-FIRST CENTURY, by Paul Kennedy.
8 CARE OF THE SOUL, by Thomas Moore.
9 ASSEMBLING CALIFORNIA, by John McPhee.
10 THE TE OF PIGLET, by Benjamin Hoff.
11 MARLENE DIETRICH, by Maria Riva.
12 NOBODY NOWHERE, by Donna Williams.
13 IT DOESN'T TAKE A HERO, by H. Norman Schwarzkopf with Peter Petre.
14 MAKING THE MUMMIES DANCE, by Thomas Hoving.
15* GENIUS, by James Gleick.
16* TRUMAN, by David McCullough.

Advice, How-to and Miscellaneous
1 BEATING THE STREET, by Peter Lynch with John Rothchild.
2 YOUR MONEY OR YOUR LIFE, by Joe Dominguez and Vicki Robin.
3 HARVEY PENICK'S LITTLE RED BOOK, by Harvey Penick with Bud Shrake.
4 HOW TO SATISFY A WOMAN EVERY TIME, by Naura Hayden.
5 COOKING WITH REGIS & KATHIE LEE, by Regis Philbin and Kathie Lee Gifford with Barbara Albright.

『ニューヨーク・タイムズ』のベストセラー・リスト、1993年4月4日

このような形でのベストセラーページ掲載については複雑な心境だったと想像されるが、村上はこの「冬の時代」に英米の大手刊行物に取り上げられたことが「心の支え」になったとしている。[115]『ワンダーランド（英）』では厳しい評が掲載された『ニューヨーク・タイムズ』にも、おおむね肯定的な評が掲載された。評者は『羊（英）』を同紙で絶賛したハーバート・ミットガング。出版社側で評者を指定できるわけではもちろんないが、見本の送付や電話やランチでの売り込みなど、評者に対する「営業活動」は積極的に行われる。前述のとおり、『ワンダーランド（英）』は、ニューヨーク・タイムズで、作家のポール・ウェストにより酷評されていた。『ワンダーランド（英）』と同じ「失敗」が繰り返されないように（『羊』でミットガングに評を書かせるのに成功したチェンは『ワンダーランド』刊行時は既にKIを離れていたが）、一作目で好意的な評を書き、過去に村上にインタビューもしているミットガングに対して、このような「営業」が行われたことは想像に難くない。

"From Japan, Big Macs and Marlboros in Stories"「日本より、ビッグ・マックとマルボロが出てくる物語群」と題された評で、ミットガングは「まちがいなく村上氏は現代日本作家の中で最も国際的なヴォイスの持ち主である。それは現在と過去の勢力の象徴的な戦いを描いた想像的小説『羊をめぐる冒険』や、『世界の終りとハードボイルド・ワンダーランド』を読めば明らかだ」と、前回同紙で酷評された『ワンダーランド（英）』も含め、アメリカでそれまで出版された長編二作を高く評価すると同時に、村上の「国際性」を強調した。そして、幾つかの作品に細かく触れながら、最後に「『象の消滅』に収められている短編は、ほぼ全作品面白く読めるが、小説家・村上氏の本分はどちらかと言えば長距離レースのようだ」と評を結んでいる。[116] 訳者のジェイ・ルービンをはじめ、逆の――村上作品は長編よりも短編が優れているとの――意見の評者も少なくないが、これは「基本的には、というか最終的には、自分のことを「長編小説家」だと見なしています」と語る村上の自己評価と重なる。[117]

『ワシントン・ポスト』にも好意的な評が掲載された。評者は、ノンフィクション作家のD・T・マックス。のちに、レイモンド・カーヴァーと長年の編集者のゴードン・リッシュとの関係について分析した *The Carver Chronicles*（邦訳は『月曜日は最悪だとみんなは言うけれど』収録の村上訳『誰がレイモンド・カーヴァーの小説を書いたのか?』）なども書いている人物だ。マックスは「この短篇集にはたしかに魅力的な瞬間がいくつかあるものの、これによってアメリカの村上読者がカルト的なレベルを超越するということはないだろう。とはいえ、まだ知名度こそ不足しているものの、これまで出た作品を通して見れば、戦後日本の優れた小説家の中でアメリカの読者をもっとも楽しませてくれるのは彼だろうと思わずにいられない」と、村上の才能を認めながらも、この本で「ブレイクスルーは起きないだろう」と予測している。[118]

この指摘は的確だろう。そもそも出版サイドも『象（英）』を「ブレイクスルー・ブック」と位置付けてはいなかったのは明らかだ。ここでは逆に一九九三年の時点で、村上に「カルト的」な熱心な読者層がいることが自明の事実として書かれていることの方が注目に値する。これは『世界の終りとハードボイルド・ワンダーランド』と『ダンス・ダンス・ダンス』を出したのですが、それらもやはり批評的には良かったし、それなりに話題にはなったものの、全体的にいえば「カルト的」なところに留まって、やはり売れ行きにはもうひとつ結びつかなかった」[119]と語る村上の当時の印象と一致している。だが、わずか二冊の単行本（と複数の短編）で「カルト的読者層」を得るのは容易ではない。熱心なファンがついただけでも喜んで良さそうなものだが、村上としては、「ブレイクスルー」を実現しないことには、シビアなアメリカの文芸界で長期的に本を出し続け、読まれ続けるのは難しいとの危機感もあっただろう。

編集者の情熱に支えられて

近年、英米の出版界では、編集者は出版する本一冊一冊に対して、損益計算書の作成を求められることが多い。そのため、確実に利益が期待できない本を出版することがますます難しくなってきている。また、出版できたとしても、売上が著しくなければ、同じ作家による次の本を出すのが困難になる。

しかし、クノップフが最初に村上の本を出し始めた一九九三年、村上が言うように「売れ行きは芳しくなかった」のだとしても、村上作品の出版を打ち切るという発想はなかったようである。その理由には、もちろんクノップフの業績好調やランダムハウス社の組織的体力もあるかもしれない。しかし、一九九三年から（二〇一一年刊行の『1Q84』で担当が変わる）最近まで、フィスケットジョンという強力な担当編集者がサポーターとしてついていたのも大きいだろう。

村上自身、アメリカの編集者と作家の付き合いは生涯続くものになることが多いと述べている。日本の編集者は「結局はサラリーマンだから、会社の論理に屈することもある」が、アメリカの編集者は相対的に独立した「スペシャリスト」として行動する傾向にあり、そのため（作家も編集者も）個人として関係を持つことができると。[120]

同世代であり、どちらも（世界の反対側ではあるが）学生運動を経験し、同じような作家たちを尊敬していたことを考えると、フィスケットジョンが村上の文学に共感したのも不思議ではない。しかし、村上の文学には国境や世代を越える魅力がある、とフィスケットジョンは言う。

「僕は学生運動に参加したと胸を張って言えるし、ハルキもそれを経験しているはずだ。でも必ずしもそういうこととは関係なく、僕らはみんな自分が生まれた時代の申し子なんじゃないかな。そのことで繋がりあうこともあれば、亀裂が生じてしまうこともある。いずれにしろ、僕らは世界を自らの時代に即して捉え、それと向き合っていこうとする。たとえば僕が崇拝している三島由紀夫にしても、日本の文壇から「西洋化しすぎた」と批判されていた当時の状況と、その前の時代と、両方をまたいでいるように思える。つまり、ハルキと僕にたくさんある共通の社会的・文学的体験は、一地域に限定されない、もっと普遍的なものなんじゃないかということだ。それでいて、ハルキの秀でた才能は共通体験とか時代の枠組とかいったもののはるか彼方にある。フォークナーの才能がアメリカ南部の狭い土地を飛び出していったようにね。文学的才能は時間や空間の束縛を受けないんだ」[121]

39 クノップフラーになることの意味

ＫＩがアメリカで『羊（英）』や『ワンダーランド（英）』を最初に出版したとき、エルマー・ルークをはじめとしたスタッフは、村上を「ポスト・ビッグ・スリー」の作家と位置づけることを目指した。[122] 皮肉にも、そのＫＩから「ビッグ・スリー」の主な出版社であるクノップフに移ることにより、村上の「ポスト・ビッグ・スリー作家」としてのポジションはより揺るぎないものとなった。川端、谷崎、三島――そして場合によってはそこに安部が入り――、村上と続く、明確なラインができた。考えて見れば少し不思議なラインナップかもしれないが、これはクノップフが、ハロルド・ストラウスが第一線を退いて以降、数十年にわたり新たな日本からの才能を発掘できずにいたことの表れでもある。実際、一九六八年から一九八七年までクノップフの編集長を務めた（谷崎ファンの）ロバート・ゴットリーブは、ストラウスの発掘した作家たちを出版し続けることには尽力したが、新たな日本の作家を増やそうと動いてはいなかったという。[123]

同時に、村上にとって、クノップフから本を出すことは、日本の「ビッグ・スリー」だけでなく、トニ・モリソン、ジョン・チーヴァー、ジョン・アップダイクらアメリカ文学の巨匠たち、そして二十人以上のノーベル文学賞受賞者を含む世界的な作家たちの「仲間入り」をすることを意味していた。

前述の通り、ひとりの作家が複数の出版社から本を出す日本と違い、英語圏では基本的に作家は出版社一社と契約をする。そのため、どのような出版社から本を出しているかが作家のステータスや立ち位置を示すところが大きい。『ニューヨーカー』に短編が掲載されることにより、文学的価値のある「シリアス」な作家としての地位を築きはじめた村上だが、クノップフから単行本を出すことにより、アメリカのみならず世界で「シリアスな文芸作家」としての地位をより確固たるものとすることができた。

村上のように出版社を「アップグレード」する作家は珍しくない。例えば、二〇〇四年にカフカ賞とノーベル賞の両方を受賞し話題を集めたオーストリア人作家のエリフリーデ・イェリネクは、初めジャクリーン・シャンボ社という比較的小さな出版社に「発見され」、のちにより規模が大きく歴史のあるスイユ社に移っている。比較文学研究者のジゼル・サピロらも指摘しているように、この分野のイノベーションは（少なくとも欧米では）、主に「小さな出版社」から起こる傾向がある。[124]名の知れた作家たちを高額なアドバンス（前払い印税）などで引き付けることができないため、生き残りをかけて新しい作家を発掘する必要があるからだ。しかし、これらの「小さな出版社」たちは、一度認知度を得た作家たちをつなぎ止めておくのにも苦労する。[125]

村上は、この出版社のアップグレードについて、二〇一〇年の『考える人』のインタビューで、次のように語っている。

ＫＩの現地スタッフはほとんどがアメリカ人だったけど、すごく一生懸命やってくれて、僕もそのことについては彼らに今でも感謝しているんだけど、でもやはり現実的な限界はあった。いちいち説明すると長くなるからやらないけど、アメリカの大手出版社から本を出さないと、アメリカのマーケットでの正面突破はむずかしいという実感がありましたね。[126]

この点について、一九九一年の秋までニューヨークで講談社の現地責任者をつとめた白井は、村上の決断を理解し、当時も応援する気持ちが強かったとしながらも、「我々としては、限界は感じていなかった。そして、実際、数年後には講談社アメリカからニューヨークタイムズ・ベストセラーも出た」と指摘する。[127]

白井の帰国後にKI-USA／KAの責任者をつとめた浅川港は、村上の「移籍」について「少なくともKAとしてはネガティブな捉え方はしなかった」という。当時KIのマーケティングには限界があったため「ニューヨークの出版業界の新しいスター小説家の元の出版社であることを誇りに思うべきだというのが正直な思いだった」。[128]

一方、当時KI-USA／KAでビジネス・マネージャーをつとめていたステファニー・リーバイは、この点について次のように振り返る。

「講談社としては、複雑な心境だったと記憶している。夫［ジョナサン・リーヴァイ］と私に関しては、村上さんにとってとても喜ばしいことだと思い、喜んでいた。クノップフは、文芸作品の出版社としてはトップクラスで、村上さんが尊敬するレイモンド・カーヴァーの出版社でもあったので」[129]

村上の「移籍」を最も強く後押ししたのは、おそらく担当編集者のエルマー・ルークだろう。当時、ＫＩの社員だったルークが、なぜ他の出版社への移籍を手助けしたのだろうか。

「単純に、講談社という組織よりも、村上春樹という個人への忠義心《loyalty》のほうが強かっただけのことさ」[130]とルークは言う。

これを伝えると村上は、「あくまで推測に過ぎないけど、エルマーも僕と一緒に移りたかったんじゃないかな」と言う。

「彼にとってもひとつのオポチュニティだったと思う。ただ、やっぱり編集者として、ニューヨークでやっていくとき、現実的に、アジアン・アメリカンであるというのはかなりきついと思う。アングロサクソンとジューイッシュのすごい強い世界だからね。そこに入り込んで行くのは、よほど強さがないと難しいという気はします[131]」

40 村上春樹、「ニューヨーカー作家」になる

村上の英語圏での飛躍には様々な要因があるが、作品の批評的成功に大きく貢献してきたのが『ザ・ニューヨーカー』誌である。

既に触れた通り、ロバート・ゴットリーブの編集長時代には、村上の作品が短い期間で頻繁に掲

載された。ニューヨークのクノップフのオフィスに電話をかけると、「ちょうどもうすぐうち［クノップフ］から出す短編集［二〇一七年五月に刊行された*Men Without Women*］を読んでいたところだよ」というゴットリーブの村上の評価は高く、ノーベル賞にあたいすると思うかとの質問にも間髪入れずに「もちろん《Absolutely》」と返すほどだ。[132]

ゴットリーブは一九九二年六月に『ニューヨーカー』の編集長を退任した。厳密に言えば、退任に追いやられたのだが、ゴットリーブはクノップフに戻り、あえて管理職にはつかず、好きな本だけを編集する立場を選んだ。[133]

ゴットリーブ退任直後の一九九二年十一月二日号に「納屋を焼く」が掲載されると、それからしばらく村上作品の『ニューヨーカー』掲載頻度が極端に落ちた。一九九二年十二月―一九九五年六月の二年半の間については、一編も作品が掲載されなかった。しかし、この時期にも、村上春樹は『ニューヨーカー』作家としてのプレゼンスを高めることになる。

まず、一九九三年の初めに『ニューヨーカー』は村上に英訳の優先契約の締結を申し出た。「「優先契約」を結ぶというのは、すなわち「ニューヨーカー作家」の列に加えられるということ」であり、「それが何よりも何よりも重要な意味を持つ」[134]と村上自ら述べている。

そして、（小川洋子作品の英訳などで知られる）スティーヴン・スナイダーや村上自身も指摘しているとおり、[135]村上春樹の『ニューヨーカー』における地位をさらに固めることになった企画のひとつに、雑誌を代表する作家人による合同写真撮影がある。

“AUTHORS! AUTHORS!”と題されたその「ポートフォリオ」は、リチャード・アヴェドンによる写真と雑誌のシニア・エディターのダニエル・メネカーによる作家紹介から構成され、一九九四年六月二七日・七月四日合併号に掲載された。『ニューヨーカー』を代表する作家たちが、アヴェドンに撮影されるために、十四名がマンハッタンのスタジオに、三名がロンドンのスタジオに集められた。村上は、当時の様子をボストン在住中に連載していたエッセイ（のちに『うずまき猫のみつけかた』収録）に書いている。

五月十八日にニューヨークに行く。雑誌「ニューヨーカー」の文芸特別号の写真撮影のためである。（中略）撮影のために集まった作家はジョン・アップダイク、アン・ビーティー、ボビー・アン・メイソン、ジャメイカ・キンケイド、マイケル・シェイボン、ニコルソン・ベイカー、ウィリアム・マクスウェル……といった「ニューヨーカー」でお馴染《なじ》みの作家たち（ぜんぶで十人くらい）である。

写真を撮影したのはリチャード・アヴェドンで、この人はやはりさすがに風格があった。前もってばっちり絵コンテみたいなのができていて、撮影そのものはものすごく早い。「はい、そこに立ってください。ちょっと首をこっちに向けて……そうそう、それでいいですよ」で、あっというまに終わってしまう。（中略）

沢山作家が集まるとやはりそれぞれ個性があって、ジャメイカ・キンケイドはいちばん飄々《ひょうひょう》として不思議で、ニコルソン・ベイカーは飛び抜けて背が高くていちばん人当たりがよく（近作『フェルマータ』がとくに女性読者から袋叩《ふくろだた》きにあっていて、それで緊張していたのかもしれないが）、ボビー・アン・メイソンがいちばん小柄でいちばん楚々《そそ》として、アン・ビーティーがいちばん華麗で、ジョン・アップダイクはやはりリーダー格という感じだった。でも僕が話をしていちばん面白かったのは、ワシントン州から来たトム・ジョーンズ（Thom Jones）という作家だった。[136]

村上は、日本で受けたインタビューでアヴェドンの撮影企画について語った際、参加者のうちの七名――ボビー・アン・メイスン、アン・ビーティー、ジョン・アップダイク、ニコルソン・ベイカー、トム・ジョーンズ、ジャメイカ・キンケイド、アリス・ムンロー――を挙げ、自身が唯一の「非北米人」であることも強調している。また、日本語版『象の消滅』が二〇〇五年に刊行された際も、まえがきで同じ七名の名前を挙げ、撮影後に「アルゴンキン・バー」で他の参加者とカクテルを飲み、ジョン・アップダイクに「君の作品はいつも読んでいる。どれも素晴らしいよ」と褒められたエピソードも付け加えている。[137]

リチャード・アヴェドンは、俳優や政治家から殺人犯まで、さまざまな人物のポートレイトを撮影したことで知られる。マリリン・モンロー、チャーリー・チャップリン、ドワイト・D・アイゼンハワー、マルコムX、ビートルズ、アンディ・ウォーホルなどの国際的アイコンはもちろん、[138]文芸界でも、W・H・オーデン、ホルヘ・ルイス・ボルヘス、エズラ・パウンド、ナミュエル・ベケット、アレン・ギンズバーグ（とその家族）、ヘンリー・ミラー、ウィリアム・バロウズ、トルーマン・カポーティなどを写真に収めている。（村上が『ティファニーで朝食を』等を邦訳している）カポーティとの親交は特に深く、一九五九年に刊行されたアヴェドン初の写真集『OBSERVATIONS』

はカポーティとの共著で、アヴェドンが撮影したピカソ、モンロー、ヘップバーンなどの著名人の写真にカポーティが文章を寄せている。

村上訳で日本でも多くの読者を獲得した『バット・ビューティフル』の著者ジェフ・ダイヤーは、アヴェドンが撮影する人物は基本的には皆「スター」であるため、たとえ彼のスタジオに「入る前に有名でなくとも、出てきたときにはある意味有名人になっており」、そのため「誰もが人生に一度の機会との理解で撮影に臨んだ」と指摘している。[139]

今では三十本以上の作品が『ニューヨーカー』に掲載された実績を持つ村上だが、アヴェドンによる「ニューヨーカー作家」の撮影が企画された一九九四年当時は、一握りの短編が掲載された程度であった。同じ企画に参加した他の作家では、ジョン・アップダイクは当時既に四十年以上も『ニューヨーカー』に作品を提供しており、最終的には短編一四六本と三五〇本以上の書評（二〇〇五年に掲載された村上の『海辺のカフカ』の書評を含む）、エッセイ、詩が掲載された『ニューヨーカー』を代表する作家であった。[140] アン・ビーティーも、企画の段階で既に三十年近くニューヨーカー誌に作品が掲載されており、二〇一〇年には四八編が『ザ・ニューヨーカー・ストーリーズ』という題で短編集としてまとめられ刊行された。二〇一三年にノーベル賞を受賞したアリス・マンローも十五年で

「AUTHORS! AUTHORS!」掲載の『ニューヨーカー』（1994年6月27日・7月4日合併号）

三十以上の短編が既に掲載されていた。

日本では比較的馴染みの薄いウィリアム・マックスウェルも、自身の短編を投稿するだけでなく、『ニューヨーカー』の編集者として、アップダイク、ジョン・チーヴァー、ウラジーミル・ナボコフの作品を担当した。マックスウェルは、J・D・サリンジャーが最も信頼した編集者としても知られる。村上が訳している『フラニーとズーイ』の初出は『ニューヨーカー』だが、『キャッチャー・イン・ザ・ライ』についても、サリンジャーは書き上げた日にマックスウェル家まで車を飛ばし、ポーチでマックスウェル夫妻に最初から最後まで読み聞かせたという話は有名である。[141]

当時三十歳で参加作家の中で二番目に若かったマイケル・シェイボン（最も若かったのは二十代半ばのアレグラ・グッドマン）でさえ、デビュー五年目にもかかわらず、既に十数編の作品が掲載されていた。一九九三年に『ニューヨーカー』と優先契約を結んだばかりの村上は、企画に参加した十七人の「ニューヨーカー作家」の中では明らかに「新米作家」であった。

アヴェドンによる「ニューヨーカー作家」の撮影を企画したのは、ロバート・ゴットリーブの後任として、一九九二年九月に『ニューヨーカー』の編集長に就任したティナ・ブラウン。同じコンデナスト系列の『ヴァニティ・フェア』誌の編集長として、表紙に芸能人を採用するなどして（有名なのは人気写真家アニー・レボウィッツによる妊娠七ヵ月のデミ・ムーアのヌード写真）雑誌の売上部数を二十万部から百二十万部に上げたことが評価されての『ニューヨーカー』編集長抜擢であった。[142][143]

ブラウンは、『ニューヨーカー』編集長に就任すると、『ヴァニティ・フェア』でも一緒に仕事をしていたリチャード・アヴェドンを「スタッフ・フォトグラファー」として雇った。[144] それまで誌面上に写真を全く使用してこなかった雑誌としては大胆な決断であった。一九九三年三月八日号には、アヴェドンの撮影による女優のティルダ・スイントン（出演作『エドワードII』『ベンジャミン・バトンの数奇な人生』など）のヌード写真が四ページにわたり掲載され話題を呼んだ。

また、ブラウンは「フィクション」や「文学」に対する関心は低かったものの、かつてジョン・アップダイクに「人種に対して無配慮《race blind》」[145]だと指摘された雑誌の誌面に人種や民族的多様性を反映させることには意欲的だった。『ニューヨーカー』にはじめて掲載されたアヴェドンの写真も、マルコムXの功績を分析するマーシャル・フレイディーによる記事"The Children of Malcolm"の冒頭に使われた（一九六二年撮影の）マルコムXの肖像写真だった。[146]

この「人種的・民族的多様性」の象徴がアヴェドンの（北米の白人が大半を占める）「ニューヨーカー作家」企画に日本人の村上春樹を含める判断に影響したかはわからない。前述のとおり、村上春樹は一九九三年に『ニューヨーカー』との「優先契約」を結んでおり、雑誌の「契約作家」の全員に声がかかり、村上が当時マサチューセッツ州のケンブリッジに住んでいたため、撮影のためにニューヨークに行くのが容易だっただけのことかもしれない。

いずれにせよ、村上春樹は、一九九四年の段階で、トニ・モリソン、レイモンド・カーヴァー、ジェイ・マキナニーと同じエージェントに代表され、クノップフ社でジュリアン・バーンズ、アンドレ・デビュース、トバイアス・ウルフなどと同じ編集者に編集され、ボルヘス、バロウズ、カポーティだけでなくマリリン・モンロー、チャーリー・チャップリン、ザ・ビートルズなどと同じ写真家に撮影されたことになる。そして、作品が掲載されなかった時期に、当時で六十万から八十万強[147]（現在では百万人以上）の読者を誇る『ニューヨーカー』を通じて、Haruki Murakami の名は、アメリカの「文芸界」の枠を一蹴した。

ティナ・ブラウンが編集長に就任した直後は、ニューヨーカー誌における「文芸」は（本人も認めているように）低迷した（フィクションに割かれるページ数は半減していた）。その状況を打開するために、一九九五年四月にビル・ビュフォードが「フィクション・文芸エディター」として迎え入れられた。長年低迷していたイギリスの『グランタ』を（既に紹介したジョナサン・リーヴァイと共に）世界有数の文芸誌へと育て上げた実績が評価されての抜擢だった。『グランタ』8号で「ダーティー・リアリズム」というコンセプトを提案し、レイモンド・カーヴァーなどのアメリカ人作家の作品の読者層を広げるのに貢献したことでも知られているビュフォードは、[148]『ニューヨーカー』に移る数ヵ月前に『グランタ』（42号「KRAUTS」）に「レーダーホーゼン」のバーンバウム訳を（かなり短く編集した形で）掲載していたこともあり、村上作品に対して既にアンテナを張っていた。

ビュフォードがフィクション部門のトップをつとめた七年半の間に『ニューヨーカー』は村上の小説を七本――つまり年一本のペースで――掲載した。これらの作品は、『ニューヨーカー』掲載後に全て、タイムリーに（多少再編集された形で）単行本に収録された。二編は長編 *The Wind-Up Bird Chronicle*（『ねじまき鳥クロニクル（英）』）、二編は連作短編集 *after the quake*（『神の子どもたちはみな踊る（英）』）、三編は短編集 *Blind Willow, Sleeping Woman*（『めくらやなぎと眠る女（英）』）

に収められた。この時期から、村上作品の出版での『ニューヨーカー』とクノップフ社の連携もさらに深まり、両社が協力する形で村上作品がよりタイムリーに英語圏の読者に届けられ始める。また、翻訳者のインセンティブを高めるために、村上は雑誌掲載に関しては、原稿料を折半する形を取った。

「僕のシステムは、翻訳者が出版社から印税をもらうのではなくて、僕が翻訳を買い取るんです。そして、著作権は僕が全部持つ。その代わり、雑誌なんかに売れた場合は、報奨金というか、手当はきちんとする。だから翻訳者との信頼関係はずっとあって、みんな長いですよね。フィリップにしても、ジェイにしても、テッドにしても。

『ニューヨーカー』はすごくギャラがいいんです。僕は最初から翻訳者とは、雑誌に売れた場合は原稿料を半々にしようって決めてたんです。だから、翻訳者はけっこう潤ったと思う（笑）[149]」

41 『ねじまき鳥』の訳者探し

ＩＣＭとエージェント契約を交わし、クノップフから出る短編集の大枠も決まると、村上は早速、次にクノップフから出す長編の訳作りに向けて動き出した。

村上としては、英語圏での新たな体制が整い、勝負をかけるタイミングだった。しかし、せっかく最高の舞台が整ったにもかかわらず、手持ちの弾が限られていた。既に述べたとおり、日本で刊行された中長編は、国内外で英訳が刊行されているか、もしくは刊行が既に予定されていたからだ。ICM／クノップフ体制から出す長編小説としては、プリンストンで書いた（もともと同じ作品としてスタートした）二作しかなかった。一九九二年十月に刊行が予定されていた『国境の南、太陽の西』と第一部が『新潮』に九二年後半から九三年の夏（一九九二年十月号〜一九九三年八月）にかけて連載される予定の『ねじまき鳥クロニクル』（三部作の第一部と第二部）である。この二作の中でも、『ねじまき鳥クロニクル』には手ごたえを感じていた。

村上は『新潮』での連載が始まる前から――つまり未発表で未完の段階で――英訳作りに向けて動き出した。

この点について、ルービンは『ハルキ・ムラカミと言葉の音楽』の中で、次のように述べている。

『ダンス・ダンス・ダンス』にいたる長編をすべて英訳していたアルフレッド・バーンバウムが、村上が『ねじまき鳥クロニクル』にとりかかったころに燃え尽き気味だったのは無理もなかったかもしれない。一方、私は短編小説を数編訳したばかりで、次の長編の翻訳者を探していると村上から聞いたとき、もっと訳したいと願っていた。アルフレッドが疲れをみせたタイミングが、私にとってはきわめて都合がよかったことになる。彼は村上作品の翻訳をしばらくやめ、日本を離れて、生活と仕事の場をミャンマーに移し、ビルマ人女性と結婚した。

また、ルービンは、「第一部がまだ雑誌に連載されているときから英訳をはじめるよう頼まれた」ことについては、次のように付け加えている。

学者としては、作品の仕上がりを見届け、全作品における本作品の重要性を見極めることが、当然の筋だったろう。作者が群を抜く現代作家か、時代や世代の真なる代弁者か、これが重要作品とみなされるたしかな見込みがあるかを判断すべきだったろう。だがそれがわかるころには、私も村上もこの世にいない。（略）私は「業界」に関わって学者としての務めに背いたと責められるかもしれない。しかし私にとってこれは引き受けるに足る冒険であった。[150]

村上もこの点について「アルフレッドはその頃自分の仕事が忙しくなって、長編小説の翻訳までは手が回らなくなっていたので、ジェイが現れたことは僕にとってすごくありがたかった」と述べている。[151]

一方、バーンバウムは、当初「ねじまき鳥クロニクルの翻訳を依頼されなかった」としていた。[152] 体制が「KI」から「ICM／クノップフ」に移行したのをきっかけに、（その後もノンフィクション作品の共訳を一冊頼まれはするものの）基本的には村上の英訳チームから自分は「一方的に外された」ものだと認識していた。[153]

しかし、一九九二年九月中旬に村上がルークに宛てた手紙からは別の事実が見えてくるとルークは言う。

村上はその手紙で、メキシコでアルフレッドと話をしたとき、彼は自分自身のためにやらなくてはならないことがあり、そのためロンドンにも行くため、しばらく――少なくとも数年間は――翻訳をしたくないと言っていた、とルークに報告した。また、同じ手紙で村上は、バーンバウムは翻訳する以外にも表現する手段を持っており、村上自らも翻訳をしていてときどき、これだけでは不十分だ、何か違うことをしなければと、もどかしくなることがあるので、バーンバウムの気持ちも分かると理解を示したという。そして、新作の翻訳については、ルービンに相談してみるとし、長期的には若手の翻訳家も見つけなくてはいけないだろうから、ルークにその際には翻訳の評価をしてほしいと依頼した。[154]

このやりとりから、当時から村上が翻訳家について、数名体制を整えることが重要であると察していたことがうかがえる。村上は七月のメキシコ旅行の前に、村上の短編の英訳を二編翻訳していたテッド・グーセンに会いにトロントに行っているが、バーンバウムにしばらく翻訳はできないと言われる前から翻訳家を増やさなくてはという考えも頭のどこかにあったのかもしれない。このときのことについてグーセンは、「僕が彼の作品を色々な人に推していたことは知っているようだった」ものの、翻訳を頼まれたり、翻訳をしてほしいという印象を受けることはなかったという。また、頼まれていたとしても、当時は二人の子供がまだ小さく、妻が教育委員に選ばれ、自らもテニュア・トラック(終身雇用候補)の教員としてヨーク大学に雇われたばかりで、翻訳に時間を割くのは難しかっただろうと振り返る。[155]

村上とバーンバウムが七月にメキシコを旅行していた時点で、バーンバウムは『象（英）』収録の短編と『ダンス・ダンス・ダンス』の訳は終わらせていたが、どちらも編集作業が残されていた。そのタイミングで村上に次の作品――しかも未発表のもの――の翻訳の可能性について尋ねられたことになる。しかも、バーンバウムからしたら、新たなチャレンジとして、ロンドン大学の大学院でビルマ語を学ぶことを決めたばかりの時期でもあった。

この点について再び確認すると、バーンバウムは少し考え込んでから、当時の記憶がはっきりしないとしながらも、「そんなこともあったかもしれない」と言う。[156] そして、翌日メールで次のように書く。

ムラカミとのメキシコ旅行の件を訊いてくれたおかげで、あの頃のことを鮮明に思い出してきたよ。振り返って見れば、当時自分がどれだけ不安定な過渡期にいたかということも。どうしたらいいのか悩んでいた混乱の時期だったから、意識してかしないでか、記憶から追い払っていたんだと思う。君の三十代後半はもっと落ちついたものでありますように。[157]

三十代後半に、人生のネクスト・ステップについて色々と模索（そして葛藤も）している時期に、村上作品の翻訳に多くの時間をコミットしてよいものか、との疑問が湧いたのだろう。しかも、『ねじまき鳥クロニクル』は長編のなかでも長く、（その後、第三部も書き足されてさらに長くなる）数年のコミットになるのは目に見えていた。そのような状況下で、今までの仕事と少し距離を置き、他にやりたいことをやる時間を作ろうと考えての村上への返事だったのだろう。村上が次作の翻訳についてバーンバウムに尋ねたのが、『ダンス・ダンス・ダンス』などの翻訳・編集作業が一段落ついての段階であれば、違う答えが返ってきていた可能性もある（そうならなかった可能性の方が高そうではあるが）。

一方、『ねじまき鳥』の訳者探しについて、ルークは村上に宛てた（九月十八日付けの）手紙のなかで、次のように書いている。

次の長編の訳者の件だけど、いますぐにでも決めないといけないのでなければ、できる限り待つよう提案したい。君の言う通り、君とアルフレッドと僕は最高のチームだった。[158]

この点について、ルークは次のように振り返る。

「せっかく築いてきた信頼関係。できれば引き続き同じチームで仕事がしたいという気持ちがあったんだと思う」[159]

しかし、当時の村上としては、英語圏でコンスタントに作品を出して行くためには待っていられない、というのが正直な心境だったのではないだろうか。

ともあれ、バーンバウムにしばらく翻訳はしないと伝えられた村上は、一九九一年の春にプリンストンで初めて会った際に「これから長編小説も意欲的に翻訳したい」と言っていた、[160]ルービンに『ねじまき鳥クロニクル』の翻訳を依頼した。

村上は言う。

「アルフレッドは、どちらかというとポップな感じのものが好きだし、だんだん僕の書くものは、そのポップというのから外れてきてるから、彼はやっぱりその流れが合わなかったんだと思う。（略）その時にはジェイ・ルービンとすでに会っていて、彼がすごくやりたいという気持ちをもっていたし、アルフレッドがそろそろ自分のやりたいことがあるんで翻訳は少しやめたいって言ったので、ちょうどいいか、って感じでスイッチした。だから、そういう意味では、とても転換はスムーズだった。（略）

九〇年くらいから僕のスタイルは変っているんですよね。文章がもっと綿密になっていて、そうなるとアルフレッドに自由に訳されると困る。きちんと訳してほしいなと思う。ただ、『羊をめぐる冒険』とか『世界の終り』の頃は、僕もまだ文体というのがそれほどしっかりしてないんで、まあ多少変えられてもしようがないかなっていうところはあった、当時はね……」

村上は続ける。

「やっぱり僕も、もう四十年近くずっと書いているから、流れの中でここからここまで一緒にこれたけど、だんだんこれなくなったという人はたくさんいます。それは、もうしようがないんですよね。僕の行く方向とその人たちの求めてるものがいつも合致するわけじゃないから。ある時点で、どうしても別れていく場合があるのは、しようがないんですよね。でもアルフレッドとも、その後も何度もよく会って話はしてる。［一九九八年に］結婚式にビルマへも行ったしね[161]」

『ねじまき鳥クロニクル』は、前述の通り、第一部が『新潮』に連載された後に、第一部と第二部

（書き下ろし）が一九九四年四月に、一九九五年八月に第三部（書き下ろし）が単行本として刊行されている。この三冊を一冊にまとめたルービンによる英訳 *The Wind-Up Bird Chronicle*（以下、『ねじまき鳥（英）』）は一九九七年十月にアメリカで刊行された（イギリスは翌九八年）。国内で第一部連載中に翻訳が開始されたのにも関わらず、前作（英語圏で刊行された英訳四冊目）の、『ダンス（英）』の刊行（一九九四年一月）から三年半も開いたことになる。アメリカでは一年に一冊が理想と考えていた村上としては、この三年間は長く感じたに違いない。第三部の刊行を待ってから翻訳作業が開始されていれば、四冊目と五冊目の間にはさらに時間が開き、一九八〇年代後半から一九九〇年代前半にかけての成功によりもたらされた勢いも少なからず失われていたはずである。バーンバウムやルービンへの翻訳依頼のタイミングは、当時の村上の意気込みを物語っているが、英語圏でのキャリアを振り返って見ると、このスピード感はとても重要だったと言えるだろう。

バーンバウムは『ねじまき鳥』の訳者の選択などについて、次のように振り返る。

「英語圏でのキャリアやマーケティングの観点から考えると、それまでの勢い《momentum》を失わないためにも、次の長編を早めに出すことは重要だったと思う。そこらへんは、良い助言者もいたんだろうけど、とてもやり方がスマートだったと思う[162]」

42 バーンバウム&ルーク・コンビのラストダンス

クノップフから『象（英）』が刊行され、村上がプリンストンからケンブリッジに住まいを移す準備をしている間にも、*Dance Dance Dance*（以下、『ダンス（英）』）の刊行に向けて着々と準備が進められていた。

一九九三年三月にクノップフ社から『象（英）』が出たことは、実質、村上がKIからクノップフに「移籍」したことを意味していた。しかし、クノップフから村上に出版のオファーが来た時点で、KIは『ダンス・ダンス・ダンス』の英訳に既に取り掛かっていた。翻訳の契約は、英語圏二冊目となる『ワンダーランド（英）』が刊行された同じ月の一九九一年九月十三日に（一九九二年四月二〇日の締切で）交わされており、バーンバウムが翻訳をすることは、その半年前の一九九一年三月の段階で既に決定していた。[163] 三月二〇日にルークが村上に宛てたファクスで「それからアルフレッド・バーンバウムが『ダンス・ダンス・ダンス』の翻訳の件、喜んでやると伝えてほしいそうだ。グッド・ニュースだね！」[164] と報告すると、村上から同日中に、バーンバウム以上の訳者は望めないから本当にいいニュースだ、と返信がきたという。[165]

遠距離編集

『ワンダーランド（英）』では、膝を突き合わせて編集作業を進めたバーンバウムとルークだが、

『ダンス（英）』の編集は遠隔で行われた。ルークとスワードは、鎌倉の大きな家から広尾の小さな一軒家に住いを移していた。

ルークは言う。

「住所が広尾というのはどうも面はゆかったので周囲には「恵比寿に住んでいる」と言っていた（恵比寿なら当時はまだ野暮ったいイメージだったし、実際住んでいる所からも目と鼻の先だった）。ある一軒家の一階を間借りしていたイギリス人の友人がロンドンに帰ることになったので、それを引き継がせてもらったんだ。狭いけどささやかな庭と掘りごたつがあって居心地はとても良かった。浴室はタイル張りでシャワーと湯沸かし式のお風呂があり、トイレは和式便器を覆った木の枠に座るようになっていた。いまふと昔の記憶が浮かんできた（『ワンダーランド』みたいに）引っ越してまもなく、もしかしたら初日の晩くらいにアルフレッドが自転車でうちにやってきたんだ。出来たての黒インゲン豆料理の鍋を積んで[166]」

一方、バーンバウムは、一九九二年九月から九三年の五月までロンドンに、一九九三年六月からはミャンマーのヤンゴンにビルマ語を学ぶために移り住み、日本にはほとんど戻らなかった。編集作業は全てファクスや郵便のやりとりで行われた。

バーンバウムは言う。

「ミャンマーでも色々移動していたから、やりとりは容易ではなかった。最終的には、電気も通っていない部屋でゲラに目を通していた記憶がある。作業が日中に限られるので大変だったよ[167]」

「今、振り返ると、よくやったもんだと思う」とルークは微笑む。

遠隔での編集作業だったということもあるが、『ダンス（英）』は「translated and adapted（翻訳／翻案）とは表記されているものの」『ワンダーランド』の時ほど大幅に翻案はしなかった」とバーンバウムは言う。[168]

遠隔でも作業を進められたのには、「ヴォイス」を含めた多くの重要点が『羊（英）』で決められていたこと、また二人が『ワンダーランド（英）』で長時間ともに作業をしたことにより阿吽の呼吸が既にできていたことが大きかったという。

ただ、声や文体や訳語の統一には骨が折れた。例えば、ひとつ頭を悩ませたのは「ドルフィン・ホテル」の訳。『羊をめぐる冒険』に出てきたみすぼらしい「いるかホテル」は、『ダンス・ダンス・ダンス』では高級ホテルに生まれ変わり、「ドルフィン・ホテル」に改名されている。しかし、バーンバウムは、『羊（英）』で「既に「いるかホテル」を普通にDolphin Hotelと訳していた」。そこで原文と似た効果をどう出すか悩んだ挙句、最終的には、『ダンス（英）』では「高級感を出すために」「ドルフィン・ホテル」に「l'Hotel Dauphin」と仏訳を当てた。[169]

Dance Dance Dance（Kodansha International, 1944）
カバーイラスト：佐々木マキ

バーンバウムは、一人で翻訳したり、訳文を編集する際も、ルークと二人でそうしていたように、訳文を声に出して読み上げるようにした。村上も『グレート・ギャツビー』を訳す際に、同じように「時には彼［フィッツジェラルド］の文章は、耳を使って読まなくてはならない。そして声に出しながら移し替えなくてはならない」と述べているが、[170] バーンバウムも声に出して読むのが訳文の「ヴォイス」をつくる上で重要だという。[171]

また、訳文を何度も読み上げるなかではじめて聞こえてくる「声」もある。『羊（英）』や『ダンス（英）』に出てくる「羊男」の声もその一例だ。[172]

原文でも一風変わったしゃべり方をする「羊男」だが、英訳の会話文は単語の間にスペースを空けずに記されている。

例えば、『羊をめぐる冒険』のラストで「羊男」は完璧な耳を持つガールフレンドについて「あなたはあの女にもう二度と会えないよ」と悪い知らせを告げるが、この部分は、「You'llneverseethatwomanagain」と訳されている。『ダンス・ダンス・ダンス』で再び「僕」の前に現れた「羊男」は、「音楽の鳴っている間はとにかく踊り続けるんだ。おいらの言っていることはわかるかい？踊るんだ。踊り続けるんだ。なぜ踊るかなんて考えちゃいけない」と助言するが、この部分は英訳では次のとおりである。

Yougottadance.Aslongasthemusicplays.Yougottadance.Don'teventhinkwhy.

なぜ字続きの綴りを用いたのか。バーンバウムは、次のように説明する。

「『羊（英）』を編集している際に、「羊男」の独特な口調をどう英文化するか悩んでいて、この羊の毛皮を来た男が英語でしゃべったとしたら、どのようなしゃべり方をするだろうか考えながら、ルークと二人でひたすら訳文を何度も読み返していたら聞こえてきたのがその声だったんだ。続編で変えるわけにもいかないし、『ダンス』でも引き続き同じスタイルを使うことになった」[173]

『ダンス（英）』は、最終的には、一九九四年一月に刊行された。その一年前の一九九三年一月二五日にルークが村上に宛てたファクスで既に「今は『ダンス3』をなんとか締切予定日に間に合わせようと頑張っているところだ」と報告している。[174] また、同年六月二五日には、ルークは次のとおり村上のコメント入りの『ダンス（英）』のゲラを受け取り、翌週には清刷に移ることを確認するファクスを村上宛てに出している。

> 送り返してもらった『ダンス・ダンス・ダンス』の原稿が今日届いたよ。大変な時期にすごく急かせてしまって申し訳ない。翻訳にかかったこうした労力はぜんぶ、君の満足してくれる結果に繋がっていると思うから安心してほしい。今のところは順調みたいだ。来週に清刷《kyozuri》。[175]

このやりとりから、少なくとも刊行の一年前には編集作業が進んでおり、刊行半年前には、ほぼ最終版の翻訳ができていたことがわかる。

ルークは言う。

「アメリカでは、半年でもプロモーション期間としては足りないぐらいなんだけど、言うまでもなく、良い訳をつくることが第一優先だった」

ちなみに、ルークは「村上も英文のゲラに加筆修正を提案し、プロセスに加わった」[176] と語るが、村上は自身で訳文のゲラを確認することはないという。

「『ワイルド・シープ・チェイス』でも、『世界の終り』でも、送られてきたゲラを確認した記憶はない。ゲラって読むの大変なんだよね（笑）。だから、できあがった本は読む、きちっと。でもゲラの段階ではあんまり読まない。それは『ねじまき鳥クロニクル』でもそうです。ただ僕のアシスタントには英語が堪能な人が代々いて、読ませて大きく違ってるところは言ってもらうようにしている。だから、そういう意味ではチェックしているけど、僕自身はそこまでできない。時間もないし。それは今［二〇一八年］でもそう。読まない。でも本が出たら読みます。ただね、僕は一回書いちゃうと読み返さないから、どんどんどん忘れちゃうんです。で、だいたい三年くらい経ってから翻訳が出るじゃない？　そうするとほとんど忘れてて読み出すと面白いんだよね。すっごい（笑）。で、どうなるんだろうと思って、ずっと読んでいって、で読み終って、面白かったなって、でおしまい（笑）。だから、もし翻訳で変わってたとしても、たぶん僕はそんなに気づかないんじゃないかな。でも面白けりゃいいじゃん」[177]

また、「英訳に関していえば、ジェイ（・ルービン）が翻訳してもテッド（・グーセン）が翻訳しても、フィリップ（・ゲイブリエル）が翻訳しても、ヴォイスはだいたい全部通じている」[178]と語っている村上だが、それぞれの翻訳者の英訳について自ら判断するのは難しいと言う。

「例えば、フィリップとジェイの訳を比べて、どっちが面白いとかいう人は結構いるんだよね。フィリップの方がきちんとして読みやすいとか、ジェイの方が独特なユーモアの感覚があっていいと言うんだけども、僕は両方読み比べてみて、特にそんなに違いがあるとも思えない。というのは、それが僕の作品だから。アメリカ人が読んでどう感じるかは分からないけど」[179]

三度目の広報活動

既に述べたとおり、英語圏では作家は基本的に一つの出版社と仕事をする。さらに、その出版社内でも——雑誌、単行本、文庫本と担当が変わることの多い日本とは違い——主に一人の担当編集者とタグを組む。そして、出版社——特に担当編集者——は、一冊単位ではなく、作家のキャリア全体を考えて出版計画を立てる。言い換えれば、著者の著作全体／キャリアを（エージェントとともに）「エディット」するのも編集者の仕事だという認識がある。

一九九四年の段階で、既にクノップフ体制に移行していた村上の作品作りやプロモーションに対し、KIや講談社アメリカ内でモチベーションが下がっていてもおかしくなかっただろう。しかし、（講談社インターナショナルUSAから社名変更した）講談社アメリカ（KA）のマーケティング・ディレクターのジリアン・ジョリスは、『ダンス・ダンス・ダンス』は村上の「ブレイクアウト・ブック」になるかもしれないと主張し、東京事務所の同僚たちに広報予算を『ワンダーランド（英）』の時よりあげるよう提案した。[180]

『羊（英）』と『ワンダーランド（英）』では、どちらもグラフィックデザイナーの岡本滋夫によるカバーデザインが用いられた。『ダンス（英）』では、編集やマーケティング部門の意向もあり、最終的には原作の単行本で用いられた佐々木マキの表紙デザインがほぼそのまま使われることになった。カバーの表紙は、国によって文化や慣習が違う。原書の表紙をそのまま英語圏で使うことは極めて稀である。だが、佐々木マキの『ダンス・ダンス・ダンス』の表紙は、アメリカの読者にも本を手に取らせる魅力があるというのが、編集・広報両サイドの共通見解だったという。[181]

『羊（英）』の時と同様に、豪華なカラー版の見本も作られた。裏表紙には、それまで出された三作の書評の抜粋のベスト版が掲載され、短めの著者プロフィールでは、「ハルキ・ムラカミは現在ボストンのタフツ大学の客員研究員。彼の短編はたびたび『ニューヨーカー』に掲載されている」と、ここでも『ニューヨーカー』との関係性が強調された。この時点では、村上の評判も確立されはじめていたため、「多くを語る必要はない」との考えで、最もインパクトのある二点を選んだとルークは言う。[182]

『羊』の再来を喜ぶ評者たち

『ダンス（英）』が、一九九四年一月に、アメリカでは講談社インターナショナルから、イギリスでは（前二作と同様に）ハミッシュ・ハミルトンから刊行されると、再び様々な媒体に書評が掲載された。

業界誌の『パブリシャーズ・ウィークリー』は、「これぞムラカミという魅力がぎっしり詰まっている――満ち足りない思いを抱えた繊細な登場人物、もうひとつの世界への不穏な時空移動、口当たりの良い言い回しとジェットコースターのような物語展開。もしミシマがもうすこし親切な作家になっていたら、この本のようにぐいぐい引き込む作品を書いたかもしれないと思わせる」と評し、[183]ロサンゼルス・タイムズのスタッフライターのマイケル・ハリスは、「『ダンス・ダンス』は色々なジャンルを効果的に混ぜ合わせている——哲学的探求譚、時事諷刺、そして犯人当てミステリー。子供から刑事にいたるまで、登場人物はどんなに非現実的な事件に出くわしたときも生き生きと描かれている。語り手の心が癒され、彼が論理的な態度を決めて他者を愛せる人間になっていくにつれて、語りのヴォイスにもだんだん自信がついてきて、物語をディーゼルエンジンのように強力に引っ張ってゆく」と、登場人物の造形や語り手のヴォイスなどを高く評価した。[184]『ニューヨーク・タイムズ』は、一月二日と三日の二日連続で書評を掲載した。一月二日の日曜版のブック・レビューに掲載された、書評家ドナ・リフキンドによる“Another Wild Chase”と題された評は、作品のユーモアやバーンバウムの翻訳を評価しながらも「この本は今ひとつ足元が定まらない。村上氏の初期の小説にも通ずる、垢抜けていて風変わりな部分があるかと思えば、人間の本質を真剣に探り出そうとする場面もある。そうした迷いがバランスを崩しているため、『ダンス・ダンス・ダンス』はなめらかに進むべきところでよろけてしまっている」と、どちらかというと厳しめだった。[185] 翌日の三日に掲載された評は、『羊（英）』と『象（英）』の二作についても前向きな評を書いたハーバート・ミットガングによるものだった。ミットガングは、この時点でアメリカで刊行された四作中三作を『ニューヨーク・タイムズ』で書評したことになる。評者としては、村上が英語圏で読みはじめられた最初の五年で最も強力なサポーターだったと言えるだろう。

“Looking for America, or Is It Japan?”と題された評で、ミットガングは「日本で最も人気のある小説家・村上春樹は、極東の形而上学と西洋のビートを融合した作品を書く。（略）氏の小説にレイモンド・チャンドラー、ジョン・アーヴィング、レイモンド・カーヴァーの影響が読み取れるのは確かだが、謎に満ちたプロットや独創的な登場人物は紛れもなく彼自身の発明だ」と村上作品のオリジナリティーを強調している。また、「村上氏の小説はたびたび海を越えてきたが、最新作『ダンス・ダンス・ダンス』はその中でも最も活きの良い逸品だ」と称え、「彼が以前書いた想像的小説『羊をめぐる冒険』と同じように」や「ここで『羊をめぐる冒険』にも登場した羊男がふたたび現れる」などと『羊をめぐる冒険』との関連性を前向きに強調しながら、「村上作品の熱心な翻訳者であるアルフレッド・バーンバウムは『ダンス・ダンス・ダンス』を躍動感ある作品に仕上げ、原作にあるアメリカ音楽・本・映画への膨大な言及を大胆に解釈している。それどころか時にはニューヨーク言葉をひょっこり忍ばせたりもする。たとえばフリーのライターである主人公は「昼前に車で青山に行き、fancy-shmancy な紀伊国屋で買物をした」などと語る。さて "fancy-shmancy" (「ひどく上品」を意味するスラング)は日本語で何というのだろう?」と翻訳を称えて評を結んでいる。[186]

ちなみに、ここの fancy-schmancy Kinokuniya supermarket の原文は「紀伊国屋」である。紀伊国屋を知らない読者にその雰囲気を伝えるために訳文で(かなりインパクトのある)形容詞を付け加えているのである。

この書評のことを伝えると、バーンバウムは笑う。

「だって当時の紀伊国屋って fancy-schmancy だったでしょう。僕はあんな高い店で買物は絶対しなかったけど」[187]

Books of The Times

Looking for America, or Is It Japan?

By HERBERT MITGANG

Haruki Murakami, Japan's most popular novelist, writes metaphysical Far Easterns with a Western beat. His rapid-fire style and American tastes seem deliberately designed to break any possible connection to traditional novelists from his own country like Kobo Abe, Yukio Mishima or Yasunari Kawabata, Japan's only Nobel laureate in literature. True, in his fiction there are echoes of Raymond Chandler, John Irving and Raymond Carver, but Mr. Murakami's mysterious plots and original characters are very much his own creation.

"Dance Dance Dance" is the latest and liveliest example of Mr. Murakami's frequent-flier fiction. His characters are constantly on the go. In the novel, the author takes the reader on a business-class trip across two cultures, from Japan to Hawaii and back home again. His protagonist is a 34-year-old freelance writer at loose ends who doesn't need much money and is always ready for new adventures.

Along the way, the freelancer encounters various women: dream girls, nice girls, call girls and a mature, smart-alecky 13-year-old named Yuki. Yuki almost steals the novel away from the protagonist because she's so wise, sad and witty. She behaves like Eloise at the Plaza and thinks like an unblemished Lolita. It's a tribute to Mr. Murakami's abilities as a seasoned novelist ("A Wild Sheep Chase," "Norwegian Wood," "Hard-Boiled Wonderland and the End of the World") that all of his female characters stand out as individuals.

•

The unnamed protagonist in "Dance Dance Dance," faced with an early midlife crisis after a divorce, appears to be living on the rungs of a psychic stepladder, treading gingerly between depression and nihilism. To make an occasional living, he lowers himself in his own eyes by writing restaurant reviews for a women's magazine. With self-contempt, he describes his writing this way: "Shoveling snow. You know, cultural snow."

As in his imaginative novel "A Wild Sheep Chase," Mr. Murakami's man takes swipes at the Japanese conglomerates that gobble up small companies and at the bribery that is built into business and government. "Advanced capitalism has transcended itself," the freelancer says. "Not to overstate things, financial dealings have practically become a religious activity. The new mysticism. People worship capital, adore its aura, genuflect before Porsches and Tokyo land values. Worshiping everything their shiny Porsches symbolize. It's the only stuff of myth that's left in the world."

Nancy Caplan/Kodansha International

Dance Dance Dance

By Haruki Murakami

Translated from the Japanese by Alfred Birnbaum. 393 pages. Kodansha International. $22.

Mr. Murakami's novels are fairly apolitical, but this time there's a plot reason behind his protagonist's comments about capitalism in the 1980's. The freelancer is trying to find an attractive young woman of limited virtue with whom he once shared a room in Sapporo in the seedy but homey Hotel Dolphin. She has disappeared; even more strangely, so has the hotel. In its place now stands one of those glass-and-steel caravansaries with flags of various nations waving along the driveway. The Hotel Dolphin has been replaced by the pretentiously named "l'Hôtel Dauphin."

Enter the Sheep Man, whom we have met before in "A Wild Sheep Chase." Who is he? And what is he doing in the dark corridors of the Dolphin that, somehow, still exists if one pushes the right elevator button, and walking through walls inside the Dauphin? The Sheep Man may be whatever the author allows the reader to think he is: phantom, conscience, elder wise man, sci-fi figment, symbol of goodness in a rotten world, maybe all of these. Whichever, the Sheep Man has only one piece of philosophical advice for the freelancer: "Dance. As long as the music plays."

•

A reader puzzled by the Sheep Man must be patient with Mr. Murakami. For "Dance Dance Dance" becomes a murder mystery when several of the freelancer's acquaintances begin to disappear. At the same time, the heart of the novel contains a story about the changing needs of love. A woman with interesting ears is replaced by a woman wearing interesting spectacles.

My favorite character, 13-year-old Yuki, drops pearls of wisdom to the 34-year-old freelancer. They're together because he is acting as her companion at the request of her estranged parents, who are busy with their own love affairs and businesses. At one point, speaking contritely of her mother's deceased American boyfriend, whom she once called a goon, Yuki says, "Mediocrity's like a spot on a shirt — it never comes off."

Americanisms dance across the pages of the novel, practically turning Japan into an anchored aircraft carrier for American products and culture. The protagonist eats two doughnuts for breakfast at Dunkin' Donuts and burgers for lunch at McDonald's; he also drops into the Kentucky Fried Chicken and Dairy Queen franchises. Truman Capote, Count Basie, Keith Haring, Darth Vader, Clint Eastwood, Walt Disney, Gerry Mulligan and Jodie Foster are all mentioned. In between listening to rock tapes while tooling along in his old Subaru, the freelancer reads a biography of Jack London.

Mr. Murakami's keen translator, Alfred Birnbaum, who keeps "Dance Dance Dance" hopping, valiantly interprets the author's numerous references to American music, books and movies. In fact, he may even exceed the challenge now and then by dropping in a New Yorkism, as when the freelancer says: "Before noon I drove to Aoyama to do shopping at the fancy-schmancy Kinokuniya supermarket."

Wonder how you say fancy-schmancy in Japanese?

1994年1月3日『ニューヨーク・タイムズ』に掲載された、ハーバート・ミットガングによる *Dance Dance Dance* の書評

ペーパーバックからロングセラーへ

全体的には評判の高かった『ダンス（英）』だが、広報担当のジリアンが期待していたようなブレイクスルーは実現されなかったと、浅川港は言う。[188]ルークも、売上は芳しくなかったという。

「『ダンス』は『羊』の続篇という位置づけだったわけだけど、売上がその指標になると言えるなら、もしかしたら失望はあったのかもしれない。『ダンス』には以前の作品にあった形式や構成や締まりがないから。でも不思議なことに、この作品はいわゆる「ハルキ小説のマジック・リアリズム」への入り口になったし、それは今も読者が何らかの形で反応している部分でもある」[189]

ハードカバーの売上は限られていたかもしれない。しかし、村上自身も指摘しているように、これらの初期の作品も、その後ペーパーバック版でロングセラーとなる。[190]『ダンス（英）』については、ハードカバー刊行前から既にランダムハウスのヴィンテージ社がペーパーバックの販売権を取得していた。ヴィンテージは、その後村上のアメリカでの全作品のペーパーバックの出版社となるが、この時点で既に『ワンダーランド（英）』のペーパーバック版も初版二万部で刊行していた。[191]

そして『ダンス（英）』のペーパーバック版がハードカバー刊行の翌年に出ると、ニューヨーク・タイムズに“New and Noteworthy Paperbacks”として取り上げられ、「これは日本版『ツイン・ピークス』とも言えるかも知れない。同じ作者の『羊をめぐる冒険』にも登場した名前の出てこない語り手が、若い女性を殺害した犯人を見つけ出そうとする。その過程で奇妙な夢を見ることもあれば、この世ならぬ存在からメッセージを受け取ることもある」と再び紹介されることになる。[192]

新刊ハードカバーの印刷／売上部数ばかりが注目される傾向があるが、本当のベストセラーはペーパーバック（や最近では電子版）の形で生まれる。また、村上の場合は、フィスケットジョンや最近の担当編集者たち（レクシー・ブルームやリズ・フォーリー）も指摘しているように、新刊が出る度にバックリストの売り上げも伸びる。この「ロングセラー化」の土台が、一九九四年の段階で既に築かれていたのも注目に値するだろう。

村上は言う。

「ロングセラーになるのはやっぱりペーパーバックだし、新刊のときはハードカバーで出るけど、書店に行って並んでるのはほとんどペーパーバックですよね。だからトレイド［ペーパーバック］で出るのは、すごくありがたいですよね。で、僕の場合、ほとんどヴィンテージで出てる、ヴィンテージはやっぱり強いしね[193]」

世界的に売れすぎている――ビッグになりすぎた――と感じることはないか尋ねると、村上は首を振る。

「アメリカとか外国では、ノベルは、じわじわと売れてるんですよ。わーっと売れるんじゃなくて、ちょっとずつ売れてる。で、トータルしてみたら、〝あ、ずいぶん売れたな〟と思うんだけど。日本での『ノルウェイの森』は、もう圧倒的に短い期間にわーっと売れたから、それに対する反発みたいなのがとても強かったし、すごいキツかった。だけど、外国の場合は静かな静かな売れ方だから、特に感じるところはなにもないですね。売れてよかったと思う[194]」

43 バトンタッチと名コンビのその後

一九九四年に刊行された『ダンス〈英〉』は、バーンバウムとルークのコンビが携わった最後の村上訳となった。

村上は、この段階で既に大手エージェントのICMと契約を結び、『ニューヨーカー』誌と優先契約を交わし、米クノップフ社から短編集『象〈英〉』を刊行し、『ねじまき鳥クロニクル』の刊行に向けても準備を進めていた。数年の間に、アメリカでトップクラスのエージェント、雑誌、出版社を手に入れたことになる。そして、一九九五年以降、村上作品の英訳は、主にジェイ・ルービンとフィリップ・ガブリエルの二人にまかされるようになる（二〇一三年以降そこに一九九〇年代初めに村上の短編を二編訳していたテッド・グーセンが加わる）。

バーンバウムは、村上がKIからクノップフに「移籍」した後も、ノンフィクション作品（『アンダーグラウンド』と『約束された場所で――underground 2』を一冊にまとめた*Underground : The Tokyo Gas Attack and the Japanese Psyche*）の共訳と短編を一作（「我らの時代のフォークロア――高度資本主義前史」）訳すことになる。だが、バーンバウムいわく、長編小説の仕事は一切まわってこなくなった。

「短い休みを取るつもりが、ちょっと違う意味での「ロング・グッドバイ」になってしまった」と、バーンバウムは笑う。[195]

「Murakami& co. が僕と距離を置いたことについての感情は複雑だね。もちろんその感情も、時が経つにつれて変わってきたわけだけど。なんせ、もう昔のことだから。でも、当時の心境を振り返るならば、単純な誤解やミスコミュニケーションだったのか、僕に対する何らかの不満があったのか、もう少し計算高い動きが——でも誰によって?——あったのかがわからなかったから、もちろん裏切られたという苦い思いもあったし、単純にがっかりする気持ちもあったけど、何よりも困惑が強かったかな。新しいアメリカのエージェントとのやりとりは一方通行で、あちらから突然に一方的な連絡があるだけだったし。でもいま振り返ると、村上の作品群の翻訳から解放されたのは良かったと思う。少なくとも僕の個人的な意見では、作品の魅力は徐々に薄れているように思うから。負け惜しみ《sour grapes》だと言われるかもしれないけど、もう最近の作品は読んでもいない」[196]

村上作品でのコラボレーションは、わずか五年で幕を閉じたが、バーンバウムとルークは、その後も日本文学の海外普及に大きく貢献している。一九九三年から九六年までロンドン大学アジア・アフリカ研究学院の修士課程に属し、その大半をミャンマーでの研究活動に費やしたバーンバウムだが、ミャンマー滞在中にも宮部みゆきの『火車』の翻訳を手掛け、本作品は一九九六年に *All She Was Worth* の題でKIから刊行された。その後は、池澤夏樹の作品の英訳も多く手掛け、『花を運ぶ妹』(*A Burden of Flowers*〈2001〉)、『イラクの小さな橋を渡って』(*On a Small Bridge in Iraq*〈2003〉)、『マシアス・ギリの失脚』(*The Navidad Incident: The Downfall of Matías Guili*〈2012〉)、『マリコ/マリキータ』(*Mariko/Mariquita*〈2017〉)などが出版されている。また、二〇〇四年から二〇〇五年まで、NPO日本文学出版交流センターで、文化庁主催の「現代日本文学翻訳・普及事業」

のアドバイザーも務めた。
今後も日本文学の翻訳を続けるのか。部屋の隅にある小さな暖炉に薪を入れ始めたバーンバウムにそう尋ねると、「訳したい作品に出合ったらね。ハルキもナツキもやったから、次はアキキかな」と冗談でかわされる。[197]
一方、エルマー・ルークは、村上の仕事から手が離れた直後に講談社インターナショナルを退職した。
ルークは言う。
「八〇年代後半―九〇年代前半に東京で働くというのは心躍る経験だった。外国人にとっても新鮮で物珍しくてけっこう刺激的で（僕は見た目が外国人っぽくないけど、そのことがかえって異国情緒を高めたのかもしれない。外国人であることで得られたチャンスも多かった）。僕のキャリアにとっては大きな飛躍だったし、突如世界の舞台に現れてきた日本という国の中心にいるのはわくわくした。でもＫＩという企業とはいくらか反りが合わないところもあった。こっちは旧時代的な社則やしきたりにしょっちゅう文句を言っていたし、それは間違いなく煙たがられていただろうね。ともあれＫＩを辞めるときは双方合意の上だった。僕はニューヨークに帰りたかったし、会社側も辞められる準備は出来ていた。むしろ向こうの方が乗り気だったくらいだと思う」[198]
講談社インターナショナルを離れたルークは、（猫と）ニューヨークに戻り、出版社での編集の仕事を探した。色々な出版社と面接したが、なかなか職につけなかった。村上春樹の英語圏でのブレイクスルーはまだ先のことだったため、ルークのＫＩでの仕事が評価される環境はまだ整っていなかった。ロバート・ゴットリーブの紹介でサニ・メータとも面接したが、ルークがクノップフに雇われることはなかった。

ルークは言う。

「まったく、なんでそのとき雇ってくれなかったんだろうね（笑）。もっとも、彼が早くから旧友マキシーン・キングストンを熱心に支えてくれたことは間違いないけど、それでも東アジアの作家による小説は市場に参入したばかりだった。翻訳に対する関心も低かった。もともとサニが関心があったのは（彼はインド系なのでたぶん）南アジアの英語文学だったろうが、今ではあらゆる地域の小説が受け入れられるようになっている。たしかに彼と仕事をしてみたかったと思うけど、今さらどうこう言うことでもないかな」

最終的にはモロー社で編集の仕事についたルークだが、編集長が代わると職を失った。[199] 以来、ルークはフリーの編集者／出版コンサルタントとして活動している。しばらく日本文学の英訳には携わっていなかったが、前述の「現代日本文学翻訳・普及事業」が二〇〇二年に立ち上げられたのをきっかけに、（既に紹介したような作品を中心に）数多くの日本の著者と訳者の作品の編集を手掛けるようになる。作品の編集にとどまらず、日本文学のアンソロジーやシリーズの編纂にも携わり、その名が表に出ないことも少なくないが、日本文学の英訳の編集に最も幅広く関わっている人物であることは間違いない。また、「現代日本文学翻訳・普及事業」や「東京国際文芸フェスティバル」をはじめとした文芸分野での国際交流プログラムにおいて、アドバイザーなどの立場で国内外の出版関係者との懸け橋としても活躍してきた。これらの仕事も「ハルキやアルフレッドとの仕事が切り開いてくれた道」だという。[200]

バーンバウムが村上の作品をＫＩに持ち込んだ一九八〇年代半ば、村上春樹は海外では無名の作家だった。もちろん、バーンバウムとルークが村上の作品を発掘しなくとも、その作品がいずれは英訳された可能性は十分ある。だが、バーンバウムとルークの功績は、村上の作品を①世界が日本に注目している時期にタイムリー／コンスタントに出版し、②ある程度の商業的成功を収め（一冊の本の失敗でいとも簡単に作家のキャリアに終止符が打たれてしまう）、③英語圏の出版界においてそれを「シリアスな文学」として位置づけたことである。（これが五年、十年遅れていたら、村上は「フロントランナー」になる機会を逸していたかもしれないし、英語圏でブレイクスルーを目指していなければ、『ねじまき鳥クロニクル』以降の村上もおそらくいなかっただろう。）

これらを実現するために、バーンバウムとルークは、アメリカで読者を獲得できる（と自らが自信を持てる）翻訳を作ろうとした。ときにはかなり大胆な編集／翻案もした。それ自体は、前例のないことではない。既に述べたように、アメリカの翻訳家ノーマン・トーマス・ディ・ジョヴァンニは、ボルヘスと一九六七年から一九七二年にかけて密に協力して作業を行い、「アメリカの読者たちがアクセスしやすくするため」原文に「大胆に手を加えた」英訳を数多く出版した。こうした翻訳はボルヘスが国際的名声を得るのに一役買ったにもかかわらず、二人は四年で協力関係を打ち切り、ボルヘスの死後、ジョヴァンニの翻訳の多くは絶版となってしまった。バーンバウム、ルーク、そして村上の協力関係も同様に短いものだった。しかし、バーンバウムとジョヴァンニの仕事の大きな違いは、バーンバウムの訳が現在も村上作品群の重要な一部を成しており、多くの読者に読まれ続けているところである。

とはいえ、既に『ノルウェイの森』や初期中編の『風の歌を聴け』と『1973年のピンボール』、その他数本の短編のバーンバウム訳は、ジェイ・ルービン、フィリップ・ガブリエル、テッド・グーセンの「新しい三人体制」による新訳に入れ替えられている。また、村上としては、その他のバーンバウム訳についても、改訂版を出したいと考えているという。

「僕は長期的に見れば、『世界の終り』と『羊をめぐる冒険』に関しては、もっと原文に忠実な翻訳をどこかの時点で改訂版として出したいとは思っている。でも、出版社は途中で船を乗り換えるということに対して、あまり乗り気ではないです。もうこれで多くの人が読んでいるわけだから。ただ僕自身も、例えばサリンジャーの『キャッチャー・イン・ザ・ライ』とか、それから『グレート・ギャッツビー』とか訳してますよね。ある程度歳月が経てば、訳し直しというか、改訂というのはあって然るべきだと思う。だから、時代にアジャストする必要性もあると思うんです。僕はアルフレッドの訳は、その時点においてすごく有効だったけど、今になってみるともう少し忠実な訳の方がいいんじゃないかなって気はする。（略）僕はどちらかというと、今の若い翻訳家の人にやってもらってもいいんじゃないかと思ってるんだけどね[201]」

これらの流れや方針を考えると、英語圏での村上の「ヴォイス」を築き上げた初期のバーンバウム訳が村上の作品群から次第に消えていくことも——特に現状の著作権法や商習慣では著作権が切れていない限り市場に複数の翻訳を並べておくことは難しいことを考えると——十分あり得るだろう。

この点について尋ねるとバーンバウムは首を傾げる。

「残るものを作っているなんて幻想を抱いたことは一度もないさ」

一方、ルークは言う。

「「いつまでも残るものを」とはあまり考えていなかった気がする。どちらかと言えばインパクトのある本を作りたいと思っていた。もちろん、仕事で関わった本のうち、気に入ったものについては大なり小なり似たような気持ちを抱く。なかでもハルキは特別で、担当した彼の本のことも作者自身のこともとても好きだったから、僕たち（僕とアルフレッド、KIのスタッフなど）がムラカミ・エンジンを始動させられたことに僕としては満足しているよ。

でももちろん――別に「誰も見てくれないかわいそうな僕」とか言う気はないけれど――編集者というのはふつう透明で認識されず、作家や翻訳者、出版社やエージェントの影に隠れているものだから、その満足というのも個人的でひそやかなものだった。それで構わないけどね。そういう職種だというだけのことだし、だからこそ僕もこの仕事に就いているのかもしれない。

「ムラカミは読み継がれるか」について言えば、彼が世界中で数多くの読者の心を捉えたことは議論の余地がない。そして、どんな作家やどんな読者だろうと、こういう関係は時間の中からしか育まれないんだ。今のところ彼の作品は読まれているし、読者層の波及を考えればきっとこれからもしばらくは読まれ続けるだろう。それは今となっては誰の目にも明らかなんじゃないかな」[202]

ルークとバーンバウム。アルバニーの空港で。

『ねじまき鳥』、
breaks through
世界へ羽ばたく

1993-1998

44　厳格な訳者（？）ができるまで

エレベーターを昇り、狭い廊下の突き当りまで歩き、八〇六号室の前に立つ。ベルを押すと、間もなく長身の男性が少し前かがみになるようにしてドアを開けて出迎えてくれる。

二〇〇六年にハーバード大学を退官してからはシアトルに住んでいるジェイ・ルービンだが、年に一度は日本を訪れるようにしているという。研究や出版関係者との打ち合わせなどもあるが、一番の目的は六本木ヒルズ付近にいつも借りるマンションの一室で、毎年必ず柴田元幸ら翻訳家仲間と行うギターのジャム・セッションだ。

「いつも東京でのジャム・セッションのあとには、京都、佐賀と南に下りて行くんだけど、今年はモト（柴田元幸）が坪内賞（早稲田大学坪内逍遙大賞）を受賞したもんだから、授賞式に出るために途中で折り返して東京に戻って来なくちゃいけないんだ。困ったもんだよ（笑）」

とルービンは嬉しそうに言う。[1]

村上とも、つい数日前に夕食をともにしたばかりで、「とても楽しい時間だった」という。二〇一六年には、以前から訳していた対談集『小澤征爾さんと、音楽について話をする』（新潮社）の英訳が刊行されたが、もう何年も（『1Q84』が二〇一一年に出て以来）村上の小説は訳していない。以前は、新刊が出ると常に最初に声がかかったが、断ることも少なくなかったからか、最近では必ずしもそうではないという。最新作の『騎士団長殺し』もまだ第一章に目を通した程度。数ヵ月後にイギリスで行われる村上春樹に関するシンポジウムに出るので、「遅くてもそれまでには読み終えたいと思っている」[2]。

大学で教えていた頃は、朝の五時半に起きて仕事をはじめることも少なくなかったが「最近は八時半ぐらいに起きて、午前中に仕事を済ませて、午後はできるだけ家を出るようにしている」。シアトルでは、午後は坂の多い道を選んで長めの散歩に出かけたり、車を運転しない妻の買い物に付き合ったり、四人いる孫たちと時間を過ごしたりしている。自宅の裏庭に長男家族が新しく家を建てている最中だという。家が一軒建つような庭となるとかなりの豪邸を想像してしまう。日本では訳書がベストセラーになると家が一軒建つと言われたりするが、村上の英訳者たちへの支払いは印税方式ではないので、いわゆる「印税豪邸」ではないという。いずれにせよ、長男家族が引っ越してきたら、仕事に割ける時間がさらに限られてきそうなのが嬉しい悩みだ[3]。

そんな中、現在は今年ペンギン（ランダムハウス）社から刊行予定の日本の短編小説選集の序文に取り組んでいる。

「いろいろなことの合間合間にだけど、もう一ヵ月ぐらい書いているよ」[4]

数日前に編集者から送られてきたカバー案には、編者のルービンの名とともに紹介文を寄せた村上春樹の名前もある。自らの序文を書き終えたら、村上による「まえがき」を翻訳して作業がほぼ完了する。

村上は、これまでルービンの訳書に、芥川龍之介の短編小説選集と夏目漱石の『三四郎』と『坑夫』の新装版、と三度にわたりまえがきを寄せている。でも今回は断られるのではないかと思ったという。

「引き受けてくれた時は驚いたよ。なぜなら同時代の作家の作品を読む必要が出てくるから。芥川や漱石などの古典は喜んで読んでくれたんだけど、この選集を受けてくれるかはわからなかった[5]」

様々な仕事を通してルービンが出会ってきた作品を、今度はルービン経由で村上が読む（もしくは再読する）ことになるというのは興味深い。同時代の日本の作品をあまり読まない、もしくは――川上未映子などの例外は別として――読んでも基本的には作品の感想を公にしない村上に作品を読んで、紹介してもらえるという意味でも、ルービンの目にかなった作家は幸運だと言えるだろう。

「今回の選集では、よくあるような明治から現代までを時系列に追う方法はとらずに、テーマごとに分けたんだ。「日本と西洋」、「男女の物語」、「震災」とか。村上が序文で書いているよ。なんでこれらの作品が選ばれ、他の作品が選ばれなかったのかはわからない。それを知るためにはジェイ・ルービンの頭のなかを覗くしかないってね。今までの人生で様々な理由で遭遇してきた作品のなかから特に個人的に好きなものを集めているだけさ[6]」

今までの仕事の集大成のような部分もあるかと尋ねると、ある意味そうかもしれないと頷く。

「多くの作品との出会いは偶然の巡り合わせ。『モンキー・ビジネス』のために翻訳を頼まれたものもあれば、検閲制度の研究をしていて出会った作品もある。何千もの作品を読んで、日本文学を網羅するなんてことは無理だった。英語でもそんなことはできない。日本語でとなるとなおさら無理だね。基本的には、何らかの理由で舞い込んでくる作品があって、それを個人的に気に入るか、気に入らないか。そういう仕事の仕方だね[7]」

決して本の虫ではなかった少年時代／日本文学や翻訳との出会い

一九四一年にワシントンDCで生まれたルービンは、ボストン郊外で育った。父はバージニア州のウィンチェスターで理容業を営み、母はマサチューセッツ州のモールデンで不動産業の仕事をしていた[8]。

子供の頃は、幼いときに読んだ絵本の影響で長い間「郵便配達員」になることを夢見たが[9]、決して本の虫ではなかったという。

「幼い頃から本の虫だったハルキと付き合いだしてから、自分がどれだけ本を読んでこなかったかつくづく実感したよ。子供の頃に読んで記憶に残っているのは大半が偉人の伝記だね――トーマス・エジソン（たしか列車から落ちかけて両耳を摑まれたんだっけ？）とか西部開拓者ダニエル・ブーンとか。よく図書館に行ってオーガスタ・スティーブンソンの本を借りたものだ。高校時代にアラン・ワッツの『禅の作法』を読んだのが日本に関するものに触れた最初かな。その後、ベケット、ドストエフスキー、カミュなども読んだ[10]」

そんなルービンが日本文学と出会ったのは一九六一年。大学二年の時にマサチューセッツ大学からシカゴ大学に転校したルービンは、「英文学」か「哲学」を専攻する予定でいた。いったん専攻を決めたら、珍しい授業も取れなくなるだろう。そう思い、春学期に西洋文化以外の授業を受けることにした。「中国史」と「日本文学」の間で悩んだ末、『こゝろ』などの名訳で知られるエドウィン・マクレランの「日本文学入門」を受講することにした。[11] 授業では『古事記』『伊勢物語』『源氏物語』『平家物語』から『こゝろ』まで」幅広い作品を英訳で読んだ。そして、マクレランの授業に魅せられたルービンは、東洋文学を専攻に選ぶ。

「親としては弁護士のような実入りの良い仕事についてほしかったようだけど、私はシカゴ的理想主義に染まっていたせいか、実学とは程遠い日本文学を学ぶというアイデアに取り憑かれてしまっていた。両親にはいっさい反対されなかったけど、日本語を専攻していることを伯父に教えたときは渋い顔をされた。「どうしてヘブライ語じゃないんだ」ってね[12]」

ルービンは、大学院まで進み、学部生に日本語を教えながら、マクレランの指導のもと、国木田独歩についての博士論文に取り組んだ。マクレランが『こゝろ』だけでなく漱石の『道草』や志賀直哉の『暗夜行路』なども訳していたため、「日本文学の教授というものはみな翻訳をやっていると思い込んで翻訳も手掛けるようになった」という。[13]

実際、ルービンの訳が初めて活字として世に出たのは、マクレランが一九六五年にシカゴ・レビュー誌に掲載した論文 "The Impressionistic Tendency in Some Modern Japanese Writers Author(s)" の中である。一九六三年から一九六四年にかけてハーバード大学やプリンストン大学で行われた講義を元にまとめられたこの論文は、夏目漱石、芥川龍之介、谷崎潤一郎と国木田独歩の四人を取り上げている。そのなかでルービンによる独歩の「忘れえぬ人々」の短い一節が使われており、当時大学院生だったルービンの訳であることも、まえがきで「本論中の「忘れえぬ人々」の訳はジェイ・ルービン氏（シカゴ大学大学院在籍）による」と記されている。[14]

国木田独歩の作品を研究対象に選んだ理由は、単純に「若くして亡くなり、小さな全集を残したから」だとルービンは言う。[15]

「指導教官で名翻訳家でもあるエドウィン・マクレラン教授の影響がたぶんにあると思う。当時は自力で研究対象の作家を選べるほど知識がなかったから。率直に言って独歩の博論を一本書き終えたときにようやく独歩について何か書く資格を得たと言えるくらいだ。残念ながらこういうことはやり直しがきかないけれど」[16]

初めて日本文学に触れてから十年弱の一九七〇年、ルービンは独歩に関する論文を書き上げ、シカゴ大学より博士号を取得した。博士論文には独歩の短編九編の翻訳も含まれていた。[17] 当時、日本文学の博士論文を書く際にここまで多くの翻訳をするのは普通のことだったのだろうか。

「そもそも日本文学の論文を書く「普通のやり方」というものがまだ存在していない時代だったと思う。私は「誰も作品が読めない作家について批評しても無意味じゃないか」と考えたから、独歩の短編数本を読めるようにしたんだ」[18]

一九七〇年に上智大学が発行している日本研究の学術誌『MONUMENTA NIPPONICA』に「たき火」"The Bonfire"の訳が短い解説付きで掲載され、これがジェイ・ルービンの翻訳家としての実質「デビュー」となる。二年後の一九七二年には、さらに（前述の「忘れえぬ人々」の全訳も含む）五編（「源叔父」「忘れえぬ人々」「郊外」「正直者」「竹の木戸」）が同じく解説文付きで掲載されている。[19]

この「デビュー作」の掲載について尋ねると、次のように振り返る。

「［掲載された時は］ワクワクしたんじゃないかな。少なくとも達成感はあったと思う。でも残念ながら具体的な記憶はないよ」[20]

独歩から漱石へ、漱石から明治の検閲制度へ

博士号取得後、ルービンは東京工業大学で一年間過ごすことになる。来日中に江藤淳の指導のもと、博士論文を書き直し、一冊の本として出版する予定でいた。

「独歩のいくつかの短編は昔からとても好きで、今度ペンギンから出すアンソロジーにも「忘れえぬ人々」は入れる予定だし、英語版『モンキービジネス』再掲時に同作品を改訳したときも楽しかった。でも博論を書き終えた当時はすっかりうんざりしてしまっていたんだ。……江藤先生の強い影響もあって、代わりに漱石を研究することにしたんだ」[21]

ルービンが一九七〇年代から一九八〇年代にかけて英訳した夏目漱石の『三四郎』や『坑夫』については、近年村上によるまえがき付きで新訳が刊行されているが、国木田の短編集についてはそのようなことはなさそうである。

また、ここで興味深いのは、翻訳する作品の選択基準である。一九八四年の（まだ村上春樹を翻訳する前の）段階では、ルービンは日本文学を翻訳する最大の要因を、その作家の文芸史上の重要性——さらに具体的にはその本が英語で日本文学史を教える際に必要であるか否か——だとしている。この点については、ルービンは同時代作家である村上春樹を訳し始めてから十数年後に、『ム

ラカミハルキと音楽の言葉』を書いた際、「学問としての翻訳」と「商業ベースの翻訳」を別物と位置付け、自らのスタンスを説明しているが、一九八〇年代の段階では本人も自らが同時代作家を訳すとは想像もしていなかっただろうことが前述の独歩の書評からうかがえる。

漱石→明治の建設制度

一九七〇年にハーバード大学で助教授（Assistant Professor of Japanese）の職に就いたルービンは、自身初の長編の翻訳となる漱石の『三四郎』の訳にとりかかる。[22]

「独歩のあとはもっと漱石を勉強したくなった。とくに惹かれた作品は『それから』だったが、その前にまず『三四郎』を訳そうと考えた。理由は、自分の翻訳能力を十分に鍛えるため、そして、急がないと自分が若者でなくなって『三四郎』の持つ若々しさを鑑賞できなくなるおそれがあったから。でも私が『三四郎』を読んでいる間にノーマ・フィールド訳の『それから』が出てしまったし、『三四郎』は年を重ねたぐらいのことで追い越せるような小説ではないこともだんだんわかってきた」[23]

『三四郎』は、一九七五年にワシントン大学で准教授の職についた頃に訳し終えた。[24] ハーバード大学出版が「フィクションの出版については消極的だった」こともあり、最終的に『三四郎』のルービン訳は、一九七七年にワシントン大学出版会から刊行された。[25] この訳には、ルービンによる作品紹介／分析が含まれているが、この点についてルービンは「たしか［大学出版会から］出版するにあたり、アカデミックな感じを出すために短い評論を付ける必要があったんだ」と振り返る。[26]

『三四郎』のルービン訳は、日本研究の学術誌などで高く評価された。『坊ちゃん』や『草枕』などの訳でも知られるアラン・ターニーは、『MONUMENTA NIPPONICA』誌の書評で「翻訳もまた素晴らしい。自然ですらすら読める英語だが、原文の語句とその背後にある精神に忠実な訳になっている。とりわけ会話部分が見事だ[27]」と評価した。当時セント・ルイスのワシントン大学で教鞭をとり、森鷗外などについて本も出していたJ・トーマス・ライマーは、*The Journal of the Association of Teachers of Japanese* に寄せた書評で、ルービンの訳を「五、六作ある漱石の他の英訳と比較しても、原文の精神にここまで肉迫したものは存在しなかった」と絶賛している。[28] ターニーもライマーのどちらも、全く同じ「spirit of the original／原文の精神」という表現を用いていることも興味深い。

ルービンは言う。

「あの「素晴らしい」という評価のことは覚えている。それが載った学術誌の他の書評で、別の日本文学の翻訳についても「素晴らしい」と書かれていたけど、読んでみたら全然だった。以来、翻訳の評価にこの言葉が使われているときはあまり真に受けないようにしている。とくに評者が日本語原文を読めない場合はね[29]」

自らの訳がこのように、バイリンガルである読者によって、原文と訳文が比較されるだろうことは訳している際に念頭にあったのだろうか。

「バイリンガルの読者に細かく読まれることを想定していたかって？　むしろあの頃日本文学の翻訳を読む人間なんてそういう読者だけだと思っていた[30]」

村上作品の翻訳についても同じことが言えるのだろうか。

「村上作品の翻訳を書評する人たちはたいてい日本語がまったく読めないけれど、それでも翻訳の出来について一言言わずにはいられないらしい。けっきょくそれは「訳文の英語が読みやすい」程度の意味しかない」[31]

『三四郎』の英訳が刊行された同年、ルービンはワシントン大学でテニュア（終身雇用）を得ているが、『三四郎』の翻訳はテニュア取得に必要な業績にはならなかったという。

「『三四郎』のような本を一冊や二冊出したところでテニュアはもらえないし、むしろそんなことはあってはいけない。たとえ「学問的な」あとがきを付けたとしてもね。大学の役目はあくまで批評をすることで、近代小説の翻訳はたとえそこに批評性が内在していたとしても批評そのものじゃないからだ。古典に充実した注釈と批評的分析を加えて訳した場合は別だけど。私の「テニュア本」は『風俗壊乱』の方だ。（取得したのは一九七七年で本の出版は一九八四年と遅れたけれど、原稿はずっとテニュアの書類の中に入っていた。）」[32]

ルービンのいわゆる「テニュア本」となった、明治期の検閲制度を扱った研究書 *Injurious to Public Morals: Writers and the Meiji State*『風俗壊乱――明治国家と文芸の検閲』は、一九八四年（ルービン四十三歳の時）にワシントン大学出版会より刊行されている。この本は、ルービンが漱石の講演「私の個人主義」の翻訳をするため背景調査をしている際に、英文の研究者が漱石の「文芸委員は何をするか」という論文からの引用を「ほとんど意味のなさない英語」に訳していたことに気づき、漱石が論文の中で批判していた「文芸委員会」について調べ始めたのがきっかけだった。[33]

歴史学者のジェームズ・ハフマンは、『MONUMENTA NIPPONICA』誌に寄せた書評で、その研究の内容だけでなく、その文体についても「文体を賞賛したくなる学術書というのは稀だが、この本は例外だ。ただ新しく興味深い知識を与えてくれるだけでなく、それを専門用語に頼らない簡潔な文章、率直な評価（例を挙げれば「馬鹿騒ぎ」「お粗末な例」「時代錯誤」「自然主義の無力」など）、関連エピソードの数々と作者のウィットによってとても読みやすいものに仕立て上げている」と評価している。[34]

ルービンは振り返る。

「「物語のように書かれているところが本書の強みでもあり、また弱味でもある」と書評に書かれたことは覚えている。たしかにあの本には検閲に関連した興味深い（と私には思えた）人々や事件についてのエピソードが散りばめられているけど、それが全体として何を意味するのかは自分でもわからない。おおまかに言えば、戦前の日本文学の豊饒な作品群は常に検閲の脅威に晒されながら書かれていたということを伝えたかった。当時起こったこと、それからあの時代において作家の務めとはどのようなものだったかに興味がなければ読んでもあまり面白くないだろう。壮大なテーマや全体を貫く理論があるわけではないから」[35]

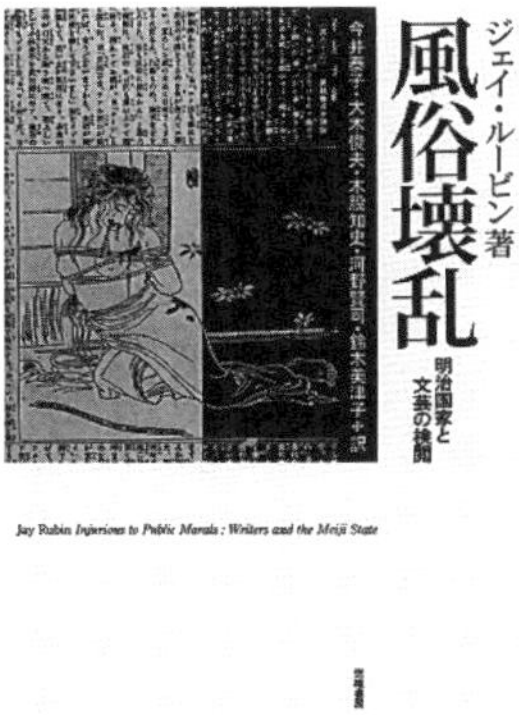

ジェイ・ルービン『風俗壊乱』
（日本版、世織書房、2011年）

ルービンの執筆活動は、学術論文、翻訳、創作など多岐にわたる。論文も、その読みやすさや文体が評価されている。主に英語で書いているが、日本語で書くこともある。これらの様々な執筆活動をルービンはどのように位置付けているのだろうか。

「ふだん日本語で書く、ましてや文学に関する文章を書くことはほぼない。そのために必要な母語感覚を持っていないので。『村上春樹と私』を書くのも最初こそ楽しい挑戦だったが、実際やってみると途方もなく大変な作業ですっかり疲弊してしまい、結局は何年も前に書いたエッセイや畔柳和代さんが訳してくれた文章をかき集めるはめになった。ただし日本語で受容される文章を書くときにひとつ心がけていることがあって、それは絶対に「英語で書いてから自分で翻訳する」というやり方を取らないということだ。私の過去の日本語講演や日本語エッセイには、最初から英語で作っていたらけっして出てこなかった題名や言葉遊びが含まれている。「発想法」がまったく違うんだ。たとえばある講演には「村夢上幻春能樹」という読めない題をつけたけど、これなんかは英語から訳していたら絶対に思いつかなかっただろう。そうなったらこの世界はもっと色褪せたものになっていたね！　あれは楽しかったな。［小説、評論、翻訳等］挙げてくれた様々な種類の文章が、それぞれまったく別の物だとは考えない。谷崎が『文章読本』で「心の中にあることを出来るだけその通りに書くべきだ」と書いているのは至言だと思う。ただ周辺環境が書き手に与える影響というのはある。たとえば、もし私がシアトルに移住して、自国政府によって戦時中強制収容所に入れられた人たちに出会っていなかったら、『日々の光』は書いていなかっただろう。日本にずっと住んでいた時期は英語でものを書くのに苦労した。タスマニアにいて日本語で書こうとすれば輪をかけて大変だ[36]」

広がる執筆／翻訳活動――『日々の光』／『坑夫』

一九七七年に自らの「唯一の学術書」だという *Injurious to Public Morals: Writers and the Meiji State* を書いたことによりテニュアを得て、一九八四年に本が刊行された直後に教授に昇格したルービンは、研究活動以外の翻訳などに時間を割くことができた。[37]

一九八〇年代半ばに、日系人の強制収容をテーマに書いた長編小説 *The Sun Gods* は、二〇一六年に（執筆から三十年後に）シアトルを拠点とするチン・ミュージック・プレスから出版された。ほぼ同時に日本でも『日々の光』の題で柴田元幸／平塚隼介訳で刊行され、村上が『波』に寄せた書評で「誠実で読みごたえのある、優れた小説だ[38]」と讃えている。

『日々の光』の次に取り組んだのは、漱石の『坑夫』の翻訳だった。そして、『三四郎』の訳が刊行されてから十数年後の一九八八年に、『坑夫』の英訳がスタンフォード大学出版会から出版された。この作品は、その後二〇〇七年にチャールズ・タトル出版社のタトル・クラシックスのシリーズにも含まれ、二〇一五年には村上による序文付きの改訳までが刊行されることになる。

ルービンは自著『村上春樹と私』（東洋経済新報社）で『坑夫』にまつわるエピソードを披露している。一九九〇年代前半、ルービンと村上は同じケンブリッジに住んでいた。当時、村上は『坑夫』を読んでいたが、その内容を「詳しくは覚えていなかった」。ルービンに勧められて再読した村上は、「主人公がいろいろな辛いことを経験しても全然変わらないというところが一番好きだ」とルービンに感想を述べる。そして二〇〇二年に『海辺のカフカ』が出ると作中に『坑夫』が出てきて、そこには「主人公がそう言った体験からなにか教訓を得たとか、そこで生き方が変わったとか、人生について深く考えたとか、社会のありかたに疑問をもったとか、そういうことはとくには書かれていない。彼が人間として成長したという手ごたえみたいなものもあまりありません」という感想が（登場人物により）語られている。これについてルービンは、「些細なことではあるが、私が村上文学に影響を与えた満足感をそれで少しは味わえた」としている。[39]

ルービンは、村上と最も個人的な交流が深い訳者である。村上も一緒に仕事をしてきた訳者や編集者との交流から影響を受けているだろうことは想像に難くないが、これは（通常は辿るのがなかなか難しい）影響がわかりやすい形で表面化した興味深い例だろう。

45　村上作品との出会い

ルービンが村上作品と出会ったのは、『坑夫』の英訳が刊行された翌年の一九八九年。二十世紀初期に活躍した作家を専門としていたルービンは、「現代日本文学への興味は薄かった」[40]。しかし、ある日――『羊をめぐる冒険』のバーンバウム訳がＫＩから刊行される数ヵ月前に――ヴィンテージの編集者から連絡があった。ヴィンテージは、ランダムハウス（現ペンギン・ランダムハウス）傘下にあり、一九九三年以降には村上作品のペーパーバックを出すことにもなる出版インプリント（ブランド）である。「確か日系人」だが「名前は記憶にない」というそのヴィンテージの男性編集者は、『世界の終りとハードボイルド・ワンダーランド』の英訳を検討中だが「翻訳に値するかどうか」読んでもらいたいとルービンに依頼した。[41] そして、ルービンは「世間でどんな駄作が読まれているかを知るのも害はなかろうと」その依頼を引き受けた。[42]

「いつも行き当たりばったりなんだ」というルービンだが、大学での身分も安定し、小説の執筆や『坑夫』の英訳も終わり、新たなプロジェクトを探していた部分もあったかもしれないという。[43] 早速、『世界の終りとハードボイルド・ワンダーランド』を入手し読んでみると、その「大胆で奔放な想像力」に「度肝を抜かれた」。出版社に英訳の出版を勧め、もし現状の訳に不満があるならば自ら翻訳する用意があると伝えた。しかし、「いずれの点でも助言は無視され［た］」。[44]

ヴィンテージがルービンに連絡をしてきた時には、『世界の終りとハードボイルド・ワンダーランド』の英訳がＫＩから刊行されることは既に決まっていた。ＫＩは、バーンバウムとの契約を（一九八八年九月に一九八九年十月末の締切で）結んでおり、『羊（英）』に続く二冊目としての刊行が予定されていた。

それでは、ヴィンテージはどのような形で『ワンダーランド』の出版を検討していたのだろうか。『羊（英）』のペーパーバックの権利は、ハードカバー刊行前にオークションにかけられ、刊行直後に他社に売られていた。また、ヴィンテージはペーパーバックを専門とする部門である。この二点を合わせて考えると、ＫＩが一九九一年にハードカバーとして出す予定でいた『ワンダーランド

（英）』のペーパーバック版の話をヴィンテージが持ち掛けられていたのではないかとも想像できる。しかし、当時ＫＩで『ワンダーランド（英）』を担当していたルークは、その可能性を否定する。「その段階ではまだ他の出版社に見せられるようなもの（原稿）もできていなかった」[45]と。

ともあれ、ルービンによると、当時連絡をしてきたヴィンテージの編集者とはその後連絡は途絶え、後にヴィンテージと仕事をするようになってからも出会うことはなかったという。ルービンに連絡をしてきた人物がどれほど本気で『世界の終りとハードボイルド・ワンダーランド』の刊行を検討していたのかわからない。だが、この今となっては謎に包まれた電話をきっかけに、村上は――その後、四半世紀以上仕事をともにする――新たな仲間を得ることになる。

46 短編から翻訳する

『世界の終りとハードボイルド・ワンダーランド』に衝撃を受けたルービンは、「入手できるすべての村上作品を読んだ。バーンバウムと同様に、村上の「ユーモアのセンス」に魅せられ[46]、とりわけ短編小説を気に入ったルービンは、文藝年鑑で調べた村上の住所に手紙を書き、いくつかの作品の翻訳を申し出た。すると、当時の村上のエージェントであった日本著作権輸出センター（ＪＦＣ）

から連絡があり、ルービンは「パン屋再襲撃」と「象の消滅」の試訳を送った（一編ではなく、二編訳しているところからもルービンの意気込みが感じられる）。そして、しばらくすると、村上本人から電話があり、「パン屋再襲撃」の訳をPlayboy誌に掲載したいと相談された。ルービンは、『プレイボーイ』誌のいわゆる「哲学」にいささか躊躇はあれ、私が平生発表している論文等の読者は十名程度なので、このチャンスに飛びついた[47]」。

ルービンの「パン屋再襲撃」の訳"The Second Bakery Attack"は――「オールド・ミルウォーキー」ビールのCMに登場する「スウェディッシュ・ビキニ・チーム」が表紙を飾る――Playboy誌の一九九二年一月号に掲載された（最終的には、その直前に一歩早く「象の消滅」の訳、"The Elephant Vanishes"がニューヨーカー誌の一九九一年十一月十八日号に掲載されたため、この作品は英語圏で発表されたルービンによる村上訳の第二作となった）。

ルービンは今でも「パン屋再襲撃」は最も気に入っている作品のひとつだという。

「私に言わせてみれば、一九八五年は村上春樹のピークの年だね。なんせ「パン屋再襲撃」、「象の消滅」、そして『世界の終りとハードボイルド・ワンダーランド』が発表された年だから[48]」

ルービンによる「パン屋再襲撃」の英訳は、鮮やかな見開きのイラストとともにプレイボーイ誌（一九九二年一月号）に掲載された。マクドナルド強奪の場面を十八世紀浮世絵木版画風に描いたのは、クニコ・Y・クラフト。現在も、コネチカット州のノーフォークでイラストや絵画を手がけているクラフトは、挿絵を手掛けることになった経緯について、次のように振り返る。

「シカゴ美術館附属美術大学を卒業したあと、七〇年代前半から九〇年代半ばまでフリーのイラ

『PLAYBOY』に掲載された 'The Second Bakery Attack' の冒頭ページ。イラスト：クニコ・Y・クラフト

ストレータとしてプレイボーイ誌の仕事を頻繁にやっていました。当時、プレイボーイ誌のアート・ディレクターたちから、既に亡くなられていた有名なアーティストのパロディーをつくる依頼を受けていて、'The Second Bakery Attack' の浮世絵もそのプロジェクトの一環としての依頼でした。私に依頼が来たのは、日本で生まれて教育を受けていたからというのもあったと思います。タイム誌、ニューズウィーク誌、フォーブズなどの表紙、そしてナショナル・ジオグラフィックのイラストの仕事の多くも似たような理由で私のところに来ました[49]」

ちなみに、クラフトは、当時も今も村上作品をほとんど読んでいないという。

「娘がコロンビア大学の学生だったときに本を一冊くれたわ。プレイボーイ誌も掲載する原稿をくれたはずだけど、なんせ昔のことだし、当時は彼の作品は私にとっては抽象的すぎた。でも、今でもその感覚が変わらないか、また読んでみるわ[50]」

村上は、自らの英訳者を評する際に、バーンバウム＝自由（意訳）、ルービン＝忠実（逐語訳）という言葉を用いて語ることが多い。一九九一年九月にまだルービンの翻訳が世に出る前から、村上のコメントはパブリッシャーズ・ウィークリー誌のインタビューで、次のように引用されている。

すかさず、それは小説を訳したアルフレッド・バーンバウムの手柄だとムラカミは言う。「彼は人柄が良くて、翻訳はとても活き活きしている」。その一例を挙げると、バーンバウムは『羊をめぐる冒険』という原題に wild-goose chase（あてのない追求）をもじった *A Wild Sheep Chase* という英題を当てた。「もう一人、ジェイ・ルービンという訳者もいます」とムラカミは続ける。「彼も上手い。どちらかと言うとアルフレッドの方が大胆で、ジェイの方が原文に忠実だ」。アメリカの読者はムラカミの短編を掲載予定の『ニューヨーカー』九月号でこのルービンの訳に触れることができる。[51]

しかし、既に述べたように、二人の訳者の特徴は、「大胆」／「忠実」や「自由」／「堅実」などの言葉で簡単にまとめられるものではないだろう。ルービンによる「パン屋再襲撃」の英訳も、実は（特に短編小説としては）かなり大胆に（そしてかなり見事に）短縮されている部分がある。例えば、自由意志をめぐる「僕」の持論が、どことなく哲学的な語り口で展開される冒頭の数段落は、英訳では、表現が平易化され、反復が省かれ、原文の約半分に短縮されている。また、作品全体を通して、文章のリズムを優先する形で「チーズケーキの台をつくったときの」や「マクドナルドのマーク入りの」などの説明や「駐車場には赤いぴかぴかのブルーバードが一台停まっているだけだった」のような描写、そして「立体的な洞窟のようにごたごたと混みいっており」のような訳しにくい比喩もしばしば省かれている。特に後半のマクドナルド襲撃の場面については、物語の展開に緊張感を与えるために、「あきらめて車を二〇〇メートル前に」などの細かいアクションや語り手の内なる声が全体的に少しずつ刈り込んである。結果的に、英訳での方が原文よりも（良くも悪くも）アクションがテンポよく進む印象がある。程度さえかなり違うものの、これはバーンバウムとルークが『ワンダーランド（英）』で用いた手法と重なる。

プレイボーイ誌というエンターテインメント性を求める媒体を意識してのこれらの工夫だったのだろうか。そう尋ねると「特にプレイボーイ用に編集した覚えはない」[52]とルービンは言う。このルービンによる翻訳は、一九九一年に村上がハーバード大学のハワード・ヒベットの授業にゲスト参加した際に、授業のテキストとしても使われていたが、基本的には雑誌掲載用に訳したものが授業でも使われたはずだという。[53]

いずれにせよ、一九八〇年代後半から一九九〇年代半ばから後半にかけてアメリカを中心に英訳された――つまり村上が英語圏でブレイクするまでの――村上作品は、訳者にかかわらず、その大半がかなり大胆に翻案もしくは意訳されていることは注目に値するだろう。この英訳で翻案／意訳する傾向は、二十一世紀に入り、村上の英語圏での知名度が高まるにつれて英語圏デビュー直後ほどは目立たなくなる。

だが英語圏では、今でも編集者が翻訳に手を入れる傾向は強いと村上は言う。

「今のクノップフの人も、単行本にもずいぶん手を入れようとするよね。だから僕もハードカバーの本に関しては、「ちょっとこれはやめてくれ」って言うけど。今の担当者のレクシーも、すごいなと思うよ」[54]

47 ケンブリッジ・コネクション

一九九三年の夏、村上はプリンストン大学からマサチューセッツ州のボストン近郊にあるタフツ大学に拠点を移した。

同大学で日本文学を教えるチャールズ・イノウエの誘いで、「ライター・イン・レジデンス」をつとめることになったのだ。村上とプリンストンで同僚で、自らも後にタフツ大学に移るホセア・平田は、「ハルキには二つの選択があった。タフツかハーバードか。彼は「アカデミズムの〈中心〉にいるのは遠慮したい」とタフツを選んだ」と当時を振り返る。[55]

村上夫妻は、タフツ大学のあるメドフォードからそう遠くないケンブリッジに住居を構えた。そして、同じ夏にジェイ・ルービンも、十八年間教えたシアトルのワシントン大学を離れ「村上さんの住まいから十分ぐらいのところ」に移り住んだ。ケンブリッジにあるハーバード大学の東アジア言語文明学部で教授のポストに就くためだ。[56]

答えは明らかかもしれないけど、なぜ慣れ親しんだシアトルを離れてハーバードに移ったのか。

そう尋ねると、ルービンは「君の言う通り明らかだよね」と返す。[57]

ハーバードの学内誌『Harvard Crimson』は、一九九三年四月の記事でルービンの就任を報じた。ルービンの就任後の予定について、当時ハーバードの学部生で現在はロイターのグローバル・ニューズ・エディターとして活躍するアレサンドラ・ガローニは次のように記している。

Besides teaching, Rubin said he will continue working on the English translation of Japanese author Haruld Murakami's latest novel, *Wild Sheep Chase*.

授業の他に、日本人作家ハロルド・ムラカミの最新作『ワイルド・シープ・チェース』の英訳に引き続き取り組む予定だとルービンは言う。[58]

ルービンが翻訳していた作家は、もちろん「Haruld」ではなく「Haruki」村上で、取り組んでいた作品も *A Wild Sheep Chase*（『羊をめぐる冒険』）ではなく『ねじまき鳥クロニクル』だった（*A Wild Sheep Chase* の英訳は、その四年前に既にアルフレッド・バーンバウム訳で刊行されていた）。シアトルにいるルービンとの電話でのインタビューだったため、著者名や作品名について聞き間違えが生じたのだろう。この記事のことを持ち出すとルービンは「それは間違いじゃない。Haruld が彼の本当の名前なんだ。Haruki の方が誤りさ」と冗談で返す。[59]

このような誤解が生じたこと自体は、今と比べて情報環境が乏しいなかで、特に驚くことでもないだろう。同時に、このエピソードは、一九九三年当時の村上の知名度(の低さ)を物語っている。『羊(英)』と『ワンダーランド(英)』の二冊が英訳で刊行され、短編も数本『ニューヨーカー』や『ZYZZYVA』などの文芸誌に掲載されていたものの、村上の名がまだ一般には浸透していなかったのが明らかだ。

ちなみに、村上は十数年後の二〇〇五年にハーバードに一年間「アーティスト・イン・レジデンス」として滞在しているが、その際も同じハーバード・クリムゾン誌のインタビューを受けている。二〇〇五年十一月の記事のタイトルは"Translating Murakami: The author doesn't want to be a celebrity, but it may not be up to him"「村上を訳す:著者は有名人になりたくないが、彼にはどうすることもできないかもしれない」。村上春樹が本人の意図とは別に「有名人」になっていることが強調されている。[60] この二つの記事を比べると、アメリカにおけるHaruki Murakamiをめぐる状況が十数年の間に様変わりしたことがわかる。

ともあれ、一九九三年半ばから約二年にわたる村上とルービンの「ご近所付き合い」がはじまる。ルービンは、『新潮』に一九九二年十月号から一九九三年八月号に掲載された『ねじまき鳥クロニクル』の第一部の翻訳に同年三月から取り組んでいた。一九九四年四月に第一部と第二部が単行本として刊行されると、単行本収録時の改稿を翻訳に反映するために、既に訳していた第一部の部分を更新した。その際「[雑誌と単行本を]一語一句比べなくてはならなかった覚えはないので、改稿箇所をハルキが教えてくれたんだと思う」とルービンは言う。数年間かけて翻訳に取り組んだルービンは、近所に住む村上に「ちょくちょく会[い]」、翻訳について「判然としない部分を説明してくれと何度も頼んだり、日本人編集者が見落とした矛盾を発見したりして、一度ならず村上を混乱させ」ながら、[61]交流を深めることになる。

ルービンは言う。

「良くも悪くも、村上に出会った当時は、彼がどれほど「ビッグ」であるかなんて頭を過ぎりもしなかった。私にとっては、昔から等身大だった。彼のことが好きなんだ。最初からそうだった。彼の作品を読んだときから気が合うだろうと確信したし、楽しい時間を共にしてきた。たまに「うそ、本当にムラカミに会ったことあるの！」みたいな反応に遭遇するんだけど、個人的にはあまり共感できないね[62]」

村上は、一九九五年五月に帰国したが、同年の十二月下旬にルービンは三十ページ分のメモを手に村上の青山のマンションを訪れた。二人は、ほぼ丸一日かけてそれらの疑問点をひとつずつ精査していった。

路地の空家を囲む「塀」は、板などでできたfenceなのか、それとも石やレンガでできたwallなのか。ギター弾きの男のメガネのフレームは、第二部の七章目では茶色で、十六章目では黒になっているが、これは意図したことなのか、色をどちらかに統一した方が良いのか。「幸江」という名前は、「さちえ」なのか、「よしえ」か「ゆきえ」なのか、などなど。ルービンの質問攻めに村上はついに、「頼むよ、単なる小説なんだから」と弱音を吐いたという。

作業が終り、ルービンが村上のマンションを後にしたのは夜の十一時すぎだった。ルービンにとって、「存命」の作家の長編小説を訳すのは初めての経験だった。そのため「著者に直接質問をする機会を受けて、少し夢中になりすぎてしまったかもしれない」という。以来、「作家をそのような拷問にかけるのは良くないと肝に銘じて、メールでひとつずつ質問するようにしている」[63]

新たなビッグ・スリー

ワシントン大学でも「ルービン先生の授業では村上春樹以外は読ませてもらえない」と冗談交じりで言われていたルービンだが[64]、ハーバードの授業でも積極的に村上の作品を取り上げた。

毎年春学期に教えていた「近代・現代日本文学入門」の授業は、長年「二葉亭四迷、国木田独歩、夏目漱石、森鷗外、永井荷風、芥川龍之介、谷崎潤一郎、川端康成、三島由紀夫、大江健三郎、野坂昭如」等の短編を中心に近現代日本文学史をできるだけ網羅する形をとっていた。まだワシントン大学時代の一九九一年に、その最後に村上の作品を入れるようになった。

しかし、過去に同授業を受けた学生たちと話しているなかで、学生が「作家の名前を覚えておらず」、「漠然とした全体像しか頭に残っていない」と気づいたルービンは、シラバスの大幅な改変を検討しはじめた[65]。

ハーバードに移籍してからは、初日に授業を選んだ理由を聞くようにした。その結果、多くの学生が「村上春樹を読みたいから」と答えたという。そこでルービンは、ハーバードに移ってしばらくしてから、入門の授業も夏目漱石、谷崎潤一郎、村上春樹の三人の作家に絞り、長編を含め複数の作品を読ませる方法に変えた[66]。

かなり大胆な絞り込みのようにも思えるが、この点について尋ねるとルービンは言う。

「入門講座は「学生たちがそれをきっかけにしてもっと専門的な分野の研究に入る」という暗黙の了解のもとで設けられているけれど、実際に受講者が専門に行くことはほとんどないから、生涯忘れないでもらえるくらい一人一人の作家をしっかり頭に刻みつけようとしないと意味がない。それができると思えた作家三人が漱石と谷崎と村上だった[67]」

村上春樹に関しては、短編集『象の消滅』、『世界の終りとハードボイルド・ワンダーランド』、『ノルウェイの森』と『ねじまき鳥クロニクル』の四冊がシラバスに組み込まれた。ルービンが初めて読んで衝撃を受けた村上作品である『世界の終りとハードボイルド・ワンダーランド』以外の三作は、いずれもルービンが自ら訳した／訳すことになる作品である。[68] ルービンのこの方針転換により、アメリカの大学の頂点にあるハーバードの「近代現代日本文学」の授業で、村上春樹が漱石と谷崎と並んで（ある意味、川端や三島を押しのけて）「日本の近現代作家で読まれるべき三大作家」として位置づけられたことになる。

48 *The Wind-Up Bird Chronicle* 刊行に向けての長いワインドアップ

雑誌や出版社の編集者による「エディット」は、文章レベルの編集にとどまらない。どの作品が、いつ、どこで、どのように読まれるか――ときには「文学作品」として読まれるか否か――までに及ぶ。この広い意味での「エディット」の興味深い例のひとつに、村上春樹の『ねじまき鳥クロニクル』の英訳が挙げられる。

『ねじまき鳥クロニクル』の英訳が大幅に編集された形で刊行されたのはよく知られた話である。後に再び触れるが、アメリカの出版社のクノップフ社との契約で文字数が制限されていたため、翻訳家のジェイ・ルービンが大胆に編集・短縮した原稿を(全訳の原稿と一緒に)出版社に送り、短縮版が出版された。[69] 英訳版から重訳されたドイツ語などの複数外国語版も同じく(英米の翻訳家と編集者により)短くされた形で流通したこともあり、この「村上春樹の許可を得て」行われた単行本の「アダプテーション」は、一部の批評家や読者に批判された。[70]

だが、『ねじまき鳥(英)』の広義での「エディット」は、単行本の刊行前から既に『ニューヨーカー』誌面上ではじまっていた。前述のとおり、担当編集者のリンダ・アッシャーがはじめて『ニューヨーカー』に掲載したのは、「ねじまき鳥と火曜日の女たち」。つまり、『ニューヨーカー』の読者は、一九九〇年十一月の段階でこの(『ねじまき鳥クロニクル』へと発展していく)村上作品と遭遇していたことになる。

その数年後に『ねじまき鳥』の翻訳が進んでいることを知ったアッシャーは、「抜粋を載せたいから、その部分を選んでほしい」と村上に依頼する。[71]

雑誌での抜粋の先行掲載について、村上は次のように語っている。

アメリカの出版界では長編の抜粋を雑誌に載せることが、雑誌にとっても、版元にとってもかなり大きなことなんです。出版社にとっては発売前の評判につながるし、雑誌にとっても話題作を先行して掲載できるということで熱心になる。[72]

このアッシャーからの依頼を受けて、村上は訳者のルービンと「よく相談して抜粋部分を選び出した」と述べているが、この点について再び確認すると、「抜粋ということ自体にほとんど興味がない」ため、全面的にルービンに「まかせた」という。他の抜粋箇所を提案することもなかった。「そこを載せたいと思うんだったらそれでいいんじゃないっていうしかないですね。日本にはそういう、長編小説を抜粋して雑誌に載せるという文化がないじゃない」。[73]

一方、ルービンは、膝を突き合わせて二人で決めたのか、電話でやりとりしたのか、当時の記憶が曖昧だという。

「でも、抜粋した二つの章は特に好きな部分で、独立した作品としても読めると思ったことは覚えている」[74]

担当編集者のアッシャーも、当時の記憶がほとんどないと言う。

「村上作品の編集については、翻訳者とのやりとりを含めて、とても興味深くて、楽しいプロセスだった記憶はあるけど、それ以外は細かく覚えていないし、残念ながらもう手元に参考となるような資料もほとんどないわ」[75]

『ニューヨーカー』に『ねじまき鳥クロニクル』の抜粋が最初に掲載されたのは一九九五年の夏。

七月三一日号に『ねじまき鳥クロニクル』第三部鳥刺し男編・第十章「動物園襲撃（あるいは要領の悪い虐殺）」が"The Zoo Attack"というタイトルで掲載された。この『ニューヨーカー』掲載版の"The Zoo Attack"は、二年後に刊行された英語版の単行本*The Wind-Up Bird Chronicle*に含まれた"The Zoo Attack (or, A Clumsy Massacre)"と比べても大幅に編集されている。赤坂ナツメグと岡田トオルとの「現在」のやりとりや、獣医の頬の青い痣やねじまき鳥の鳴き声など、短編の中で説明のつかないもの（回収されない伏線）を中心に約百二十行カットされている。つまり、長編の一章をベースに、（日本語では存在しない）新たな短編が『ニューヨーカー』用に編まれたことになる。

この短編をつくるプロセスについても、ルービンは記憶が明確ではないというが、アッシャーの編集は主に細かい表現のレベルでのものだったので、大幅な継ぎ接ぎは自分がやったのだろうという。ルービンは次のようにも付け足す。

「リンダは素晴らしかった。［訳文を読むだけで］翻訳で何かずれているところがあると、それを見事に察知してくれた」[76]

そのアッシャーは言う。

「私が覚えているのは掲載したあの二つの抜粋は、その頃『ニューヨーカー』が短編というものに要求していたかなり厳しい基準にぴったりといっていいほどうまく嵌まったということ。長編の一部をこの基準に合わせて整えるなんてめったにできないことだった。そしてあそこに書かれているような政治的・歴史的エピソードが日本のような地域から出てくるのは稀だったから、きっと読者に大きな衝撃を与えられると思った。ちなみに作品の掲載には複数の編集者の支持、それから編集長の同意が必要で、一人の編集者の意向だけで命運が決まることはなかった」[77]

抜粋箇所の選定や文章レベルの編集に加えて、作品掲載のタイミングの決定も重要な「編集」作業である。“The Zoo Attack”が掲載された一九九五年七月三一日号は、第二次世界大戦終戦五十年の特集。他には、日本在住のオーストラリア人ジャーナリストのムレイ・セールによる「原爆は戦争を終息させたか？（“Did the Bomb End the War”）」や『ニューヨーカー』が一九四六年に（他の雑誌が掲載を拒否した後に）雑誌を一冊使い一挙掲載したジョン・ハーシーの「ヒロシマ」の抜粋「原爆が投下された日（“The Day the Bomb Fell”）」が掲載され、表紙には子供を抱いて原子雲から逃げる女性が描かれたロレンソ・マトッティのイラスト“Under the Cloud”が採用された。

その一年半後（一九九六年十二月二三日号）には、『ニューヨーカー』に村上のプロフィール記事“BECOMING JAPANESE”が掲載された。『戦争の記憶——日本人とドイツ人』の著者イアン・ブルマが、大磯のマンションで一緒にお茶を飲んだり、海岸を歩きながら村上に話を聞き、書き上げたインタビュー記事である（邦訳は『イアン・ブルマの日本探訪——村上春樹からヒロシマまで』〈石井信平訳〉に収録されている）。記事の中でブルマは、『ねじまき鳥クロニクル』について、「今までの作品とは全く異なる。そこにはバタ臭さはない。あるのは血生ぐささだ」と評し、熊たちが「数十発の小銃弾を撃ち込まれながら、それでもなお檻《おり》に激しく体当たりし、兵隊たちに向かって歯をむき出し、唾《つば》を散らして咆哮《ほうこう》した」後に兵隊たちが「こんな風に檻の中の動物を殺すよりは、まだ戦場に出て人間を殺したほうが楽だと」思う場面や「次の号令で銃剣の先を中国人たちの肋骨の下に思いきりぐさりと突き刺し……中尉の言ったように、刃先をねじ曲げるようにして内臓をぐるりとかき回し、それから切っ先を上に向けて突き上げ」中国人捕虜を殺害する場面を直接引用しながら紹介している。

ブルマによるプロフィール記事が掲載された翌月の一九九七年一月には、その年の秋に刊行を控えた *The Wind-Up Bird Chronicle* の抜粋第二弾として、第三部・第二八章（英語版では第26章）の「ねじまき鳥クロニクル#8（あるいは二度目の要領の悪い虐殺）」の抜粋が掲載された。この抜粋では、主要人物の日本人獣医をより「人間的」にする、家族への愛情を表す内面描写、顔を洗うなどの日常的なディテール、頬の鮮明な青いあざに子供時代苦しめられた記憶などの部分がカットされ、そこに描かれる暴力が強調されているが、ゲラや草案のタイプ原稿を見ると、これらの変更の大半は『ニューヨーカー』の提案で行われていることがわかる。例えば、「あるいはそれは、彼の

PROFILE

BECOMING JAPANESE

イアン・ブルマによる村上春樹のプロフィール記事（『ニューヨーカー』1996年12月23日）

> 右の頬《ほお》についている鮮やかな青いあざのせいかもしれなかった。彼は小さい頃《ころ》、他人にはなく自分にはあるその刻印のようなあざを激しく憎んでいた。友達にからかわれたり、知らない人にじっと顔を見られたりするたびに、死にたいような気持ちになった。ナイフでその部分を剥《む》いて落としてしまえたらどんなにいいだろうと思った。しかし成長するにつれて、彼はその顔のあざを、切り離すことのできない自分

の一部として、「受け入れなくてはならないもの」として静かに受け入れる方法を少しずつ覚えていった。そのことも彼の運命に対する宿命的諦観《ていかん》を形作った要因のひとつであったかもしれない。[78]」にあたる部分は、一九九六年十二月十六日にルービンに送られた草稿でカットされた。[79] また、その二日後の十二月十八日に作成され、十二月三一日にルービンに送られたゲラでは、「家の中は空虚に静まり返っていた。それはもう彼が愛し、そこに属していた家庭ではなかった。」や「彼女たちのためなら自分が死んでもいいと心の底から思っていた。自分が二人のために死んでいくところを、獣医は何度も何度も想像したものだった。それはひどく甘美な死に方であるように彼には思えた。[80]」など獣医が家族について考える場面の一部が削除された。[81]

　タイトルについても、稿を重ねるごとに徐々に変化している。ルービンによる第一稿では、オリジナルの「ねじまき鳥クロニクル#8（あるいは二度目の要領の悪い虐殺）」に忠実な「The Wind-Up Bird Chronicle#8 (or, A Clumsy Massacre)」という訳が提案されている。これに対して、十二月十六日にアッシャーより「Clean up Hitting」という題が提案され、[82] その二日後には「Another Way to Die」という（訳文で繰り返されるフレーズを用いた）題でゲラが作られ、[83] 一月二日以降にそこに「Last orders of a Japanese officer in Manchuria during the final moments of the Second World War（満州国における日本人将校の最後の命令）」という副題が付け足されている。[84]

　細かな編集作業を経て掲載されたこれらの抜粋は、『ねじまき鳥クロニクル』は「第二次世界大戦の責任に向き合う作品」という印象を読者に鮮明に植えつけ、このイメージはその後も何度も書評やキャッチコピーなどで反復されることになる。

49 短縮された『ねじまき鳥』

『ニューヨーカー』誌面上で舞台が整えられた『ねじまき鳥（英）』の英訳は、一九九七年にクノップフ社からハードカバー版が刊行されることが決まった。『ニューヨーカー』に抜粋が掲載されたことにより、クノップフ内での力の入れ具合も変ったという。一九九八年のインタビューで村上は「クノップフの社員は当然みんな『ニューヨーカー』を読んでいて、掲載後、ゲラを読ませてくれとか、プロモーションをもっと強力にやろうとか、内部からもずいぶん積極的な声が出たようです。（略）まず版元が盛り上ってくれたことも大きかった」[85]と語っている。

翻訳作業については、先述のとおり、第一部が『新潮』連載時から開始され、何段階かで進められていた。村上は言う。

「『ねじまき鳥クロニクル』は」一部と二部で終りにするつもりだったんだけど、一部と二部を書き終えてしばらく経ったら、三部も書きたくなって。だから、一部、二部を書いた時点でこれで終りというので、ジェイに渡した。そうやっているうちに三部が書きたくなって、最後にまた足したという感じになった」[86]

ルービンは、最終的には五年近くを『ねじまき鳥クロニクル』の翻訳に費やしたことになるが、作業を長く感じることはなかったという。

「毎日が新しいし、ひとつのテキストに身を委ね、最終的にはうまく説明できないプロセスを経験することは楽しいし、想像もしなかったような表現やイメージが浮かび上がってくるのにも喜びがある」[87]

しかし、ルービンが五年かけて仕上げた英訳には、ひとつ問題があった。村上とクノップフの間で交わされた契約で指定されていた文字数の上限を大きく上回っていたのだ。

「これは、出版社側が、当時の村上のキャリアを考慮し、売れる本の上限として考えた数字だった[88]」

作品を（少なくとも自分ほどは）深く読み込んでいない編集者に刈り込まれるのを懸念したルービンは、クノップフに二つのバージョンを送った。ひとつはカット無しの完全版、もうひとつは大幅に（ルービン本人の概算では訳文で約二万五千ワード、研究者のメイナード・キーランの概算では原作の一、三七九ページ中の六十一ページ）[89]削った短縮版だ。[90]

村上としては、可能であれば短縮するのは避けたいと考えていた。しかし、当時はあまり強く意見を主張できなかったという。

「その頃は僕もまだクノップフの作家になったばかりだったし、そんなに強いことは言えなかったよね。だから長すぎると言われて、それはしようがないなと[91]」

『ねじまき鳥クロニクル』は日本語版では三巻本だ。『新潮』で連載された第一部と書き下ろしの第二部が一九九四年四月に、書き下ろしの第三部がその一年半後の一九九五年八月に刊行されている。ところが英語版は、クノップフのフィスケットジョンの意向もあり、一冊にまとめられて刊行されることが決まっていた。

ルービンが行った削除と変更の大部分は、第二部の終盤と第三部の冒頭に当たる。第二部の終盤は「第三部にはほとんど関わりがない」と考えたからであり、「ここまで混沌としたものになるはずだったとは到底思えな」い第三部を原作よりも「締まりがありすっきりし」たものに整理した。[92]第二部では終盤の十五章と十八章（と十七章の一部）が削除され、第三部では最初の章が他の章と統合され、第二章が後ろにずらされ、第二六章が省かれている。また、第二部の最終段落については、十七章の最終段落と（省れた）十八章の数行が継ぎはぎされる形でつくられており、原作とはかなり印象の違うエンディングとなっている。この編集作業にどれほどの時間を要したかについては、「当時使っていたパソコンに記録された日付を見ればわかるかもしれないけど記憶が定かではない」という。[93]

ルービンが *The Wind-Up Bird Chronicle* の翻訳に関わる資料を寄贈したインディアナ大学のリリー図書館で（二〇一八年現在）閲覧可能なゲラや書簡を見る限り、ルービンが最初にクノップフに二種類の原稿を提出し、短い方が選ばれてからは、大幅な短縮や入れ替えは行われていないようだが、細かい編集は半年以上続いた。フィスケットジョン、ルービン、（フィスケットジョンの当時のアシスタントの）ロバート・グローバー、（プロダクション・エディターの）デボラ・ヘルファンド[94]の間のやりとりを見ると、刊行直前までかなり詳細な修正が重ねられていたのがわかる。

一九九七年三月三一日

親愛なるロブ（と呼ばせてもらっても？）

第一部すべての訳稿（前付含む）を送ります。p.ivにいくつか必要な情報を載せてあります。

未解決の問題がいくつか。ほとんどは些細なことですが重要なものも少しだけあります。

1．小説冒頭の段落は個人的にまだ不満が残っています。wasが多すぎる。また鳥のイメージを出すため、オペラの題を英語にしても大丈夫かという点についてはゲイリーとも相談し、できれば英語で行きたいという話になりました。

（…）

「トル（HM）」と印をつけたところがいくつかありますが、これはハルキが削除してかまわないと指定してくれた箇所です。私も総じて彼と同意見ですが、ゲイリーの意見はまた違うかもしれません。[95]

一九九七年四月十七日

ロブとゲイリーへ

三月三一日に送った第一部の訳稿は届いているでしょうか。第二部と第三部の訳稿も送ります。校閲の指摘に関してはこちらから大きな異論はありません。数多くの間違いを見つけていただき感謝します（とくに私自身が日頃学生に口すっぱく言っている懸垂分詞の指摘はたいへん有難い！）。ただしいくつか留意点があります――

一頁目の改稿を同封します。冒頭の段落を書き直した他、校閲による修正案を組み込みました。ただしまだ章題横などに校閲・組版上の指定を入れる必要があります。

　オペラについてはいくつか参考文献に当たりましたが、件のロッシーニの作品については*La Gazza Ladra*《ラ・ガッザ・ラードラ》と記載しているものしかありませんでした。しかしやはり鳥のイメージを前面に出すため、また小説後半でこの題の意味をめぐる考察が書かれている箇所をわかりやすくするために訳文では「The Thieving Magpie《泥棒かささぎ》」とさせてほしいと思います。イタリア語の原題を用いないことで抗議が来ているようでしたら教えてください[96]。

一九九七年四月十八日
ロブへ
　修正事項のリストを送ります。あなたが金曜日に出発する時点ではまったくこれを組み込める段階にありませんでした。電話でやりとりするにも膨大な時間がかかってしまう、というかほぼ不可能だったでしょう。どなたからもゲラの控えを送ってもらえなかったことに少々驚いています。それが届いていれば、校閲の新しいコメント入りの原稿を見返す時間もあったかもしれませんが（一部はあなたから送っていただきましたが、ゲラ全体を見たいのです[97]）。

一九九七年八月二十五日
ロブへ
　ゲイリーからの電話の返事を待つ間に、“house《家》”をResidence《屋敷》に置き換える必要がありそうなところを自分でも探してみたので以下に記します。私の理解が正しければ、デボラ・ヘルファンドは引用符付き"house"を引用符なしの Residence に変えたということでいいでしょうか。こちらとしてもその方がずっと良いと思います。

（…）

デボラがこれらの箇所をすべて見つけてくれていると有難いのですが（他にもまだ見落としたものがあるかもしれません）。文中に house という言葉自体はたくさん出てきますが、私がパソコン上で検索したかぎりでは、変更が必要な箇所は以上だと思います。[98]

バーンバウムとルークも、ルービンと同様に、作品を「引き締める」ために『ワンダーランド』の英訳に手を加えている。[99] しかし、この二作の編集のアプローチは大きく異なっている。『ワンダーランド』のように二つの話が交互の章で同時に展開する作品では、全体の構造を保つことが極めて重要となる。そのため、編集は主に既存の章構造のなかでの文の刈り込みという形で行われた。一方、『ねじまき鳥クロニクル』については、ルービンは「完結した短い話の集まりで、その偉大な力は構造の一体性というよりも蓄積的効果と多様性から来ている」とし、編集にあたって章構造を保つことにはこだわっていない。特に第三部の前半三分の一は、積極的に章の順序を入れ替えている。

二つのアプローチのもうひとつの大きな違いは、翻訳者と編集者の協力度合いの違いだ。ルービンは『ねじまき鳥』の短縮をひとりで行い、先述のとおり、フィスケットジョンはその縮訳版の出版を選択した。

この決定について、フィスケットジョンは次のように振り返る。

「最大の、というよりほぼ唯一の論点は、『ねじまき鳥クロニクル』は一巻本でないと出版できないと私が主張したことだ。日本での出版のされ方——最初にハードカバーを二冊同時に出し、そのあと予告なく三冊目が登場する——がかなり特殊だったことを踏まえれば、きっとある程度はカットせざるを得ないだろうと思われた。この判断は出版当時、関係者全員（ハルキ、ジェイ・ルービン、そしてビンキーも）が理解を示してくれたが、のちにそのことが話題になってインターネット上で批判が巻き起こると大問題のようにみなされるようになった。こちらの言い分を言わせてもらえば、まだヨーロッパ各国で出版社を確保しておらず、このアメリカでも今ほど売れていなかったハルキにとってあの本は大事な足掛かりだったし、あれ以降彼の本の売上は目覚ましく伸びたんだ。だからそれを僕の責任だと言われるなら非難は甘んじて引き受けるよ[100]」

ルービンが自ら「短縮版」を作らず、「完全版」のみを提出していたら、フィスケットジョン自ら似たような大幅な編集を試みたのだろうか。

「そう思いたいね。だいいち『ねじまき鳥』を日本と同じ形式で出すことはアメリカでは絶対に不可能だったし。まったく前例がないからね。でも、ジェイが親切かつ賢明にも別の方法を考えてくれたから、僕らクノップフはそれで行くことができた[101]」

『ねじまき鳥』の英訳では、結果的にルービンは、出版社の意向を反映する形で、一人で「翻訳」と「翻案」の両方を担当したことになる。一方で、バーンバウムは、しばしば削除可能と思える箇所に印をつけた草稿を持ってルークとの編集セッションに臨んだ[102]。今日の英語版の読者からしたら、どちらも大幅に短縮された作品であることは変わらない。しかし、ルービンは、翻訳と編集の作業を明確に切り分けることで、自身の翻訳者と編集者としての役割を区別することができた。そして、完全版の翻訳を作成し、原稿を保持し、その存在を公にしたことで不義を責められることはある程度回避できた。(ルービンによる『ねじまき鳥クロニクル』の完訳は、前述のリリー図書館に寄贈され、二〇二六年以降には一般読者も閲覧できるようになる。)ところが『ワンダーランド』の場合は、「完全版」の翻訳は残っていない(バーンバウムもルークも初期の草稿やゲラなどを持っていない)。なぜなら、その翻訳・編集・翻案作業を同時に行ったため、いわゆる「完訳」がそもそもはじめから存在しないからである。

村上は、出版前に短縮された『ねじまき鳥(英)』の原稿を確認することはしなかった。だが、『ハードボイルド・ワンダーランド』等と同様に、『ねじまき鳥』についてもいつかは「完訳版」を出したいと考えているという。

「『ねじまき鳥』の一番大きな問題は、第二部と第三部のギャップ。そこをジェイが少し手を入れて作り変えてるんで、それがオリジナルとは違うということで結構問題になって、今でも不満を言う人が結構いる。そういう不満の声がすごく強いんでジェイも「いや僕もめげてるんだよ、ちゃんとした正確な訳を出したいんだけど、やっぱりクノップフがあまり乗り気じゃない」と」[103]

「最高にエレガント」なブックデザイン

英訳原稿ができると、装丁は『象の消滅』の時と同様に、チップ・キッドにまかされた。

キッドは、カバーにねじまき式の鳥の玩具を使用した。この玩具は、キッドが入手した実際の玩具がベースになっており、今もキッドの書棚に本とともに飾られている。装丁に「ねじまき鳥」のイメージを用いたことについて、キッドは自著で次のように語っている。

『ねじまき鳥クロニクル』は僕が手がけた小説のカバーデザインの中でもいちばん挑戦的で難解なものだと思う。あれほど複雑なのは他に『チーズ・モンキーズ』〔キッド自身の小説〕くらいかな。現代と戦時中の日本を描いたあの広大な小説で語り手は「ねじまき鳥の鳴き声」と彼が想像する音にたえず悩まされているけれど、その姿は見えない。僕は原則として、題名や作中イメージを何のひねりもなくカバーに持ってくるのは大嫌いなんだけど、ここでは鳥の玩具を思いっきり拡大して載せることで、本にカバーがかかった状態ではそれが何かわからず抽象的に見えるようにした。(中略)ついでに言えば、こうした豪華仕様のおかげで一冊当たりのコストは跳ね上がったわけだけど、サニはそれを気前よく認めてくれた。この事実もクノップフがどれだけこの本とその作者を買っていたかを物語っている。[104]

キッドによるカバーは好評で、書評でそのデザインについて触れる評者もいた。作家のフィリップ・ワイスは、ニューヨーク・オブザーバー紙の書評で「カバーをデザインしたチップ・キッドは『ねじまき鳥クロニクル』を小説としてこれ以上なく優雅な美術作品に仕立てている」と絶賛した。(キッドは、自らの代表的な仕事を集めた *Chip Kidd: Book One: Work: 1986–2006* では、『ねじまき

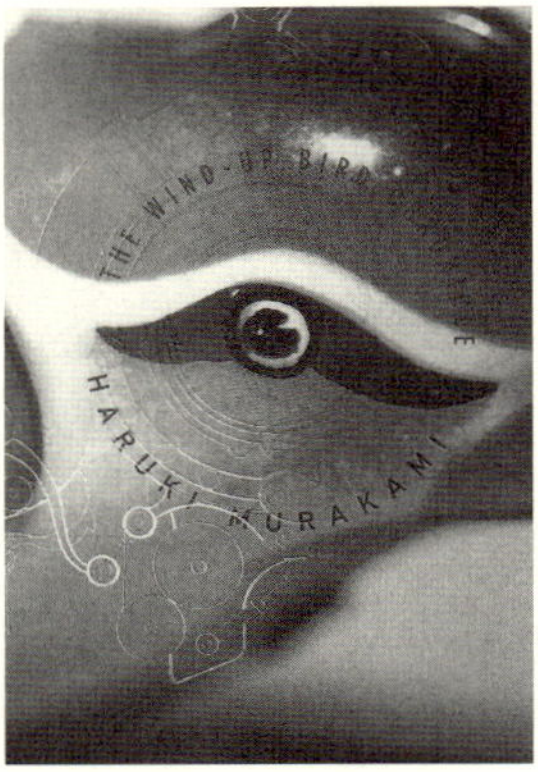

The Wind-Up Bird Chronicle
（Knopf, 1997）

鳥（英）』のカバーとともに、この書評の抜粋も掲載している。）

『ねじまき鳥（英）』をきっかけに村上春樹作品を真剣に読むようになったという作家のピコ・アイヤーは、チップ・キッドのカバーの影響力について、次のように振り返る。

「当時（『ねじまき鳥（英）』が刊行された一九九七年）のニューヨークで村上はすでに大物扱いだった――たくさん報道され、注目を浴びている四、五人の国際的作家のうちに含まれていた。今もそうだ。そしてクノップフ版のチップ・キッドのデザインおよび彼がそこに注いだ時間やエネルギーは、ムラカミをすごくクールで意外性に満ちた最先端作家に見せることに貢献した[105]」

一方、刊行される前にカバーのデザインを目にしたルービンは驚いて、異議を唱えたという。

「素敵なカバーで、個人的にはとても好きなんだけど、作中で、ねじまき鳥は、ねじまき式の鳥の玩具ではないと書いてある、と伝えたよ。素晴らしいカバーだけど、同時に全くの見当違いだと。たしか返事はなかったけど。このようなことにおいては、翻訳者が何を言おうと無関係だからね[106]」

50 「世界で最も有名な日本人作家へと変貌させた」作品

先述のとおり、村上は『ねじまき鳥クロニクル』の出来に手応えを感じていた。

「僕には、『羊をめぐる冒険』、『世界の終りとハードボイルド・ワンダーランド』、それから『ねじまき鳥クロニクル』という大きいステップストーンみたいなものがあると思うけれど、やっぱり『羊をめぐる冒険』と『世界の終り』は、まだ書ききれてないというか、自分の力がうまく出せてない部分があった。でも、『ねじまき鳥クロニクル』では、一応自分でやりたいことはやったという気持ち、確信みたいなのができたから、あの作品は僕にとって要になっていると思う。あの本は自分で言うのもなんだけど、よく書けていると思う」[107]

そして、作品の抜粋や著者プロフィール等の掲載を通して充分に舞台が整えられた『ねじまき鳥（英）』がキッドの見事なカバーデザインで世に送りだされると――イギリス人作家のデイヴィッド・ミッチェル（『クラウド・アトラス』など）の言葉を借りると――それまでは海外ではそこまで知られていなかった作家を「世界で最も有名な日本人作家へと変貌させた」[108]。

各種メディアも、英米の主要紙を中心に、数多くの書評を掲載した。『ニューヨーカー』の「アート・クリティック」でもあったジェイミー・ジェームズは、『ニューヨーク・タイムズ・ブック・レビュー』の書評で『ねじまき鳥（英）』は、海外では「まだ広く読者を得て（おらず）、日本の批評家には「ライトウェイト」とされる村上を「世界文学における重要人物として位置付ける」

べく刊行された本であるとし、意図的に「重みのあるテーマ――愛のはかなさ、現代政治の空虚さ、そして最も挑発（刺激）的なのが第二次世界大戦中の日本の武力侵略の負の遺産」――を取り上げている」ように思えると指摘した。[109] その二日前には、同じニューヨーク・タイムズで（最近まで四十年近くニューヨーク・タイムズの書評主幹《chief book critic》をつとめ、厳しい書評で知られる）ミチコ・カクタニは、「村上春樹の最新小説『ねじまき鳥クロニクル』は大変な野心作だ。作者の過去の作品の主題、モチーフ、関心事をただ再提示するのではなく、それらの素材に深い神話的・歴史的意味を纏わせようと真摯に試みている」と書いている。しかし、ニューヨーク・タイムズの二人の評者の意見はここで分かれる。ジェームズが「『ねじまき鳥クロニクル』は大胆に出し惜しみなく書かれた本で、これを下手にまとめてしまっていたら作品の魅力が大きく損なわれただろう」と書いているのに対して、カクタニは「しかし、作者は喩えるならドン・デリーロの『アンダーワールド』やサルマン・ルシュディの『ムーア人の最後のため息』のような美的重要性と洞察力を持って書こうとしているものの、それには部分部分でしか成功していない。（略）『ねじまき鳥』の大半はあまりにも取り散らかっているように思われ、はっきりとした結末の拒否が文学的選択によるものではなく単なる怠慢――作者が原稿をもう一回ワープロ（またはパソコン）で推敲するのを渋っただけ――のように感じられる」と批判している。

　このカクタニの評に異議を唱えたのが、『ニューヨーク・オブザーバー』紙に評を寄せた前述のフィリップ・ワイスである。“Forget DeLillo and Pynchon-Murakami's the Guy for Me” と題した好意的な評で次のように反論した。

「一体なんだってミチコ・カクタニのような、大胆さも心意気も毛嫌いする読み手が文学の価値を決めることになってるんだ？　氏はこの仕事を長くしすぎて、もう手持ちの蠟燭がだいぶ消えかかってる。もっと精巧で縮こまった小綺麗な本がお好みのようだから、巨大で荒々しい『ねじまき鳥クロニクル』に怖じ気づいてしまったんだ。彼女によればこの本は乱雑でとっ散らかっていて「意味ありげな脱線」だらけなのだそうだ。
　僕がカクタニ氏の批評について言えることはひとつだけ。おっしゃっていることはみなごもっともだが、そんなことはちっとも問題じゃないということだ。『大いなる遺産』にだって大きな問題はいくつもある。僕はこの本を、J・D・サリンジャー的に言えば「素人読者」として読んだ。語りの強烈な力に引っ張られて物語世界を旅することができた。そして今年ドン・デリーロやトマス・ピンチョンが繰り出してきたぎゅうぎゅう詰めの大型トラックとは違って、『ねじまき鳥』には凝りすぎたところがない。平易な文章で、ときにあっさりと壁を越えるのだ[110]」

『ねじまき鳥（英）』は、ニューヨーク・タイムズのベストセラーリストには載らなかった（ハードカバーの初版二万五千部に対しての実売数は、「二万四千部[111]」とも「約二万部」とも報告されている）[112]。だが、『象（英）』の時と同様に、リストの下に掲載されるBEAR IN MIND:Editors' choice of other particular books of interest という編集部のピックアップ作品には選ばれ、「日本で最も人気のある作家が、愛のはかなさ、政治の空虚さ、第二次世界大戦中の武力侵略の負の遺産といった巨大なテーマに真っ向から取り組んだ大作」と、大きなテーマが扱われていることを強調する形で紹介されている。これは、前述のジェイミー・ジェームズの書評の“The new book almost self-consciously deals with a wide spectrum of heavy subjects: the transitory nature of romantic love, the evil vacuity of contemporary politics and, most provocative of all, the legacy of Japan's violent aggression in World War II”という言葉を抜粋したものだろう。また、毎年十二月に発表される「年間ベストブック」も逃したものの（選ばれたのはフィリップ・ロスの『アメリカン・パストラル』、トマス・ピンチョンの『メイスン&ディクソン』、ドン・デリーロの『アンダーワールド』等）、編集部が同紙で書評された作品から選ぶNotable Books of the Year（今年の注目本）には含まれ、ここでも再び「日本で最も人気のある作家が、愛のはかなさ、政治の空虚さ、第二次世界大戦中の武力侵略の負の遺産といった巨大なテーマに真っ向から取り組んだ大作」と紹介されている。[113] つまり、ニューヨーク・タイムズは、二ヵ月の間に三度にわたり同じ表現で作品を紹介していることになる（ちなみに、ニューヨーク・タイムズは、一年後の十二月六日にも、再度New and Noteworthy Paperbacksというくくりで『ねじまき鳥（英）』を紹介しているが、その際の紹介文は“A big, bold Japanese novel with lots on its mind.”の一行に凝縮されている。ジェイミー・ジェームズの評が何度も短く書き直されながらリサイクルされているのは明らかである）。

クノップフのフィスケットジョンは、当時の戦略や反応について次のように振り返る。

「この本が、すでに十分に高かったハルキの売上を大幅に塗り替える絶好のチャンスになるということは、僕も会社の仲間もわかっていた。そしてあの頃はまだ少なかった外国の出版社の間で彼の評判を高めるため、僕は自社で印刷した英語版『ねじまき鳥』をフランクフルト・ブックフェアに一箱送って海外の知り合いに配った。うちが翻訳権を押さえていたわけじゃないけど、彼のエージェントが梃子入れしようとしていた方面で自分にできることがあるのならぜひ役に立ちたいと思ったんだ。知ってのとおり、それからほどなくして世界中の一流出版社から彼の本が出るようになった」[114]

『ねじまき鳥（英）』刊行時には、村上の作品は十四言語に翻訳され、この数字は二〇〇二年の *after the quake*（『神の子どもたちはみな踊る』英訳）刊行時には二十七言語、二〇〇五年の *Kafka on the Shore*（『海辺のカフカ』）刊行時に三十四言語、二〇一一年『１Ｑ８４』で五十言語以上と段階的に伸びていくことになる。

フィスケットジョンは言う。

「ともかくクノップフはこの本をとても積極的に売り込んだ。ハルキの以前の作品だって傑作だったし十分売れていたけれど、『ねじまき鳥』はそれらと比べても話のスケール・視野の広さ・文学的野心の面で飛躍的な進歩を遂げていて、あらゆる意味で並外れた一作だと信じたからだ。ここテナシーにハルキの資料はないが、出版直後の評判は僕らの思っていたことを見事に裏書きしていたという記憶がある。「これはある現代の巨匠による現時点での最高傑作で、最大級の注目に値する」とね。彼は日本ではすでにそうした栄光に浴していたけれど（とはいえ日本においてもこの本は大きなブレイクスルーだったはずだ）、アメリカや他の言語圏でもそうなるべきだとみなされるようになった。

実際、『ねじまき鳥』は評価の面でも売上の面でも期待どおりになった数少ないケースだった

（僕はいつも期待をなるべく高いところに設定する）。繰り返しになるけど、ハルキはその前から翻訳作家としては異例といっていい成功を収めていたし、読者数だって評価の高いアメリカ作家の幾人かに匹敵するほどだった。しかも、ヴィンテージから出ている彼のペーパーバックすべてが毎年売上を更新していた。それまで一度も経験したことのない現象だったよ。これはつまり、はじめて村上作品に触れてそれを気に入ってくれた読者は他の作品にも次々手を伸ばし、周りの人間にもそれを勧めるという循環が出来上がっているということだ。そうした循環の大切さ、稀少さはどれだけ強調してもしきれない。コーマック・マッカーシーも『すべての美しい馬』がベストセラーになってから旧作の売上が（他の作家以上に）伸びたけど、それさえハルキのように全作品が年々記録を上書きしたりはしなかった。僕が退職するまでにもう一度くらい同じことが起こってほしいけど、あまり当てにしすぎないようにしている。

　ということで話をまとめれば、他の人たちも言っているように僕も『ねじまき鳥』の成功はひとつの事件だったと思う。僕のキャリアにおいてももちろん大きな山場であり、ハイライトだった。うちでハルキの本を出版する機会を得るずっと以前から僕は彼の小説がいかに独創的で優れているかを知っていて、何年も愛して止まなかったからなおさらだ。うちはかなり有利な立場でこの本の出版に携われたと思うけど、それでも自分たちの仕事は表彰物だったと確信している」[115]

同じ頃ニューヨークに住んでいて、のちに村上に何度もインタビューをしているローランド・ケルツも、『ねじまき鳥（英）』の刊行は「転機」だったと当時を振り返る。

「僕がニューヨークに住んでいた九〇年代後半は、乱雑で独創的、巨大でマッチョな「ポストモダン」小説の時代といった雰囲気だった。デイヴィッド・フォスター・ウォレス、ドン・デリーロ、トマス・ピンチョンがいっせいに一大巨編を投下してきて、そこにとつぜん村上春樹も混じってくる。『ねじまき鳥』の書評を依頼してきたのは『フィラデルフィア・インクワイアラー』紙。僕はその仕事を受ける前にまず彼の旧作をいくつか読み返した。『羊』と『ワンダーランド』を大急ぎで読みながら「きっと新作は愉快で小気味良い、短めの本だろう」と想像したことを覚えている。

送られてきた小包は重たかった。七〇〇ページ近くもあって「おいおい、いったいこの作者はどうしちまったんだ？」と思ったよ。だけど物語を読みはじめた途端に魅了されてその虜になった。作家仲間や同僚教師、そして当時のガールフレンドにまで言って回ったね——この日本人小説家には、平凡な現実を綿密に観察してそれを新しいものに作り変える特別な才能があるって。深海の生き物のように見えるダイヤル式電話。猫が消えた路地と、いつもなんとなく直感の鋭い少女。同じ物語の中で読み手は満州に連れて行かれ、そこで日本の占領のおぞましい状況、その地に根づく亡霊、そして動物園の動物たちが無意味に殺されたり、一人の軍人が激痛に苛まれながら手際よく皮を剝がれる場面を目にする。

僕はそういったことを書評に書いた。旧作を読んでいれば、作者が才能を総動員してこの見事な傑作をまとめ上げたことが実感できる。村上初体験の読者にとってはこの本は別の世界に導いてくれる扉で、東京という規範なき都会にいる孤独と、アジアで起こった戦争の抑圧された生々しい記憶の両方を目撃・体験させてくれる。

『ねじまき鳥』はレビュー的にも好評で、これから村上が長大で重厚な本格小説を書いていくだろうという欧米の期待を決定づけたと思う。もう彼は「レイモンド・チャンドラーのノワール探偵小説を日本という舞台に置き換えるのが上手い接ぎ木職人」とは見なされなかった。ニューヨークの友人たちは「すごく面白かったけど結末をどう受け取ればいいのかわからなかった」という感想だった。それを聞いて「謎めいた終り方をするわくわくする物語というのも有効なんだな」と気づかされた。

このあとハルキははじめて本格的なノンフィクションの執筆に取りかかり、『アンダーグラウンド』と題したその本のために、日本でオウム真理教が一九九五年に起こしたテロの加害者サイドと被害者サイドの双方をインタビューした。そしてその経験が作家として、また日本という民族共同体の一員として自分の人生の大きな転機になったと僕に語ってくれた。だけど英語読者からすると、ハルキをメジャーな作家に押し上げる転機となった本は『ねじまき鳥』の方なんだ。今でもあの作品は、作者がふたたびそこに到達し乗り越えるべき最高点として存在しつづけているのかもしれない」[116]

先述のデイヴィッド・ミッチェルも、『ねじまき鳥（英）』にはケルツと似たような衝撃を覚えたという。自ら作家になりたての時代に（ほぼリアル・タイムで）村上の初期の英訳に触れた経験について次のように振り返る。

「一九九六年、僕は広島市の北にある小さな町で英語講師をしていた。インターネット時代が幕を開ける直前くらいの年で、僕は本をたくさん読み、同僚の英語講師や外国人同士でよく本を交換し合った。あるとき、折れ目だらけの古いペーパーバックが僕の手元にやってきた。ハルキ・ムラカミという人物が書いた『羊をめぐる冒険』の英訳版。初めて目にする名前だったが、そもそもあの頃彼の名は日本の外ではほとんど知られていなかった。

僕はこの小説のトーンに、垢抜けた感じに、進取の気性に、そこにある日本に惹かれた。村上の描く日本は礼儀や茶道や切腹といった川端・三島の描く精妙な日本とも違えば、東京のネオン街、アニメや漫画、奇抜なサイコパスたちといった超現代的日本とも違っていた。その両方の遺伝子を受け継ぎつつも独自の個性を持った日本だった。それは一九九〇年代の日本によく似ていた――平凡で色褪せた郊外の孤独な日常の中に、不思議な出来事や現実からの逸脱や神秘の発生する余地が隠されている。この本の舞台となるのはポップでも文学的でもない札幌のような土地で、日本文化の本流からは外れている。登場人物たちは実存主義的な意味で束縛を受けていない。彼らはいつもバーや喫茶店や、とりたてて眺めがいいわけでもない狭い部屋にいて、仕事をして風変わりな会話をしてビールを飲んで寝てまた仕事をする。そこに家族というものが介入してくることはまずない。将来の計画を立てたりもしない。いま思えば日本で働く英語講師の生き方だってそれと似たようなものだった。

一九九八年、その頃付き合っていた女性（現ミッチェル夫人）がある本をくれた。薄い上下巻の『ノルウェイの森』日本語注釈つき英語版で、当時はそれがこの小説の唯一の英訳だった。広島時代、僕は教室でもアパートでもない第三の居場所が欲しくて、帰宅途中によく役場近くのドトールに立ち寄っていたのだが、ある日の夕方その店で『ノルウェイの森』を読みはじめ、そして二冊を一気に読み通してしまった。『ザ・ワイヤー』〔アメリカの犯罪テレビドラマ〕の最高に面白い回を見ているときと一緒で、途中で止めるという選択は考えられなかった。最後のページを読み終わったときに外は暗くなっていて、従業員が店を閉めようとしているところだった。あれから二十年経つけれど、僕はいまだにあの物語の残光を思い出すことができる。にもかかわらず、なぜそこまであの本に気持ちを揺さぶられたのか、その理由は今も謎のままだ。物静かな小説で、『羊をめぐる冒険』のようなジャンル小説らしさがあるわけではない。東京の大学に通う青年についての現実的な物語だった。主人公は親友を亡くし、正常な精神というものを摑みかねている思い人がいて、年上の女性と関わりを持つ。時代には社会改革の気運があるもののそれは中流階級によるパフォーマンスに近い。僕が思うに、村上春樹という人はまず何よりも「無束縛」の作家ではないだろうか。そうだとすると彼が若い読者に支持されていることもうなずける。一般的に「若い」ということは「まだ束縛されていない」ということだからだ。ひょっとしたら村上は、僕らが若い頃に取り得たもうひとつの可能性を示してくれているのかもしれない——複雑な内面と性欲を抱え、音楽を愛し、かすかに悲劇的雰囲気を纏ったクールな日本人（読者がそうでない場合も）だが文化的にはコスモポリタン、いつも部外者的立ち位置に甘んじている。なかなか素敵なイメージだ。すくなくとも自分は確実にそこに魅了された。あの頃、僕は難航していた二作目の小説のアイデアを必死にかき集めていたのだけど、少なくない数のヒントをこの作品から得ている。まず題名からして（こう言っていいなら）オマージュだ——『ナンバー9ドリーム』も、『ノルウェイの森』と同じようにジョン・レノンの歌のタイトルだから。

その次に読んだのは『世界の終りとハードボイルド・ワンダーランド』——徐々に解き明かされていく謎が並行展開する二つの筋を引っ張っていく、スマートな和風サイバーパンクだ。しかし僕にとっての村上の最高傑作は何と言っても『ねじまき鳥クロニクル』。イギリスでは一九九八年、海外文学の目利きスカウトであるハーヴィル社から出版されたこの小説は、奇妙さ、繊細な感情、憧憬、そして形而上学的魔法とでもいうべきものが完璧な配合で混ざったムラカミ・カクテルだ。物語の下地になっているのは一九三〇—四〇年代に日本の傀儡国家だった中国北東の満州国の歴史。日本の大衆文化で広く論じられてきたとは言いがたい時期だ。(侍の出てくるテレビ時代劇ならそれこそ毎年のように焼き直しされている。画面映えする航空兵や海兵が祖国と来たるべき平和のために殉死する映画もよりどりみどり。けれど日本が韓国・中国を焦土化し支配した頃の史実に基づいた話となると……どうだろうね。)『ねじまき鳥クロニクル』は一ページ目から強烈な印象を僕に与えた。それまで読んだどんな日本小説とも海外小説とも似ていなかった。ちょっぴり『真夜中の子供たち』の風味があり、そこはかとなく『百年の孤独』的で、そこにレイモンド・チャンドラーを一滴垂らした感じもある……でも本当に、それはあらゆる既存のカテゴリーに収まらない個性的な小説だった。デイヴィッド・リンチの『ツイン・ピークス』やデヴィッド・ボウイの歌『ライフ・オン・マーズ?』同様、「予想がつかない」ということだけが予想できる。自分が若手の作家でまだ自分なりのヴォイス(ひとつでもいくつでも)を探しあぐねている段階だと、『ねじまき鳥クロニクル』のような小説に出会うことは昂揚と解放感を与えてくれると同時に挑戦を突きつけられる体験だ。それはこう語りかけてくる——「小説というのはここまで大胆に革新できて、そしてなお芸術として成立するのだ」。それからこうも言う――「もしこの作者がこんなふうに自分の奔放な想像力に食らいついていけたのなら、お前もそうすべきだ」。そして「忘れるな、これがお前の飛ぶハードルの高さだ。このくらい良い作品を書こうとしなければいけない。まずまちがいなく失敗するだろう、それでもやってみろ」。この本の最後の一文がとにかくかっこよくて、僕は一度それを臆面もなく自分の小説に拝借したことがある。どこでだったかは思い出せない。どうせ誰も気づかなかった。

後になって『ねじまき鳥クロニクル』の英訳者ジェイ・ルービンが（村上の承諾を得たうえで）編集者的役割を担い、重要でないと判断した文や場面をいくらか削除したらしいという話を聞いた。数年前にルービン教授にも村上春樹にも会う機会に恵まれたが、このときはその件について質問することは憚られた――すこし不躾すぎると思えたからだ。話のとおりなら、訳者のしたことは善意に基づいた公明正大な行為だったと言える。自分の経験からすると、日本の作家はやや編集されなすぎだ。これはもしかしたら「先生」の言葉に対する儒教的な敬意によるものなのかもしれない。だとしたら、僕もいちおうその一員らしいので「先生」として言っておきたい――われわれ作家というのはあらゆる助けを必要としているものなんだ。いや本当に[117]」。

一方、ミッチェルの話にも出てくる訳者のルービンは、大勢の読者が見込まれる作品を翻訳することは「エクサイティング」だったものの、本が刊行されてからの騒ぎについてはさほどアンテナを張っていなかったという。

「個人的には、ただ作品を翻訳したかっただけさ。本の出来には満足していたし、作中に含まれる歴史的視点も含め〔『ねじまき鳥クロニクル』は〕それ以前の作品よりも重要な本だとも感じていたけど、それだけだよ」

同時に、『ねじまき鳥』は、（国内外問わず）村上の作家のキャリアの転機であったことも間違いないという。

「『ハルキ・ムラカミと言葉の音楽』では、村上春樹にとってはじめから（もしくは少なくともはじめの方から）歴史が重要であったことを、それなりに紙幅を費やして説いた。『ねじまき鳥』で表面化した歴史的要素はじつはそれ以前からあったものだけれど、このときはじめて多くの読者や批評家が、彼の作品が本質的にはとてもシリアスなものだということに気がついたんだ。あれは彼が本格的な作家と認められるようになる決定的なターニング・ポイントだった」[118]

ルービンの大学院の授業で村上作品（と村上本人）に初めて出会い、一九九五年に英語圏ではじめて村上春樹について博士論文を書き上げた（現上智大学教授の）マシュー・ストレッカーも、『ねじまき鳥クロニクル』は、村上が初めて本当に「シリアス」な作家であることを示した作品だという。ただ、第三部が日本で刊行された時には、作品的に重要だと感じたことは覚えているものの、『ねじまき（英）』の英語圏での刊行がそこまで盛大なイベントだったような記憶はないという。

「当時は、たしかモンタナに住んでいて、ジェイが翻訳版を送ってくれたように記憶している。でも、こんなことを言うと叱られてしまうけど、受け取ってすぐには読まなかったと思う。原作は、博士論文で扱わなければいけなかったので、生まれたばかりの子どもを片手に一生懸命読んだのを鮮明に記憶しているけど。翻訳をきちんと読んだのは、コンティニュアム社に『ねじまき鳥（英）』に関する本の執筆を依頼されたときが初めてかもしれない。その際には、オリジナルと英訳を細かく読み比べたよ。当時使った本を今も持っているけど、付箋やメモだらけだよ[119]」

前年に短編『Drown』（邦題『ハイウェイとゴミ溜め』）で鮮烈なデビューを飾って間もなかった小説家のジュノ・ディアスも、『ねじまき鳥（英）』をいち早く手にした読者の一人である。村上が好きな若手作家の一人にあげるディアスは、後に村上がマサチューセッツ工科大学で講演する際にホスト役をつとめることになるが、ニューヨークに住んでいた当時の記憶を次のように語る。

「僕の記憶では反応は二通りだった。文学人口の一部は『ねじまき鳥』を読んで雷に打たれたような衝撃を受け、ムラカミという名前は英語読者の地図にしっかり刻まれることになった。これは彼の以前の作品では起こらなかったことだ。一躍、雲の上にいる「純文学」作家の一員になったわけだからね。僕はこの本をとても興味深く読み、取り憑かれたように感想をまわりに伝えたけど、ちゃんと話せる相手は少なかった。多くの人は『ねじまき鳥』の登場にそんなに注意を払っていなかったんだ。もちろん公平を期して言えば、この国で英語小説に注がれるような関心が翻訳小説に注がれること自体、まずめったにないのだけど。ムラカミが文学通のあいだに引き起こした興奮に釣り合うくらい、一般でも評判になるまではすこし時間がかかった[120]」

『ねじまき鳥（英）』は、バーンバウム&ルーク・コンビ解散後にはじめて英語圏で刊行された村上作品となったわけだが、二人はその刊行について当時どのように感じていたのだろうか。ルークは言う。

「『ねじまき鳥』は出た直後に読んだ。サニ・メータ率いるクノップフはアメリカで最も優れた出版社だったからあの本の出し方をよく心得ていた。チップ・キッドのカバーデザインもキャッチーで強烈だったしね。ただ編集方針に関しては残念に感じた。文体は――これは翻訳の文体は、ということだけど――締まりに欠けてだれがちで、物語は延々終らないので興味を保ちつづけることができなかったし、最後は綺麗にまとまるわけでもない。しかもほぼ独断で二万五千ワードだかを削ったあとでそうなんだからね。もっと削るべきだったと思う。これは何も自分が元担当編集だったからということではなく――そういう読み方は極力避けるようにしていた――公平に見た率直な感想で、昨年読み直したときもやっぱり同じことを思った。しかしこの本は成功して大きな反響を呼び、惚れこんだ批評家も何人かいた。全員がというわけには行かなかったけど気に入った場合はもうとことん夢中だった。フィリップ・ワイスが「ムラカミはデリーロやピンチョンを超えた、『ねじまき鳥』は今年の最高傑作だ！」と書いていたことを覚えているよ。僕は自分の批判的感想を声高に言いたてたりはしなかった。もうハルキと仕事をしていない人間は余計な口出しはせず、現役の人たちが伸び伸びできるようにするべきだと考えたからだ。たしか当時、クノップフのいい仕事ぶりと本の素晴らしさを称える手紙をハルキに出した覚えがある。そして二十年経った今、『ねじまき鳥』は歴史にしっかりとその名を刻んでいる。この事実は誰にも否定できない」[121]

一方、バーンバウムは言う。

「一九九七年は自分の結婚の準備で頭がいっぱいで（当時ヤンゴンにいて、ウェディングが十月、仏前式と披露宴が翌一月の予定だった）、『ねじまき鳥』が出たことには注意を払っていなかった。

本を実際に見たのもその年の春に東京に行ったときが初めてだったと思う。正直言って驚いた。英訳するときにまとまりのない部分、長すぎる部分をもっと削ったり形を整えたりしようと考えなかったのかとね。僕が編集者だったらもっとカットや大掛かりなリライトをお願いしたと思う。個人的に言えば、本当に第三部は必要だったんだろうかとすら思っている」[122]

一連の書評が出た段階の十一月下旬には、『ニューヨーク・タイムズ・ブックレビュー』に、半ページの大きな広告が掲載された。その中で最も長く引用されているのは、作家のピコ・アイヤーがタイム誌に寄せた評である。太字で「タイムズ紙が現代日本文学のビッグスリー――ミシマ、カワバタ、タニザキ――の後継者だと謳う」と始まる引用部分は「ジャズバーを経営していたことがあり、ジョン・アーヴィング、トルーマン・カポーティ、レイモンド・カーヴァーを日本語に翻訳してきたクールな四十八歳――ムラカミは西洋化したヒップな日本のヴォイスを担うにふさわしい作家である。彼の書いた『ノルウェイの森』は世界で二百万部以上売れている。だが以前の作品をすべて読んでいたとしても、日本のそう遠くない過去に埋もれた秘密を暴き出す大著、最新作『ねじまき鳥クロニクル』には度肝を抜かれること間違いない」と続き、『ねじまき鳥（英）』が過去の作品とは一線を画す、著者が日本の負の歴史と向き合った作品だと強調するアイヤーの言葉で結ばれている。

『ノルウェイの森』が大ヒットした一九八七年に日本に移住し、奈良の自宅を拠点に世界中を飛び回る生活を三十年近く続けてきたアイヤーだが、日本に関する本を二冊同時に書いていることもあり、最近は海外に出るのは年に一度に抑えるようにしている。いわゆる「ビッグ・スリー」を（英訳で）若い頃から読み、川端の影響もあり日本に移住をしたアイヤーが村上作品に初めて出会ったのは、一九九〇年代に入ってからだという。

「一九九〇年代前半に日本で『ノルウェイの森』や他の初期の小説を読んだんだったかな。コンパクトで値段も安い英訳文庫で、おそらく日本の英語学習者向けに出たものだ」

村上作品を真剣に読みはじめたのは『ねじまき鳥クロニクル』からだという。タイム誌に書評を書いたのは、書評担当の編集者の依頼を受けてのことだった。

「『タイム』のブックエディターをしていたジャニス・シンプソンに頼まれたんだ。私が長年日本に住んでいて、よく『タイム』に書評を書いていたから。誰もがこの本は村上の代表作になる、世界中の注目を集めると予感していたようだった」

『ニューヨーク・タイムズ』に掲載された *The Wind-Up Bird Chronicle* の広告

私はその頃奈良に住んでいた。いかにも村上作品に出てきそうな郊外にある、一九七〇年代後半に建てられた閑静な二間のアパートで、最寄り駅の近くにはマクドナルドとケンタッキーとミスタードーナツがあった。

あの本を読んで、戦時中に起こった一連の出来事の描き方の強烈さ、厳粛さに心をかき乱された。非リアリズムと精密描写が混じり合っているというか。二十一年後の今あらためて考えてみると、あれは大傑作を書こうとする作者の壮大な試みだったんじゃないかな。現代の平穏な生き方だけを捉えるのではなく、それと対照的な自分の一世代前の人々の生き方をも取り込もうという。

だからあの本はまちがいなく『1Q84』と並ぶ村上最大の作品で、文学研究者にとっては最重要のものかもしれない。ただし私としては、彼の才能はむしろその「軽さ」と「表層」にこそあると思っているので、その本質に近いのはむしろ『スプートニクの恋人』や『アフターダーク』の方だと思う。

当の出版社の人たちも僕の周りのほとんどの人間も、作品と作者両方に魅せられていた。疑う余地なく不朽の価値を持つ本格的作品だった。この長大な小説は村上らしい奇妙さと村上らしくない断固とした冷徹さでもって戦前と戦後の日本を見極めようとしている。

これはあくまで自分の読みだけど、一方で、夢のようにふわふわして苦痛も緊張もない戦後の郊外の生き方と比べれば、戦争の苦難と現実感は一種の慰めというか、人生に指針と根拠を与えるものであったかもしれないと作者が言っているような気がしてハッとしたことを覚えている。

これも結局は「村上がなぜ世界中で人気があるのか理解できる」ということを言い換えているに過ぎない。デリー、ロンドン、シンガポール、ドバイ……どこへ行っても人々は村上の小説を貪るように読んでいるように見える。郊外に暮らす中産階級の摩擦なきゆえのきつさ——コルトレーンの音楽に心地良く浸り、好きなようにパスタを茹でながらも、物事の意味や自分が何者かを見失っているという思いにふと襲われる感覚——を捉えることのできる数少ない現代作家だとみなされているんだ。伝統的な社会が近代化して快適になった結果、かつて自分たちを繋ぎ止めていたものが無くなってしまったと感じる人々は、村上が読者にくり返し思い出させる「船に乗り損ねた」という一瞬の感覚に強く引っ張られるんだろう。

それに彼の文章はミネラルウォーターのように喉ごしが良くて、翻訳しやすいからね。先進国に住む多くの人にとってはお馴染みの、グローバルなマンションの一室からまた別の一室に向かって語りかけることで、村上は世界中の共感を得た。

ただし自分にとってそういった点は、まやかしとは言わないまでも日本の特徴のうちで魅力や深みを感じられない部分だ。私が日本に移住することを決定づけたものは彼が書かないようなところにある——消すことのできない古めかしさ、独自のしきたりや価値観。ときに痛ましく思えるくらい他のどんな場所とも異なり隔たっていて、身動きが取れなくなるほど結びつきが強い」[123]

51 イギリスでの飛躍を支えた新たな出版社

アメリカで「トップクラス」の編集者たちと密な協力関係をつくることに成功した村上だが、イギリスでは、少なくとも最初の数冊に関しては、編集者と同じような信頼関係を築くところまではいかなかったようである。

ハミッシュ・ハミルトンで『羊（英）』を買い付けたアレクサンダーは直後に編集の現場を離れ、出版者のフランクリンも九〇年代半ばには会社を離れた。その間の売り上げも、前述のとおり好調とは言い難いものであった。しかし、九〇年代後半に入り、イギリスでの出版社が翻訳物を得意とする（当時）独立系出版社のハーヴィル・プレスに変わると、その状況は一変する。

当時のハーヴィルのトップは、「出版業界への貢献」が認められ、二〇一一年には大英帝国勲章を授かった[124]「伝説的編集者《legendary editor》」クリストファー・マクレホーズ。ジョゼ・サラマーゴ、W・G・ゼーバルト、ハビエル・マリアス、ペーター・ホゥらの非英語圏の作家や、レイモンド・カーヴァーやリチャード・フォードらアメリカの作家たちをイギリスに紹介した人物でもある。最近では、自ら立ち上げた出版社でスウェーデンの作家スティーグ・ラーソンのベストセラー「ミレニアム」シリーズを英訳出版し、世界的ベストセラーになるきっかけを作った。

二メートル近い長身で、握手で右手を差し出すと必ず左手で握り返してくるマクレホーズは、天気の良い日は庭にあるグリーンハウスで、寒い日は台所のテーブルで仕事をする。[125] 仕事をしていない時は何をしているのか尋ねると、マクレホーズは言う。

「休むどころかまともに寝る時間のある編集者なんて世界中を見渡してもまずいないんじゃないかな！　我々の担う翻訳出版という業務は心血を注ぐ必要があるものだから、仕事が深夜まで及ぶことも珍しくない。平日は膨大な事務手続きに忙殺されるしね。私の場合はとても有難いことに妻が同じ業界で働いているから、生活時間が不規則なことも理解してもらえている[126]」

多いときには三十二ヵ国の翻訳文学を出していた[127]ハーヴィル・プレスは、ハミッシュ・ハミルトンが村上作品の出版継続を断念したのをきっかけに出版を引き継いだ。

「ハミッシュ・ハミルトンは『ねじまき鳥』を出版しないという判断を下した。理由として考えられるのは、それ以前に出した村上の本の売上が芳しくなかったんだろうということくらいだ。ハーヴィル・プレスにこの本を紹介してくれたのはクノップフ／ヴィンテージのゲイリー・フィスケットジョン。それからＩＣＭ――村上作品の海外における版権管理を日本の出版社から引き継いだアメリカのエージェント――に、これはうちから出させてほしいと申し入れた[128]」

フィスケットジョンは言う。

「クリストファーが［村上を紹介したことを］覚えてくれていたことは嬉しいね。たしかに僕らは海外版権は持っていなかったけれど当時日本の外ではまだハルキの基盤がまったく整っていなかったから、各国の市場で最高の編集者だと僕が思っている知人たちに、彼らがとても大きなチャンスを逃しているということをしっかり伝えておいたんだ。クリストファーとは旧知の仲でもあるけど、それを差し引いてもイギリスでハルキを受け持つ編集者として彼以上の適任はいないと思った。それはひとつに彼の多方面での優秀な仕事ぶりを長年この目で見てきたこともあるし、そして何より同じ作家を一緒に担当したときにとても有意義な協力ができたと考えたからだ。そうした作家の筆頭はレイ・カーヴァーだけど、レイも生きていたらきっとハルキに「クリストファーと組めて良かった」と言っただろう[129]」

マクレホーズは言う。

「たしかにカーヴァーの本をイギリスで初めて出版したのはコリンズにいた頃の私さ。『愛について語るときに我々の語ること』に千ドル出すとエージェントに申し出た。そしてすげなく断られた。私がいくらならいいのか訊ねると「五〇〇ドル以上は受け取れない」ときた！　「それ以上の価値は一セントもない」と。さすがに今はそんなエージェントはいなくなってしまったね[130]」

一方、カーヴァーと村上の関連性については、マクレホーズは次のように語る。

「当初から把握していたわけじゃないが、村上がカーヴァーを訳していることは知っていた。彼がカーヴァーの小説のどこに惹かれるのかもわかるような気がする。何と言っても会話だろうね。でも二人の共通点となるとわからないな。とりあえず『ねじまき鳥』は……カーヴァーの初期短編とはまったく違うね。それにカーヴァーの詩とも[131]」

ハーヴィル・プレスは、『ねじまき鳥（英）』を六万部発行した。書評などでの評判も高かったと言う。

「批評家の評価は当初から高く、この時点で村上の全作品の商業的成功は約束された。各批評家や『ねじまき鳥』愛読者たちの熱意に突き動かされて作者はロンドンで講演することになり――都心のホールで行われたこのイベントのチケットは何週間も前に売り切れた――、何人かの幸運な批評家や書店員と交流した。自分がこの国でどれだけ歓迎されていて、どれだけ大勢の熱心なファンがいるのか彼はよく自覚していたと思う[132]」

『ねじまき鳥（英）』を刊行した翌年に、ハーヴィル・プレスは『国境の南、太陽の西』を、二〇〇〇年には『アンダーグラウンド』と『ノルウェイの森』を刊行した。発行部数も、『国境の南、太陽の西』二万部、『ノルウェイの森』二万部、『アンダーグラウンド』五千部と比較的強気のものだった。[133] また、それ以前の『羊（英）』、『ワンダーランド（英）』、『象（英）』の三作品の権利も取得し、[134] 同じデザインのペーパーバック版を出すと、これらの本はボーダーズやウォーターストーンズなどの大手チェーン書店でも目立つように展示された。[135]

マクレホーズは言う。

「「ハミッシュ・ハミルトンが過去に出した作品の権利を得る」というのは最初から我々の計画にあった。当時うちの社には村上ファンが何人かいて、とりわけ書籍チェーンのウォーターストーンズのシニア・ブックセラーも経験したジョン・ミッチンソンは村上の旧作全部を愛読していて詳しかった。私は今も統一の取れたペーパーバック版のデザインは気に入っている。商業的にもみな成功だったしね。なかでも通常版とは別に、金属の箱に緑と赤の二巻本を収めた特装版として出した『ノルウェイの森』は、今や貴重なコレクターズアイテムになっている。もちろん日本で販売された原作を参考にしたものだ。この時期マーケティング・ディレクターだったポール・バガリーもやはりウォーターストーンズ出身の元店長で、今はピカドールの責任者をしている」[136]

自宅のグリーンハウスで机に向かうマクレーホーズ。愛犬ミスカと。

チャリング・クロスにある書店の店長時代には、イギリスで絶版になっていた村上作品をアメリカから輸入し販売していたバガリーがハーヴィル・プレスに入社したのは一九九八年六月。

「ハーヴィルが最初に出した村上作品が『ねじまき鳥（英）』で、僕はその直後に入社したので直接携ったのはそれのペーパーバック版からだ。以降、ランダムハウスに買収されるまでにハーヴィルが出した村上作品すべてに携った。僕らは新作の出版と過去作の復刊を組み合せた計画を立てた。『国境の南』、『アンダーグラウンド』、『スプートニクの恋人』、『神の子どもたちはみな踊る』といった新作は二種類の版を作り、復刊の場合は初めからマスマーケット向けのペーパーバックを出す。『ノルウェイの森』だけが例外で、この小説はイギリスの出版社からは一度も出ていなかったので新作として出した――最初は紙箱入り小型二巻本（同時にアルミ箱の新装版も五〇〇〇部出した）、次にペーパーバックの一巻本という形で」

書店員時代の経験や人脈も村上の読者層を広げる上で役に立ったという。

「八〇年代後半の書店員から見た村上春樹は常に「熱狂的ファンが一定数ついたカルト作家」であって、人気が爆発するには読者の数が足りていなかった（だから彼の本も絶版と再版の繰り返しだった）。うちの店はロンドンの都心にもハムステッド［文化人の多いロンドン北部の高級住宅街］にもあったので文学通のお客も多く、チャリング・クロスにはクールな若い顧客、ハムステッドにはアメリカ／海外志向の顧客の基盤があった。そしてそのどちらにも熱心な村上ファンがいて、僕は「彼らにさえ作品がきちんと届けば自然と他のお客もついてくるだろう」と確信していたよ。立ち上げ期からウォーターストーンズに協力してもらえたことも大きかった――いい本を扱うという定評があり、十分な数の店舗を抱え、プロモーションで本をしっかり目立たせられる書籍チェーンだ。地ならしはこのウォーターストーンズのチームが行ない、僕が持っていた彼らとの人脈はそこでもちろん役に立った。その後ウォーターストーンズがWHスミス傘下に入ると、仕入れチームの代表にアワー・プライス［レコード販売のチェーンストア。二〇〇四年に廃業］の購買担当だったスコット・パンクが迎え入れられ、計画の中核にまたひとり村上マニアが加わることになる。他にはブックス・エトセトラも村上のアーリー・アダプター［革新的商品を早い段階で受容する人たち］のひとつだったね」

ペーパーバックのデザインも村上のプレゼンスを上げる上で重要だったと強調する。

「僕は編集者のヴィッキー・ミラーと一緒にこのシリーズのデザイン発注にがっつり関わった。デザイナーのジェイミー・キートンには『これから出す村上の本すべてに使えるブランドを作ってほしい』とお願いした。とくにタイトルのフォントが効果的だったんじゃないかと思っている。それから一度できた流れを止めないよう、重版を六ヵ月ごとに出せるよう頑張った」

『ねじまき鳥クロニクル』が最も好きな作品だというバガリーだが、この本の刊行がイギリスでもターニングポイントだったという。

「イギリスでその時期に出すのに最適の本だったと思う。出版社もそれを出すことをとても重視していたからけっして失敗は許されなかった。この大作が村上の再評価につながり、その地位を絶版中のカルト作家から国際的作家にまで押し上げた」[137]

マクレホーズは「編集をする編集者」として知られる。ハーヴィルから新しく出版された村上作品は、アメリカ版と異なる。まず、綴りが「英国式」になっているが、これ自体は、さほど珍しいことではない。アメリカで出版されるイギリスの本でも逆のことが行われることがある。有名な例は「ハリー・ポッター」シリーズだろう。英米の読者どちらにも伝わる中間的な「中部大西洋スタイル《mid-Atlantic style》」を嫌うマクレホーズは、「このワード・ファイルの時代にアメリカ英語とイギリス英語をあえて薄める必要がないばかりか、まったく理想的なことじゃない」と断言する。

マクレホーズの編集方針は、アメリカ英語をイギリス英語に変更するにとどまらない。場合によっては、「素晴らしい英語」を話す外国の作家たちと直接編集作業をすると言う。[138]「一定の「文学的強度」を持ったほとんどすべての作品は、［翻訳出版の過程で］オリジナルのテクストのように扱われるべきだ」[139]と考えるマクレホーズは、前述のスティーグ・ラーソンのミレニアム・シリーズの英語圏での権利を取得する際も、（著者が亡くなっていたにもかかわらず）英語版は必要に応じて編集・翻案することを出版の条件にした。[140]

『ねじまき鳥（英）』のルービン訳も、イギリス版では再度の編集が行われた。一九九八年二月九日に「クリストファー・マクレホーズのアシスタント、ヴィクトリア・ミラー」宛のファクスでルービンは「悔しいことに校閲からご指摘のあった修正案のほとんどが納得のいくもので、私の原稿をより良いものにしていただきました。もっともイギリス英語については門外漢ゆえ言えることもないのですが。」と書き、二ページほどのコメントを添えている。編集者の提案をそのまま受け入れているところもあれば、「これを［野球から］クリケットに変更するのは日本［の小説］として、全くもって不適切である」「Hot potato はクリシェ。原文を反映していて、より正確な lizard's tail のママで」、「shrine fortune《おみくじ》というのは日本の神社で授かるお札で、人生の各方面において運勢が良く、あるいは悪くなるという予言が書かれています。文脈から意味を把握することはそれほど難しくないかと。」など却下している箇所も少なくない。[141] 最終的に完成したイギリス版とアメリカ版を比べると、かなり細かく編集の手が加えられている印象を受ける。にもかかわらず、マクレホーズとしてはまだ編集が足りないと感じていた。最初にロンドンの事務所近くの（文芸イベントを頻繁に行う）パブで話を聞いた時には、『ねじまき鳥クロニクル』について、「もっと腰を据えて村上と直接編集ができたら、この優れた《Very good》本は並外れた《great》本になっていたかもしれない」とまで言い切った。[142] 数年後に、もし著者と直接やりとりをする機会があればどのような編集を施したと思うか尋ねて見ると、マクレホーズは次のように答える。

「振り返ってみると、我ながらなんて不遜な考えをしていたんだと呆れるね。それに今では、忍耐強い読者ならきっと作品をそのままの形で受け止めてくれるだろうと思っている。難解な箇所があるのはこれが挑戦的な小説で、読者にしっかり集中して読むことを要求してくるからだ。はじめてこの本を読んだときの大興奮からすこし時間を置いて考えてみても、過去の歴史を語った部分が傑出しているという感想は変わらない。間違いな

Harville Panther（ペーパーバック）版 HARUKI MURAKAMI のシリーズ

く村上の全作品中で最高の文章のうちのひとつだ。それと比較した場合、現代を舞台とした場面はどうしても一段見劣りして映ってしまうかな。もちろん私個人の見解だがね[143]」

マクレホーズやハーヴィルの他の編集者が加えたテクストレベルでの修正が村上のイギリスでの受容や評価にどれほどの影響を与えたのかは定かではない。しかし、マクレホーズのような評判と人脈を持つ編集者（とそのチーム）によるメディアや書店への働きかけの影響は大きかっただろう。実際、それまでパッとしなかったイギリスでの売上も、出版社がハーヴィル・プレスに変わってから飛躍的に伸びた。村上も「最初は前の本は売れなかったのに、だんだんだんだん、みんな遡って読むようになっていった[144]」と言う。

『ねじまき鳥（英）』を出版しはじめた九〇年代半ば、マクレホーズは村上が現在のような世界的に評価される作家となることを多少なりとも予想していたのだろうか。

マクレホーズは言う。

「自分の担当する作家が今の村上くらい世界的に有名になるかもしれないなどと期待するのは、編集者としてあまり賢明じゃないだろうね。我々が村上に対して抱いていた確信を他のヨーロッパの編集者たちと分かち合ったことはあるが。そしてすくなくともそのうちの一人、あるドイツの編集者はうちの成果を受けて、自分のところでも彼の作品を出すことに決めていたよ[145]」

最後に、村上の作品群における『ねじまき鳥クロニクル』の位置付けについて尋ねると、マクレホーズは次のように返す。

「まだ全体的な位置付けを判断することは控えたいね。これから村上がどんな凄い傑作を出してくるとも知れないから」[146]

その今後の活動について尋ねると村上は言う。

「どうだろうね。結局、僕の年齢って友達はみんなリタイアしてるんだよね。だから僕だけが一生懸命働いてるみたいで、変だなって思うんだけど(笑)。ただ、僕は自分が何か書きたいと思ったら書き始めるタイプの人間なんで、いつも浮かぶのを待ってるんですよね。で、浮かばないときは、翻訳してるから……。

でも、面白いのは、僕がアメリカにいた頃、まだ僕の小説が〔英語圏などで〕売れない頃は、音楽なんかは翻訳がいらないから、坂本龍一とかが受け入れられていてうらやましく思ってた。でも、文章は時間はかかるけど、しっかり残る。それは翻訳の力が大きいんですね。そして、そうなるにはある程度のカサが必要なんです。だから一冊二冊売れておしまい、というのではどうしようもない。積み上げていって、それがその全体として、ある種の世界として残るというのは、すごく大事なことなんです。だから、たくさん書くというのは大事なんです」[147]

マクレホーズ家の愛猫ミツコ

あとがき／おわりに

筆者の村上作品との出会いは、ちょうど本書が終わる一九九八年。村上春樹が『風の歌を聴け』で鮮烈なデビューを果たした年に日本で生まれ、(アメリカン・スクールの小さなバブルの中とはいえ)高校まで主に東京周辺で過ごしたにもかかわらず、村上作品をはじめて手に取ったのは、(村上さんも九〇年代半ばに数年滞在されたことのある)アメリカのタフツ大学で本書にも登場するホセア・平田先生の日本文学の授業を受けたときでした。*A Wild Sheep Chase* を読む授業で発言(内容は覚えていませんが)をし、平田先生に「冴えてるね〜」と言われ、何を勘違いしたかそれを真に受け、冬休みに村上作品を原文でほぼ読破したのですが、春学期に村上さんが平田先生の授業にゲストとしていらしたときには緊張して何も質問できませんでした。なので本書のために村上さんに受けていただいたインタビューは、ある意味二十年越しのリベンジとなります。かなりマニアックな質問にもユーモアを交えてフランクにお答えくださった村上春樹さんに、この場を借りて改めてお礼申し上げます。

タフツ大学の「日本文学」の授業は、英訳を用いて行われていました。なので、筆者は(海外の多くの読者と同様に)翻訳——具体的には、アルフレッド・バーンバウムとジェイ・ルービンによる翻訳——を通してはじめて村上作品の魅力に触れたことになります。その時は、自らも日本文学の翻訳にたずさわり、アルフレッドや（当時はその存在すら知らなかった編集者の）エルマー・ルークと共に仕事をしたり、ジェイとシンポジウムに出たりするとは、ましてや三人が「主人公」となる本を書くことになるとは、想像もしていませんでした。文芸翻訳の世界に導いてくれた友人、先生、訳者、そして作者／作品に感謝いたします。

この本は、もともとは、もう少し「アカデミック」な感じ（とは何かと問われると困ってしまうのですが）になるはずでした。が、インタビューを重ねていくにつれて、村上春樹の英語圏の初期の成功に貢献した立役者たちの「声」をできるだけ活かしたいと思うようになり、最終的にはナレーションを最小限に抑えたドキュメンタリーのような本を目指しました。なので、ここでも長い解説を書くのは避けたいと思います。

最後にいただいたこの四ページでやるべきことはただひとつ。本書を可能にした大勢の方々にお礼を申し上げることです。なぜ刊行予定をだいぶ過ぎてもこの本を手放せなかったか。それは、本書のためにお話を聞かせていただいた方々との対話があまりにも刺激的で、心地よかったからに他なりません。ゲラになってからもインタビューを続けてしまい、あとがないがきを書いている（あとに書くのが「あとがき」だ、と胡坐をかいておりましたら、本文の進行が遅れに遅れ、ついにあとがなくなってしまいました）この瞬間も、もう一人分ぐらいインタビューを加えられないものかと企んでいる自分がいます。本書のために、スーツケースや地下室や脳の奥底から記録・記憶を掘り起こし、惜しみなく共有してくださった皆さんに改めて感謝申し上げます。

この本をまとめる過程で、大勢の方に貴重なご助言をいただきました。最初にアルフレッドやエルマーなどにインタビューするきっかけとなったのは博士論文ですが、指導教官の武田珂代子先生には足を向けて寝られません。早い段階で原稿にお目通しいただき、中目黒や代々木上原のカフェでたびたび適切なアドバイスをくださった小野正嗣さんにもお礼申し上げます。小野さんのご助言と励ましとノーベル賞級のギャグなしには、本書を書き終えることはできませんでした。また、本書の一部は、先にNHKラジオ「英語で読む村上春樹」のテキスト、『早稲田文学』、『早稲田現代文芸研究』などに掲載させていただきました。その際にそれぞれスタイルの違う編集者の方々とお仕事を一緒にできたことをとても嬉しく思います。翻訳家の平塚隼介さんと樋口武志さんにも色々と教えていただきました。本当にありがとうございました。

みすず書房の皆さんにも大変お世話になりました。大きな声では言えませんが、最初のゲラが出てから校了にこぎつけるまで一年弱かかり、中身もおそらく五十頁近く（しかもその大半は読解困難な手書きで）書き足してしまいました。これまた大きな声では言えませんが、そもそも最初の打ち合わせから書きはじめるまで二年以上かかり、最初にお声がけいただいた島原裕司さんがご退職されるまでついに一頁もお見せすることができませんでした。にもかかわらず、社内で最良の編集者を説得し、バトンを託してくださった島原さんに感謝いたします。バトンを（恐らく――というかほぼ間違いなく――恐る恐る）引き継いでくださった小川純子さんのご尽力がなければ、この本は今頃お蔵入りになっていたことでしょう。この本で「おっ！」と思われる部分がありましたら、それは間違いなく小川さんの飛び抜けた編集能力の賜物であり、「はっ？」と思う部分があればそれは間違いなく筆者の無能の産物です。また、社長の守田省吾さんにも、今よりもさらにデコボコの段階から原稿にお目通しいただき、的確なご助言と励ましのお言葉をいただきました。どうもありがとうございます。他にも感謝申し上げるべき方は大勢いますが、筆者に名前を出して感謝されると逆に困ると言う方も多いかと思いますので（今までお名前をあげさせていただいた皆さんもそうかもしれませんが）、その方々には心の中でお礼を言わせていただきます（本当にどうもありがとうございました）。

「おわりに」なんですが、この「本」は、おそらくここで終わりません。今さら申し訳ないのですが、たぶん刊行数週間後には（今度は英語で）書き直しはじめ、その数ヵ月後には一九九九年以降の話も書きはじめるのではないかと思われます（と書くと他人事のようですが）。既に刊行された本に手を加えることだけは極力避けたいと考えておりますが、書店で本書に手書きで何か書き込もうとしている挙動不審なノッポをお見かけになりましたら、近くのはたきでもフライパンでもハリセンボンでも構いませんので、お手にとり思いっきりひっぱたいてやってください。どうぞよろしくお願いいたします。

最後に、お礼言うなら皿洗え、と言われそうですが、週末に書斎（カフェ）に消えたり、夜中にバサッと起き出し、スカイプ会議のために階段をバタバタ駆け下りる迷惑な同居人を温かく見守り、励ましてくれた妻と息子たちに感謝します。本書の印税は、決して本やサウナ代には使わず、全て子供のお弁当代にあてますことをここに誓います。

辛島デイヴィッド

二〇一八年八月十五日

注

★バーンバウム、村上春樹を発見する　1984-1988

1 著者によるアルフレッド・バーンバウムへのインタビュー、2015年11月20日
2 著者によるアルフレッド・バーンバウムへのインタビュー、2012年7月12日
3 著者によるアルフレッド・バーンバウムへのインタビュー、2016年1月11日
4 著者によるアルフレッド・バーンバウムへのインタビュー、2015年11月20日
5 著者によるアルフレッド・バーンバウムへのインタビュー、2017年3月21日
6 著者によるアルフレッド・バーンバウムへのインタビュー、2012年7月12日
7 "Letter From the Chancellor." *East West Center News*, Universtiy of Hawaii. Vol.2, No. 2, April 1962
8 "About EWC: Japanese Garden." East West Center homepage
9 Keene, Donald. *Chronicles of My Life: An American in the Heart of Japan*. Columbia University Press, 2009.（ドナルド・キーン／河路由佳『わたしの日本語修行』白水社、2014年）
10 Kyodo. "Murakami receives doctorate in Hawaii." *Japan Times*, May 15, 2012.
11 著者によるアルフレッド・バーンバウムへのインタビュー、2008年1月20日
12 著者によるアルフレッド・バーンバウムへのインタビュー、2012年7月12日
13 著者によるアルフレッド・バーンバウムへのインタビュー、2012年7月12日
14 著者によるアルフレッド・バーンバウムへのインタビュー、2018年1月20日
15 著者によるアルフレッド・バーンバウムへのインタビュー、2017年3月21日
16 著者によるアルフレッド・バーンバウムへのインタビュー、2014年5月15日／メールインタビュー2017年3月21日
17 著者によるアルフレッド・バーンバウムへのインタビュー、2012年7月12日
18 Strecher, Matthew C. "Magic Realism and the Search for Identity in the Fiction of Murakami Haruki." *The Journal of Japanese Studies*, vol. 25, No.2 (Summer 1999).
19 著者によるアルフレッド・バーンバウムへのインタビュー、2017年3月21日
20 著者によるアルフレッド・バーンバウムへのインタビュー、2012年7月12日／2014年5月5日
21 村上春樹／イラスト・安西水丸『うずまき猫のみつけかた 村上朝日堂ジャーナル』（1996年、新潮社）26-27、30頁
22 著者によるアルフレッド・バーンバウムへのインタビュー、2012年7月12日／2013年4月30日
23 著者によるアルフレッド・バーンバウムへのインタビュー、2016年1月11日
24 著者によるアルフレッド・バーンバウムへのインタビュー、2012年7月12日／2015

年11月20日
25 著者によるアルフレッド・バーンバウムへのインタビュー、2016年1月11日
26 著者によるアルフレッド・バーンバウムへのインタビュー、2015年11月20日／2017年3月21日
27 著者によるアルフレッド・バーンバウムへのインタビュー、2012年7月12日
28 著者によるアルフレッド・バーンバウムへのインタビュー、2012年7月12日
29 著者によるアルフレッド・バーンバウムへのインタビュー、2015年11月20日
30 著者によるアルフレッド・バーンバウムへのインタビュー、2017年3月21日
31 著者によるアルフレッド・バーンバウムへのインタビュー、2015年11月20日
32 著者によるアルフレッド・バーンバウムへのインタビュー、2015年11月20日
33 村上春樹「小説家になった頃」、『職業としての小説家』（スイッチ・パブリッシング、2015年）、42頁
34 著者によるアルフレッド・バーンバウムへのインタビュー、2015年11月20日
35 著者によるアルフレッド・バーンバウムへのインタビュー、2016年1月11日
36 著者によるアルフレッド・バーンバウムへのインタビュー、2016年1月11日
37 著者によるアルフレッド・バーンバウムへのインタビュー、2016年1月11日
38 著者によるアルフレッド・バーンバウムへのメール・インタビュー、2018年1月6日
39 著者によるアルフレッド・バーンバウムへのインタビュー、2016年1月11日
40 著者によるアルフレッド・バーンバウムへのインタビュー、2012年7月12日
41 著者によるアルフレッド・バーンバウムへのインタビュー、2017年7月12日
42 著者によるアルフレッド・バーンバウムへのインタビュー、2012年3月21日
43 著者によるアルフレッド・バーンバウムへのインタビュー、2016年1月11日
44 著者によるアルフレッド・バーンバウムへのインタビュー、2015年11月20日
45 著者によるアルフレッド・バーンバウムへのインタビュー、2015年11月20日
46 著者によるアルフレッド・バーンバウムへのインタビュー、2012年7月12日
47 村上春樹『走ることについて語るときに僕の語ること』（文藝春秋、2007年）52頁
48 村上春樹「聞き書：この十年1979年～1988年」、湯川豊編『村上春樹ブック　「文學界」4月臨時増刊』（文藝春秋、1991年）44頁
49 同上、45頁
50 著者によるアルフレッド・バーンバウムへのインタビュー、2018年1月4日
51 著者によるアルフレッド・バーンバウムへのインタビュー、2015年11月20日
52 著者によるアルフレッド・バーンバウムへのメール・インタビュー、2017年3月21日
53 著者によるアルフレッド・バーンバウムへのインタビュー、2016年1月11日
54 著者によるアルフレッド・バーンバウムへのインタビュー、2017年3月21日
55 著者によるアルフレッド・バーンバウムへのインタビュー、2017年3月21日
56 著者によるアルフレッド・バーンバウムへのインタビュー、2017年3月21日
57 著者によるアルフレッド・バーンバウムへのインタビュー、2012年7月12日
58 著者による森安真知子へのメール・インタビュー、2017年7月12日
59 著者によるジュールズ・ヤングへのメール・インタビュー、2017年6月22日

60 著者によるジュールズ・ヤングへのメール・インタビュー、2017年6月22日
61 著者によるジュールズ・ヤングへのメール・インタビュー、2017年6月22日
62 著者によるアルフレッド・バーンバウムへのインタビュー、2017年9月19日
63 著者によるジュールズ・ヤングへのメール・インタビュー、2017年9月30日
64 著者によるアルフレッド・バーンバウムへのインタビュー、2017年3月21日
65 著者によるアルフレッド・バーンバウムへのインタビュー、2017年3月21日
66 著者による村上春樹へのインタビュー、2018年1月24日
67 Wray, John and Haruki Murakami. "The Art of Fiction No.182." *The Paris Review*, Issue 170, Summer 2004.
68 著者によるアルフレッド・バーンバウムへのインタビュー、2017年3月21日
69 著者による村上春樹へのインタビュー、2018年1月24日
70 著者によるアルフレッド・バーンバウムへのインタビュー、2012年7月12日
71 www.societyofauthors.org/groups/translators
72 著者によるアルフレッド・バーンバウムへのインタビュー、2015年11月20日
73 著者によるケイト・グリフィンへのインタビュー、2011年6月
74 Wray, John and Haruki Murakami. "The Art of Fiction No.182." *The Paris Review*. www.theparisreview.org/interviews/2/haruki-murakami-the-art-of-fiction-no-182-haruki-murakami
75 著者によるアルフレッド・バーンバウムへのインタビュー、2016年1月11日
76 著者によるアルフレッド・バーンバウムへのインタビュー、2016年1月11日
77 著者によるアルフレッド・バーンバウムへのインタビュー、2016年1月11日
78 Memorandum of an agreement between Kodansha Ltd. and Alfred Birnbaum for a translation of Haruki Murakami's Hitsuji o meguru boken. Aug. 19, 1987.
79「[ベストセラーウオッチング] サラダ記念日"短歌の風"に乗って200万部」、『読売新聞』1988年1月7日
80 著者による村上春樹へのインタビュー、2018年1月24日
81 著者によるアルフレッド・バーンバウムへのインタビュー、2015年11月20日
82 村上春樹/柴田元幸『翻訳夜話』(文藝春秋、2000年)
83 著者によるアルフレッド・バーンバウムへのインタビュー、2018年1月3日
84 著者による浅川港へのインタビュー、2018年5月1日
85 著者によるアルフレッド・バーンバウムへのインタビュー、2015年11月20日
86 著者によるアルフレッド・バーンバウムへのインタビュー、2017年3月21日
87 著者によるアルフレッド・バーンバウムへのインタビュー、2016年1月11日
88 著者によるアルフレッド・バーンバウムへのインタビュー、2015年11月20日/著者によるエルマー・ルークへの電話インタビュー、2015年11月20日

★村上春樹、アメリカへ—— Haruki Murakamiの英語圏進出を支えた名コンビ　1989-1990

1 著者によるエルマー・ルークへのインタビュー、2014年9月1日
2 著者によるエルマー・ルークへのインタビュー、2018年2月12日

3 著者によるエルマー・ルークへの電話インタビュー、2017年3月25日
4 著者によるエルマー・ルークへのインタビュー、2014年9月1日
5 著者によるエルマー・ルークへのインタビュー、2017年7月30日
6 著者によるエルマー・ルークへのメール・インタビュー、2018年1月22日
7 著者によるエルマー・ルークへのメール・インタビュー、2017年7月30日
8 著者によるエルマー・ルークへのインタビュー、2017年8月10日
9 著者によるエルマー・ルークへのメール・インタビュー、2017年7月20日
10 著者によるエルマー・ルークへのインタビュー、2014年9月1日
11 著者によるエルマー・ルークへのメール・インタビュー、2017年7月20日
12 著者によるエルマー・ルークへのメール・インタビュー、2018年1月22日
13 著者によるエルマー・ルークへの電話インタビュー、2018年3月25日
14 著者によるエルマー・ルークへのインタビュー、2014年9月1日
15 著者によるエルマー・ルークへのメール・インタビュー、2018年1月22日
16 著者によるエルマー・ルークへの電話インタビュー、2015年11月22日／メール・インタビュー、2015年12月12日
17 著者によるエルマー・ルークへのメール・インタビュー、2017年9月19日
18 著者によるエルマー・ルークへの電話インタビュー、2018年3月25日
19 著者によるエルマー・ルークへのメール・インタビュー、2017年7月19日
20 著者によるエルマー・ルークへのインタビュー、2012年7月25日
21 著者によるエルマー・ルークへの電話インタビュー、2017年7月17日
22 著者によるエルマー・ルークへのメール・インタビュー、2017年7月18日
23 著者によるエルマー・ルークへのメール・インタビュー、2018年1月22日
24 著者によるエルマー・ルークへのメール・インタビュー、2017年7月18日
25 著者によるエルマー・ルークへのメール・インタビュー、2017年7月18日
26 著者によるエルマー・ルークへの電話インタビュー、2017年7月17日
27 著者による白井哲へのインタビュー、2017年3月1日
28「“限りなく”売れそう『限りなく透明に近いブルー』」、『読売新聞』1976年7月30日
29「［しゅっぱん］低調だったが多彩な動きも…… 出版界この1年」、『読売新聞』1976年12月27日
30 著者による白井哲へのインタビュー、2017年3月1日
31 著者による白井哲へのインタビュー、2017年4月3日
32 著者による白井哲へのインタビュー、2017年3月1日
33 著者による白井哲へのインタビュー、2017年4月3日
34 著者によるエルマー・ルークへの電話インタビュー、2018年3月25日
35 著者によるエルマー・ルークへのメール・インタビュー、2017年7月18日
36 著者によるエルマー・ルークへの電話インタビュー、2017年7月17日
37 著者によるエルマー・ルークへのメール・インタビュー、2018年5月3日
38 著者によるエルマー・ルークへのインタビュー、2014年9月1日
39 著者によるエルマー・ルークへのメール・インタビュー、2017年7月19日

40 著者によるエルマー・ルークへのインタビュー、2012年7月25日
41 著者による浅川港へのメール・インタビュー、2018年5月1日
42 著者によるスティーヴン・ショーへのインタビュー、2018年4月13日
43 著者によるスティーヴン・ショーへのインタビュー、2018年4月14日
44 著者によるエルマー・ルークへのインタビュー、2012年7月25日
45 加藤典洋「自閉と鎖国——一九八二年の風の歌——村上春樹『羊をめぐる冒険』」、『文藝』1983-02（河出書房新社）
加藤典洋「「世界の終わり」にて——村上春樹に教えられて、安部公房へ」、『世界』1987-02（岩波書店）
46 著者による加藤典洋へのメール・インタビュー、2017年5月1日
47 著者によるエルマー・ルークへのインタビュー、2012年7月25日
48 著者によるエルマー・ルークへのインタビュー、2017年7月17日
49 著者によるエルマー・ルークへのメール・インタビュー、2018年1月22日
50「文学の新世界を探る 真価問われる若い才能」日本経済新聞社、1986年7月14日刊
51 著者による白井哲へのインタビュー、2017年4月3日
52 著者によるエルマー・ルークへのインタビュー、2014年9月1日
53 著者によるエルマー・ルークへの電話インタビュー、2015年11月22日
54 著者によるアルフレッド・バーンバウムへのインタビュー、2016年1月11日
55 著者によるエルマー・ルークへのインタビュー、2012年7月25日
56 著者によるエルマー・ルークへの電話インタビュー、2017年8月10日
57 青山南『英語になったニッポン小説』（集英社、1996年）
58 著者によるエルマー・ルークへのメール・インタビュー、2017年9月21日
59「村上春樹『世界を目指す』」、『AERA』（朝日新聞社）1989年11月21日号
60 著者によるエルマー・ルークへの電話インタビュー、2015年11月22日
61 著者による村上春樹へのインタビュー、2018年1月24日
62 著者による白井哲へのインタビュー、2017年3月1日
63 著者によるアン・チェンへのメール・インタビュー、2017年4月20日
64 著者によるエルマー・ルークへの電話インタビュー、2017年7月17日
65 Tetsu Shirai and Gillian Jolis. "*A Wild Sheep Chase* Marketing Strategy Summary." Dec. 5, 1989.
66 著者によるアルフレッド・バーンバウムへのメール・インタビュー、2017年9月29日
67 著者によるマイク・モラスキーへのインタビュー、2017年4月
68 Jollis, Gillian. "Proposed Promotion Budget *Dance Dance Dance*." Jan. 21, 1993.
69 著者による村上春樹へのインタビュー、2018年1月24日
70 著者によるエルマー・ルークへの電話インタビュー、2018年3月25日
71 著者によるスティーブ・ショーへのメール・インタビュー、2018年4月15日
72 著者によるエルマー・ルークへのメール・インタビュー、2017年9月19日
73 Shirai, Tetsu and Gillian Jollis. "*A Wild Sheep Chase* Marketing Strategy Summary." Dec. 5, 1989.

74『朝日新聞』1989年11月13日夕刊
75 著者によるアン・チェンへのメール・インタビュー、2017年4月20日
76 著者によるエルマー・ルークへの電話インタビュー、2015年11月22日
77 Murakami, Haruki. *A Wild Sheep Chase*. Kodansha International, 1989.
78 著者によるエルマー・ルークへのインタビュー、2012年7月12日
79 著者によるエルマー・ルークへのインタビュー、2014年9月1日
80 著者によるアン・チェンへのメール・インタビュー、2017年4月20日
81 著者によるアン・チェンへのメール・インタビュー、2017年4月20日
82 著者によるエルマー・ルークへのインタビュー、2012年7月25日
83 著者によるエルマー・ルークへのインタビュー、2012年7月25日
84 著者によるエルマー・ルークへのインタビュー、2012年7月25日
85 著者によるエルマー・ルークへの電話インタビュー、2017年8月10日
86 著者によるロバート・ホワイティングへのメール・インタビュー、2017年12月23日／24日
87 Chapman, Tom and Robert Whiting, "Making of You *Gotta Have Wa*." *Tokyo Weekender*, Sep. 29, 1989.
88 著者によるエルマー・ルークへのインタビュー、2012年7月25日
89 著者によるロバート・ホワイティングへのメール・インタビュー、2017年12月23日
90 著者によるロバート・ホワイティングへのメール・インタビュー、2017年12月23日
91 Shirai, Tetsu and Gillian Jolis. "*A Wild Sheep Chase* Marketing Strategy Summary." Dec. 5, 1989.
92 Shirai, Tetsu and Gillian Jolis. "*A Wild Sheep Chase* Marketing Strategy Summary." Dec. 5, 1989.
93 著者によるケヴィン・ムルロイへのメール・インタビュー、2017年6月15日
94 著者によるエルマー・ルークへのメール・インタビュー、2017年9月19日
95 著者によるケヴィン・ムルロイへのメール・インタビュー、2017年6月15日
96 著者による白井哲へのインタビュー、2017年3月2日／著者によるエルマー・ルークへのメール・インタビュー、2017年3月25日
97 著者による白井哲へのインタビュー、2017年3月2日／著者によるエルマー・ルークへのメール・インタビュー、2017年3月25日
98 著者による白井哲へのインタビュー、2017年3月2日
99 村上春樹『村上ラヂオ』（マガジンハウス、2001年）、167-168頁
100 著者によるエルマー・ルークへのメール・インタビュー、2017年5月25日
101 村上春樹『ザ・スコット・フィッツジェラルド・ブック』（中央公論新社、2017年）67頁
102 著者によるアン・チェンへのメール・インタビュー、2017年4月20日
103「村上春樹『羊をめぐる冒険』米国で出版、国際性に高い評価」、『朝日新聞』1989年11月13日夕刊
104 著者による白井哲へのインタビュー、2017年6月3日

105 著者によるエルマー・ルークへの電話インタビュー、2018年3月25日
106 著者によるステファニー・リーヴァイへのメール・インタビュー、2017年6月15日
107 著者によるエルマー・ルークへの電話インタビュー、2015年11月20日
108 著者による村上春樹へのインタビュー、2018年1月24日
109 著者によるエルマー・ルークへのメール・インタビュー、2017年9月19日
110 The Author's Guild. "Herbert Mitgang, Former Authors Guild and Authors League Fund President, Dies at 93." Nov. 21, 2013.
111 Martin, Douglas. "Herbert Mitgang, Wide-Ranging Author and Journalist Dies at 93." *New York Times*, Nov. 21, 1993.
112 Mitgang, Herbert, "Books of the Times; Japanese Put a Spin on Baseball." *New York Times*, July. 15, 1989.
113 著者によるアン・チェンへのメール・インタビュー、2017年4月20日
114 Mitgang, Herbert. "Books of the Times; Young and Slangy Mix of the U.S. and Japan." *New York Times*, Oct. 21, 1989.
115 Mitgang, Herbert. "Books of the Times; Young and Slangy Mix of the U.S. and Japan." *New York Times*, Oct. 21, 1989.
116「米紙ニューヨーク・タイムズ、村上春樹氏を絶賛」、『読売新聞』1989年10月24日東京夕刊
117 Ryan, Alan. "Wild and Wooly." *Washington Post,* Nov. 12, 1989.
118 著者によるエルマー・ルークへのメール・インタビュー、2017年9月21日
119 Kometani, Fumiko. "Trials of a Japanese Ruth Amid the Alien Corn." *New York Times*, Apr. 13, 1987. Feingold, Fumiko Ikeda. "A Painful Story of Japanese-Jewish Marriage." *New York Times*, May 4, 1987.
120 Hopkins, Ellen. "Her Story; L.A. Writer Fumiko Kometani's Novella 'Passover' Created a Sensation in Japan, Winning an Unprecedented String of Literary Prizes. In this Country, It Created a Sensation of a Different kind. 'Passover,' Critics Charged, Was a Work of Anti-Semitism." *LA Times*, June. 12, 1988.
121 Kometani, Fumiko. "Help! His Best Friend is Turning into a Sheep!" *LA Times*, Oct. 15, 1989.
122 著者によるアルフレッド・バーンバウムへのメール・インタビュー、2017年9月29日
123 Leithauser, Brad. "A Hook Somewhere." *The New Yorker*, Dec. 4, 1989.
124 著者によるブラッド・レイトハウザーへのメール・インタビュー、2017年10月24日
125 Jollis, Gillian. "Proposed Promotion Budget *Dance Dance Dance*." Jan. 21, 1993.
126「村上春樹『羊をめぐる冒険』米国で出版、国際性に高い評価」、『朝日新聞』1989年11月13日夕刊
127 著者によるエルマー・ルークへのインタビュー、2014年9月1日
128 著者による村上春樹へのインタビュー、2018年1月24日。
129 Shirai, Tetsu and Gillian Jolis. "*A Wild Sheep Chase* Marketing Strategy Summary," Dec. 5 1989.

130 http://www.tokyofoundation.org/en/authors/fred-hiatt
131 Hiatt, Fred. "Haruki Murakami's Homecoming." *Washington Post*, Dec. 25, 1989.
132 著者によるクレア・アレクサンダーへのメール・インタビュー、2017年6月9日
133 著者によるクレア・アレクサンダーへのメール・インタビュー、2017年6月9日
134 著者によるクレア・アレクサンダーへのメール・インタビュー、2017年6月9日
135 著者によるアンドリュー・フランクリンへのメール・インタビュー、2017年7月11日
136 著者による村上春樹へのインタビュー、2018年1月24日
137 著者によるクレア・アレクサンダーへのメール・インタビュー、2017年6月9日
138 著者によるエルマー・ルークへのメール・インタビュー、2017年5月25日／電話インタビュー、2018年3月25日
139 村上春樹「海外へ出て行く。新しいフロンティア」、『職業としての小説家』（スイッチ・パブリッシング、2015年）272-273頁
140 村上春樹「旅行のお供、人生の伴侶」、『村上朝日堂はいかにして鍛えられたか』（新潮社［改版］、1987年）248-249頁
141 村上春樹『象の消滅　短篇選集1980-1991』（新潮社、2005年）14-15頁
142 著者によるロバート・ゴットリーブへの電話インタビュー、2017年3月22日
143 著者によるロバート・ゴットリーブへの電話インタビュー、2017年3月22日
144 著者による村上春樹へのインタビュー、2018年1月24日
145 著者によるロバート・ゴットリーブへの電話インタビュー、2017年3月22日
146 著者によるロバート・ゴットリーブへの電話インタビュー、2017年3月22日
147 ゴットリーブは1980年代半ばから現在にいたるまで同賞の選考委員を30年以上も続けているので、村上の英訳者のうち二人――1989年には村上の『ねじまき鳥クロニクル』（*The Wind-up Bird Chronicle*）でジェイ・ルービン、2001年に黒井千次の『群棲』（*Life in the Cul-De-Sac*）でフィリップ・ガブリエル――に賞を与えていることになる。
148 Weiss, Phillip. "Forget Delillo and Pynchon-Murakami's the Guy for Me." *New York Observer*. Dec. 22, 1997.
149 Gottlieb, Robert. "Editing Books Versus Editing Magazines." in *The Art of Making Magazines; On Being an Editor and Other Views from the Industry*. ed. Victor S. Navasky and Evan Cornug. New York, Columbia University Press, 2012.
150 Gottlieb, Robert. *Avid Reader: A Life*. Farrar, Straus, and Giroux. 2016.
151 Mcphee, John. "Editors and Publisher." *The New Yorker*, July. 2, 2012.
152 著者によるロバート・ゴッドリーブへの電話インタビュー、2017年3月22日
153 Gottlieb, Robert. *Avid Reader: A Life*. Farrar, Straus, and Giroux. 2016.
154 著者によるエルマー・ルークへのインタビュー、2012年7月25日
155 著者によるエルマー・ルークへのメール・インタビュー、2018年1月22日
156 著者による村上春樹へのインタビュー、2018年1月24日
157 ロバート・ゴットリーブ、エルマー・ルーク宛書簡、1991年4月10日付
158 著者によるリンダ・アッシャーへのメール・インタビュー、2017年12月10日
159『考える人　村上春樹ロングインタビュー』（新潮社、2010年）

160 著者によるリンダ・アッシャーへのインタビュー、2013年5月7日
161 著者によるリンダ・アッシャーへのインタビュー、2013年5月7日
162 著者による村上春樹へのインタビュー、2018年1月24日
163 著者によるリンダ・アッシャーへのメール・インタビュー、2017年12月10日
164 著者によるリンダ・アッシャーへのメール・インタビュー、2017年12月10日
165 著者によるリンダ・アッシャーへのインタビュー、2013年5月7日
166 著者によるリンダ・アッシャーへのインタビュー、2013年5月7日
167 Bil'ak, Peter and Linda Asher. "Translation Is a Human Interchange." Netherlands: *Works That Work*, Issue 1, Winter 2013.
168 著者によるエルマー・ルークへのインタビュー、2012年7月25日
169 Bell, Susan. *The Artful Edit: On the Practice of Editing Yourself*. W.W. Norton & Company. 2007.
170 Gottlieb, Robert. *Avid Reader: A Life*. Farras, Straus and Giroux, 2016.
171 松家仁之「村上春樹クロニクル」、『来たるべき作家たち』(新潮社、1998年) 185頁
172 著者による村上春樹へのインタビュー、2018年1月24日
173 著者によるアルフレッド・バーンバウムへのインタビュー、2017年8月13日/メール・インタビュー、2017年9月19日
174 著者によるエルマー・ルークへのメール・インタビュー、2017年9月23日
175 著者による村上春樹へのインタビュー、2018年1月24日
176 著者によるエルマー・ルークへの電話インタビュー、2017年3月25日
177 著者による村上春樹へのインタビュー、2018年1月24日
178 著者によるエルマー・ルークへの電話インタビュー、2017年8月10日
179 リンダ・アッシャーからエルマー・ルークへの書簡、1991年秋
180 村上春樹「海外へ出て行く。新しいフロンティア」『職業としての小説家』(スイッチ・パブリッシング、2015年) 275頁
181 著者による村上春樹へのインタビュー、2018年1月24日

★新たな拠点、新たなチャレンジ 1991-1992

1 村上春樹「さらばプリンストン」、『やがて哀しき外国語』(講談社、1994年) 257頁
2 村上春樹「プリンストン——はじめに」、『やがて哀しき外国語』(講談社、1994年) 10頁
3 著者によるエルマー・ルークへのメール・インタビュー、2017年3月6日/3月15日/電話インタビュー、2017年3月25日
4 著者によるマーティン・コルカットへのメール・インタビュー、2017年3月20日
5 村上春樹「プリンストン——はじめに」、『やがて哀しき外国語』(講談社、1994) 10-11頁
6「現代の物語とは何か」の題で『新潮』1994年7月号に掲載
7 Hirata, Hosea. "Haruki Murakami in Princeton." The Gest Library Journal 5, no. 1(1992):10-25, accessed March 6, 2017, https://library.princeton.edu/astasian/EALJ/

hirata_hosea.EALJ.v05.n01.p010.pdf
8 著者によるホセア・平田へのメール・インタビュー、2017年3月30日
9 著者によるホセア・平田へのメール・インタビュー、2017年3月30日
10 著者によるホセア・平田へのメール・インタビュー、2017年3月30日
11 著者によるホセア・平田へのメール・インタビュー、2017年3月30日
12 著者によるテッド・グーセンへのインタビュー、2013年5月2日
13 著者によるエルマー・ルークへの電話インタビュー、2017年7月17日
14 著者によるエルマー・ルークへのメール・インタビュー、2017年3月15日／電話インタビュー、2017年3月25日
15 著者によるエルマー・ルークへのメール・インタビュー、2017年3月15日
16 著者による村上春樹へのインタビュー、2018年1月24日
17 著者によるエルマー・ルークへのインタビュー、2017年3月25日
18 著者による村上春樹へのインタビュー、2018年1月24日
19 "Memorandum of agreement between Kodansha International Ltd. (the Publisher) and Alfred Birnbaum (the Translator) for a translation of Haruki Murakami's Noruwei no Mori" Sep. 27, 1988.
20 著者によるアルフレッド・バーンバウムへのインタビュー、2015年11月20日
21「読書の秋 いま英語本が売れてます 日本の文学訳したものも人気」、『読売新聞』1990年10月25日
22 Kambara, Keiko. "A '60s Refugee Speaks to '80s Youth. Interview: Best-selling Japanese Author. Haruki Murakami's searching message is snapped up by millions in Japan." *Christian Science Monitor*, March 30, 1989.
23「村上作品の英訳（ぶっくエンド）」、『日本経済新聞』1990年1月14日
24 著者によるエルマー・ルークへのメール・インタビュー、2018年1月22日
25 著者による村上春樹へのインタビュー、2018年1月24日
26 Memorandum of an agreement between Kodansha Ltd. (the Publisher) and Alfred Birnbaum (the Translator) for a translation of Haruki Murakami's Sekai no owari to haadoboirudo wandaarando. Sep. 27, 1988.
27「村上春樹『羊をめぐる冒険』米国で出版、国際性に高い評価」、『朝日新聞』1989年11月13日夕刊
28 著者による森安真知子へのインタビュー、2017年7月6日
29 Memorandum of an agreement between Kodansha International Ltd. (the Publisher) and Alfred Birnbaum (the Translator) for a translation of Haruki Murakami's Dance, Dance, Dance (the Work) Sep. 13, 1991.
30 Devereaux, Elizabeth. 'PW Interview: Haruki Murakami. Japan's premier novelist is 'seeking new style.'" *Publishers Weekly*, Sep. 21, 1991.
31 著者によるアルフレッド・バーンバウムへのインタビュー、2012年7月12日
32 著者によるエルマー・ルークへのメール・インタビュー、2017年9月21日
33 著者によるエルマー・ルークへの電話インタビュー、2015年11月22日

34 著者によるアルフレッド・バーンバウムへのインタビュー、2012年7月12日
35 著者によるエルマー・ルークへのインタビュー、2012年7月25日
36 著者によるエルマー・ルークへの電話インタビュー、2018年3月25日
37 著者によるエルマー・ルークへの電話インタビュー、2016年10月16日
38 Borges, Jorges Luis. "Autobiographical Notes" in *The New Yorker*, Sep. 19, 1970 Issue.
39 Emmerich, Michael. "Panel: Life as a Translator." British Centre for Literary Translation Summer School 2012, July. 24, 2012.
40 Smith, Zadie. *Changing My Mind: Occasional Essays*. Penguin Books, 2010.
41 著者によるアルフレッド・バーンバウムへのインタビュー、2017年3月21日
42 ジェイ・ルービン著『ハルキ・ムラカミと言葉の音楽』(畔柳和代訳、新潮社、2006年)139頁
43「聞き書:村上春樹 この十年1979年〜1988年」、湯川豊編『村上春樹ブック 「文學界」4月臨時増刊号』(文藝春秋、1991年)
44 著者によるエルマー・ルークへの電話インタビュー、2017年3月25日
45 著者によるエルマー・ルークへの電話インタビュー、2017年3月25日
46 Murakami, Haruki. *Hardboiled Wonderland and the End of the World.* Vintage International, 2010.
47 著者によるアルフレッド・バーンバウムへのインタビュー、2017年3月21日
48 エルマー・ルーク、村上春樹宛てファクス、1991年3月29日
49 エルマー・ルーク、村上春樹宛てファクス、1991年5月10日
50 著者によるエルマー・ルークへのインタビュー、2012年7月25日
51 著者によるアルフレッド・バーンバウムへのインタビュー、2013年4月30日
52 Adams, Douglas. *The Restaurant at the End of the Universe.* Del Rey, 2008, p. 76.
53 著者によるアルフレッド・バーンバウムへのインタビュー、2013年4月30日
54 著者によるアルフレッド・バーンバウムへのインタビュー、2017年8月13日
55 著者によるエルマー・ルークへの電話インタビュー、2015年11月22日
56 著者によるアルフレッド・バーンバウムへのインタビュー、2017年8月15日
57 著者によるエルマー・ルークへのメール・インタビュー、2017年6月15日
58 著者によるアルフレッド・バーンバウムへのインタビュー、2012年7月12日
59「聞き書:村上春樹 この十年1979年〜1988年」、『村上春樹ブック 「文學界」4月臨時増刊号』(文藝春秋、1991年)
60 著者によるアルフレッド・バーンバウムへのインタビュー、2017年8月13日
61 著者によるエルマー・ルークへの電話インタビュー、2018年3月25日
62 著者によるエルマー・ルークへの電話インタビュー、2017年7月17日
63 著者によるアルフレッド・バーンバウムへのインタビュー、2017年8月13日
64 著者によるアルフレッド・バーンバウムへのインタビュー、2017年3月21日
65 Holm, Mette. "Translating Murakami Haruki as a Multilingual Experience." *Japanese Language and Literature*, Vol. 49, No. 1, Special Section: Beyond English Translators Talk about Murakami Haruki (April 2015), pp. 125-126.

66 著者による村上春樹へのインタビュー、2018年1月24日
67 著者によるアルフレッド・バーンバウムへのインタビュー、2017年8月13日
68 川上未映子・村上春樹『みみずくは黄昏に飛びたつ』(新潮社、2017年) 134-139頁
69 著者によるエルマー・ルークへの電話インタビュー、2015年11月22日
70 著者によるアルフレッド・バーンバウムへのメール・インタビュー、2017年3月22日
71 著者によるエルマー・ルークへのインタビュー、2014年9月1日
72「聞き書 村上春樹 この十年 1979年〜1988年」、『村上春樹ブック 「文學界」4月臨時増刊号』(文藝春秋、1991年)
73 Memorandum of an agreement between Kodansha International Ltd. (the Publisher) and Alfred Birnbaum (the Translator) for a translation of Haruki Murakami's Sekai no owari to haadoboirudo wandaa rando.
74 著者によるエルマー・ルークへの電話インタビュー、2017年7月17日
75 著者によるエルマー・ルークへの電話インタビュー、2017年7月17日
76 著者によるエルマー・ルークへの電話インタビュー、2017年7月17日
77 著者によるアルフレッド・バーンバウムへのメール・インタビュー、2017年9月19日
78 著者によるアルフレッド・バーンバウムへのメール・インタビュー、2017年10月25日
79 著者による片倉茂男への書簡インタビュー、2017年8月
80 著者によるエルマー・ルークへの電話インタビュー、2017年8月10日
81 エルマー・ルーク、村上春樹宛ファックス、1991年3月29日
82 著者によるエルマー・ルークへのメール・インタビュー、2017年5月25日/電話インタビュー、2017年7月17日
83 著者による村上春樹へのインタビュー、2018年1月24日
84 Sterling, Robert. "Down a High-Tech Rabbit Hole." *The Washington Post*, Aug. 11, 1991.
85 Sterling, Robert. "Down a High-Tech Rabbit Hole." *The Washington Post*, Aug. 11, 1991.
86 McGill, Peter. "Dreams of high skies and unicorn skulls." *The Observer*, Oct. 6, 1991.
87 Loose, Julian. "Sheeped." *London Review of Books*, Jan. 30, 1992.
88 著者によるジュリアン・ルースへのメール・インタビュー、2017年4月18日
89 村上春樹「海外へ出て行く。新しいフロンティア」、『職業としての小説家』(スイッチ・パブリッシング、2015年) 271頁
90 West, Paul. "Stealing Dreams from Unicorns." *The New York Times*. Sep. 15, 1991.
91 エルマー・ルーク、村上春樹・村上陽子宛書簡、1991年10月9日
92「米国文化への愛感じる新作英訳中、主人公の名が難問 村上春樹の翻訳者に聞く」『朝日新聞』2013年5月15日朝刊
93 村上春樹「海外へ出て行く。新しいフロンティア」、『職業としての小説家』(スイッチ・パブリッシング、2015年)、271頁
94『考える人 村上春樹ロングインタビュー』(2010年8月号、新潮社)

95 著者による村上春樹へのインタビュー、2018年1月24日
96 著者によるアルフレッド・バーンバウムへのインタビュー、2017年3月21日

★オールアメリカンな体制作りへ　1992-1994

1 著者による白井哲へのインタビュー、2017年3月1日
2 著者による村上春樹へのインタビュー、2018年1月24日
3 著者による村上春樹へのインタビュー、2018年1月24日
4 村上春樹「海外へ出て行く。新しいフロンティア」、『職業としての小説家』（スイッチ・パブリッシング、2015年）273頁
5 村上春樹「アメリカで『象の消滅』が出版された頃」、『象の消滅 短篇選集 1980-1991』（新潮社、2005年）17頁
6 村上春樹「海外へ出て行く。新しいフロンティア」、職業としての小説家』（スイッチ・パブリッシング、2015年）273頁
7 川上未映子・村上春樹『みみずくは黄昏に飛びたつ』（新潮社、2017年）306頁
8 著者による村上春樹へのインタビュー、2018年1月24日
9 著者によるエルマー・ルークへのインタビュー、2018年3月25日
10 村上春樹「さらばプリンストン」、『やがて哀しき外国語』（講談社、1994年）
11 村上春樹「アメリカで『象の消滅』が出版された頃」、『象の消滅 短篇選集 1980-1991』18頁
12 Eggers, David. "Why Knopf Editor in Chief Sonny Mehta Still Has the Best Job in the World." *Vanity Fair*. October 2015.
13 www.picador.com/info/history
14 Gottlieb, Robert. *Avid Reader: A Life*. Farrar, Straus, and Giroux. 2016.
15 著者による村上春樹へのインタビュー、2018年1月24日
16 著者による村上春樹へのインタビュー、2018年1月24日
17 村上春樹「アメリカで『象の消滅』が出版された頃」、『象の消滅 短篇選集 1980-1991』18頁
18 村上春樹「プリンストン—はじめに」、『やがて哀しき外国語』（講談社、1997年）
19 Cohen, Robert. "New Publishing Star, Sonny Mehta, Talks Profits as Well as Art." *The New York Times*, Nov. 13, 1990.
20 Cohen, Robert. "New Publishing Star, Sonny Mehta, Talks Profits as Well as Art." *The New York Times*, Nov. 13, 1990.
21 Cohen, Robert. "New Publishing Star, Sonny Mehta, Talks Profits as Well as Art." *The New York Times*, Nov. 13, 1990.
22 著者による村上春樹へのインタビュー、2018年1月24日
23 著者によるエルマー・ルークへのメール・インタビュー、2017年9月19日
24 村上春樹「アメリカで『象の消滅』が出版された頃」、『象の消滅 短篇選集 1980-1991』（新潮社、2005年）18頁
25 Schillinger, Liesl. "Literati Toast Knopf's 100th Anniversary." *The New York Times*.

Oct. 2, 2015.
26 Deahl, Rachel. "Sonny Mehta: 2015 PW Person of the Year." *Publishers Weekly*. Dec. 4, 2015.
27 knopfdoubleday.com
28 Carvajal, Doreen. "Book Deal: The Deal; German Media Giant Will Buy Random House for $1.4 Billion." *The New York Times*, Mar. 24, 1998.
29 Bosman, Julie. "Penguin and Random House Merge, Saying Change will come Slowly." *The New York Times*, July 1, 2013.
30 Swanson, Clare. "A Century of Alfred A. Knopf." *Publishers Weekly*, May 15, 2015.
31 Hagan, Joe. "Bertelsmann's Barracks." *The Observer*. Dec. 2, 2002.
32 Walker, Larry. "Bringing Japanese Literature to the West: The Knopf Translation Program, 1955-1976," SWET Newsletter, No. 117, 2007, pp. 19-20.
33 Nathan, John. *Living Carelessly in Tokyo and Elsewhere: A Memoir*. Free Press, 2008, p. 58.
34 文藝春秋／公益財団法人日本文学振興会、「菊池賞受賞者一覧」。www.bunshun.co.jp/shinkoukai/award/kikuchi/list.html
35 文藝春秋／公益財団法人日本文学振興会、「菊池賞受賞者一覧」。www.bunshun.co.jp/shinkoukai/award/kikuchi/list.html
36 エルマー・ルーク「羊を追って――村上春樹のブレイクスルー」、『群像』2010年7月号
37 著者によるエルマー・ルークへのメール・インタビュー、2017年9月23日
38 著者によるエルマー・ルークへのメール・インタビュー、2017年3月16日
39 浅川港『NYブックピープル物語――ベストセラーたちと私の4000日』(NTT出版、2007年)
40 著者によるエルマー・ルークへのメール・インタビュー、2017年3月16日
41 エルマー・ルークによるジェシカ・グリーンへのファクス、1992年4月24日付
42 エルマー・ルークから村上春樹への手紙、1992年5月19日付
43 著者によるエルマー・ルークへのメール・インタビュー、2018年4月20日
44 村上春樹「海外へ出て行く。新しいフロンティア」、『職業としての小説家』(スイッチ・パブリッシング、2015年) 302頁
45 著者による村上春樹へのインタビュー、2018年1月24日
46 著者によるエルマー・ルークへのメール・インタビュー、2017年3月16日
47 "Perkins Awards Past Winners." The Center for Fiction homepage.
48 "Perkins Awards Past Winners." The Center for Fiction homepage.
49 EW Staff. "The 101 Most Powerful People in Entertainment." *Entertainment Weekly*. Nov. 1, 1991.
50 著者によるエルマー・ルークへのメール・インタビュー、2017年3月16日
51 著者によるエルマー・ルークへのメール・インタビュー、2017年3月16日
52 著者によるトバイアス・ウルフへのメール・インタビュー、2017年7月25日

53 著者による村上春樹へのインタビュー、2018年1月24日
54 著者によるエルマー・ルークへのメール・インタビュー、2017年3月16日
55 村上春樹「海外へ出て行く。新しいフロンティア」、『職業としての小説家』(スイッチ・パブリッシング、2015年)276頁
56 村上春樹「アメリカで『象の消滅』が出版された頃」、『象の消滅 短篇選集1980-1991』(新潮社、2005年)18頁
57 著者によるエルマー・ルークへのメール・インタビュー、2017年3月25日/2018年1月23日
58 エルマー・ルーク、村上春樹/村上陽子宛書簡、1992年6月10日
59 著者によるエルマー・ルークへのメール・インタビュー、2017年3月15日
60 著者によるエルマー・ルークへのメール・インタビュー、2017年3月16日
61 著者によるジョナサン・リーヴァイへのメール・インタビュー、2018年4月24日
62 川上未映子・村上春樹『みみずくは黄昏に飛びたつ』(新潮社、2017年)306頁
63『考える人 村上春樹ロングインタビュー』
64 村上春樹「海外へ出て行く。新しいフロンティア」、『職業としての小説家』(スイッチ・パブリッシング、2015年)274頁
65 著者によるアルフレッド・バーンバウムへのインタビュー、2017年3月21日
66 ゲイリー・フィスケットジョン「刊行に寄せて」、『「象の消滅」短篇選集1980-1991』(新潮社、2005年)
67 著者による村上春樹へのインタビュー、2018年1月24日
68 Risen, Clay. "Literary Hideaway." *Nashville Scene*, Dec. 7, 2006.
69 The American Academy in Berlin homepage.
70 Risen, Clay. "Literary Hideaway." *Nashville Scene*, Dec. 7, 2006.
71 著者によるゲイリー・フィスケットジョンへのメール・インタビュー、2017年3月7日
72 村上春樹「アメリカで『象の消滅』が出版された頃」、『象の消滅 短篇選集1980-1991』(新潮社、2005年)18-19頁
73 著者によるゲイリー・フィスケットジョンへのメール・インタビュー、2017年3月7日
74 Gary Fisketjon, Philip Gabriel and Jay Rubin. Email Roundtable. Dec. 18, 2000 to Jan. 18, 2001. Random House homepage.
75 ゲイリー・フィスケットジョンへのメール・インタビュー、2017年3月7日
76 著者による村上春樹へのインタビュー、2018年1月24日
77 著者によるゲイリー・フィスケットジョンへのメール・インタビュー、2018年2月1日
78 著者によるアルフレッド・バーンバウムへのインタビュー、2017年8月13日
79『考える人 村上春樹ロングインタビュー』2010年8月号(新潮社)
80 著者による村上春樹へのインタビュー、2018年1月24日
81 エルマー・ルーク、村上春樹/村上陽子宛ファクス、1992年6月10日
82「メキシコ大旅行」は『マザー・ネイチャーズ』誌に初出、のちに『辺境・近境』(新潮社、1998年)に収録。

83 著者によるエルマー・ルークへのメール・インタビュー、2017年3月16日
84 村上春樹「アメリカで『象の消滅』が出版された頃」、『象の消滅 短篇選集 1980-1991』(新潮社、2005年) 19頁
85 エルマー・ルーク、村上春樹宛書簡、1992年9月18日
86 著者によるアルフレッド・バーンバウムへのインタビュー、2017年3月25日
87 著者によるエルマー・ルークへのメール・インタビュー、2017年3月19日／電話インタビュー、2017年3月25日
88 著者によるエルマー・ルークへのメール・インタビュー、2017年5月25日／電話インタビュー、2017年7月17日
89 村上春樹「アメリカで『象の消滅』が刊行された頃」、『象の消滅 短篇選集 1980-1991』(新潮社、2005年) 19頁
90 著者によるアルフレッド・バーンバウムへのインタビュー、2017年3月21日
91 Rubin, Jay. "Murakami Haruki's Two Poor Aunts Tell Everything They Know About Sheep, Wells, Unicorns, Proust, Elephants and Magpies." in *Oe and Beyond: Fiction in Contemporary Japan*, University of Hawaii Press, 1998.
92 著者によるアルフレッド・バーンバウムへのインタビュー、2018年8月13日
93 著者によるエルマー・ルークへのメール・インタビュー、2017年7月18日
94 著者によるエルマー・ルークへのメール・インタビュー、2017年7月18日
95 著者によるエルマー・ルークへのメール・インタビュー、2017年7月19日
96 Mitgang, Herbert. "From Japan, Big Macs and Marlboros in Stories." *The New York Times*, May. 12, 1993.
97 著者による村上春樹へのインタビュー、2018年1月24日
98 村上春樹「メイキング・オブ・ねじまき鳥クロニクル」、『新潮』1992年11月号、272頁
99 著者によるゲイリー・フィスケットジョンへのメール・インタビュー、2017年3月31日
100 著者によるゲイリー・フィスケットジョンへのメール・インタビュー、2017年3月31日
101 著者によるエルマー・ルークへのメール・インタビュー、2017年9月23日
102 ジェイ・ルービンからゲイリー・フィスケットジョンへの書簡、1992年12月7日
103 ジェイ・ルービンからゲイリー・フィスケットジョンへの書簡、1993年1月3日
104 エルマー・ルーク、村上春樹宛ファクス、1993年1月25日
105 著者によるチップ・キッドへのインタビュー、2014年9月4日
106 著者によるチップ・キッドへのメール・インタビュー、2017年4月23日
107「チップ・キッドの仕事」、『COYOTE』特別編集号 (TOKYO LITERARY CITY、2013年)
108 著者によるチップ・キッドへのメール・インタビュー、2017年4月23日
109 著者によるエルマー・ルークへのメール・インタビュー、2017年9月23日
110 著者によるエルマー・ルークへの電話インタビュー、2018年3月25日
111 村上春樹「アメリカで『象の消滅』が出版された頃」、『象の消滅 短篇選集 1980-1991』20頁

112 ゲイリー・フィスケットジョン（聞き手：新元良一）『英語で読む村上春樹』NHK ラジオ、2014 年 4/5 月
113 著者による村上春樹へのインタビュー、2018 年 1 月 24 日
114 “Bestsellers: April 4, 1993” *The New York Times*, Apr. 4, 1993.
115 村上春樹『夢を見るために毎朝僕は目覚めるのです　村上春樹インタビュー集 1997-2001』（文藝春秋、2010 年）
116 Mitgang, Herbert. “From Japan, Big Macs and Marlboros in Stories.” *The New York Times*, May 12, 1993.
117 村上春樹「時間を味方につける——長編小説を書くこと」、『職業としての小説家』（スイッチ・パブリッシング、2015 年）136 頁
118 Max, D. T. “Book World; Japanese Stories of Import.” *The Washington Post*, May 28, 1993.
119 村上春樹「海外へ出て行く。新しいフロンティア」、『職業としての小説家』（スイッチ・パブリッシング、2015 年）270-271 頁
120『考える人　村上春樹ロングインタビュー』（新潮社、2010 年）93 頁
121 著者によるゲイリー・フィスケットジョンへのメール・インタビュー、2017 年 3 月 7 日
122 エルマー・ルーク「羊を追って一村上春樹のブレイクスルー」、『群像』2010年7月号、199 頁
123 著者によるロバート・ゴットリーブへの電話インタビュー、2017 年 3 月 22 日
124 Sapiro, Gisele. “Translation and the field of publishing.” Translation Studies, 1:2. p. 157
125 Sapiro, Gisele. “Translation and the field of publishing.” Translation Studies, 1:2. p. 157
126『考える人　村上春樹ロングインタビュー』（新潮社、2010 年）90 頁
127 著者による白井哲へのインタビュー、2017 年 3 月 1 日
128 著者による浅川港へのインタビュー、2018 年 5 月 1 日
129 著者によるステファニー・リーヴァイへのメール・インタビュー、2017 年 6 月 15 日
130 著者によるエルマー・ルークへのインタビュー、2014 年 9 月 1 日
131 著者による村上春樹へのインタビュー、2018 年 1 月 24 日
132 著者によるロバート・ゴットリーブへの電話インタビュー、2017 年 3 月 22 日
133 Gottlieb, Robert. *Avid Reader: A Life*, Farrar, Straus and Giroux, 2016.
134 村上春樹「アメリカで『象の消滅』が出版された頃」、『象の消滅 短篇選集 1980-1991』16 頁
135 Snyder, Stephen. "Are There Any More Like You at Home? Cloning Murakami Haruki for the U.S. Market." Presentation at University of California Berkeley, Center for Japanese Studies 50th Anniversary Hybrid Japan, *Haruki Murakmai: A Conversation*, Oct. 11, 2006
136 村上春樹「人喰いクーガーとヘンタイ映画と作家トム・ジョーンズ」、『うずまき猫のみつけかた』（新潮社、1996 年）50 頁
137 村上春樹「アメリカで『象の消滅』が出版された頃」、「『象の消滅』短篇選集 1980-

1991」（新潮社、2005年）24頁
138 Avedon, Richard. *Evidence:1944-1994.* Random House, 1994.
139 Dyer, Geoff, "Richard Avedon" in *Otherwise Known as the Human Condition: Selected Essays and Reviews*, Graywolf Press, 2011.
140 Angell, Roger. "The Fadeaway." *The New Yorker*, Feb. 9, 2009.
141 Michaud, Jon. 'Eight-five from the Archive: William Maxwell.' May 12, 2010. The New Yorker Website.
142 Sesay, Isha and Catrina Davies. "Tina Brown: Taking Risks Comes Easily." *CNN*. Jun. 19, 2013.
143 Carmody, Deirdre. "Tina Brown to Take Over at The New Yorker." *The New York Times*, July 1, 1992.
144 Carmody, Deirdre. "Richard Avedon Is Named New Yorker Photographer." *New York Times*, Dec. 10, 1992.
145 Updike, John. 2007. *Due Considerations: Essays and Criticism*. New York:Alfred Knopf.
146 Frady, Marshall. "The Children of Malcolm." *The New Yorker*, Oct. 12 1992 Issue, 1992.
147 Carmody, Deirdre. "Tina Brown to Take Over at The New Yorker." *New York Times*. July 1, 1992. / Kritz, Howard. "The Cold World of Hot Magazing." *The Washington Post*. May 23, 1994.
148 Garfield, Simon. "From student rag to literary riches." *The Guardian*. Dec. 30, 2007.
149 著者による村上春樹へのインタビュー、2018年1月24日
150 ジェイ・ルービン『ハルキ・ムラカミと言葉の音楽』（畔柳和代訳、新潮社、2006年）414-415頁
151 村上春樹「海外へ出て行く。新しいフロンティア」、『職業としての小説家』（スイッチ・パブリッシング、289頁、2015年）
152 著者によるアルフレッド・バーンバウムへのメール・インタビュー、2017年3月13日
153 著者によるアルフレッド・バーンバウムへのインタビュー、2017年3月21日
154 著者によるエルマー・ルークへのメール・インタビュー、2017年3月19日／電話インタビュー、2017年3月25日
155 著者によるテッド・グーセンへのメール・インタビュー、2018年4月29日
156 著者によるアルフレッド・バーンバウムへのインタビュー、2017年3月21日
157 著者によるアルフレッド・バーンバウムへのメール・インタビュー、2017年3月22日
158 エルマー・ルーク、村上春樹宛書簡、1992年9月18日
159 著者によるエルマー・ルークへのメール・インタビュー、2017年3月25日
160 村上春樹「ジェイ・ルービンのこと」、『波』2015年8月号（新潮社）
161 著者による村上春樹へのインタビュー、2018年1月24日
162 著者によるアルフレッド・バーンバウムへのインタビュー、2017年8月13日
163 "Memorandum of an agreement between Kodansha International Ltd. (the Publisher) and Alfred Birnbaum (the Translator) for a translation of Haruki Murakami's Dance, Dance, Dance (the Work）.

164 エルマー・ルーク、村上春樹宛ファクス、1991年3月20日
165 著者によるエルマー・ルークへの電話インタビュー、2017年3月25日
166 著者によるエルマー・ルークへのメール・インタビュー、2018年4月27日
167 著者によるアルフレッド・バーンバウムへのインタビュー、2017年3月21日
168 著者によるアルフレッド・バーンバウムへのインタビュー、2017年3月21日
169 著者によるアルフレッド・バーンバウムへのインタビュー、2017年3月21日
170 村上春樹「翻訳者として、小説家として――訳者あとがき」、スコット・フィッツジェラルド『グレート・ギャッツビー』(中央公論新社、2006年)
171 著者によるアルフレッド・バーンバウムへのインタビュー、2017年3月21日
172 著者によるアルフレッド・バーンバウムへのインタビュー、2012年7月12日
173 著者によるアルフレッド・バーンバウムへのインタビュー、2012年7月12日
174 エルマー・ルーク、村上春樹宛ファクス、1993年1月25日
175 エルマー・ルーク、村上春樹宛ファクス、1993年6月25日
176 著者によるエルマー・ルークへのインタビュー、2012年7月25日
177 著者による村上春樹へのインタビュー、2018年1月24日
178『Monkey』vol. 7 Fall / Winter(スイッチ・パブリッシング、2015年)
179 著者による村上春樹へのインタビュー、2018年1月24日
180 Jollis, Gillian. "Proposed Promotion Budget *Dance Dance Dance*." Jan. 21, 1993.
181 著者によるエルマー・ルークへのメール・インタビュー、2017年6月5日
182 著者によるエルマー・ルークへのメール・インタビュー、2018年1月22日
183 "Dance, Dance, Dance," *Publishers Weekly*, Oct. 18, 1993.
184 Harris, Michael. "Some Satire, a Bit of Mystery, a Dash of Philosophy." *Los Angeles Times*, Jan. 24, 1994.
185 Rifkind, Donna. "Another Wild Chase." *The New York Times*, Jan. 2, 1994.
186 Mitgang, Herbert. "Looking for America, or Is It Japan?" *The New York Times*, Jan. 3, 1994.
187 著者によるアルフレッド・バーンバウムへのインタビュー、2017年3月21日/メール・インタビュー、2017年3月22日
188 筆者による浅川港へのインタビュー、2017年4月21日
189 著者によるエルマー・ルークへのメール・インタビュー、2018年1月22日
190 村上春樹「海外へ出て行く。新しいフロンティア」、『職業としての小説家』(スイッチ・パブリッシング、2015年)270頁
191 Jollis, Gillian. "Proposed Promotion Budget *Dance Dance Dance*." Jan. 21, 1993.
192 Laurel, Graeber. "New and Noteworthy Paperbacks." *The New York Times*, Apr. 2 1995.
193 著者による村上春樹へのインタビュー、2018年1月24日
194 著者による村上春樹へのインタビュー、2018年1月24日
195 著者によるアルフレッド・バーンバウムへのインタビュー、2017年8月13日
196 著者によるアルフレッド・バーンバウムへのメール・インタビュー、2017年10月3日
197 著者によるアルフレッド・バーンバウムへのインタビュー、2016年1月11日

198 著者によるエルマー・ルークへのメール・インタビュー、2017年9月19日
199 著者によるエルマー・ルークへのメール・インタビュー、2018年4月24日
200 著者によるエルマー・ルークへの電話インタビュー、2016年10月16日
201 著者による村上春樹へのインタビュー、2018年1月24日
202 著者によるエルマー・ルークへのメール・インタビュー、2017年10月1日

★『ねじまき鳥』、世界へ羽ばたく　1993-1998

1 著者によるジェイ・ルービンへのインタビュー、2017年10月27日
2 著者によるジェイ・ルービンへのインタビュー、2017年10月27日
3 著者によるジェイ・ルービンへのインタビュー、2017年10月27日
4 著者によるジェイ・ルービンへのインタビュー、2017年10月27日
5 著者によるジェイ・ルービンへのインタビュー、2017年10月27日
6 著者によるジェイ・ルービンへのインタビュー、2017年10月27日
7 著者によるジェイ・ルービンへのインタビュー、2017年10月27日
8 著者によるジェイ・ルービンへのインタビュー、2017年3月3日
9 著者によるジェイ・ルービンへのインタビュー、2017年10月27日
10 著者によるジェイ・ルービンへのインタビュー、2017年3月3日
11 ジェイ・ルービン『村上春樹と私』（東洋経済新報社、2016年）12頁
12 著者によるジェイ・ルービンへのインタビュー、2017年3月3日
13 ジェイ・ルービン『村上春樹と私』（東洋経済新報社、2016年）12頁
14 McClellan, Edwin. *Chicago Review*. Vol. 17, No. 4, 1965
15 著者によるジェイ・ルービンへのメール・インタビュー、2017年3月3日
16 著者によるジェイ・ルービンへのメール・インタビュー、2017年3月3日
17 Rubin, Jay, "Kunikida Doppo." Ph. D. Dissertation, University of Chicago, 1970.
18 著者によるジェイ・ルービンへのメール・インタビュー、2017年3月3日
19 Doppo, Kunikida, and Jay Rubin. (1972), "Five Stories by Kunikida Doppo." *Monumenta Nipponica° 27* (3), Sophia University: 273-341.
20 著者によるジェイ・ルービンへのメール・インタビュー、2017年11月26日
21 著者によるジェイ・ルービンへのメール・インタビュー、2017年3月3日
22 著者によるジェイ・ルービンへのメール・インタビュー、2017年3月3日
23 著者によるジェイ・ルービンへのメール・インタビュー、2017年3月3日
24 ジェイ・ルービン『村上春樹と私』（東洋経済新報社、2016年）185頁
25 ジェイ・ルービン『村上春樹と私』（東洋経済新報社、2016年）91頁
26 著者によるジェイ・ルービンへのメール・インタビュー、2017年3月3日
27 Turney, Alan. "Review of Sanshiro, A Novel by Natsume Soseki and Jay Rubin." Monumenta Nipponica, Vol. 33, No. 2 (Summer, 1978), pp. 215-216
28 Rimer, J. Thomas, *The Journal of the Association of Teachers of Japanese,*
29 著者によるジェイ・ルービンへのメール・インタビュー、2017年3月3日
30 著者によるジェイ・ルービンへのメール・インタビュー、2017年3月3日

31 著者によるジェイ・ルービンへのメール・インタビュー、2017年3月3日
32 著者によるジェイ・ルービンへのメール・インタビュー、2017年3月3日
33 著者によるジェイ・ルービンへのメール・インタビュー、2017年3月3日
34 Huffman, James L. "Review *Injurious to Public Morals: Writers and the Meiji State*. by Jay Rubin." *Monumenta Nipponica*, Vol. 39, No. 3 (Autumn, 1984), pp. 355-358
35 著者によるジェイ・ルービンへのメール・インタビュー、2017年3月3日
36 著者によるジェイ・ルービンへのメール・インタビュー、2017年3月3日
37 著者によるジェイ・ルービンへのメール・インタビュー、2017年3月3日
38 村上春樹「ジェイ・ルービンのこと」、『波』2015年8月号（新潮社）
39 ジェイ・ルービン『村上春樹と私』（東洋経済新報社、2016）47-48頁
40 ジェイ・ルービン『ハルキ・ムラカミと言葉の音楽』（畔柳和代訳、新潮社、2006年）419頁
41 著者によるジェイ・ルービンへのメール・インタビュー、2017年3月3日
42 ジェイ・ルービン『村上春樹と私』（東洋経済新報社、2016年）14頁
43 著者によるジェイ・ルービンへのメール・インタビュー、2017年3月3日
44 ジェイ・ルービン『ハルキ・ムラカミと言葉の音楽』（畔柳和代訳、新潮社、2006年）419頁
45 著者によるエルマー・ルークへのメール・インタビュー、2017年2月9日
46 ジェイ・ルービン『村上春樹と私』（東洋経済新報社、2016年）16頁
47 ジェイ・ルービン『ハルキ・ムラカミと言葉の音楽』（畔柳和代訳、新潮社、2006年）420頁
48 著者によるジェイ・ルービンへのインタビュー、10月27日
49 著者によるクニコ・Y・クラフトへのメール・インタビュー、2017年6月17日
50 著者によるクニコ・Y・クラフトへのメール・インタビュー、2017年6月17日
51 PW Interviews: Haruki Murakami by Elizabeth Devereaux. *Publishers Weekly*, September 21, 1991. 'Japan's premier novelist is 'seeking new style.'
52 著者によるジェイ・ルービンへのメール・インタビュー、2017年3月3日
53 著者によるジェイ・ルービンへのメール・インタビュー、2017年3月3日
54 著者による村上春樹へのインタビュー、2018年1月24日
55 著者による平田ホセアへのメール・インタビュー、2017年3月30日
56 ジェイ・ルービン『村上春樹と私』（東洋経済新報社、2016年）50頁
57 著者によるジェイ・ルービンへのメール・インタビュー、2017年3月3日
58 Galloni, Allesandra. "Rubin Joins EALC Department." *The Harvard Crimson*. Apr. 23, 1993.
59 著者によるジェイ・ルービンへのメール・インタビュー、2017年3月3日
60 Goodwin, Liz C. "Translating Murakami." *The Harvard Crimson*, Nov. 3, 2005.
61 著者によるジェイ・ルービンへのメール・インタビュー、2017年3月3日
62 著者によるジェイ・ルービンへのインタビュー、2017年10月27日
63 著者によるジェイ・ルービンへのメール・インタビュー、2018年1月30日

64 ジェイ・ルービン『村上春樹と私』（東洋経済新報社、2016年）421頁
65 著者によるジェイ・ルービンへのメール・インタビュー、2017年3月
66 ジェイ・ルービン『村上春樹と私』（東洋経済新報社、2016年）23-25頁
67 著者によるジェイ・ルービンへのメール・インタビュー、2017年3月3日
68『ノルウェイの森』はバーンバウム訳も存在したが、流通は日本に限られていた。
69 Gary Fisketjon, Philip Gabriel, Jay Rubin. "Translating Murakami" Email Roundtable, Random House homepage.
70 ジェイ・ルービン『ハルキ・ムラカミと言葉の音楽』（畔柳和代訳、新潮社、2006年）
71『考える人　村上春樹ロングインタビュー』2010年8月号（新潮社）
72『考える人　村上春樹ロングインタビュー』2010年8月号（新潮社）
73 著者による村上春樹へのインタビュー、2018年1月24日
74 著者によるジェイ・ルービンへのインタビュー、2017年10月27日
75 著者によるリンダ・アッシャーへのメール・インタビュー、2017年11月6日
76 著者によるジェイ・ルービンへのインタビュー、2017年10月27日
77 著者によるリンダ・アッシャーへのメール・インタビュー、2017年12月10日
78 村上春樹『ねじまき鳥クロニクル　第3部　鳥刺し男編』（新潮文庫、1997年）374-375頁
79 Rubin, Jay. Edited Draft Translation of "Another Way to Die" by Haruki Murakami, Dec. 6, 1996. Papers of Jay Rubin at the Lilly Library, Indiana University, Bloomington, Indiana.
80 村上春樹『ねじまき鳥クロニクル　第3部　鳥刺し男編』（新潮文庫、1997年）374、376-377頁
81 Rubin, Jay. Proofs of "Another Way to Die," an excerpt from *The Wind-Up Bird Chronicle* by Haruki Murakami, Jan. 2, 1997. Papers of Jay Rubin at the Lilly Library, Indiana University, Bloomington, Indiana.
82 Rubin, Jay. Edited Draft Translation of "Another Way to Die" by Haruki Murakami, Dec. 6, 1996. Papers of Jay Rubin at the Lilly Library, Indiana University, Bloomington, Indiana.
83 Rubin, Jay. Proofs of "Another Way to Die," an excerpt from *The Wind-Up Bird Chronicle* by Haruki Murakami, Dec. 31, 1996. Papers of Jay Rubin at the Lilly Library, Indiana University, Bloomington, Indiana.
84 Rubin, Jay. Proofs of "Another Way to Die," an excerpt from *The Wind-Up Bird Chronicle* by Haruki Murakami, Jan. 2, 1997. Papers of Jay Rubin at the Lilly Library, Indiana University, Bloomington, Indiana.
85 松家仁之「村上春樹クロニカル」、『来たるべき作家たち』（新潮社、1998年）
86 著者による村上春樹へのインタビュー、2018年1月24日
87 著者によるジェイ・ルービンへのインタビュー、2017年10月27日
88 著者によるジェイ・ルービンへのインタビュー、2017年10月27日
89 Maynard, Kieran Robert. "Lost Chapters in The Wind-up Bird Chronicle. A Translation

and Commentary." Fudan University.
90 ジェイ・ルービン『ハルキ・ムラカミと言葉の音楽』(新潮社、2006年) 407頁
91 著者による村上春樹へのインタビュー、2018年1月24日
92 ジェイ・ルービン『ハルキ・ムラカミと言葉の音楽』(新潮社、2006年) 407頁
93 著者によるジェイ・ルービンへのインタビュー、2017年10月27日
94 著者によるゲイリー・フィスケットジョンへのメールインタビュー、2018年7月31日
95 ジェイ・ルービンからロバート・グローバーへの書簡、1997年3月31日。Papers of Jay Rubin at the Lilly Library, Indiana University, Bloomington, Indiana.
96 ジェイ・ルービンからロバート・グローバーとゲイリー・フィスケットジョンへの書簡、1997年4月17日。Papers of Jay Rubin at the Lilly Library, Indiana University, Bloomington, Indiana.
97 ジェイ・ルービンからロバート・グローバーへの書簡、1997年4月18日。Papers of Jay Rubin at the Lilly Library, Indiana University, Bloomington, Indiana.
98 ジェイ・ルービンからロバート・グローバーへの書簡、1997年8月25日。Papers of Jay Rubin at the Lilly Library, Indiana University, Bloomington, Indiana.
99 著者によるエルマー・ルークへのインタビュー、2012年7月25日
100 著者によるゲイリー・フィスケットジョンへのメール・インタビュー、2017年3月7日
101 著者によるゲイリー・フィスケットジョンへのメール・インタビュー、2017年3月7日
102 著者によるアルフレッド・バーンバウムへのインタビュー、2013年4月30日
103 著者による村上春樹へのインタビュー、2018年1月24日
104 Kidd, Chip. *Chip Kidd: Book One: Work: 1986-2006*. Rizzoli, 2005.
105 著者によるピコ・アイヤーへのメール・インタビュー、2017年5月16日
106 著者によるジェイ・ルービンへのインタビュー、2017年10月27日
107 著者による村上春樹へのインタビュー、2018年1月24日
108 Mitchell, David. "Kill me or the cat gets it," *The Guardian*, Jan. 8, 2005.
109 James, Jamie. "East Meets West." *The New York Times*. Nov. 2, 1997.
110 Weiss, Philip. "Forget DeLillo and Pynchon-Murakami's the Guy for Me," *Observer*, 12/22/97.
111 Strecher, Matthew. *Haruki Murakami's The Wind-up Bird Chronicle: A Reader's Guide*. Bloomsbury Academic, 2002.
112 松家仁之「村上春樹クロニクル」、『来たるべき作家たち』(新潮社、1998年)
113 Strecher, Matthew. *Haruki Murakami's The Wind-up Bird Chronicle: A Reader's Guide*. Bloomsbury Academic, 2002.
114 著者によるゲイリー・フィスケットジョンへのメール・インタビュー、2017年11月21日
115 著者によるゲイリー・フィスケットジョンへのメール・インタビュー、2017年11月21日

116 著者によるローランド・ケルツへのメール・インタビュー、2017年11月10日
117 著者によるデイヴィッド・ミッチェルへのメール・インタビュー、2018年3月16日
118 著者によるジェイ・ルービンへのメール・インタビュー、2017年11月26日
119 著者によるマシュー・ストレッカーへのインタビュー、2017年11月17日
120 著者によるジュノ・ディアスへのメール・インタビュー、2017年11月20日
121 著者によるエルマー・ルークへのメール・インタビュー、2017年12月22日
122 著者によるアルフレッド・バーンバウムへのメール・インタビュー、2017年11月26日／12月28日
123 著者によるピコ・アイヤーへのメール・インタビュー、2017年5月16日
124 "New Years Honours-United Kingdom." *The London Gazette*, Dec. 31, 2010.
125 Wroe, Nicholas. "Christopher Maclehose: A Life in Publishing." *The Guardian*, Dec. 28, 2012.
126 著者によるクリストファー・マクレホーズへのメール・インタビュー、2017年12月1日
127 Wroe, Nicholas. "Christopher Maclehose: A Life in Publishing." *The Guardian*, Dec. 28, 2012.
128 著者によるクリストファー・マクレホーズへのメール・インタビュー、2017年12月1日
129 著者によるゲイリー・フィスケットジョンへのメール・インタビュー、2017年12月5日
130 著者によるクリストファー・マクレホーズへのメール・インタビュー、2017年12月5日
131 著者によるクリストファー・マクレホーズへのメール・インタビュー、2017年12月5日
132 著者によるクリストファー・マクレホーズへのメール・インタビュー、2017年12月1日
133 朝日新聞『作家・村上春樹の人気、英でじわり特装本刊行も』2001年7月16日
134 著者によるクリストファー・マクレホーズへのメール・インタビュー、2013年6月17日
135「作家・村上春樹の人気、英でじわり特装本刊行も」（朝日新聞）2001年7月16日
136 著者によるクリストファー・マクレホーズへのメール・インタビュー、2017年12月1日
137 著者によるポール・バガリーへのメール・インタビュー、2018年1月5日
138 Maclehose, Christopher, "A Publisher's Vision." *Enter Text,* Vol. 4 No. 3 Supplement, Winter 2004/5
139 Wroe, Nicholas. "Christopher Maclehose: A Life in Publishing." *The Guardian*, Dec. 28, 2012.
140 Wroe, Nicholas. "Christopher Maclehose: A Life in Publishing." *The Guardian*, Dec. 28, 2012.
141 ジェイ・ルービンからヴィクトリア・ミラーへの書簡、1998年2月9日。Papers of Jay Rubin at the Lilly Library, Indiana University, Bloomington, Indiana.
142 著者によるクリストファー・マクレホーズへのメール・インタビュー、2009年1月29日
143 著者によるクリストファー・マクレホーズへのメール・インタビュー、2017年12月1日
144 著者による村上春樹へのインタビュー、2018年1月24日
145 著者によるクリストファー・マクレホーズへのメール・インタビュー、2017年12月1日
146 著者によるクリストファー・マクレホーズへのメール・インタビュー、2017年12月1日
147 著者による村上春樹へのインタビュー、2018年1月24日

著者略歴

（からしま・デイヴィッド）

1979年東京都生まれ．作家・翻訳家．現在，早稲田大学国際教養学部准教授．タフツ大学（米）で学士号（国際関係），ミドルセックス大学（英）で修士号（文芸創作），ロビラ・イ・ビルヒリ大学（西）で博士号（翻訳・異文化学）取得．日本文学の英訳や国際的な出版・文芸交流プロジェクトに幅広く携わる．2016年4月から2017年3月まで，NHKラジオ「英語で読む村上春樹」講師もつとめた．

辛島デイヴィッド
Haruki Murakamiを読んでいるときに
我々が読んでいる者たち

2018年9月10日　第1刷発行

発行所　株式会社 みすず書房
〒113-0033 東京都文京区本郷2丁目20-7
電話 03-3814-0131(営業) 03-3815-9181(編集)
www.msz.co.jp

本文組版 キャップス
本文印刷所 精興社
扉・表紙・カバー印刷所 リヒトプランニング
製本所 松岳社

ISBN 978-4-622-08700-7
［ハルキムラカミをよんでいるときにわれわれがよんでいるものたち］